Fantasy

Herausgegeben von Friedel Wahren

Von der **Neuausgabe des GOR-Zyklus**
des Autors **John Norman** erschienen in der Reihe
HEYNE SCIENCE & FANTASY:

Gor – die Gegenerde · 06/3355
Der Geächtete von Gor · 06/3379
Die Priesterkönige von Gor · 06/3391
Die Marodeure von Gor · 06/3521
In Sklavenketten auf Gor · 06/3612
Die Erforscher von Gor · 06/4045 (in Vorb.)
Die Spieler von Gor · 06/5125
Die Söldner von Gor · 06/5427
Die Verräter von Gor · 06/5658
Die Vagabunden von Gor · 06/5951
Die Zauberer von Gor · 06/9019 (in Vorb.)

Weitere Bände in Vorbereitung

JOHN NORMAN

Die Vagabunden von Gor

Ein Roman aus dem
GOR-ZYKLUS

Deutsche Erstausgabe

WILHELM HEYNE VERLAG
MÜNCHEN

HEYNE SCIENCE FICTION & FANTASY
Band 06/5951

Titel der Originalausgabe
VAGABONDS OF GOR
Übersetzung aus dem Amerikanischen von
Andreas Decker
Das Umschlagbild malte Doug Beekman
Die Karten auf den Seiten 6/7 und 8/9 zeichnete
Erhard Ringer

Umwelthinweis:
Dieses Buch wurde auf chlor- und
säurefreiem Papier gedruckt

Redaktion: F. Stanya

Printed in Germany 1998
Umschlaggestaltung: Atelier Ingrid Schütz, München
Technische Betreuung: M. Spinola
Satz: Schaber Datentechnik, Wels
Druck und Bindung: Ebner Ulm

ISBN 3-453-13346-3

1

»Einst lautete dein Name Lady Temione, nicht wahr?« fragte ich.

»Ja, Herr«, erwiderte sie und hob das Kinn einen Fingerbreit von dem staubigen Boden, auf dem sie im Heerlager von Cos mit gesenktem Kopf kniete. Das Lager befand sich am Südufer des Vosk, genau nördlich der Stadt Holmesk.

»Leg dich auf die rechte Seite«, verlangte ich. »Streck dabei das linke Bein aus.«

Sie gehorchte. Ihr knappes Seidengewand klaffte auf und entblößte Hüfte, Oberschenkel und Unterschenkel. Ich konnte das winzige, geschmackvolle, aber unverkennbare Sklavenzeichen sehen, das ein Stück unterhalb der Hüfte auf ihrem Oberschenkel eingebrannt war. Es handelte sich um ein gewöhnliches Kajirazeichen, Stab und Blatt, der Disziplin unterworfene Schönheit, wie es die meisten Sklavinnen auf Gor tragen. Die Zehen ihres linken Fußes waren gerade ausgestreckt; das betonte die Sinnlichkeit ihrer Wade. Offensichtlich hatte sie eine Ausbildung genossen.

»Du darfst deine Ausgangsposition wieder einnehmen.«

Sie nahm wieder die gewöhnliche Gehorsamstellung ein.

In den Wochen, seit ich sie das letzte Mal als freie Frau an der Sklavenkette des Marketenders Ephialtes gesehen hatte, den ich in der Herberge *Zum Krummen Tarn* an der Vosk-Straße kennengelernt hatte, war ihr Haar gewachsen. Er war so freundlich gewesen, sich in gewissen Angelegenheiten als mein Agent zu betätigen.

Eisberg
LAND DER INNUIT
Tancred Paß
Axtgletscher
HRIMGAR-B
SKJERN
Torvalds Berg
Svein Blue Tooths
Ivar Forkbeard
HUNJER
SCAGNAR
TORVALDS
Thorstein-Lager
Kassau
ASPERICHE
NÖRDLICHE WALD
Laurius
THASSA
Lydius
Laura
TABOR
TELETUS
Thentis
Ihanke
TALBOT
Ko-ro-ba
Helmutsport
Ti
Fort Haskins
Kailiau
Selnar
Jad
Port Olni
Tharna
Vonda
Port Kar
COS
Telnus
Ar-Station
Lara
Temos
Holmesk
Teslit
Tabukfurt
Harfax
Brundisium
SARDAR
Besnit
Ireve
Tentium
Kasra
Venna
Corcyrus
VOLTA
Samnium
Argentum
Minus
Ar
Issus
Tarnburg
Torcodino
TYROS
Markt Semris
Rive-de-Bois
Hochburg
Tarnwald
Oberer Fayeen
Unt. Fayeen
Thassa-Cartius
Kurtz
Kasra
Tor
IANDA
Bazi

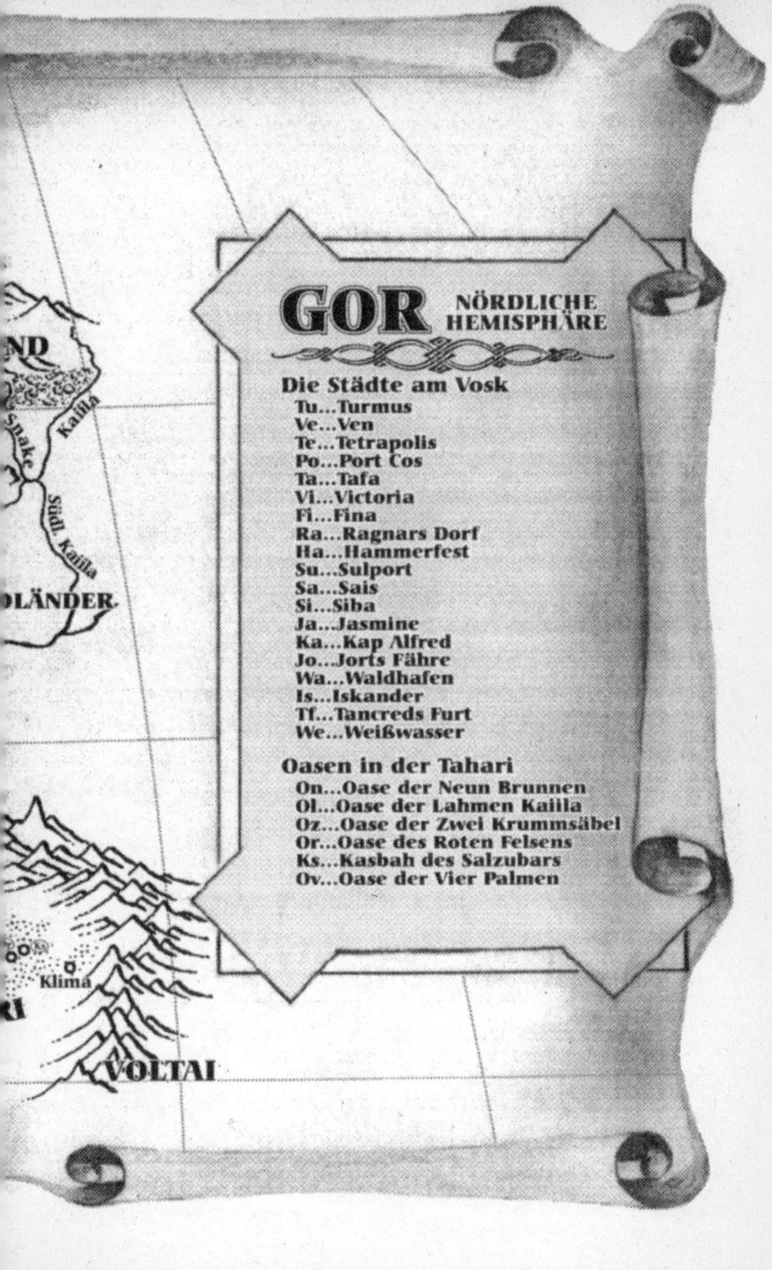
GOR NÖRDLICHE HEMISPHÄRE
Die Städte am Vosk
Tu...Turmus
Ve...Ven
Te...Tetrapolis
Po...Port Cos
Ta...Tafa
Vi...Victoria
Fi...Fina
Ra...Ragnars Dorf
Ha...Hammerfest
Su...Sulport
Sa...Sais
Si...Siba
Ja...Jasmine
Ka...Kap Alfred
Jo...Jorts Fähre
Wa...Waldhafen
Is...Iskander
Tf...Tancreds Furt
We...Weißwasser
Oasen in der Tahari
On...Oase der Neun Brunnen
Ol...Oase der Lahmen Kailla
Oz...Oase der Zwei Krummsäbel
Or...Oase des Roten Felsens
Ks...Kasbah des Salzubars
Ov...Oase der Vier Palmen
ND
Kailla
Snake
Südl. Kailla
OLÄNDER
Klima
VOLTAI

Bazi
ANANGO
Thassa-Cartius
Kamba
Nyuki
Äquator
DSCHUNGEL
Ushindi-
See
Nyoka
Schendi
THASSA
TA-THASSA
EBENE VON
Turia
DAS LA

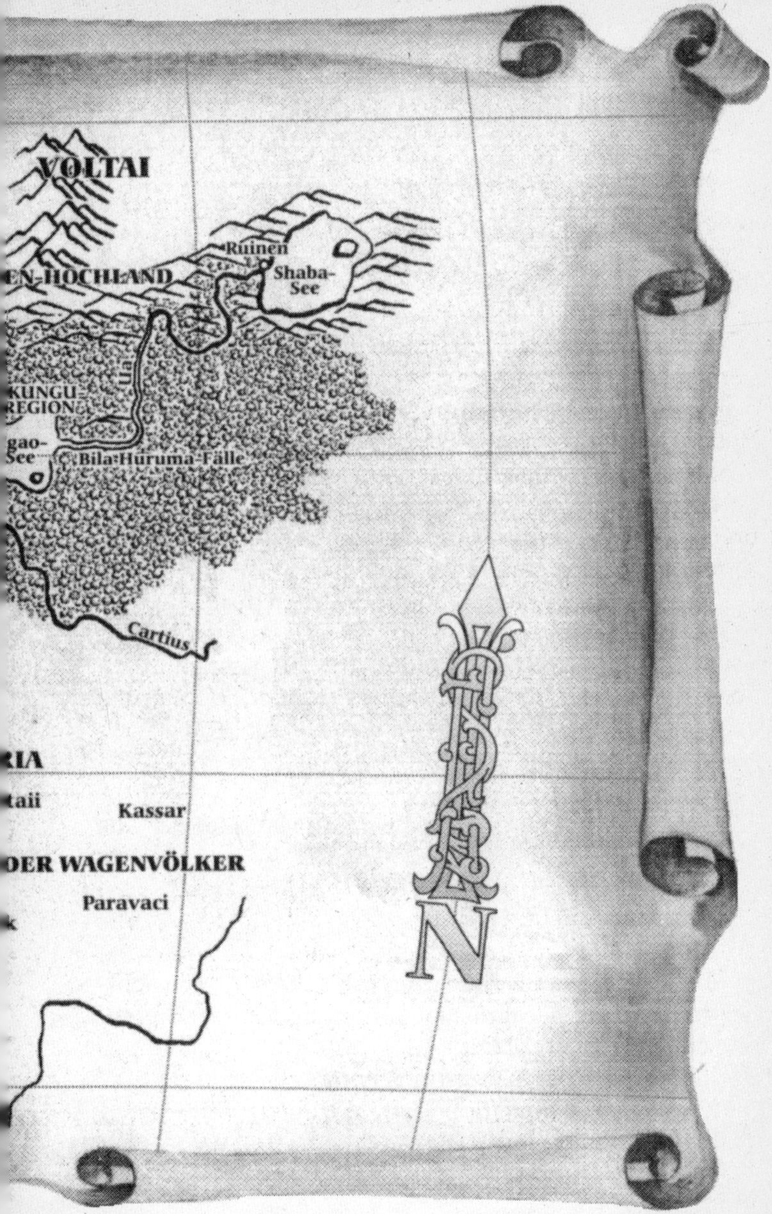

VOLTAI
Ruinen
Shaba-
See
EN-HOCHLAND
KUNGU-
REGION
gao-
See
Bila-Huruma-Fälle
Cartius
RIA
taii
Kassar
DER WAGENVÖLKER
Paravaci
N

»Erzähl mir, was seit unserer letzten Begegnung geschehen ist.«

»Das war im *Krummen Tarn*, nicht wahr?« fragte sie.

»Schon möglich.«

»Oder war es im Lager von Cos, vor Ar-Station?«

»Sprich.«

»Wie mein Herr sich vielleicht erinnert, hielt man mich im *Krummen Tarn* als Zechprellerin fest.«

Ich nickte.

»Man zwang mich, mir meinen Lebensunterhalt zu verdienen.«

»Ja.« Ihre Dienste hatten mich ein Tarskstück gekostet.

»Früh am nächsten Morgen, nach dem Abend, an dem man mich gefesselt zu deinem Schlafplatz gebracht hatte, damit ich dir diente, hat man mich zusammen mit den anderen Frauen ...«

»Den Zechprellerinnen«, verbesserte ich sie.

»Ja, Herr«, sagte sie. »Man hat uns ausgelöst. Wir waren überglücklich, glaubten, frei zu sein, mußten aber zu unserer Verzweiflung feststellen, daß sie uns aneinanderketteten, um uns auf der Vosk-Straße nach Norden in die Nähe von Ar-Station zu bringen.«

»Ich verstehe.«

»Ein Mann namens Ephialtes, ein Marketender aus Cos, bezahlte für uns.«

»Also hat er euch ausgelöst?«

»Ich glaube nicht, Herr.«

»Er handelte als Mittelsmann?«

»Ich glaube schon, Herr«, sagte sie. »Aber offensichtlich hatte er die Befugnis, zu kaufen und zu verkaufen, wie er es für richtig hielt.«

»Im Namen seines Auftraggebers?«

»Zweifellos, Herr.«

»Du darfst dich hinknien.«

Sie stand auf, spreizte die Beine und hockte sich auf die Fersen; die Hände legte sie auf die Oberschenkel. Ich hatte diese Position, eine der vertrautesten für eine Vergnügungssklavin, nicht befohlen, sie hatte sie, ohne zu fragen, selbst eingenommen, wie es sich gehörte. Es war ein Test gewesen. Sie hatte ihn bestanden. Es war nicht nötig, sie zu bestrafen.

Im Hintergrund rauschte der Vosk.

»Wie du dich vielleicht erinnerst, waren wir zu sechst, alles freie Frauen, aber wir mußten nackt, am Hals aneinandergekettet, hinter einem Marketenderwagen hermarschieren.«

»Hast du dich beschwert?« fragte ich.

»Ja, ich und eine andere von uns, Klio. Vielleicht erinnerst du dich auch an sie.«

»Und was ist geschehen?«

»Wir wurden ausgepeitscht. Das hat eine schreckliche Person besorgt, eine Frau namens Liadne, die als erstes Mädchen über uns bestimmen durfte, obwohl wir frei und sie nur eine Sklavin war!«

Ich erinnerte mich an Liadne. Sie war wunderschön. Ich hatte sie bei einem eisigen Sturm unter dem Wagen ihres Herrn kennengelernt. Sie war mir zu Willen gewesen, und ich hatte ihr eine Münze als Bezahlung für ihren Herrn in den Mund gesteckt. Ephialtes hatte sie dann am darauffolgenden Morgen in meinem Auftrag gekauft. Ich hatte den Eindruck gehabt, sie gebe ein großartiges erstes Mädchen ab, das ihren freien Schwestern etwas über ihre Weiblichkeit beibringen würde.

»Danach haben wir gehorcht.«

Ich hatte nicht den geringsten Zweifel gehabt, daß Liadne sie, die hochnäsigen, verwöhnten freien Frauen, einer strengen Disziplin unterwerfen würde. Diese Vermutung war dann auch bestätigt worden, als ich sie alle nackt und mit verbundenen Augen in einer

Reihe im Feldlager von Cos vor Ar-Station gesehen hatte.

»Wir wurden ins Lager der Cosianer gebracht, in die Nähe von Ar-Station«, berichtete sie weiter. »Dort brachte man uns Disziplin bei; man kettete uns in einer Reihe an. Eines Morgens mußten wir Augenbinde anlegen.«

Sie hatten nicht erfahren sollen, daß ich sie ausgelöst hatte, keineswegs zu meinem persönlichen Vergnügen, sondern aus ganz bestimmten Gründen. Das war nicht ungewöhnlich. Sklavenjäger enthüllen ihren Gefangenen nicht immer sofort ihre Identität. Es ist manchmal durchaus amüsant, die Frauen im ungewissen darüber zu lassen, in wessen Macht sie sich befinden. Sie sollen nervös darüber nachdenken, verzweifelt wilde Vermutungen anstellen. Dann ist immer noch der richtige Zeitpunkt, sich ihnen zu offenbaren und möglicherweise ihre schlimmsten Ängste zu bestätigen.

»Als ich am nächsten Morgen geweckt wurde, waren zwei der Mädchen fort, Elene und Klio, dafür befand sich eine Neue, ein schlankes, sehr schönes Mädchen, das wie wir eine freie Frau war, an der Kette.«

»Wie hieß sie?«

»Phoebe.«

»Erzähl mir von ihr!«

»Kragen und Kette standen ihr gut, sogar ausgesprochen gut. Sie gehorchte Liadne sofort und ohne Widerstand, voller Eifer und Hingabe. Es war, als würde sie intuitiv Autorität begreifen und verstehen, daß ihre Unterwerfung richtig ist. Obwohl dieses neue Mädchen wie wir frei war, habe ich selten eine Frau gesehen, die nach so kurzer Zeit in Gefangenschaft für die Wahrheiten des Kragens bereit war.«

»Vielleicht hat sie mit diesen Empfindungen ja schon seit Jahren in den verschwitzten Laken ihres Bettes gerungen.«

»Wie andere auch«, meinte das Mädchen mit einem Lächeln und senkte den Blick.

»Du bist wunderschön«, bemerkte ich und musterte im Licht des nahen Lagerfeuers ihre Züge.

»Danke, Herr«, flüsterte sie.

»War das neue Mädchen stolz?« fragte ich.

»Ich denke nur an solche Dinge wie ihre Fähigkeit, Liebe zu geben, und ihr Sklaventum.«

»Aber du hast gesagt, sie sei frei«, erinnerte ich sie.

»Ihr natürliches Sklaventum«, lächelte sie.

»Dann war sie also nicht auf die übliche Weise stolz?«

»Jedenfalls nicht auf die übliche Weise einer eitlen freien Frau.«

»Trotzdem trug dieses neue Mädchen im Gegensatz zu euch ein Sklavenband.«

»Aha, Herr, es ist, wie ich vermutete«, sagte sie. »Ihr wart das, der uns ausgelöst hat.«

»Natürlich.«

»Das neue Mädchen wollte nichts über die Identität ihres Fängers verraten, aber ich nehme an, daß Ihr sie zu Ephialtes Kette gebracht habt.«

Ich nickte. Natürlich hatte ich Phoebe zum Schweigen verpflichtet, da meine Angelegenheiten im Norden – zumindest zu diesem Zeitpunkt – geheim gewesen waren.

»Wart Ihr es dann auch, der Elene und Klio von der Kette geholt hat?«

»Ja.«

»Was habt Ihr mit ihnen gemacht?«

»Sollte eine Sklavin nicht um Erlaubnis bitten, wenn sie etwas sagen will?«

»Verzeiht, Herr.«

»Wie ist dein Name?« fragte ich.

»Temione«, erwiderte sie. Dieser Name war jetzt natürlich nur noch ein Sklavenname, den sie von ihrem

Herrn verliehen bekommen hatte. Man kann Sklaven jeden Namen geben, der einem gefällt.

»Ich habe sie verkauft.«

Sie sah mich an.

»Du darfst sprechen.«

»Beide?«

»Ja.« Ich hatte sie an jenem Morgen in den Belagerungsgräben verkauft. Sie hatten mir den Vorwand geliefert, den ich brauchte, um in die Nähe der Mauern von Ar-Station zu gelangen.

»Erzähl mir von Ephialtes, Liadne, der Kette und dergleichen«, befahl ich. Ich erinnerte mich an die sechs Zechprellerinnen, die ich in der Herberge *Zum Krummen Tarn* ausgelöst hatte, Lady Amina aus Venna, Lady Elene aus Tyros und Klio, Rimice, Liomache und Temione, die alle aus Cos stammten.

»Ephialtes geht es gut«, sagte sie. »Er scheint Liadne sehr zugetan zu sein, und sie ihm auch. Eines Tages fiel ich dem Betreiber eines Paga-Ausschanks auf, einem Mann namens Philebus. Natürlich war es unmöglich, uns zu verbergen. Wir fielen selbst dem müßigsten aller Spaziergänger auf. Er brachte sein Interesse zum Ausdruck. Ich wurde vorgeführt und sagte ›Kauf mich, Herr‹. So einfach war das.«

»Du bist schöner, als ich dich in Erinnerung hatte«, sagte ich.

»Mein Herr sagt, daß ich schöner geworden bin«, erwiderte sie. »Ich weiß nicht, ob es stimmt oder nicht.«

»Das tut es.«

»Vielen Dank, Herr.«

»Als du also die Kette verlassen hast, enthielt sie nur noch Amina, Rimice und Phoebe.«

»Ja.«

»Ich frage mich, ob die Kette sich noch hier im Lager befindet.«

»Ich glaube schon«, sagte sie. »Aber ich weiß es nicht.«

Das mochte stimmen – oder auch nicht.

»Beug dich zurück«, befahl ich.

Sie gehorchte mit Tränen in den Augen, bebend vor Verlangen.

Ich blickte mich in Philebus' Paga-Ausschank um. Das kreisförmige, aus festgestampfter Erde bestehende Areal hatte einen Durchmesser von etwa zwölf Metern. Die Einzäunung war eher symbolisch gemeint und bestand aus leichten Querhölzern, die auf Dreifüßen ruhten und bis in Hüfthöhe reichten. Diese Barriere, wenn man sie so nennen will, wird immer wieder ab- und neu aufgebaut, wenn das Lager weiterzieht. Innerhalb des Areals gab es einige winzige alkovenähnliche Zelte, die größtenteils gerade noch innerhalb der Grenzlinie standen. Hier und dort brannten kleine Lagerfeuer. In solchen Anlagen begnügt man sich meist – wie allgemein in Heerlagern üblich – mit kleinen Feuern, da man sie schnell löschen kann. Die Sklavinnen trugen hier keine Glöckchen. Im Falle eines Alarms kann das Lager mit nur einem Befehl in Dunkelheit und Stille getaucht werden, und es wird sozusagen eins mit der Nacht. Solche Vorsichtsmaßnahmen dienen hauptsächlich zur Abwehr eines Tarnangriffs.

Die Größe der Feuer unterliegen, wie auch andere Dinge, oft genauen Lagerregeln. Sie umfassen den Aufbau des Lagers, seine Verteidigung, seine Straßen und die Lage der Einrichtungen wie Lazarette, Proviantausgaben und Schmieden. Geregelt sind auch die Aufrechterhaltung der Sicherheit und die Wacheinteilungen innerhalb der einzelnen Regimenter, die Art der Zelte, die Anzahl ihrer Bewohner, ihre Aufstellung und Abwassergruben sowie die sanitären Einrichtungen. Die Einhaltung dieser Vorschriften wird gewöhnlich von Lageraufsehern überwacht. Sicher, dieses Lager bestand hauptsächlich aus Söldnern, was auch der Grund dafür war, daß viele der Regeln eher lax gehandhabt wurden. Es ist schwierig, bei Söldnern Ordnung und Disziplin durchzusetzen. Außerdem befanden sich diese Männer nach dem Fall von Ar-Station im Osten noch immer im Siegesrausch.

Ich sah, wie sich nur wenige Meter entfernt ein Mann in der Nähe des Zauns erleichterte. In einem Lager von Ar hätte einem eine solche Übertretung ein Bußgeld oder Peitschenhiebe eingebracht. Am Himmel zeichnete sich einen kurzen Augenblick lang ein Tarnsmann von einem der Monde ab und senkte sich dann dem Lager entgegen. Da er allein war, handelte es sich vermutlich um einen Kurier. Die Patrouillen setzten sich für gewöhnlich aus zwei oder mehreren Tarnsmännern zusammen. So sind sie einem einzelnen Eindringling überlegen, und man kann, falls nötig, einen von ihnen abkommandieren, um Bericht zu erstatten oder Hilfe zu holen, während sich der Rest anderen Pflichten zuwendet, vielleicht einer Verfolgungsjagd oder einer Suche, oder um die Führung zum Feind zu halten.

»Paga!« rief ein Mann, der mit untergeschlagenen Beinen ein paar Meter von mir entfernt saß. Ein Mädchen eilte mit einem Krug zu ihm.

Überlebende – darunter viele Frauen und Kinder – aus Ar-Station, Ars größter Kolonie und Stützpunkt am Vosk, waren von einer Flotte unidentifizierbarer Schiffe von den Landungsbrücken des brennenden Hafens gerettet worden, Schiffe, gegen die die Cosianer hier auf dem Kontinent nichts ausrichten konnten, da ihnen dazu die nötigen Mittel fehlten. Obwohl die Herkunft der Schiffe vermeintlich unbekannt war, war es am Fluß ein offenes Geheimnis, daß sie aus Port Cos stammten und von der Voskliga ausgerüstet worden waren. Das hatte etwas mit einem Topas und einem

Schwur zu tun, was anscheinend auf frühere Geschehnisse am Fluß zurückging. Wie sich herausstellte, hatte sich das Ubarat von Cos dafür entschieden, diese Tat offiziell nicht zur Kenntnis zu nehmen, eine meiner Meinung nach kluge Entscheidung. Vermutlich gründete sie sich auf dem Respekt vor der Macht von Port Cos wie auch dem Wunsch, mittels der Stadt die Politik der Voskliga und damit den Fluß und das ganze Voskbecken zu beeinflussen, wenn nicht gar zu beherrschen. Ich hatte mich unter den Überlebenden befunden. Man hatte uns nach Port Cos in Sicherheit gebracht.

In dem Areal befanden sich vielleicht hundert Männer und etwa fünfzehn bis zwanzig Mädchen. Diese Mädchen füllten Krüge, deren Henkel zum besseren Eintauchen wie bei dem *Hydria* oder Wasserkrug sehr weit oben angesetzt sind, aus einem großen Kessel, dessen Inhalt über einem Feuer in der Nähe des Eingangs vor sich hinkochte. Es wird allgemein behauptet, daß warmer Paga einen schneller betrunken macht. Für gewöhnlich mag ich keinen erwärmten Paga, ausgenommen in kalten Nächten. In dieser Nacht war es warm, nicht kalt. Wir näherten uns dem Frühlingsende. Einige Cosianer schätzen heißen Paga. Das gilt interessanterweise auch für einige der Bewohner der nördlicher gelegenen Inseln wie Hunjer und Skjern, westlich von Torvaldsland. Möglicherweise zeigt sich da der cosische Einfluß, der durch Kaufleute und Seefahrer den Weg zu ihnen findet. Im allgemeinen wird im Norden Met, ein Gebräu aus fermentiertem Honig, Wasser und oftmals Gewürzen, Paga vorgezogen.

»Herr«, flüsterte das Mädchen vor mir.

Ich blickte sie an. Sie hatte nicht um Erlaubnis zum Sprechen gebeten. Schnell senkte sie den Kopf. »Verzeiht mir, Herr.« Ängstlich und beschwichtigend schob sie die Knie ein Stück weiter auseinander.

Ich betrachtete die einst stolze und freie Frau. Sie wagte es nicht, den Blick zu heben. Dafür gab sie mitleiderregende leise Laute des Verlangens von sich, ihr ganzer Körper zitterte.

»Hast du etwas gesagt?« fragte ich.

»Verzeiht mir, Herr.«

»Willst du was?«

Sie blickte mich ängstlich und bittend an. »Ich will Euch dienen«, flüsterte sie.

Es war schon interessant, welche Veränderungen ein Sklavenkragen in einer Frau hervorrufen konnte.

»Bitte, Herr«, bettelte sie.

»Also gut. Du darfst mir dienen.«

»Danke, Herr«, hauchte sie erfreut.

»Bring mir Paga.«

»Oh!« schluchzte sie enttäuscht.

Ich sah sie nur an.

»Ja, Herr«, schluchzte sie, erhob sich schnell und eilte auf den Paga-Kessel zu.

Ich sah ihr nach. Wie wunderschön sie war! Wie anmutig sie sich bewegte! Welch eine Sklavin aus ihr geworden war!

Philebus' Ausschank war eigentlich eine transportable Paga-Taverne, so gestaltet, daß sie ein reisendes Feldlager begleiten konnte.

Eine andere Paga-Sklavin eilte vorbei; ein blonder Mann hatte sie zu sich befohlen.

Wie bereits erwähnt trugen die Mädchen keine Glöckchen, was angeblich damit zu tun hatte, daß sich ganz plötzlich die Notwendigkeit für Dunkelheit und Stille im Fall eines Angriffs auf das Lager ergeben konnte. Der Abend war warm. Die Monde standen am Himmel. Es wäre eine gute Nacht für einen Angriff auf ein Heerlager gewesen. Ein müßiger Gedanke. Ich rechnete nicht damit, daß es dazu kommen würde. Falls doch, wäre er bestimmt schon vor langer Zeit erfolgt. Die Sicherheitsmaßnahmen im Lager waren oberflächlich. Der Mann, den ich eingewilligt hatte zu begleiten – ein junger Krieger aus Ar-Station namens Marcus, das heißt, sein richtiger Name lautete Marcus Marcellus von den Marcelliani –, und ich hatten keine Probleme gehabt, uns in der Verkleidung von Kaufleuten in das Lager einzuschleichen. Im Prinzip waren wir Spione. Der junge Marcus hatte von Aemilianus, seinem ehemaligen Kommandanten in Ar-Station, der sich nun unter den Flüchtlingen in Port Cos befand, die Erlaubnis erhalten, die Bewegungen der Cosianer im Norden des Kontinents zu verfolgen und die gesammelten Informationen dem zur Zeit vor Holmesk lagernden Heer von Ar zukommen zu lassen. So tief verwurzelt waren die alten Loyalitäten, und das, obwohl Ar es unerklärlicherweise nicht geschafft hatte, Ar-Station zu Hilfe zu kommen. Ich hielt den jungen Marcus für einen prächtigen, wenn auch launischen Soldaten. Er war derjenige gewesen, dem es gelungen war, Ar-Stations Hälfte des Topas nach Port Cos zu bringen, was in der Erfüllung des Schwurs des Topas resultiert und die Streitmacht von Port Cos und darüber hinaus anscheinend die Schiffe der Voskliga mobilisiert hatte, die Piers von Ar-Station zu evakuieren und die Überlebenden, die sich hauptsächlich aus Bürgern zusammensetzten, zu retten. Wenn der junge Marcus, der mir ans Herz gewachsen war, eine Schwäche hatte, dann seine Launenhaftigkeit und seinen unglaublichen Haß auf die Cosianer und alles Cosische. Dieser Haß, der schon beinahe krankhafte Ausmaße annahm, war zweifellos die Folge seiner Kriegserlebnisse, vor allem der Belagerung von Ar-Station. Es ist schwer, mitansehen zu müssen, wie alles – oder fast alles –, das man geliebt hat, zerstört wird, und den für diese Zerstörung Verantwortlichen danach keinen Zorn entgegenzubringen. Wären die Streitkräfte von

Ar in Telnus gelandet, kann ich mir nicht vorstellen, daß das Ergebnis wesentlich anders ausgesehen hätte. Wie viele Krieger neige auch ich dazu, den Krieg eher als die gefährlichste und aufregendste aller sportlichen Betätigungen anzusehen, ein Spiel von Kriegern und Ubars. Was, wie ich zugeben muß, sicher schrecklich ist. Auch ich bin dem Beutemachen keineswegs abgeneigt, besonders wenn sie wunderschön und kurvenreich ist.

Temione war mittlerweile am Kessel angelangt und tauchte ihren schmalen Krug vorsichtig in den brodelnden Paga. Anscheinend hatte sie geweint, aber vielleicht war es auch nur die von dem Paga ausgehende Hitze, die sie sich mit dem Handrücken aus den Augen wischte. Ja, das hatte ich mir gedacht, denn ich hatte gesehen, wie sie die Faust ballte und sich die Fingernägel in die Haut bohrten, wie sich ihre Hüften unwillkürlich frustriert bewegten. Es ist schwer für eine Frau, sich zu beherrschen, wenn sie leicht bekleidet den Kragen trägt, wenn sie eine Sklavin ist.

Die Cosianer waren ganz offen marschiert und hatten dabei ein gemütliches Tempo angeschlagen; sie hatten sogar das Südufer des Vosk benutzt, statt sich ans Nordufer zu begeben. Das war an sich der blanke Wahnsinn, denn dort hätte man sie zum Fluß treiben, in die Zange nehmen und vernichten können. Im Gegensatz zu der Situation vor Ar-Station wären sie nun in der Minderzahl gewesen. Vielleicht verstand Policrates, der Lagerkommandant, ja nichts vom Kriegführen. Aber es hatte den Anschein, als wüßte er, daß er nichts oder nur wenig zu befürchten hatte. Das wenige, das ich von ihm gehört hatte, hatte in mir die Zuversicht wachsen lassen, daß er genau wußte, was er tat. Man hatte sogar den Eindruck, als würde er der Welt hochmütig verkünden, daß ihm nichts geschehen konnte, daß er eine Art Immunität besaß, deren Ursprung in Politik oder Verrat zu suchen war. Sicher, wegen des früheren Ausmaßes der von Ar eingerichteten Pufferzone – eine Politik, die schon lange nicht mehr verfolgt wurde – war das Südufer des Vosk weitaus dünner besiedelt als das Nordufer. Außerdem marschierte das Expeditionsheer vermutlich entweder auf Brundisium zu, den Ausgangspunkt der Invasion, oder es würde nach Süden abbiegen, um vor Torcodino zu Myron zu stoßen; dort lauerte der Söldner Dietrich von Tarnburg wie ein Larl in seiner Höhle. Bis jetzt hatten die tapferen Soldaten von Ar trotz all ihrer Macht nicht den geringsten Versuch unternommen, dem Heer den Weg abzuschneiden, es gegen den Vosk zu drängen oder es auf dem Schlachtfeld zu stellen.

In unserem Lager befanden sich mehrere tausend Cosianer und Söldner, aber Ar verfügte angeblich über fast fünfzigtausend Mann, eine für einen goreanischen Stadtstaat unglaubliche Streitmacht. Eine gewöhnliche goreanische Armee umfaßt für gewöhnlich nicht mehr als vier- bis fünftausend Mann. Söldnerheere haben sogar selten mehr als zweihundert Mann. Dietrich von Tarnburg, der etwa fünftausend Kämpfer kommandierte, bildete da eine Ausnahme. Er ist einer der gefürchtetsten und tatkräftigsten Söldnerhauptmänner Gors. Und einer der teuersten. Aber trotz des Angriffsziels, das Kommandant Policrates – angeblich ein ehemaliger Pirat, den Myron, der Polemarkos von Temos, ein Cousin des Lurius von Jad, dem Ubar von Cos, von einer Galeere gerettet hatte – scheinbar so einladend bot, hatte Ar nicht zugeschlagen; seine Männer hatten nicht einmal die Fourageure behindert. Militärisch gesehen schien Ars Verhalten unerklärlich. Vielleicht kannte er ja weder die Stärke noch den Standort der Cosianer, so unwahrscheinlich das auch erschien.

Temione hatte den Pagakrug gefüllt. Von einem Gestell in der Nähe des Kessels nahm sie einen Becher. Die Regalbretter bestanden aus schmalen Holzplanken. Die Becher werden umgedreht darauf aufbewahrt. Auf diese Weise können sie nach dem Spülen trocknen. Davon abgesehen werden sie so vor Staub geschützt. Ich beobachtete, wie sie den Becher sorgfältig ausputzte. Wehe der Sklavin, die es wagt, Paga oder Wein in einem schmutzigen Becher zu servieren!

Ich lauschte dem Rauschen des Vosk im Hintergrund, den gemurmelten Unterhaltungen, den Geräuschen des Heerlagers.

Die Sklavin wandte sich mir zu.

Als sie meinen Blick bemerkte, senkte sie den Kopf. Demütig und verängstigt kam sie näher, sich meines prüfenden Blicks anscheinend schrecklich bewußt.

Wie schön sie doch war.

»Herr«, sagte sie und kniete vor mir nieder. Sie goß mir Paga ein, füllte mit dem Krug den Becher, den sie vom Regal genommen hatte.

»Paga!« rief ein in der Nähe sitzender Bursche einer Rothaarigen zu, die sich beeilte, vor ihm auf die Knie zu fallen und den Kopf in den Staub zu legen.

Ich lächelte.

Sie hatte keine Zeit versäumt.

Natürlich ist an einem solchen Ort jede Sklavin dem Willen des Gastes unterworfen. Kein Wunder, daß die Mädchen sich nach Kräften bemühen, alle zufriedenzustellen.

»Herr?« hauchte Temione.

Ich nahm den Paga.

»Habt Ihr noch einen Wunsch?« fragte sie zaghaft.

Ich trank einen Schluck Paga. Er war heiß.

»Du trägst keine Glöckchen am Fuß«, bemerkte ich.

»Das tut keine von uns.«

Ihre Antwort deutet darauf hin, daß ihr der Grund dafür vermutlich unbekannt war.

»Ein Glöckchen würde deinem Knöchel stehen«, sagte ich.

»Ich habe noch nie Glöckchen getragen«, meinte sie schüchtern.

»Ein Glöckchen macht es einem einfacher, ein Mädchen im Dunkeln zu finden.«

»Zweifellos, Herr.« Sie lächelte.

Plötzlich flog das Tor des Paga-Ausschanks auf und schlug gegen den Zaun.

»Es ist Borton!« rief ein Mann erfreut.

»Laßt uns feiern!« rief der Neuankömmling, ein großer, breitschultriger Kerl mit einem Vollbart; er ließ eine prall gefüllte Geldbörse am Riemen kreisen und schlug sie einem Mann, den ich für den Wirt Philebus hielt, gegen den Leib. Der Wirt griff danach, konnte sie aber nicht festhalten, da sie am Riemen zurückgerissen wurde. Philebus schrie in gespieltem Entsetzen auf. Dann nahm der Kerl die Geldbörse und drückte sie seinem Gegenüber fest in die Hand.

»Ich bin lange gereist und habe meinem Hauptmann Bericht erstattet«, sagte er. »Ich bin den Sattel überdrüssig und will was zu trinken – und was Anschmiegsameres zum Reiten!«

Gelächter und Jubel ertönten. Männer drängten sich um den Kurier. Die angeketteten Mädchen zuckten zusammen und machten sich so klein und unauffällig wie nur möglich.

Dieser Borton war hier wohl allgemein bekannt. Unglücklicherweise hatte auch ich in der Vergangenheit seine Bekanntschaft gemacht.

Temione keuchte auf. Auch sie hatte ihn erkannt.

Er trug Uniform und Insignien der Tarnsmänner von Artemidorus, dem bekannten cosischen Söldnerführer.

»Laßt das Fest beginnen«, rief er ungestüm. Wieder

ertönte Jubel. »Es ist Borton!« rief ein Mann. »Borton ist zurückgekehrt!« Der Tumult fiel nun auch Männern außerhalb des Ausschanks auf, und sie eilten herein. Philebus, der Wirt und damit Temiones Besitzer, befahl ein paar Burschen, bei denen es sich wohl um seine Helfer handelte, für Essen und Trinken zu sorgen. Einer von ihnen schloß das Eingangstor zum Ausschank. Schon kletterten Männer über den Zaun.

»Sitzt du nicht auf meinem Platz?« fragte der Kurier mit polternder Stimme einen armen Kerl, der ziemlich in der Mitte des Ausschanks saß, was für gewöhnlich als der beste Platz für prompte Bedienung angesehen wurde. Der Kerl verdrückte sich, so schnell er konnte. Auf allen vieren.

Wieder erschallte Gelächter.

Borton warf seinen Helm auf den Platz und nahm ihn damit in Besitz. Es würden sich wohl nur wenige finden, die dieses Zeichen seiner Inbesitznahme mißachten würden.

Ich stellte den Paga ab und überprüfte den freien Zugriff zu meiner Klinge, wobei ich sie einen Zentimeter oder so aus der Scheide schob.

»Nein, Mann«, flüsterte ein Mann in meiner Nähe. »Das ist Borton.«

»Soviel habe ich auch mitbekommen«, erwiderte ich.

»Er ist einer der besten Schwertkämpfer des Lagers«, warnte mich der Mann.

Ich schob die Klinge wieder zurück in die Scheide. Bis auf ein kleines Stück.

»Herr«, hauchte Temione atemlos und mit glänzenden Augen. »Er ist es.«

»Ja«, bestätigte ich. In diesem Augenblick verstand ich ihre Gefühle nicht. »Er ist es.«

Borton schlenderte zum Pfahl. Die dort angeketteten Mädchen drängten sich an ihn, als könnte er ihnen Sicherheit oder Schutz bieten. Borton zog zwei davon auf die Füße und musterte sie kritisch. Eine andere hieß er, sich bäuchlings hinzulegen und dann einen Buckel machen. Temione keuchte auf, entsetzt über die Kühnheit, mit der die Frauen behandelt wurden.

»Auch du bist eine Sklavin«, erinnerte ich sie. »Dasselbe könnte auch mit dir geschehen.«

»Ich weiß.«

»Ich will noch andere sehen«, rief Borton und machte es sich auf dem Platz bequem, den er zuvor beansprucht hatte.

Philebus brachte zwei Mädchen. Bis auf den Kragen waren sie nackt. Borton ließ eine neben sich niederknien, die andere, eine Blondine, legte er sich quer über den Schoß. »Beweg dich nicht«, warnte er sie.

»Borton!« rief ein Mann fröhlich von der anderen Seite des Ausschanks. »Mußtest du in letzter Zeit mal wieder in einer Herberge ausgelöst werden?«

»Ich glaube, dazu habe ich auch etwas beigesteuert!« rief ein anderer, ein Bursche, der ebenfalls Artemidorus' Tarnsmannuniform trug.

»Das habe ich dir zurückgezahlt, und zwar das Fünffache, du Sleen«, brüllte Borton lachend.

Das Mädchen, das auf dem Rücken quer über seinen Knien lag, schrie plötzlich überrascht auf. »Beweg dich nicht«, warnte er sie erneut. Das andere Mädchen, das neben ihm im Staub kniete, machte Anstalten, vorsichtig fortzukriechen. »Und du bleibst auch hier.«

Daraufhin kam sie zugleich ängstlich und aufgeregt wieder näher, hob den Kopf und küßte sein Knie. Die Blonde auf seinem Schoß schrie wieder auf. Sie starrte mit weit aufgerissenen Augen zu den Monden hoch. Ihre Fäuste öffneten und schlossen sich. Sie stöhnte.

»Es ist einige Wochen her«, sagte der Mann neben mir, »vor dem Fall von Ar-Station. Borton beförderte Depeschen für Artemidorus. Er übernachtete in einer

Herberge an der Vosk-Straße. Während er sich mit dem morgendlichen Bad erfrischte, stahl ihm irgendein Schurke seine Kleidung, sein Geld, seinen Tarn, die Depeschen. Eben alles.«

»Interessant«, bemerkte ich.

Der Mann kicherte. »Man hielt ihn in der Herberge fest, nackt an einen Ring im Hof gefesselt, bis seine Rechnung, die, wie ich hörte, beträchtlich war, bezahlt wurde.«

»Wer hat ihn ausgelöst?«

»Seine Kameraden. Ein paar Tage später kehrten andere von Artemidorus' Tarnsmännern in der Herberge ein. Sie hatten ihren Spaß daran, ihn so vorzufinden. Also ließen sie ihn noch zwei oder drei Tage dort schmoren, verspotteten ihn und steigerten seine Sorge, sie könnten das Geld zum Auslösen nicht aufbringen, oder behaupteten, sie hätten es zwar geschafft, es aber wieder beim Spiel verloren. Außerdem brachten sie, wie du dir sicher vorstellen kannst, solche Dinge wie die Ehre der Truppe ins Gespräch und warfen die Frage auf, ob jemand, der so dämlich war, sich in eine solche Zwangslage zu bringen, überhaupt ausgelöst werden sollte. Er fluchte und tobte, aber was konnte er schon tun, nackt, in Ketten! Am Ende befreiten sie ihn natürlich, nachdem sie ihm das Versprechen abgenommen hatten, ihnen ihre Scherze nicht heimzuzahlen, und beglichen seine Schulden.«

»Es hat doch sicher Ärger wegen der verlorenen Depeschen gegeben«, meinte ich.

»Anscheinend waren sie nicht wichtig, Routinekram. Angeblich waren sie nicht mal verschlüsselt. Außerdem schätzte man seine Fertigkeiten mit dem Tarn und dem Schwert. Sicher, er mußte eine Strafe bezahlen und wurde degradiert. Aber wie ich gehört habe, hat er seinen finanziellen Engpaß überwunden, vermutlich durch seinen Anteil an der Beute, die Artemidorus beim Fall von Ar-Station gemacht hat. Was seine Ehre angeht, bin ich mir nicht so sicher.«

»Ihr müßt flüchten, Herr«, flüsterte Temione mir zu.

»Ich habe meinen Paga noch nicht ausgetrunken«, erwiderte ich. Nie im Leben hätte ich damit gerechnet, diesem Kerl noch einmal über den Weg zu laufen. Sowohl ich als auch Ephialtes waren mit ihm aneinandergeraten. In einem aus Tausenden von Männern bestehen Heerlager, in dem es mindestens zwei Dutzend Paga-Schenken gab, mußte ich mir ausgerechnet diese aussuchen. Zugegeben, das war nicht so erstaunlich, wie es vielleicht den Anschein hatte, denn Philebus Wirtschaft war angeblich die beste im ganzen Lager. Natürlich hatte ich mich vorher erkundigt. Wie dem auch sei, es gab kaum Grund zur Sorge. Borton hatte mich nicht gesehen und würde sich vermutlich auch nicht an mich erinnern. Vielleicht würde er auch die Komik der Situation zu schätzen wissen, und wir würden darauf gemeinsam und friedlich anstoßen. Aber ich zog das Schwert ein kleines Stück weiter aus der Scheide. Wem es um den Bruchteil eines Ihn geht, kann ein Viertelzentimeter ein beträchtlicher Vorteil sein. Unter bestimmten Umständen verzichten Krieger ganz auf die Schwertscheide. Das ist übrigens auch einer der Gründe dafür, warum man sie an einer Schlinge über der linken Schulter trägt; so kann man sie sofort nach dem Ziehen der Klinge zur Seite werfen, damit sie einen nicht behindert oder der Gegner daran zieht.

»Tarskbraten!« verkündete Philebus stolz und trat auf Borton zu. Er deutete auf einen seiner Gehilfen, der ein Tablett mit dampfendem Fleisch trug. Borton griff sich eine Keule heißes, fetttriefendes Tarsk und biß hinein. »Ausgezeichnet!« strahlte Philebus, dann bedeutete er seinem Gehilfen, das Tablett herumzutragen und die anderen zu bedienen. Der andere Gehilfe verteilte ebenfalls Essen, Würste und Brot. Eine der Sklavinnen, die sich dicht hinter Philebus gehalten hatte, kniete gehorsam vor dem Tarnsmann nieder und stellte einen Becher Paga vor ihm ab. Sie war ausgesprochen schön, und sie wußte es.

»Auf Borton!« rief ein Mann.

Jubel ertönte. »Danke«, sagte ich. Ich nahm ein Stück Tarsk von dem Tablett. Wenn der Tarnsmann schon so freundlich war, alle einzuladen, wäre es einfach albern gewesen, seine Gastfreundschaft zurückzuweisen.

»Diene ihm!« sagte Borton lachend zu der Schönheit, die vor ihm kniete, und zeigte mit der Keule auf einen Kameraden.

Die Schönheit sah ihn verblüfft an, als könnte sie nicht glauben, daß sie fortgeschickt wurde. Einen kurzen Augenblick lang glaubte ich so etwas wie Wut in ihren Zügen zu sehen, aber dann eilte sie plötzlich zu dem Mann, auf den Borton gezeigt hatte, als wäre ihr schlagartig ihr unmögliches Verhalten bewußt geworden; sie warf sich ihm zu Füßen. »Du wirst heute abend ausgepeitscht«, versicherte Philebus ihr. »Ja, Herr«, stöhnte sie. Sie hatte nicht sofort gehorcht. Eine Sklavin hat sofort und unverzüglich zu gehorchen.

»Danke«, sagte ich zu dem anderen Gehilfen und nahm eine Wurst von dem Tablett.

»Paga für alle, von unserem Gastgeber, dem ehrenwerten Borton!« rief Philebus. Mädchen eilten geschäftig umher und bedienten. Ich streckte die Hand aus und hielt Temione fest. »Herr?« fragte sie.

»Du bedienst mich!«

Philebus kettete sogar die Mädchen von dem Pfahl los, damit sie ebenfalls bedienen konnten. Sobald sie frei waren, sprangen sie auf. Er warf Temione einen Blick zu, die sich ängstlich bewegte, gab ihr aber kein Zeichen. Offensichtlich gehörte sie zu mir.

Als der Gehilfe wieder an mir vorbeiging, nahm ich

ein Stück Brot von dem Tablett. Wäre Marcus dagewesen, hätte auch er ein kostenloses Abendessen gehabt.

Der Tarnsmann hatte genug von der Keule und warf den Rest einem Freund zu.

»Trinken wir auf Borton den Edlen, Borton den Großzügigen!« rief ein Mann und erhob sich unsicher auf die Beine.

»Ja, auf ihn!« stimmten andere ein.

Ich schloß mich ihnen an und hob den Becher. Ich machte mir einen Spaß daraus, das zu tun.

Temione konnte den Blick nicht von dem bärtigen Kerl wenden. Vor langer Zeit hatte Temione genau wie Amina, Klio, Elene, Rimice und Liomache zu den Frauen gehört, die von Männern lebten. Vielleicht war es der Krieg gewesen, der Mangel an vermögenden Reisenden, die Horden halb verhungerter Flüchtlinge oder die hohen Preise; als ich sie kennengelernt hatte, ging es ihnen schlecht. Aufgrund der unbezahlten Rechnungen und da ihre Ausflüchte das Herbergspersonal nicht länger zufriedenstellten, hatte man sie ergriffen und an Stricken um den Hals vor den Verwalter geführt. Er hatte sie voll bekleidet in einen Käfig auf Rädern auf eine Bank gesetzt, in der Nähe des Eingangs, wo sie Gelegenheit hatten, Männer anzubetteln, ihre Rechnung zu bezahlen. Nachdem sich dies als erfolglos erwies, ließ er sie von kräftigen freien Frauen durchsuchen und entkleiden, um sie dann wieder in den Käfig bringen, wo sie nun wieder auf der Bank saßen, diesmal jedoch nackt und völlig mittellos. Später hatte er sie mit zusammengebundenen Knöcheln neben dem Eingang aufgereiht, mit freien Händen, damit sie die Herbergsgäste noch flehentlicher anbetteln konnten. Zur siebzehnten Ahn hatte der Verwalter sie fortschaffen lassen; vielleicht hatte er sie nicht mehr sehen können, oder er hatte einfach nicht mehr daran geglaubt, daß sich jemand fände, der ihre Rechnungen bezahlte. Zum erstenmal in ihrem Leben hatten sie Ketten getragen. Ich hatte die einstige Lady Temione aus Cos im Pagaraum kennengelernt, wo sie nackt und in Ketten als meine Bedienung fungierte. Dort war sie auch dem Mann begegnet, der sich nun als Borton entpuppte. Er hatte sie nicht haben wollen, da sie keine Sklavin war, hatte sogar wütend abgelehnt, auch nur von ihr bedient zu werden. »Bringt mir eine Frau!« hatte er gebrüllt. »Eine richtige Frau!«

Das war ein schwerer Schlag für ihre Eitelkeit, ihr Selbstbewußtsein und ihren Stolz gewesen, da sie sich, wie die meisten freien Frauen, für einen wunderbaren und kostbaren Schatz hielt.

»Die Sklavinnen sollen sich zeigen!«, rief ein Mann und hob seinen Becher Paga.

»Die Sklavinnenparade!« stimmte ein anderer ein. »Die Sklavinnenparade!«

»Ja, ja!«

Die ›Sklavinnenparade‹, wie man sie manchmal nennt, findet für gewöhnlich in Paga-Tavernen und Bordellen statt. Natürlich veranstaltet man sie auch anderswo, in den Häusern reicher Männern, bei Festgelagen und dergleichen. Es ist eine Zurschaustellung von Schönheit und körperlichen Reizen. Die Sklavinnen bieten sich, für gewöhnlich eine nach der anderen, von Musik begleitet, den Gästen dar. In gewisser Weise ähnelt es den Modeschauen der Erde, wobei es natürlich hier nicht darum geht, Sklavenmode vorzuführen – obwohl auch das vorkommt –, sondern um sozusagen die Schätze des Hauses zu präsentieren. Während bei den Modeschauen auf der Erde sich die Frau für die Mode und der Mann für die Frau interessiert und die Frauen für die Designer lediglich Mittel zum Zweck sind, nehmen an einer Sklavinnenparade grundsätzlich keine freien Frauen teil, und die Männer können sich an der Schönheit der Sklavinnen erfreuen, wie es von der Natur beabsichtigt ist. Und die Frauen dienen nicht den Designern, sondern einem Herrn, der, falls er sie auswählt, ihr Mietgeld bezahlt. Die Frauen ziehen ebenfalls ihren Gewinn daraus, nicht nur was das Geldverdienen angeht, sondern in einer tiefergehenden psychologischen und biologischen Hinsicht; so können sie ihre wahre Natur ausdrücken und erfüllen.

Ein Flötentrillern ertönte, eine einfache Flöte, keine Doppelflöte, gefolgt vom schnellen Schlag einer kleinen Tabor; die Instrumente waren in den Händen von Philebus' Gehilfen. Die Sklavinnen des Ausschanks sahen einander an, ängstlich und aufgeregt zugleich. Dann ließ Philebus eine Peitsche knallen; es klang wie ein Schuß. Die Mädchen in ihren Eisenkragen und knappen Kostümen schrien entsetzt auf. Selbst Temione zuckte zusammen, obwohl sie an meiner Seite kniete. Es war ein Laut, der Sklavinnen nicht unbekannt war.

»Dora!« rief Philebus.

Sofort wirbelte eines der Mädchen im Takt der Musik zwischen den Gästen umher, eine sinnliche Sklavin mit breiten Hüften und süßen Brüsten; halb tanzend und halb gehend bot sie sich besonders Borton dar, wich vor und zurück, drehte sich.

»Lana!« rief Philebus, und Dora wirbelte aus der Mitte des Kreises heraus und vollendete ihren Tanz durch den Schankraum, wobei sie sich bemühte, den zupackenden, liebkosenden Händen der Männer zu entgehen, und kniete dann im Hintergrund nieder.

Das Mädchen, das der Tarnsmann seinem Freund zum Vergnügen überlassen hatte, sprang auf die Füße und begann ihre Runde auf ziemlich die gleiche Weise wie ihre Vorgängerin. Sie war eine aufregende, langbeinige Frau, und ihr Kleid, das aus dünner Seide bestand, die immer wieder aufklaffte, überließ kaum einen ihrer Reize der Phantasie.

»Aii!« rief ein Mann und huldigte damit der Schönheit der vorbeitanzenden Sklavin.

Sie posierte verführerisch vor Borton.

»Wie schön sie doch ist!« entfuhr es Temione.

»Aii!« rief ein anderer Mann.

Mit einem Schwenken seines Bechers und einem Lachen entließ Borton sie.

Diesmal eilte sie unverzüglich los, bewegte sich auf wunderschön anzusehende Weise an den Männern vorbei und vollendete ihre Schau. Sie hatte keinen Augenblick lang gezögert. Sie war fortgeschickt worden.

»Tula!« rief Philebus, und ein weiteres Mädchen sprang auf die Füße.

Lana, die ihre Runde beendet hatte, kehrte an die Seite des Mannes zurück, dem Borton sie vorhin überlassen hatte. Sie gehörte noch immer ihm, durch den Willen eines anderen, bis man sie entließ.

»Lina!« rief Philebus. Sie hatte kurze Beine und war ziemlich stämmig, mit einer wunderbar breiten Liebesschaukel, wie man so sagt. Das sind oft die besten Sklavinnen.

»Ich habe Angst«, sagte Temione.

Die wüsten Komplimente, mit denen sie überschüttet wurde, ließen Lina erröten. Dann tanzte sie, ebenfalls entlassen, aus dem Kreis heraus und kniete im Hintergrund nieder.

»Sucha!« rief Philebus. Sie war ebenfalls ziemlich klein, mit dunkler Haut. Meiner Meinung nach stammte sie möglicherweise aus der Tahari.

»Ina!« rief Philebus. Sie war größer und blond, kam vielleicht aus einem Dorf in der Nähe von Laura. Trotz ihrer blonden Haare war offensichtlich, daß in ihrem Leib das Sklavenfeuer entfacht worden war. Ich lächelte. Ohne jeden Zweifel würde sie trotz ihrer Haarfarbe in den Armen eines Mannes so hilflos sein wie jede gewöhnliche Sklavin.

»Susan!« rief Philebus. Susan war eine Rothaarige.

Das Mädchen, das quer auf Bortons Schoß gelegen hatte, lag nun neben ihm bäuchlings am Boden und sah der Sklavinnenparade zu. Ihr stockte der Atem. Das andere Mädchen hatte sich auf Hände und Knie erhoben. Sie keuchte auf. Sie schien überwältigt und aufgeregt. »Runter!« befahl Borton. Sie und die andere kauerten sich zusammen, jede auf einer Seite, und betrachteten aufgeregt die Zurschaustellung der Sklavinnen. Gelegentlich gaben sie Borton einen Kuß, als wollten sie ihn darin erinnern, daß sie auch noch da waren, daß sie Frauen und bereit waren.

»Jane!« rief Philebus. Jane war eine kurvenreiche Brünette. Die Namen Susan und Jane sind Erdennamen. Aber dies bedeutete nicht, daß es sich bei diesen Mädchen um Menschen von der Erde handelte. Irdische Mädchennamen dienen auf Gor oft als Sklavennamen. Natürlich war es nicht ausgeschlossen, daß sie von der Erde kamen. Aber selbst falls dies zutraf, waren sie jetzt goreanische Sklavinnen, verkäufliche Ware, laszive, hemmungslose Frauen. Ich erwähne die Möglichkeit, daß sie von der Erde stammten, nur aus dem Grund, weil so etwas durchaus nicht ausgeschlossen war. Das hat etwas mit dem Sklavenhandel zu tun. Es gibt eindeutige Beweise dafür, daß Schiffe der Kurii zwischen der Erde und Gor eine beständige Sklavenroute aufrechterhalten. Dies nur zur Erläuterung.

»Jasmine, Geize!« rief Philebus.

»Ich kann mich dort nicht zeigen«, schluchzte Temione.

»Ziehst du die Peitsche vor?« fragte ich.

»Er verachtet mich«, sagte sie. »Er würde mich auslachen. Er würde mich verspotten und erniedrigen! Er hat mich angeekelt abgewiesen. Er findet mich häßlich, dick, dumm, ein Sleen-Weibchen, das so abstoßend und widerwärtig ist, daß er mich aus seiner Gegenwart entfernen lassen würde.«

»Aber jetzt bist du eine Sklavin«, bemerkte ich.

Sie starrte mich mit einem wilden Blick an.

»Temione!« rief Philebus.

Sie stand augenblicklich auf den Beinen, mit einer Bewegung voller Sinnlichkeit und Anmut.

Ich keuchte überrascht auf.

»Aii!« riefen einige Männer.

Sie war eine Sklavin, aber was für eine!

Sie glitt an den Männern vorbei, in ihrem Auftritt bei der Sklavinnenparade, schritt den staubigen Pfad zwischen ihren Herrn entlang; die einen waren Goreaner, Larls unter Männern, harte, durch nichts verweichlichte, ungezähmte Bestien, gebieterisch und gnadenlos, und sie war eine Frau, unaussprechlich begehrenswert und verletzlich, weich und schön, ein Wesen, wie sie es zu ihren Füßen liegen haben wollten!

»Aii!« rief ein Bursche.

Aber da hatte sie sich schon von ihm zurückgezogen, als ob sie ihn fürchteten, und doch auf eine Weise, daß er genau wußte, daß sie ihm oder einem anderen unaussprechliche Freuden bereiten würde.

Ich mußte mich zwingen zuzusehen.

Borton hatte den Becher gesenkt.

Selbst Philebus sah überrascht aus. Ich glaube, bis zu diesem Augenblick hatte er gar nicht gewußt, was ihm da eigentlich gehörte.

Auch die im Hintergrund knienden Mädchen sahen zu, einige erhoben sich von den Fersen. Sie blickten Temione und dann einander an. Einige keuchten auf. Sie waren fassungslos. Anscheinend konnten sie nicht glauben, was sie da sahen. Bis zu diesem Augenblick hatten sie – genausowenig wie Philebus oder ich, was das betraf – auch nur geahnt, wieviel Weib in Temione steckte. Einige der Mädchen rissen ihre Seide auf und wanden sich im Staub auf den Knien vor Verlangen. Als sie sahen, wie schön und begehrenswert eine Frau sein konnte, wollten sie sich ebenfalls auf diese Weise bewegen und so die Aufmerksamkeit ihrer Herrn auf sich lenken, um sie darum zu bitten, ihr Verlangen nach Liebe und Unterwerfung zu stillen.

Trommel und Flöte ertönten. Da waren die Männer, der Ausschank, der Vosk im Hintergrund, der Feuerschein und die Sklavin.

»So wunderschön«, flüsterte ein Mann.

Auf ihrer Runde machte sie vor mir halt, ihre Hände strichen über die Hüften, ihre Schultern und ihre Brüste bewegten sich.

Ich trank von meinem Paga. Dann entließ ich sie mit einer kleinen Kopfbewegung.

Sie wirbelte von mir fort.

Und näherte sich dem Kurier.

Es war sehr schön, ihr zuzuschauen, einer in Seide gehüllten, mit dem Sklavenkragen versehenen barfüßigen Schönheit.

Dann stand sie vor Borton, dem Tarnsmann, die Schultern nach hinten genommen, den Kopf hoch erhoben, stolz in ihrem Sklaventum, furchtlos; ihr Körper schien sich kaum zu bewegen, und doch folgte er gehorsam und enthüllend dem Takt der Musik, wie es sich bei einer Sklavinnenparade gehörte.

»Ah!« sagte der Tarnsmann mit leuchtenden Augen.

Sie sah ihn an. Er mußte sie doch erkennen!

Dann wich sie vor ihm zurück und wieder vor. Seine Hand krampfte sich um den Becher. Die Mädchen im Hintergrund murmelten etwas. Er entließ Temione nicht. Er ließ sie weitertanzen.

Männer sahen einander an und grinsten.

Temione wiegte sich weiter, machte einen Schritt in die eine und dann in die andere Richtung, drehte sich im Kreis, kam näher, wich zurück, kam wieder näher.

Und noch immer entließ er sie nicht. Als sie einmal von ihm zurückwich, trafen sich unsere Blicke. Sie sah überrascht aus. Anscheinend hatte sie damit gerechnet, auf jeden Fall von ihm erkannt zu werden. Zweifellos war sie darauf gefaßt gewesen, wieder zurückgestoßen zu werden, fortgeschickt, vielleicht sogar geschlagen zu werden, aber er hatte sie nicht einmal aus dem Kreis gelassen. Als sie mir kurz darauf wieder das Gesicht zuwandte, konnte ich nicht umhin, zusammen mit ihrer Verblüffung ihre schön geformten, nackten Beine wahrzunehmen; ihre zarten Knöchel und Füße, der wunderbare Schwung ihrer Hüfte, Taille und Brüste, preisgegeben von der Seide, dieser Verhöhnung eines Kleidungsstücks, die Anmut ihrer Ober- und Unterarme, die zierlichen Hände und Finger, ihre Schultern, ihr Hals mit dem Kragen, ihr zartes, wunderschönes Gesicht – wie wunderbar sie doch war! Vielleicht war es verständlich, daß er diese aufregende Sklavin vor ihm nicht mit der freien Frau in Verbindung brachte, der er seinerzeit soviel Verachtung entgegengebracht hatte. Vermutlich wäre das vielen Männern so gegangen.

Wieder tanzte sie vor ihm.

Nein, er erkannte sie nicht.

Dann blieb sie verwegen vor ihm stehen, als würde sie ihn herausfordern, sie zu erkennen.

Und er tat es noch immer nicht!

Plötzlich riß sie sich völlig unerwartet die Seide vom Körper. Die Mädchen stöhnten auf. Männer beugten sich vor. Philebus Hand verkrampfte sich um die Peitsche. Er hob sie zögernd.

Temione bemerkte das nicht. Sie hatte nur Augen für den Kurier, und er für sie, verblüfft, verzaubert, wie gelähmt.

»Ist der Herr zufrieden?« fragte Philebus.

»Ja! Ja!« rief Borton aus.

Sie blieb weiter vor ihm stehen. Obwohl sie sich kaum bewegte, war in ihrem Körper noch immer Musik. Ich konnte mir nicht vorstellen, daß Philebus sie dafür bestrafen würde, daß sie so vor Borton, seinem Kunden, getanzt oder sich die Seide vom Leib gerissen hatte. In der Abgeschiedenheit seines Zuhauses ermuntert ein Herr seine Sklavinnen zu solch erregenden Spontanaktionen. In der Öffentlichkeit wie einem Paga-Ausschank ist es jedoch für ein Mädchen ratsam, sehr vorsichtig zu sein, zumindest in Gegenwart ihres Besitzers. Sie darf auf keinen Fall den Anschein erwecken, daß sie nicht mehr unter der völligen Kontrolle ihres Herrn steht.

»Los, los«, sagte Borton und gestikulierte mit der linken Hand und dem Becher in seiner rechten, »bring sie alle her!«

Philebus gab den Mädchen ein Zeichen, und sie eilten mit leisen Schritten nach vorn und knieten im Halbkreis hinter Temione nieder, die noch immer mit zerrissener Seide dort stand.

»Möchte der Herr vielleicht seine Auswahl für heute nacht treffen?« fragte Philebus.

Gelächter erscholl.

Diese Frage war nun wirklich rein rhetorisch.

Philebus wies mit der zusammengerollten Peitsche auf seine Mädchen, wie ein Zuckerbäcker, der seine Süßigkeiten anpreist.

Weiteres Gelächter erscholl.

Ich glaube, es bestand kein Zweifel, wen der Tarnsmann wählen würde.

Die beiden Gehilfen, die für die Musik gesorgt hatten, waren verstummt. Der eine wischte die Flöte ab, der andere kümmerte sich um die Tabor, löste ein paar Pflöcke und verringerte die Spannung der Trommelhaut. Für gewöhnlich nahm man Verrhaut, genau wie für Weinschläuche.

»Können sie tanzen?« fragte Borton, als hätte er sich doch noch nicht entschieden.

Der Trommelspieler blickte auf.

»Leider nein!«, rief Philebus in gespielter Verzweiflung. »Leider ist keines meiner Mädchen eine Tänzerin.«

Der Trommelspieler wandte sich wieder seiner Arbeit zu.

Aus der Menge ertönten gespielte Ausrufe der Enttäuschung.

»Ich werde tanzen«, sagte Temione.

Die Sklavinnen zuckten zusammen, stöhnten auf. Stille senkte sich über den Schankraum. Philebus hob wütend die Peitsche. Aber der Tarnsmann bedeutete ihm, sie zu senken.

»Vergebt mir, Herr«, sagte Temione. Sie hatte ohne Erlaubnis gesprochen.

»Zeig sie mir genauer«, verlangte Borton.

Philebus drückte Temione unsanft nach unten, auf die Knie, dann drückte er ihr Kinn nach oben. Sie starrte den Kurier an.

»Ich kenne dich von irgendwoher, nicht wahr?« sagte Borton.

»Vielleicht, Herr«, stammelte sie.

»Ich glaube, ich kenne dich«, sagte er.

»Vielleicht, Herr«, wiederholte sie. Und schrie furchterfüllt auf und krümmte sich zusammen, als Philebus die Peitsche knallen ließ.

»Drück dich deutlich aus, Sklavin«, fauchte Philebus. »Kennst du ihn oder nicht?« Er ließ die Peitsche erneut knallen.

»Ich kenne ihn aus dem *Krummen Tarn*, Herr«, rief sie und schaute Borton ängstlich an.

»Du!« brüllte er.

»Ja, Herr!«

»Die freie Frau!«

»Die jetzt eine Sklavin ist, Herr«, sagte sie, »eine Sklavin.«

»Ha! Was für einen Narren hast du aus mir gemacht!«

»Nein, Herr«, sagte sie furchtsam.

»Du hast mich wirklich hinters Licht geführt.«

»Nein, Herr«, schluchzte sie.

»Eine amüsante kleine Sklavin«, bemerkte er.

Sie wagte nicht, darauf etwas zu erwidern.

»Ich kaufe sie«, sagte Borton.

Der Wirt schüttelte den Kopf. »Sie ist nicht zu verkaufen.«

»Ein Goldstück«, sagte Borton. »Zehn Goldstücke.«

»Du bist betrunken.«

»Nein«, sagte Borton. »Ich war in meinem Leben noch nie so nüchtern.«

Temione erschauderte.

»Ich will dich haben«, sagte Borton zu ihr.

»Darf ich sprechen?«

Er nickte.

»Was würde der Herr mit mir machen?« fragte sie mit zitternder Stimme.

»Wozu ich Lust habe«, lautete die Antwort.

Einer der Männer rief: »Hast du überhaupt zehn Goldstücke?«

Borton runzelte die Stirn und warf ihm einen finsteren Blick zu. Gelächter ertönte. Seit dem Vorfall in der Herberge waren seine Finanzen wohl in Unordnung.

»Zehn Silbertarsk«, meinte Borton grinsend.

»Das ist ein guter Preis, Philebus«, sagte ein Mann. »Verkauf sie!«

»Sie ist nicht zu verkaufen«, sagte Philebus.

Enttäuschte Rufe ertönten.

»Aber vielleicht möchtest du sie für den Abend haben?« schlug er dann Borton vor. Er gab ihm die Peitsche. Die Sklavin erbebte. »Umsonst.«

»Ausgezeichnet, Philebus«, lobten einige Männer.

Ich stand auf. »Einen Augenblick!«

Überrascht wandten sich mir alle Blicke zu.

»Sie dient schon mir«, sagte ich.

Erstaunte Ausrufe ertönten.

»Paß auf«, sagte ein Mann. »Das ist Borton!«

»So wie ich die allgemein üblichen Regeln einer Paga-Taverne kenne, die meines Wissens auch für einen solchen Ausschank gelten, steht die Sklavin mir zu, bis ich sie entlassen habe, oder bis zur Sperrstunde, oder bis zur Morgendämmerung. Ausnahmen von dieser Regel müssen vorher verkündet werden, sagen wir durch eine Verlautbarung oder ein Schild.«

»Sie hat dir nicht gedient«, sagte jemand.

»Hast du mich bedient?« fragte ich die Sklavin.

»Ja, Herr.«

»Und habe ich dich entlassen?«

»Nein, Herr.«

Ein Mann neben mir warnte: »Das ist Borton!«

»Ich freue mich, seine Bekanntschaft zu machen.« Das war nicht ganz ehrlich gemeint.

»Wer bist du?« fragte Borton.

»Ich freue mich, deine Bekanntschaft zu machen«, versicherte ich ihm.

»Wer bist du?« wiederholte er die Frage.

»Ein netter Bursche«, antwortete ich, »der keinen Streit sucht.«

Borton warf die Peitsche zur Seite. Sein Schwert flog förmlich aus der Scheide.

Männer wichen zurück.

»Aii!« rief jemand. Auch mein Schwert hatte seine Scheide verlassen.

»Ich habe nicht gesehen, wie er gezogen hat«, stieß ein Mann hervor.

»Meine Herren, wir wollen hier doch keinen Ärger haben«, beschwor uns Philebus.

»Warte!« rief Borton da plötzlich. »Warte! Warte! Ich kenne dich! Ich kenne dich!«

Ich warf einen schnellen Blick nach links. Dort stand ein Mann. Er würde mir dienlich sein.

»Er ist derjenige, der auch im *Krummen Tarn* war!« brüllte Borton wütend. »Er war es, der meine Depeschen gestohlen hat, der sich mit meinem Geld aus dem Staub gemacht hat, mit meiner Kleidung, meiner Ausrüstung, meinem Tarn!«

Ich schätze, man konnte es Borton nicht verdenken, daß er so ungehalten war. Als ich ihn das letzte Mal gesehen hatte, hatte ich auf seinem Tarn gesessen und den Vogel über dem Hof schweben lassen, während er in der Tiefe nackt an einen Sleenring gekettet worden war, noch ganz naß von seinem Bad. Trotz seiner Größe und Kraft war der Ring stark genug gewesen, ihn zu halten, selbst als er mich dann erblickte, was ihn offensichtlich vollends aufbrachte. Ich hatte ihm fröhlich mit der Kuriertasche zugewinkt. Ich hatte ihm nichts nachgetragen. Er hatte mir von dort unten etwas zugebrüllt, aber der Flügelschlag des Tarns und der Wind hatten verhindert, daß ich es verstehen konnte. Aber seine Freunde hatten ihn ja ausgelöst.

Wie dem auch sei, jetzt stand er vor mir, in keiner guten Stimmung und mit einem Schwert in der Hand.

»Er ist ein Spion und ein Dieb!« rief er.

Männer sprangen auf die Beine.

»Ein Spion!«

»Ergreift ihn!«

Plötzlich verlor ich Temione, die zur Seite gestoßen wurde, aus dem Blick.

Borton stürmte auf mich zu.

Ich packte den Burschen links neben mir an seinem Gewand und stieß ihn Borton vor die Füße. Männer drängten vorwärts. Borton lag am Boden; er sah ziemlich unzufrieden aus. Ich versetzte einem Mann zu meiner Rechten mit der Hand, mit der ich das Schwert hielt, einen Fausthieb. Knochen splitterten. Er spuckte Zähne aus. Es blieb keine Zeit für eine Entschuldigung. Ich fuhr herum, ließ mich auf alle viere fallen; über mir prallten Männer zusammen. Ich sprang wieder auf und stieß drei oder vier Burschen zur Seite. Dann bahnte ich mir einen Weg durch den Rest der Männer, von denen die meisten mich in dem Gedränge gar nicht richtig wahrnehmen konnten, riß mich los und setzte über den niedrigen Zaun hinweg, um durch die Dunkelheit auf den Vosk zuzueilen.

»Da läuft er!« rief jemand. Hinter mir schrien einige der Mädchen auf, die in der Verwirrung vermutlich zur Seite gestoßen oder über den Haufen gerannt wurden. Für gewöhnlich steht Sklavinnen nicht der Sinn danach, inmitten von Männern und blankgezogenen Klingen zu hilflosen, kurvenreichen, leicht bekleideten Hindernissen zu werden. Sie sind dazu da, ihnen Freude zu bereiten, was ihnen auch klar ist, und nicht, ihnen im Weg zu stehen.

»Er flüchtet zum Vosk!« rief ein Mann. Aber als ich das hörte, eilte ich längst nicht mehr in Richtung Fluß. Ich hatte zwischen den umstehenden Zelten – von denen die meisten leer standen, was vermutlich dem Lärm des Paga-Ausschanks und der sich in Windeseile verbreitenden Nachricht von Bortons Großzügigkeit zuzuschreiben war – die entgegengesetzte Richtung eingeschlagen. Allerdings hatte ich in ihrem Schutz das Schwert in die Scheide gesteckt und Schrittempo eingeschlagen; wenn ich jemandem begegnete, blieb ich stehen und blickte zurück, als würde mich der aus dem Ausschank herüberdringende Lärm interessieren. »Was ist denn da hinten los?« fragte ein Soldat.

»Keine Ahnung«, erwiderte ich. Schließlich war ich ja nicht mehr dort. Aber ich konnte es mir natürlich denken. Dutzende von Männern mit Fackeln oder Laternen würden auf der Suche nach mir durch den Uferschlamm des Vosk waten und mit gezückten Schwertern Schilfbüschel teilen. Ich beneidete sie nicht um diese Aufgabe. Es ist schon schwer genug, dort jemanden am Tag zu finden, erst recht also in der Nacht. Und wenn sich der Gesuchte dann nicht einmal dort befindet, wird es sogar noch schwieriger.

»Ich glaube, ich werde hingehen und mir die Sache einmal ansehen«, sagte der Soldat.

»Könntest du mir den Weg zu dem Zelt von Borton, dem Kurier, zeigen?« fragte ich.

»Sicher«, erwiderte er. Ich bedankte mich höflich. Dann sah ich zu, wie er neugierig in Richtung des Paga-Ausschanks ging. Unterwegs gesellten sich noch ein paar Burschen zu ihm. Sie waren vermutlich ebenfalls neugierig. Ich konnte es ihnen nicht verdenken. Da ich mich nun in einem höher gelegenen Teil des Lagers aufhielt, konnte ich mehrere Fackeln sehen, die am Flußufer entlangflackerten. Anscheinend befanden sich auch ein paar kleine Boote im Wasser, an deren Bug man hinter Blenden Fackeln angebracht hatte, wie man es tut, wenn man nachts Tabuk und Tarsk jagt. Vermutlich hatte man sie sich von einheimischen Fischern ausgeliehen. Ich machte mich auf den Weg zu den Unterkünften von Artemidorus, dem cosischen Söldner.

Sie befanden sich am Südrand des Lagers, in der Richtung, in der man die Streitkräfte Ars vermutete. So gesehen war es ein guter Ort für Erkundungsflüge. Die Tarnsmänner konnten ziemlich unbeachtet kommen und gehen. Außerdem war es nicht nötig, den Luftraum des Hauptlagers zu durchqueren, der für gewöhnlich und aus naheliegenden Gründen nicht verletzt werden darf. Die dortigen Verteidigungsanlagen boten auch so etwas wie einen Puffer zwischen dem Süden und dem Hauptlager. Es ist schwierig und vor allem auch gefährlich, sich in der Nähe unbekannter Tarns zu bewegen, vor allem in der Nacht. Die Zelte der Kuriere standen vermutlich in der Nähe von Artemidorus' Hauptquartier. Das machte Sinn. Dann hatte ich Artemidorus' Lager erreicht. Ich ging den Stellungen der Wachposten aus dem Weg. Allerdings waren einige nicht einmal besetzt. Augenblicke später befand ich mich unerkannt zwischen den Zelten.

»Freund, wo befindet sich das Zelt von Borton, der dem Befehl Artemidorus' untersteht?« sprach ich einen Söldner an.

»Was willst du von ihm?«

»Nichts, was dich angeht«, erwiderte ich.

Seine Hand fuhr zum Schwert.

»Du hast deine Klinge gezogen?« fragte er verblüfft.

Ich ließ sie zurück in die Scheide gleiten. »Sieh her«, sagte ich, griff in meine Gürteltasche und zog eine Handvoll Sklavenperlen hervor. »Sind die nicht schön?« Er betrachtete sie im Mondlicht.

»Billiger Tand«, meinte er.

»Natürlich«, erwiderte ich, »aber hübsch, sogar sehr hübsch, und auf einem starken Faden aufgefädelt.« Die Perlen waren groß und rund, bestanden aus hellbuntem Holz und maßen etwa einen halben Hort im Durchmesser.

»Du bist ein Händler«, räumte er ein.

»Trete ans Feuer«, sagte ich. Dort hielt ich die Perlen ins Licht. Er betrachtete sie.

»Ja, schon, hübsch«, meinte er.

»Ich soll sie in Bortons Zelt abliefern«, sagte ich.

»Er besitzt keine Sklaven, er mietet sie.«

»Die müssen doch gar nicht für eine Sklavin sein, zumindest nicht sofort.«

»Das ist wahr«, lachte der Söldner.

»Stell sie dir am Hals einer entkleideten freien Frau vor, die zu seinen Füßen liegt«, sagte ich.

»Ja, genau«, lachte er.

Sklavenperlen werden gewöhnlich aus Holz und Glas hergestellt und kosten so gut wie nichts. Warum teure Dinge wie Gold, echte Perlen, Rubine und dergleichen an Sklavinnen verschwenden? Aber sie sind hübsch, und Mädchen betteln darum. Tatsächlich kämpfen sie darum, verzweifelt, manchmal sogar verbissen. Und als Wesen voller Eitelkeit wissen sie damit umzugehen, schmücken sich damit, vergrößern ihre Schönheit, machen sich so noch begehrenswerter.

»Sein Zelt?« fragte ich.

»Da hinten«, sagte der Söldner und zeigte auf ein Zelt am Fuß des Hügels, der von Artemidorus' Hauptquartier gekrönt wurde. Daß es sich um das Hauptquartier handelte, bedeutete noch lange nicht, daß sich Artemidorus in diesem Zelt aufhielt oder gar schlief. Manchmal dienen solche auffälligen Zelte Tarnangriffen oder Meuchelmördern als Zielscheibe.

»Danke, Freund«, sagte ich, verabschiedete mich von dem hilfsbereiten Söldner und begab mich zu dem Zelt. Für einen einfachen Kurier fand ich es ziemlich groß, wenn nicht sogar protzig. Wie die meisten goreanischen Feldzugszelte – zumindest jene, die man in großen, befestigten Lagern aufstellt – war es kreisrund und hatte ein kegelförmiges Dach. Es war mit roten und gelben Streifen versehen, und der Eingang verfügte über einen Baldachin. Am Hauptpfahl, der durch das Dach hindurchführte, flatterte eine Flagge mit den Insignien von Artemidorus' Truppe, ein Schwert in der Klaue eines Tarn. Ich persönlich ziehe niedrigere, unauffälliger gefärbte Zelte vor; sie fügen sich besser in ihre Umwelt ein. Ein solches Zelt begleitete den Tarnsmann nicht auf seinem Flug, getragen von Zugtarns, sondern folgte in den Nachschubwagen des Trosses. Eine Abteilung Tarnsmänner wie die des Artemidorus' hält sich beim Flug nicht mit dem Transport solcher Gegenstände auf. Sie reisen nur mit der nötigsten Kriegsausrüstung wie den Geschossen und Waffen und Vorräten für eine bestimmte Zahl von Tagen.

»Ich glaube nicht, daß er jetzt da ist«, rief mir der Söldner nach.

»Ich werde warten, zumindest eine Zeitlang«, erwiderte ich. Dann rüttelte ich am Türvorhang aus Segeltuch, und als ich keine Antwort erhielt, trat ich ein.

Im Inneren war es ziemlich dunkel, also schlug ich mit dem Feueranzünder aus meiner Gürteltasche Licht, entdeckte eine Lampe und zündete sie an. Unter diesen Umständen, nach meiner Unterhaltung mit dem Söldner eben und angesichts der anderen Schwierigkeiten, hielt ich es für keine gute Idee, den Versuch zu unternehmen, meine Anwesenheit im Zelt geheimzuhalten. Das hätte nur Argwohn erregt. Außerdem war ich neugierig, wie es hier drin wohl aussehen mochte. Möglicherweise fände ich etwas, das ich gebrauchen konnte.

Im Zelt gab es kleine Teppiche, teure Wandbehänge und Schlaffelle. Darüber hinaus gab es verschiedene kleine Gegenstände wie Krüge, Schüsseln und Schatullen. Am Mittelpfahl war ein Stück Papier befestigt. Dort stand: *Sei auf der Hut, dieses Zelt gehört Borton!* Jeder, der diesen Zettel las, würde wohl wissen, wer dieser Borton war. Ich freute mich über den Zettel, denn so hatte ich eine Bestätigung, daß ich mich im richtigen Zelt befand. Am Rand eines Teppichs hatte man einen schweren Pfahl tief in den Boden gestoßen. Daneben lagen ein paar hübsche, aber trotzdem stabile Ketten und eine Peitsche. Ich sah erfreut, daß Borton mit Frauen umzugehen verstand. Er war bestimmt kein schlechter Kerl. Mit Sicherheit war er mir in der Vergangenheit sehr nützlich gewesen. Und mit etwas Glück würde er es wieder sein.

Ich drehte ein paar der kleineren Teppiche um und entdeckte eine Stelle, wo der Boden anders aussah. Ich grub dort mit der Messerspitze und fand eine kleine Schachtel mit Münzen. Es waren fünf Goldmünzen, drei Starter aus Brundisium und zwei aus Telnus, elf Silbertarsk aus verschiedenen Städten, da von dieser Währung viele im Umlauf sind, und ein paar weniger wertvolle Münzen. Ich steckte sie ein. Ich hatte unter den Teppichen nachgesehen, da die Schatullen nach dem Öffnen nicht viel von Interesse preisgegeben hatten. Zum Beispiel besaß ich in meinem Zelt bereits Nähzeug. Es ist ein Spaß, sich eine Sklavin zu mieten, sie mit ins Zelt zu nehmen und sie dann etwas flicken zu lassen. Und wenn sie glaubt, daß das alles war, was man von ihr wollte, befiehlt man ihr, sich auf den Rücken oder den Bauch zu legen, um ihr beizubringen, daß ihre Weiblichkeit mehr verlangt als die Erfüllung solcher Arbeiten.

Mittlerweile war die Suche vom Fluß bestimmt auf das Lager verlegt worden. Also hielt ich es für einen guten Zeitpunkt, in die Nähe des Flusses zurückzukehren. Bevor ich das Zelt verließ, hängte ich die Sklavenperlen an den Nagel, mit dem Borton seine Warnung befestigt hatte. Ich war der Ansicht, ihm etwas für seine Mühen schuldig zu sein. Ich musterte die Perlen. Sie waren wirklich hübsch, diese beiden Reihen aus gefärbten runden Holzkugeln, auf einer Schnur aufgezogen, die fest genug war, um eine Sklavin an Händen und Füßen zu binden. Dann verließ ich das Zelt.

»Ich habe keine Lust, noch länger zu warten«, erklärte ich dem Söldner.

Er nickte, ohne mir große Aufmerksamkeit zu schenken.

Ein Wachposten, den ich einen Augenblick später passierte, sprach mich an. »Im Norden geht etwas vor.«

»Wo denn?«

»Da.«

Ich konnte den Schein von Fackeln sehen; undeutlich waren die Rufe von Männern zu hören.

»Ich glaube, du hast recht«, stimmte ich dem Posten zu.

»Was ist da los?« fragte er einen Söldner, der sich zu uns gesellte.

»Ein Spion wird gesucht«, sagte der Söldner.

»Weiß man, wie er aussieht?« fragte ich.

»Soll ein großer Bursche sein, mit roten Haaren«, antwortete der Mann.

»Ich habe rotes Haar«, meinte ich.

»Wenn ich du wäre, würde ich in nächster Zeit kein Aufsehen erregen«, sagte der Wächter.

»Das ist vermutlich eine gute Idee.«

»Es wäre zu dumm, für einen Spion gehalten, mit Armbrustbolzen durchbohrt oder in Stücke gehackt zu werden.«

»Da bin ich ganz deiner Meinung.«

»Sei vorsichtig«, empfahl mir der Wächter fürsorglich.

»Das werde ich«, versicherte ich ihm.

»Sie werden ihn vor dem Morgengrauen haben«, sagte der Söldner, der sich zu uns gesellt hatte.

Der Wächter nickte. »Die werden das ganze Lager auf den Kopf stellen. Es wird keinen Ort geben, an dem man sich verstecken kann. Sie werden überall suchen.«

»Überall?« fragte ich.

»Überall.«

»Sie werden ihn vor dem Morgengrauen schnappen«, bekräftigte der Söldner.

»Ich wünsche euch alles Gute«, verabschiedete ich mich mit dem traditionellen goreanischen Gruß. Sie erwiderten ihn.

Wenn Krieger jemanden suchen, dann gehen sie für gewöhnlich von der Annahme aus, daß der Gejagte an einem Ort bleibt, sich also hartnäckig verbirgt. In diesem Fall muß man nur die vorhandenen Möglichkeiten gründlich durchdenken, und die Aufgabe ist gelöst. Während jedoch den Jägern durchaus bewußt ist, daß sich der Gesuchte am Ort B aufhalten könnte, während sie gerade am Ort A sind, kommt ihnen nur selten der Gedanke, er könnte sich an Ort A aufhalten, während sie an Ort B suchen. In diesem Fall ist es möglich, ›überall‹ zu suchen und nichts zu finden. Männer oder Larls oder Sleen – die oft einen Bogen schlagen und ihre Verfolger von hinten angreifen – aufzuspüren hat nichts mit der Suche nach einem verlorengegangenen Knopf gemeinsam. Viele der Männer in diesem Lager, sowohl die regulären Soldaten als auch die Söldner, waren geschickte Krieger, vielleicht sogar darin ausgebildet, Menschen zu jagen. Die Verfolgung der in der Schlacht geschlagenen, flüchtenden Feinde ist eine eigenständige Kunst. Solche Männer versetzen sich in die Gedanken des Gejagten; sie bilden die Nachhut, sie trennen sich von der Suchmannschaft, sie suchen aufs Geratewohl und dergleichen mehr. Solche Männer fangen viele Gejagte ein.

Es gibt allerdings einen Ort, an dem selbst solch erfahrene Jäger voraussichtlich nicht nachsehen, und das ist in der Suchmannschaft selbst. Einer Sklavin fällt es schwer, in einer solchen Gruppe unerkannt unterzutauchen, allein wegen ihres Geschlechts, ihrer Nacktheit oder ihres Sklavenkragens, aber ein Mann hat da weniger Probleme. Meine Chance bestand also darin, den Augenblick abzuwarten, an dem die Suche außerhalb des Lagers stattfand, und zwar vor allem im Süden, was so gegen Morgen der Fall sein dürfte.

Marcus, der mich in das Lager begleitet hatte, hatte ganz genaue Pläne für jeden Notfall ausgearbeitet und mit Nachdruck darauf bestanden, daß sie, falls einer von uns ertappt oder gefangengenommen wurde, befolgt wurden, Pläne, die er vermutlich genau in diesem Augenblick wie der Blitz in die Tat umsetzte. Nach Möglichkeit sollten wir uns auf der Straße nach Holmesk treffen, in der Nähe des Dorfes Teslit. Falls dieses Treffen nicht zustande kam, sollte derjenige, der sich in der Nähe von Teslit aufhielt, weiter nach Holmesk eilen und sich dort mit den Kontaktleuten aus Ar in Verbindung setzen.

Marcus war ein überaus ernsthafter junger Mann, dem es mit diesen Plänen sehr ernst war. Was mich angeht, so hätte ich, falls er aufgeflogen wäre, mich vermutlich zumindest lange genug im Lager herumgetrieben, bis ich herausgefunden hätte, ob ich ihm helfen konnte oder nicht. Falls jemand gepfählt wurde, ist die Hilfe, die man ihm zukommen lassen kann, eher gering. Marcus hatte jedoch darauf bestanden, daß ich keine Rücksicht auf ihn nähme, ihn unverzüglich opferte und weiterreiste, um mit den Arern Kontakt aufzunehmen. Ich hatte mir jede Widerrede gespart, da es sehr schwer ist, mit nüchtern und sachlich denkenden Leuten über eine solche Sache zu diskutieren. Wir hatten sowieso vorgehabt, in einem oder zwei Tagen nach Süden weiterzureisen, da wir genug Zeit mit dem Expeditionsheer verbracht hatten, um seine Marschrouten bestimmen zu können und diese Informationen weiterzugeben. Ich persönlich konnte nicht so recht glauben, daß Ar die Bewegungen, Marschbefehle und Zusammensetzung der cosischen Streitkräfte im Norden nicht bereits kannte.

Jetzt galt es aber, die Nacht zu überstehen. »Sie werden ihn vor dem Morgengrauen haben!« hatte der Mann gesagt.

Ich ging davon aus, daß er sich irrte.

2

Die Straße unter mir war nicht gepflastert. Sie war staubig und heiß, lang und schmal. Sie führte nach Norden.

Ich betrachtete sie.

Sie war leer.

Es war schwer zu glauben, daß sich das Expeditionsheer von Cos nordwestlich von hier in der Nähe des Vosk aufhielt, während sich jenseits von Teslit in südlicher Richtung vor oder in Holmesk das Winterlager von Ar befand, das angeblich über ein beträchtliches Verpflegungsdepot verfügte und eine der größten Truppenkonzentrationen darstellte, die man jemals so weit im Norden des Kontinents gesehen hatte.

Es war später Nachmittag. Ich hielt mir die Hand schattenspendend über die Augen. Von dem langen braunen Pfad, der zwei gewaltige Flächen aus vertrocknetem Gras wie eine trockene Linie teilte, stieg kein Staubwölkchen in die Luft. Der sich darüber wölbende Himmel war hell und klar, beinahe wolkenlos. Wie die Straße schien auch er leer zu sein.

Es war einsam hier.

Doch im Leben eines Kriegers sind solche Augenblicke willkommen, Augenblicke, in denen man allein sein, in denen man nachdenken kann.

Er, der nicht denken kann, ist kein Mann, sagt der Kodex. Doch der, der nur denkt, ist es auch nicht, heißt es dann weiter.

Teslit, ein kleines Dorf, war bis auf eine oder zwei Familien verlassen worden. Frauen und Vieh waren in aller Eile fortgeschafft worden. Ich hielt das nicht für unklug. Cos stand nördlich von hier, Ar südlich. Hätten die Heere die Auseinandersetzung gesucht, wäre es durchaus vorstellbar gewesen, daß sie auf der Holmesk-Straße aufeinandertrafen, vielleicht in der Nähe von Teslit, etwa auf halbem Weg zwischen dem Vosk und Holmesk. Ich musterte die Straße. Es hieß, hier hätte vor langer Zeit eine Schlacht stattgefunden, vor mehr als zweihundert Jahren, die Schlacht von Teslit, die zwischen den Streitkräften von Ven und Harfax ausgetragen wurde. Viele wissen nicht einmal, daß es dort überhaupt ein Dorf gibt. Und doch hatte dieses in der Nähe befindliche Dorf der Schlacht ihren Namen verliehen. Derartige historische Details muten oft eigentümlich an.

Ich lauschte einen Augenblick lang, und es kam mir so vor, als könnte ich von dort unten und zugleich aus weiter Ferne, wie aus einer anderen Zeit, ganz schwach das Schmettern der Trompeten und das Dröhnen der Trommeln hören, die Schreie der Männer und das Klirren von Stahl. Einst war diese friedliche Straße, dieses staubige Band zwischen den Grasfeldern, von Blut getränkt worden. Aber dann war da nur wieder diese Stille und die staubige Straße, die nach Norden führte.

Tatsächlich befand sich das Heerlager von Ar an derselben Stelle wie das Lager von Harfax zweihundert Jahre zuvor. So etwas ist kein Zufall. Es hat mit dem Gelände, dem Wasser, den Verteidigungsmöglichkeiten und dergleichen zu tun. Das Territorium, sein Gefälle, seine Quellen, seine Flüsse, ihre Breite und Tiefe, ihre Strömungsgeschwindigkeit, ihre Furten, das Klima, die Jahreszeit, die Sichtweiten, der Niederschlag, das alles bestimmt das vierdimensionale Brett, auf dem das Spiel des Krieges stattfindet. Es ist kein Wunder, daß gute Soldaten oftmals scharfsinnige Historiker sind, die eingehend Karten und Feldzüge studieren. Gewisse Routen, Situationen und Jahreszeiten sind optimal für bestimmte Zwecke, während andere es wiederum nicht sind und sich sogar als verhängnisvoll erweisen können. So wurden zum Beispiel auf Gor gewisse Pässe immer wieder benutzt. Sie sind einfach die beste Verbindung zwischen wichtigen Punkten. Hier finden sich die Inschriften oder Zeichen Dutzender Heere, die im Verlauf von Jahrhunderten – manche sprechen sogar von dreitausend Jahren – dort eingeritzt wurden.

Ich hielt mich seit fünf Tagen in dieser Gegend auf und hatte ein kleines, getarntes Lager aufgeschlagen, von dem aus ich die Straße überblicken konnte. Am Morgen nach meinem kleinen Zusammenstoß mit dem gefürchteten Borton in dem Paga-Ausschank hatte ich einer Suchmannschaft freiwillig meine Hilfe angeboten und war auch willkommen geheißen worden; man hatte sie zusammengestellt, um in südlicher Richtung nach dem ›Spion‹ und ›Dieb‹ zu suchen. Wie ich erfreulicherweise vermelden kann, blieben sie erfolglos. Außer mir setzte sich die Gruppe aus fünf Männern zusammen, Söldnern, die von einem cosischen Berufssoldaten angeführt wurden. Sie hatten mich erfreut bei sich aufgenommen, da es schwierig war, Freiwillige für die Suche im Süden zu finden, dort, wo angeblich das Heer von Ar stand. Ich hatte erklärt, mich ihnen gern anzuschließen, vor allem, da mich meine Geschäfte in diese Richtung führten. Des weiteren gestand ich ihnen, wie erfreut ich war, zumindest eine Zeitlang von ihrem Schutz profitieren zu können. Das entsprach mehr der Wahrheit, als sie ahnten. Sie schützten mich vor der Suche, was allein schon unbezahlbar war, ganz zu schweigen vor den plötzlichen Angriffen der cosischen Tarnsmänner, die oft aus heiterem Himmel erfolgen. Außerdem war es schön, am hellichten Tag offen reisen zu können. Als sie es nach drei Tagen eilig hatten, zur Truppe zurückzukehren – vor allem da sie am

Himmel zwei Tarnpatrouillen aus Ar gesehen hatten –, verabschiedete ich mich von ihnen und ging allein weiter.

Die Straße unter mir schien so leer wie zuvor.

Ich hatte mein Lager in den Hang eines kleinen, mit Büschen bewachsenen Hügels westlich der Straße gegraben. Die Neigung des Hügels sorgte dafür, daß der waagerechte Einschnitt nicht auffiel. Ein Nadelbaum bot einen beinahe vollständigen Sichtschutz nach oben.

Ich beobachtete die Straße.

Es gab in Teslit noch einige wenige Hütten, deren Bewohner bis jetzt nicht geflohen waren; in einer von ihnen hatte ich übernachtet und mit einem Mann und zwei seiner Söhne den Kessel geteilt. Ich hatte Fragen gestellt, einige Vorräte eingekauft und war am Morgen weitergezogen. Nach einer Ahn hatte ich natürlich die Richtung gewechselt und mein jetziges Lager bezogen.

Die Sonne schien warm.

Ich hatte damit gerechnet, Marcus hier irgendwo zu finden, ganz in Übereinstimmung mit seinem sorgfältig ausgeklügelten Notfallplan. Aber ich hatte von ihm keine Spur entdeckt. Auch in dem Dorf hatte ich nichts gehört. Ich ging davon aus, daß er das Lager vernünftigerweise schnell verlassen hatte, bevor man sich an unsere mutmaßliche Bekanntschaft erinnerte, und dann, nachdem er mehrere Ahn in der Nähe von Teslit verborgen gewartet hatte, weitergeeilt war, um seine Informationen so schnell wie möglich den Arern zu überbringen. Genau das hatte ich auch von ihm erwartet. Er war ein ausgezeichneter junger Offizier, mit einem ausgeprägten Pflichtbewußtsein. Er hätte sich nicht so wie ich unvernünftigerweise in der Nähe des feindlichen Lagers herumgetrieben, nur um der entfernten Möglichkeit willen, einem in Gefahr geratenen Kameraden zu Hilfe kommen zu können. Eine derartige Unbedachtsamkeit hätte seine Chance, die Informationen zu überbringen, in ernste Gefahr gebracht. Man konnte sich darauf verlassen, daß Marcus seine Pflicht tat, selbst wenn das bedauerlicherweise bedeutete, einen Kameraden zu opfern. Er hatte mir im Lager der Cosianer eindringlich und in aller Ausführlichkeit klar gemacht, daß er in einer ähnlichen Situation freudig dazu bereit wäre, geopfert zu werden. Tatsächlich hatte er sogar darauf bestanden, und ich hatte ihm nicht widersprochen, denn wie ich schon sagte: Es ist schwer, mit Leuten zu diskutieren, die recht haben.

Die Straße lag verlassen da.

Ohne Marcus hatte ich keine große Lust, mich dem Lager der Arer zu nähern. Man hätte mich für einen Spion halten können. Dasselbe war mir schon in Ar-Station widerfahren. Allein schon mein Akzent würde mich verdächtig machen. Davon abgesehen war Marcus vermutlich schon längst in Holmesk, oder zumindest in seiner Nähe. Und selbst wenn nicht, ging ich davon aus, daß der Heerführer von Ar die Position und die Bewegungen des cosischen Expeditionsheers genausogut kannte wie Marcus oder ich. Aufgrund der mangelnden Aktivitäten im Winterlager wollte Marcus das nicht glauben. Natürlich gab es für diese Untätigkeit eine einfache Erklärung, deren bis jetzt schlimmste Auswirkung in dem Unvermögen bestand, Ar-Station während seiner Belagerung zu Hilfe zu kommen. Die Erklärung war wirklich einfach. Es ging um Verrat an höchster Stelle.

Ich betrachtete auch den Himmel eingehend. Er war ebenfalls menschenleer. Obwohl der Nachmittag schon weit fortgeschritten war, brannte die Sonne noch immer hell.

Ich erwog, nach Port Kar zurückzukehren. Ich wußte nicht, ob es dort für mich sicher war oder nicht. Links neben der Türschwelle meines Freundes Samos, des ersten Sklavenhändlers von Port Kar, befand sich eine

Fahnenstange. An dieser Stange hingen ein paar Sklavenketten, dort, wo sich Stange und Wand trafen. Für gewöhnlich hatte man ein Stück rote Sklavenseide an der Kette festgebunden. Wenn dieses Stück durch gelbe Seide ersetzt worden war, bestand keine Gefahr mehr. Doch es gab nur wenig, das mich in dieser Situation nach Port Kar rief. Der Versuch, mich nach Torcodino durchzuschlagen, reizte mich viel mehr. Dort konnte ich mit dem derzeitigen Beherrscher der Stadt Dietrich von Tarnburg in Kontakt treten, der dort wie ein Larl in seinem Versteck lauerte. Ich würde ihm berichten, wie man mich in Ar verraten hatte und was ich mir daraufhin zusammengereimt hatte. Vielleicht konnte er mit Myron, dem Polemarkos von Temos, dem Oberbefehlshaber der cosischen Invasionsstreitmacht, eine Abmachung treffen über den sicheren Abzug aus Torcodino, falls es dazu noch nicht zu spät war. Dietrichs Kühnheit und Tapferkeit, der brillante Schachzug, Torcodino, Cos' Nachschubbasis im Süden, einzunehmen und damit die Invasion zum Stillstand zu bringen, erschien nun ziemlich sinnlos. Ar war nicht losmarschiert, um Cos dort zu stellen, sondern hatte sein Heer nach Norden geschickt. Nun mußte man davon ausgehen, daß es Myron im Verlauf des Winters geschafft hatte, sein Kriegsmaterial aufzustocken. Da der Winter nun vorüber war, konnte er auch wieder seine zahllosen Söldner um sich scharen, indem er ihre Standarten aus Dutzenden Winterlagern rief. Torcodino war zumindest kein wesentliches Hindernis mehr auf dem Marsch nach Ar. Natürlich hatte Dietrich nichts davon, er würde sich nicht von seinem Posten absetzen können. Ich war davon überzeugt, daß Ar ihm nicht zu Hilfe kommen würde, genausowenig wie es Ar-Station, immerhin seinem eigenem kolonialen Außenposten am Vosk, der nun in Schutt und Asche lag, zur Hilfe gekommen war.

Früher oder später wollte ich Ar einen Besuch abstatten. Ich hatte dort noch etwas zu erledigen.

Ich blickte auf die leere Straße hinunter.

Am besten ging ich nach Torcodino. Andererseits hätte ich aus Achtung vor Marcus den Versuch wagen müssen, Ars Winterlager zu erreichen. Im Gegensatz zu Marcus schuldete ich Ar keine Untertanenpflicht. Und doch hätte er genau das gewollt; er hätte gewollt, daß ich den Oberbefehlshaber von Ar über die Bewegungen und Positionen des cosischen Expeditionsheers informiere. Ich konnte nicht davon ausgehen, daß er es geschafft hatte. Also würde ich versuchen, das Winterlager zu erreichen.

Die Straße war menschenleer.

Am Morgen würde ich das Lager abbrechen und nach Holmesk reisen. Ich würde mich wieder als Kaufmann tarnen.

Ich blickte wieder zur Straße.

Sie war noch immer leer.

Ich mußte an Ephialtes denken, den Marketender aus dem *Krummen Tarn*, der mir vor Ar-Station wiederbegegnet war. Ich nahm an, daß er das Expeditionsheer begleitete. Auch er hatte unter Borton zu leiden gehabt. Tatsächlich hatte der Tarnsmann Ephialtes' Schlafplatz in der Herberge für sich beansprucht, einen ziemlich guten Platz, einen Eckplatz, und er hatte den Marketender einfach davongejagt und ihn sich genommen. Eine Meisterleistung an Kühnheit. Ephialtes hatte mir dann später geholfen, den Kurier hereinzulegen. Danach hatte er als mein Agent gearbeitet. Er war ein guter Kerl. Zur Zeit behütete er vier meiner Frauen, die Sklavin Liadne und die drei freien Frauen Amina, Rimice und Phoebe.

Am Morgen würde ich aufbrechen, um nach Holmesk zu reisen.

Plötzlich beugte ich mich vor. Da war ein winziger

Punkt. In der Ferne. Ich war mir nicht sicher, ob es sich nicht um eine optische Täuschung handelte. Gespannt wartete ich. Ein paar Ehn später wußte ich es genau. Auf der Straße, dieser langen, schmalen, staubigen Straße, die kaum mehr als ein Pfad war und zu beiden Seiten von vertrocknetem Gras begrenzt wurde, näherte sich eine Gestalt.

Ich wartete.

Ich wartete mehrere Ehn, fast eine Viertelahn. Langsam entstand in mir Gewißheit.

Ich lachte leise.

Einige Zeit später hob ich einen Stein auf und warf ihn, als der Mann mein Versteck passierte, hinter ihn auf die Straße. Da es dort keinerlei Deckung gab, tat der Mann genau das, was ich erwartete. Er drehte sich blitzschnell um, ließ das Marschgepäck fallen, bewegte sich zur Seite, nahm eine geduckte Haltung an, alle Sinne gespannt. Er wandte sich der dem Geräusch *entgegengesetzten* Richtung zu. In einer derartigen Situation, die von dem Geräusch des auftreffenden Steins heraufbeschworen worden war – etwas Unerwartetes auf der linken Seite des Reisenden –, kam die Drohung von dem bewachsenen Hügel und nicht von der Grasebene. Die spätnachmittägliche Sonne spiegelte sich im Stahl der blankgezogenen Klinge. Der Mann hatte sich fast schon über einen Meter von seinem Gepäck entfernt. Schon im nächsten Augenblick würde er die Deckung der Büsche erreicht haben.

Ich stand auf, hob grüßend die rechte Hand, die frei von jeder Waffe war.

Seine Klinge glitt zurück in die Scheide.

»Wie ich sehe, bildet Ar seine Krieger noch immer gut aus!« rief ich zu ihm hinunter.

»Ar-Station!« erwiderte er lachend. Er nahm sein Marschgepäck auf und stürmte den Hügel herauf.

Einen Augenblick später schüttelten Marcus und ich uns die Hände.

»Ich hatte befürchtet, sie hätten dich gefangengenommen«, sagte er erleichtert.

»Ich habe hier auf dich gewartet. Was hat dich aufgehalten?«

Sein Gesicht lief plötzlich rot an. »Ich wurde am Vosk aufgehalten«, antwortete er. »Ich konnte nicht früher kommen.«

»Geschäfte?« fragte ich.

»Natürlich«, antwortete er ausweichend.

Ich lachte. »Du hast darauf gewartet, etwas über mich zu hören – ob sie mich erwischt haben.«

»Nein.« Die Antwort kam etwas zu schnell.

»Du hättest sofort nach Holmesk aufbrechen sollen«, sagte ich.

»Vielleicht.«

»Aber du hast es nicht getan«, bemerkte ich.

Er errötete.

»Das war doch unser Plan, oder?« fragte ich ihn mit einer Unschuld, die Boots Tarskstück alle Ehre gemacht hätte. Ich war nicht umsonst mit einer Truppe fahrender Schauspieler durch das Land gezogen. Zugegeben, meistens hatte ich nur geholfen, die Bühne aufzubauen und die Räder steckengebliebener Wagen aus dem Dreck zu ziehen.

»Das spielt jetzt keine Rolle mehr«, sagte er verdrossen.

»Aber man muß sich doch an einen Plan halten«, erwiderte ich. »Zum Beispiel muß man dazu bereit sein, den Kameraden und Freund zu opfern.«

»Natürlich«, bestätigte Marcus gereizt. »Natürlich!«

»Es ist gut, daß es Menschen wie dich gibt, die Faulpelze und weniger verantwortliche Kerle wie mich über ihre Pflichten aufklären.«

»Danke.«

»Aber anscheinend hast du dich bei dieser Gelegenheit nicht daran gehalten.«

Er zuckte mit den Schultern.

»Danke, mein Freund.«

Wir schüttelten uns erneut die Hände.

»Pst«, zischte er plötzlich. »Dort unten!«

»Hallo, ihr da!« rief ein Mann fröhlich von der Straße aus. Er war in Begleitung zweier weiterer Männer, hochgewachsene, halbrasierte, zerlumpt aussehende Burschen. Sie waren bewaffnet, und sie sahen gefährlich aus.

Marcus' Hand fuhr zum Schwertgriff.

»Warte«, flüsterte ich ihm zu. Ich hob grüßend die Hand. »Tal«, rief ich den Männern auf der Straße zu.

»Wir sind Reisende«, rief der Sprecher der Gruppe. »Wir suchen den Weg nach Teslit.«

»Das liegt weiter südlich von hier, an dieser Straße«, sagte ich.

»Das sind keine Reisenden«, murmelte Marcus.

»Nein.«

»Ist das weit?« rief der Mann.

»Einen Pasang.«

»Sie kommen von Süden«, bemerkte Marcus.

»Ich weiß«, entgegnete ich. Ich hatte die Straße beobachtet. Wären sie Marcus gefolgt, hätte ich sie gesehen. Aber was noch viel wichtiger war, von dieser Höhe aus konnte man die Spuren im Straßenstaub sehen.

»Sie tragen kein Gepäck«, sagte Marcus.

»Das befindet sich vermutlich in Teslit.« Ich war nicht der einzige, der in Teslit Erkundigungen einziehen konnte.

»Vielleicht sind sie mir gefolgt«, sagte Marcus bitter.

»Das halte ich für unwahrscheinlich. Jedenfalls nicht direkt. Solche Verfolger wären dir doch aufgefallen.«

»Das hoffe ich zumindest«, sagte er. Es ist gefährlich, einem Krieger zu folgen.

»Ihr braucht keine Angst zu haben!« rief der Kerl auf der Straße.

»Vielleicht haben sie vorausgesehen, daß du vom Lager südwärts reist«, meinte ich. »Vielleicht hatten sie angenommen, daß du früher aufbrichst. In Teslit haben sie dann erfahren, daß jemand, auf den meine Beschreibung paßt, kürzlich dort war, aber allein, und dann anscheinend weiter nach Süden reiste. Sie sind dann so weit nach Süden geeilt, wie sie es wagte, aber jetzt kehren sie zurück. Noch wahrscheinlicher ist, daß sie damit gerechnet haben, daß ich in der Nähe an einem Treffpunkt warte.«

»Wir möchten gern mit euch sprechen!« rief der Mann.

Ich konnte es ihnen nicht verdenken, daß sie nicht heraufkommen wollten.

»Vielleicht sind es Straßenräuber«, flüsterte Marcus.

»Das glaube ich nicht.«

»Was denn dann?«

»Jäger«, sagte ich. »Menschenjäger.« Ich wandte mich wieder den Männern auf der Straße zu. »Wir sind einfache Kaufleute«, rief ich.

»Dann kommt runter, damit wir euch etwas abkaufen können!«

»Ihr könntet Soldaten aus Ar sein«, erwiderte ich. Es war durchaus möglich, daß Ar Geheimpatrouillen in der Gegend hatte.

Die drei Männer blickten einander an. Sie berieten sich leise. Dann hob der Sprecher den Kopf. »Nein, wir kommen nicht aus Ar.«

Marcus lächelte. »Dann ist es wahrscheinlich, daß sie aus dem Lager am Vosk kommen.«

Ich nickte.

»Keine Angst«, rief der Mann. »Ihr habt nichts von uns zu befürchten.«

»Wir sind einfache Kaufleute«, erinnerte ich ihn.

»Dann wollen wir euch etwas abkaufen!«

»Was denn?« fragte ich.

»Wir brauchen viele Dinge«, rief er. »Zeigt uns eure Waren.«

»Dann kommt rauf.«

»Kommt ihr runter.«

»In zwei oder drei Ahn ist es dunkel«, murmelte Marcus.

»Ja.« Es war durchaus nicht unwahrscheinlich, daß wir das kleine Lager bis dahin halten konnten. In der Dunkelheit konnten wir uns dann davonschleichen. Ich konnte mir nicht vorstellen, daß sie Lust verspürten, den Hügel emporzuklimmen. Außerdem würden sie ihr Werk gern schnell verrichten.

»Sie könnten uns am Morgen folgen«, meinte Marcus.

»Das ist wahr.«

»Kommt runter!« rief der Mann auf der Straße.

»Vielleicht sollten wir herausfinden, was sie wollen«, sagte ich.

»Genau«, erwiderte Marcus grimmig.

»Lächle«, riet ich ihm.

Dann kletterten und rutschten wir zur Straße hinunter.

»Ihr habt eure Waren vergessen«, sagte der Söldner und lächelte. Seine beiden Freunde rückten von ihm ab. Auf diese Weise hatten sie genug Platz, um Stahl schwingen zu können.

»Die Bündel sind schwer«, antwortete ich. »Ich hielt es für klüger, erst einmal herauszufinden, wofür ihr euch interessiert.« Er glaubte doch wohl nicht ernsthaft, daß ich mich von einem Bündel behindern lassen würde, wenn ich den Hügel hinuntersteigen, wenn ich unten mein Gleichgewicht wiederfinden mußte.

»Ihr fürchtet euch noch immer«, sagte der Söldner.

»Nein«, erwiderte ich.

Er holte ein blaues Armband aus der Tunika, das er grinsend über den linken Ärmel hinaufschob, bis über den Ellbogen. »Seht ihr, kein Grund zur Angst. Wir kommen nicht aus Ar.« Seine beiden Freunde grinsten ebenfalls und befestigten kennzeichnende Merkmale am linken Arm, der eine ein Armband, der andere ein blaues Tuch, das mit einem Knoten versehen war. Viele Söldner tragen keine Uniformen. Sie identifizieren sich durch Zeichen wie Armbänder, Tücher, Bänder und Federn, die verkünden, zu welcher Seite sie gehören. Ich brauche sicher nicht eigens zu erwähnen, daß solche beliebigen Merkmale schnell ausgetauscht werden können; die Farben verändern sich mit dem Schlachtverlauf. Viele Söldnerkompanien bestehen aus kaum mehr als bewaffnetem Pöbel, andere, wie die Regimenter Dietrich von Tarnburgs, Pietro Vacchis oder Raymond von Rive-de-Bois, sind erstklassig, sie stellen genauso erprobte Krieger wie die Ars und Cos' dar.

Beim Umgang mit Söldnern ist es außerordentlich wichtig, genau zu wissen, mit welcher Sorte man es zu tun hat. Es kann einen großen Unterschied machen, was die Taktik angeht. Mehr als nur ein Regiment regulärer Truppen wurde dezimiert, weil seine befehlshabenden Offiziere die gegenüberstehenden Söldner unterschätzten. Um noch einmal auf den eben angesprochenen Seitenwechsel zurückzukommen – was auch immer von dem Schlachtenglück des Tages abhängt –, so ist auch auf Gor der Überläufer nicht gänzlich unbekannt. Es gibt beispielsweise Tuniken, deren Innenseite eine andere Farbe aufweist. So kann man sie nach Einbruch der Dunkelheit unbemerkt wenden. Allerdings werden solche Tuniken auf Gor nur selten getragen. Zum einen wird jeder Mann, der mit einem solchen Gewand erwischt wird, kurzerhand gepfählt, und zwar von beiden Seiten. deshalb finden sie hauptsächlich für Infiltrationszwecke Verwendung, genau wie falsche Uniformen und dergleichen.

»Ihr seid Söldner«, stellte ich fest. »Im Sold von Cos.«

»Und ihr steht der cosischen Sache ebenfalls loyal gegenüber«, grinste er, »wie eure Anwesenheit im Lager am Vosk bewiesen hat.«

»Wollt ihr denn nichts kaufen?« fragte ich.

Sie zogen die Schwerter. Auch mein Schwert glitt aus der Scheide.

»Wir wollen nur ihn«, sagte der Sprecher, der offensichtlich auch der Anführer der kleinen Gruppe war, zu Marcus. »Misch dich nicht ein.«

Marcus rührte sich natürlich nicht von der Stelle.

»Tritt zurück«, sagte ich zu Marcus.

Er bewegte keinen Muskel.

»Wer ist das erste Schwert?« fragte ich den Anführer.

»Das bin ich«, sagte der Mann zu seiner Linken. Mir war sofort klar, daß das nicht der Wahrheit entsprach. Immerhin stand er auf der linken Seite des Anführers, wo er dessen waffenlose Seite beschützen konnte. Seine Stärke würde vermutlich in der Verteidigung liegen. Es ist schwer, die Verteidigung eines Mannes zu durchbrechen, der sich allein darauf konzentriert. Während ich mich also mit ihm beschäftigte oder vielmehr von den dreien hauptsächlich ihn im Auge behielt, würde der Anführer freien Zugang zu meiner linken Seite haben. Meiner Meinung nach war der Anführer das erste Schwert. Bei kleinen Gruppen ist es oftmals die überlegene Schwertkunst, die über diese Einteilungen entscheidet.

»Also gut«, sagte ich und konzentrierte mich scheinbar auf ihn.

»Wer ist das erste Schwert?« fragte der Anführer.

»Das bin ich«, sagte Marcus. Das fand ich interessant. Natürlich war das durchaus möglich.

»Wir sind an dir nicht interessiert«, sagte einer der beiden hinten stehenden Männer unbehaglich. »Du darfst dich zurückziehen.«

Marcus rührte sich nicht. Wenn er sich zurückzog, stand es drei gegen einen.

»Ich dachte, du wolltest etwas kaufen«, sagte ich zu dem Anführer.

Er lachte. »Was verkaufst du denn?«

»Stahl«, sagte Marcus gleichmütig.

Der Mann zur Linken des Anführers wich ein Stück zurück, verschaffte sich einen weiteren Schritt Abstand zwischen sich und Marcus. Der junge Krieger wirkte bedrohlich.

»Mutiger junger Vulo-Hahn«, spottete der Anführer.

»Ganz ruhig«, sagte ich zu Marcus. Ich hatte die Befürchtung, er würde sich zu früh aus der Reserve locken lassen.

»Geh«, sagte der Söldner auf der linken Seite. »Wir wollen nichts von dir.«

Marcus rührte sich nicht. »Weil ich jung bin, glaubt ihr, ich wäre auch dumm. Da seid ihr im Irrtum.«

»Nein«, sagte der Söldner.

Einen Augenblick lang kam es mir so vor, als würde sich der Boden unter unseren Füßen unmerklich bewegen. Es war ein flüchtiger Eindruck.

»Ihr haltet uns für Spione«, sagte Marcus. »Ihr wollt uns beide, allerdings einen nach dem anderen.«

»Nein«, sagte der Söldner. »Bestimmt nicht.«

»Darum geht es also«, rief ich aus und tat so, als sei ich erleichtert. »Ihr seid gar keine Straßenräuber, die, wie wir befürchteten, ehrliche Leute ausrauben wollen. Ich glaube, wir können die Sache schnell regeln. Es handelt sich hier einfach um eine Verwechslung.«

»Du windest dich«, sagte der Anführer.

»Für wen haltet ihr uns?« fragte ich.

Der Anführer grinste. »Für die von uns Gesuchten.«

»Spione?«

»Für mich macht es keinen Unterschied, ob ihr Spione seid oder nicht.«

»Wie habt ihr uns gefunden?« fragte ich. Sie waren zu dritt. Ich wußte nicht, wie gut Marcus mit der Klinge umgehen konnte. Nach Möglichkeit wollte ich ihn beschützen.

»Policrates hat uns höchstpersönlich in sein Zelt gerufen«, sagte der Söldnerführer. »Der Kommandant des Expeditionsheeres hat vorausgesagt, daß man euch nach dem Ende der offiziellen Suche ohne größere Mühe im Süden finden würde, in Richtung Holmesk. Dann würdet ihr mit keiner Verfolgung mehr rechnen und euch am sichersten fühlen. Er war es, der das Verbot aussprach, den jungen Burschen da zu ergreifen, der befahl, ihn unbeschadet gehen zu lassen, damit er uns zu dir führte.«

»Tarl, mein Freund, es tut mir leid«, sagte Marcus. »Aii!«

Der Anführer warf mir einen wilden Blick zu, dann senkte sich langsam sein Schwert. Er sackte auf die Knie, dann stürzte er kopfüber in den Straßenstaub. Ich wandte mich seinem Kameraden zu, der die ganze Zeit rechts von ihm gestanden hatte. Marcus trat mit bleichem Gesicht zwischen das erste Schwert und mich.

»Euer Anführer wäre besser beraten gewesen, sich auf keine Erklärungen oder Unterhaltungen einzulassen. Wäre er so klug wie Policrates gewesen, wäre ihm so etwas vermutlich nicht passiert.«

Der Söldner wich vor mir zurück.

»Ich habe nicht einmal gesehen, daß sich dein Schwert bewegt hat«, sagte Marcus voller Ehrfurcht.

»Dein Anführer ließ zu, sich ablenken zu lassen«, sagte ich zu dem Söldner. »Vielleicht folgst du ja seinem Beispiel.«

Der Mann schüttelte den Kopf und wich weiter zurück.

Der Anführer hatte sich für den Aggressor gehalten. Er hatte mich als ängstlich eingeschätzt. Er hatte es für sein Vorrecht gehalten, den ersten Schlag zu führen. Der Stich der von der Seite geführten Klinge, die sauber zwischen zwei Rippen vorbei bis zu seinem Herz geführt und sofort wieder zurückgezogen worden war, hatte ihn völlig überrascht.

Dann schien der Boden wieder zu dröhnen, aber diesmal wallte auch Staub auf.

Ich wollte den Söldner vor mir nicht aus den Augen lassen.

Der Söldner, den Marcus in Schach hielt, stieß einen furchterfüllten Schrei aus. Dann blickte sich mein Gegner wild um, wandte mir den Rücken zu und ergriff die Flucht.

Aus der Staubwolke hinter mir erscholl eine Stimme. Sie rief »Tarsk!«, ein Befehl, den man oft bei der Tarskjagd hört, ein Signal, das Tier niederzureiten, damit man ihm dabei die Lanze in den Rücken oder die Seite stoßen kann. Aber das wurde mir erst richtig bewußt, nachdem der Boden direkt neben mir erzittert und ich zur Hälfte herumgefahren und dabei beinahe von einem Sattel-Tharlarion umgestoßen worden war, während sich eine Lanzenspitze zwischen die Schulterblätter des flüchtenden Söldners bohrte, der im nächsten Augenblick von dem Tharlarion niedergeritten wurde. Die Echse drehte sich in einer Staubwolke um, ihr Reiter hob die blutige Lanze.

»Männer aus Ar, wir grüßen euch!« sagte Marcus und hob die Hand. Er hatte das Schwert weggesteckt. Sein Gegner lag verstümmelt im Staub, ebenfalls von einer Lanze niedergestreckt. In dem Staub und dem Blut konnte man die blaue Farbe des um seinen Oberarm gewickelten, Zugehörigkeit signalisierenden Tuches nur noch mit Mühe ausmachen.

»Steck dein Schwert weg!« rief Marcus mir zu.

Ich tat es. Es waren etwa zehn Männer, die alle auf Tharlarion ritten. Fünf trugen Armbruste. Drei davon waren auf Marcus gerichtet, zwei zielten auf mich.

»Senkt eure Armbruste«, rief Marcus.

Die Waffen blieben, wo sie waren.

»Wir sind in Sicherheit«, sagte Marcus zu mir. »Das sind Männer aus Ar.«

Ich war davon nicht überzeugt, und wäre Marcus älter und erfahrener gewesen, wäre er es ebenfalls nicht gewesen. Sicher, sie trugen die Uniform von Ar. Aber für eine Patrouille befanden sie sich ziemlich weit nördlich. Natürlich war es durchaus möglich, daß es sich um Fernaufklärer handelte. Vielleicht hatte der Hauptteil des Heeres das Winterlager verlassen und marschierte nun auf den Vosk zu. In diesem Fall war diese Patrouille nicht so weit von ihrer Basis entfernt, wie es den Anschein hatte. Den besten Beweis, daß diese Männer tatsächlich aus Ar kamen, lieferte natürlich die Tatsache, daß sie die Söldner ohne zu zögern gnadenlos niedergeritten hatten. Die blauen Insignien hatte sie eindeutig als Männer von Cos identifiziert.

»Wir danken euch, daß ihr uns zu Hilfe gekommen seid«, sagte Marcus. »Ruhm und Ehre für Ar!«

»Ruhm und Ehre für Ar!« wiederholten vier oder fünf der Reiter.

Ihr Anführer schien jedoch nicht auf Marcus' Worte zu reagieren. Er sah müde aus. Er war staubbedeckt. Das Halstuch hing um seinen Hals. Für gewöhnlich schiebt man es vor einem Kampf herunter, damit Befehle nicht gedämpft ertönen und man freier atmen kann. Seine Kapuze war ebenfalls zurückgeworfen.

Auch das war eine normale Verhaltensweise vor einem Kampf, weil so das Sichtfeld vergrößert werden soll. Er sah Marcus mißtrauisch an.

Sowohl Männer wie Tiere waren staubbedeckt. Die Männer sahen hager und erschöpft aus. Ich fürchtete, daß sie weit von ihrer Basis entfernt waren. Während das Heer in seinem gemütlichen Lager überwintert hatte und seine Soldaten dabei vermutlich dick und fett geworden waren, hatten Männer wie diese Ranger, Kundschafter oder Fourageure mehr als genügend Strapazen und Gefahren auf sich genommen, hatten mehr als nur einmal Kontakt mit dem Feind gehabt, mehr als nur einmal an den Scharmützeln teilgenommen, die in dem Niemandsland zwischen den Heeren stattfanden. Ich sah in ihren Gesichtern, daß diesen Männern Krieg und Mühsal nicht fremd waren. Sie hatten Situationen erlebt, in denen nur der Schnelle, Skrupellose und Unerbittliche überlebt.

»Ich bin Marcus Marcellus, von den Marcelliani!« sagte Marcus.

Im Blick des Anführers regte sich kein Erkennen; zumindest konnte ich keines sehen.

»Aus Ar-Station!« verkündete Marcus.

»Renegaten«, sagte einer der Reiter.

»Bringt uns zu Saphronicus, dem Kommandanten vor Holmesk!« sagte Marcus. »Wir sind Spione! Wir kommen aus dem cosischen Lager. Wir haben Informationen!«

»Und ob das Spione sind«, sagte ein anderer Reiter.

»Bringt uns zu Saphronicus!« wiederholte Marcus.

Einer der Männer spukte aus. »Verräter!«

»Sleen aus Ar-Station!«

»Wir Bürger von Ar-Station sind keine Verräter!« rief Marcus wütend aus.

»Die Cosianer haben sich den Zugang zu Ar-Station erkauft, mit Bestechung!«

»Nein!« rief Marcus.
»Es gehört jetzt zu Cos.«
Marcus schüttelte den Kopf.
»Und ihr beiden seid Spione!«
Der Anführer sah mich an. »Kommst du auch aus Ar-Station?«
»Nein.«
»Und woher dann?«
Es gefiel mir keineswegs, diesen Männern eine solche Auskunft zu geben, andererseits schien es wenig zu bringen, es ihnen zu verheimlichen.
Ich sagte: »Ich komme aus Port Kar, dem Juwel des schimmernden Thassa!«
»Das ist ja noch schlimmer als Ar-Station!« lachte einer der Reiter. »Eine Zuflucht für Halsabschneider und Piraten!«
»Port Kar hat einen Heimstein«, sagte ich.
»Bringt uns zu Saphronicus!« verlangte Marcus wütend. »Wenn wir tatsächlich Spione für die andere Seite wären, warum haben uns die Cosianer, von denen mein Kamerad vor eurem Eintreffen einen getötet hat, dann bedroht?«
»Auf diese Weise wolltest ihr unser Mißtrauen ausschalten«, sagte der Anführer. »Vielleicht waren das nur Strohmänner, die getötet werden sollten, um uns von eurer Ehrlichkeit zu überzeugen.«
»Ich weigere mich, weiterhin mit Untergebenen zu debattieren«, sagte Marcus. »Anhand der Autorität meines Offizierrangs in den Streitkräften von Ar-Station, einer Kolonie des Stadtstaates Ar, befehle ich euch, uns nach Holmesk zu Saphronicus zu bringen, eurem Kommandanten. Und zwar so schnell wie möglich. Weigert ihr euch, so tragt ihr die volle Verantwortung.«
»Saphronicus ist nicht in Holmesk«, erwiderte der Anführer.

Marcus sah ihn bestürzt an.

»Das Winterlager wurde aufgelöst?« fragte ich.

»Ar marschiert«, verkündete einer der Reiter stolz. »Nach Westen.«

»Auf Brundisium zu?« fragte Marcus ungläubig.

Der Anführer nickte.

Ich vermied jede Gefühlsregung, aber auch ich war von dieser Nachricht verblüfft. Diese Marschrichtung würde die Arer nicht zu den Cosianern führen, zumindest nicht auf dem direkten Weg. Vielleicht planten sie, die cosischen Truppen von Brundisium abzuschneiden. Das würde einen Sinn ergeben.

»Wir kommen aus dem Heerlager von Cos«, sagte Marcus, »wo wir unter großem persönlichen Risiko für Ar spioniert haben. Wir haben Informationen. Ich weiß nicht, welchen Wert diese Informationen haben. Diese Entscheidung sollte man Saphronicus überlassen. Bringt uns zu ihm.«

Der Anführer raunte zwei seiner Reiter etwas zu. Sie stiegen ab.

»Was soll das!« protestierte Marcus wütend, als einer von ihnen hinter ihn trat, ihm die Hände auf den Rücken riß und Handschellen zuschnappen ließ. Mit mir verfuhr man ebenso. Sie nahmen uns die Schwertgürtel, Waffen und Kleidung ab. Dann warfen zwei Reiter Leinen aus Leder auf den Boden, die in Kragen endeten. Man legte uns die Kragen an, während die anderen Enden der Leinen an den Sattelknäufen befestigt wurden.

»Auf dem Hügel befinden sich noch ein paar Dinge, die uns gehören«, sagte ich und deutete auf mein kleines Lager.

Der Anführer gab ein Zeichen. Einer seiner Männer stieg den Hügel hinauf und kam einen Augenblick später mit unserem Marschgepäck zurück. Man band es mit unseren anderen Besitztümern zusammen und warf sie einem Tharlarion um den Hals.

»Ihr habt euch als Kaufleute getarnt«, stellte der Anführer fest.

Ich nickte. Das war aus dem Gepäck ersichtlich geworden. Die Späher hatten es durchsucht.

»Und diese Kerle haben euch verfolgt.« Der Anführer zeigte auf die toten Söldner.

»Ja.«

»Das war wohl ihr Fehler«, sagte er.

»So sieht es aus«, erwiderte ich.

»Was haben sie euch abgekauft?«

»Nichts.«

»Falsch«, sagte der Anführer. »Ihr habt ihnen den Tod verkauft.« Dann befahl er einem seiner Männer, die Leichen in die Büsche zu schleifen. »Überlaßt sie den Sleen!«

»Macht uns los!« verlangte Marcus und riß an seinen Ketten. Aber der Anführer mißachtete ihn.

Die Lanzen wurden zurück in die Sattelschuhe gesteckt, die Armbruste an ihre Haken gehängt.

»Wir sind Partisanen für Ar!« rief Marcus wütend.

»Das wissen sie nicht«, erklärte ich ihm.

»Was habt ihr mit uns vor?«

»Wir bringen euch zu Saphronicus«, sagte der Anführer.

Marcus blickte mich freudestrahlend an. »Dann ist ja alles in Ordnung. Wir haben nichts zu befürchten.«

»Ihr werdet nicht miteinander reden«, sagte der Anführer. Er senkte die Hand, und sein Tharlarion setzte sich in Bewegung.

Marcus' Leine war am Sattelknauf des zweiten Tharlarion befestigt. Er drehte den Kopf und warf mir einen Blick zu. Dann riß der Kragen an seinem Hals, und er stolperte halb gezogen neben der riesigen Echse her.

Sechs Tharlarion folgten ihr, in Einerreihe, damit ihre Anzahl verschleiert wurde. Dann setzte sich das neunte Tharlarion in Bewegung, und ich lief in Ketten gefesselt hinterher. Das zehnte Tharlarion bildete den Abschluß.

Es war heiß und staubig.

Marcus und ich würden tatsächlich nicht miteinander sprechen können, denn wir waren einige Meter voneinander entfernt. Marcus hatte es besser als ich. Er befand sich fast an der Spitze. Dort war es weniger staubig. Vermutlich war es nur logisch, daß er diesen bevorzugten Platz erhalten hatte. Der Anführer des Spähtrupps hatte ihm offensichtlich geglaubt, daß er ein Offizier und der Ranghöhere unser kleiner Gruppe war. Außerdem stammte er aus Ar-Station und nicht bloß aus Port Kar. Mich hielt man für seinen Untergebenen, was unter diesen Umständen wohl nur natürlich war. Aber es gab noch einen Grund, warum sich Marcus in der Nähe des Anführers aufhielt, der die Dinge in eine gewisse Perspektive rückte. Im Falle von Schwierigkeiten würde man Marcus, den vorgeblichen Anführer der Gefangenen, ganz schnell ausschalten.

Das Tempo erhöhte sich. Ich konnte mir nicht vorstellen, daß uns eine angenehme Reise erwartet. Ich hatte jetzt schon Durst.

In einer Ahn würde es vermutlich dunkel sein. Ich fragte mich, wo das Heer von Ar zur Zeit tatsächlich stand.

Eine Stechfliege surrte vorbei. Es würde schwierig sein, sich in Ketten vor einem solchen Geschöpf zu schützen. Es war schon die zweite, die ich heute sah. Für gewöhnlich schlüpften sie an Flüssen und im Sumpfland, wenn auch zu einer späteren Jahreszeit. In bestimmten Gegenden schlüpften sie in großer Zahl.

Der Staub wogte wie eine Wolke in die Höhe, aufgewühlt von den schweren, krallenbewehrten Pfoten der Tharlarion.

Marcus hatte mir versichert, daß es nichts zu befürchten gab, daß man uns zu Saphronicus brachte.

Die Leine lag um meinen Hals.

Ich verließ mich darauf, daß Marcus recht hatte, daß wir wirklich nichts zu befürchten hatten.

Ich bewegte die Hände in den engsitzenden Stahlreifen, die sie auf so ausgeklügelte Weise hinter meinem Rücken hielten.

Ja, wir hatten nichts zu befürchten.

Zumindest hoffte ich das. Denn wir waren hilflose Gefangene, völlig der Gnade unserer Häscher ausgeliefert.

3

»Durch das Auge!« brüllte ich und kämpfte gegen die Fesseln an, die meinen nackten Körper eng einschnürten; die Hände über Kreuz hinter dem Rücken an die Fußknöchel gefesselt kniete ich im Bug des kleinen Rencebootes. »Durch das Auge!«

Um mich herum ertönten Schreie voller Angst und Wut.

Der Soldat vor mir war aus dem Boot gerissen worden; der verhältnismäßig kleine, an der breitesten Stelle kaum einen halben Meter große, dreieckige Kopf auf dem langen, biegsamen Hals schoß plötzlich wassertropfend aus dem Sumpf und packte ihn, hob ihn mehrere Meter in die Höhe, wo er sich schreiend wand.

»Durch die Augen!« flehte ich ihn an.

»Das schafft er nicht!« rief ein anderer Soldat.

Ein Ruderer schlug mit dem Ruder auf die Kreatur ein. Sie wich zurück, angetrieben von den schweren, wie ein Diamant geformten Gliedmaßen, und ihr Schwanz peitschte herum und ließ Wasser aufspritzen.

Überall ertönten Schreie. Im Umkreis von hundert Metern befand sich eine Flottille aus kleinen Rencebooten, Lastkähnen, Flachbooten, Fischerbooten und Flößen, die etwa vier- bis fünfhundert Mann beförderte.

Es war deutlich zu hören, wie das Rückgrat des in der Luft baumelnden Soldaten brach.

Wäre es ihm gelungen, der Kreatur die Daumen in die Augen zu drücken, hätte er über diesen Weg ihr Gehirn erreichen können. Aber er hatte es nicht geschafft.

»Er ist tot«, sagte der Ruderer.

Von ein paar Zuckungen und einem starren Blick abgesehen hing der Körper nun ganz schlaff in der Luft.

»Das ist er nicht!«

»Tötet ihn!«

»Ich komme nicht an ihn ran!« rief ein Soldat, der unsicher in einem der leichteren Rencebooten stand und mit dem Schwert herumfuchtelte.

»Nein, er ist tot!«

Der Mann war tot.

Die Kreatur fiel zurück ins Wasser, tauchte unter einen der Lastkähne, hob ihn fast einen Meter aus dem Wasser und ließ ihn von ihrem Rücken rutschen, dann bahnte sie sich wieder unter Wasser ihren Weg in das Renceschilf.

Der Mann neben mir stieß einen Schrei aus. Nur wenige Zentimeter entfernt durchstieß die schmale Schnauze eines fischähnlichen Tharlarions die Wasseroberfläche. Der Ruderer hob sein Ruder und schlug danach. Das Tharlarion verschwand unter den zusammengebundenen Rencebündeln.

»Bindet mich los!« bat ich. Ich war völlig hilflos.

»Sei still, Spion«, fauchte ein Soldat.

Meine Knie waren feucht, zwischen den röhrenähnlichen Rencestengeln, die man bündelweise zusammengezurrt und in Form gebracht hatte, sickerte Wasser empor.

»Zusammenrücken!« rief ein Offizier, der einige Meter von uns entfernt war. »Vorwärts, weiter!« Er stand im Bug eines kleinen Fischerbootes. Männer stießen es mit Stangen vorwärts.

»Dreht um!« rief ich ihm zu. »Begreift ihr nicht, was hier geschieht?«

Der Leutnant nahm keine Notiz von mir. »Vorwärts!« rief er. »Verfolgt die Sleen aus Cos! Sie werden uns nicht entkommen!«

Auf der linken Seite ertönte ein Hilfeschrei. Eines der Flachboote sank.

»Zerschlagt das Holz!« rief jemand aus einem Nachbarboot. »Baut euch ein Floß!« Männer waren im Wasser. Einige schwammen, andere wateten. Das Wasser reichte ihnen bis zur Brust.

»Nehmt uns an Bord.«

Man half ihnen, die Boote zu erklimmen, die nun aber gefährlich tief im Wasser lagen.

»Weiter!« rief der Leutnant. »Schnell! Sie können nicht mehr weit sein.«

»Das Rence weist an zwei Stellen Schneisen auf!«

»Wir werden unsere Streitmacht in zwei Teile aufteilen«, befahl der Leutnant. Hinter uns befand sich ein weiteres Kontingent. Man konnte ihre Rufe hören.

Ich wand mich in meinen Fesseln.

Saphronicus und Seremides hatten nun ihre Rache. Vor langer Zeit hatten beide Cernus aus Ar, meinem erklärten Feind, als Leutnants gedient; seine Machenschaften, seine politischen und ökonomischen Manipulationen hatten Minus Tentius Hinrabius erfolgreich vom Thron gestoßen. Später war Cernus, obwohl er nur ein Kaufmann war, selbst auf den Thron aufgestiegen. Der beim Volk beliebte Marlenus aus Ar hatte ihn bei seiner Rückkehr abgesetzt. Cernus war von einem Kur getötet worden, einer Bestie, die nicht von Gor stammte. Saphronicus und Seremides waren als Verräter in Ketten gelegt und als Galeerensklaven verkauft worden, wo sie, wie ich in Erfahrung gebracht hatte, von jemandem gerettet worden waren, der Verwendung für Männer ihrer Art hatte. Saphronicus war Hauptmann der Taurentianer gewesen, der Palastwache von Ar. Seremides war der Kommandant der Armee gewesen. Natürlich hatte ich gehört, daß ein Seremides in Ar zum General der Armee aufgestiegen war, aber ich wäre nie auf den Gedanken gekommen, daß es sich dabei um den Seremides aus der Zeit des Cernus' handelte. Wie überall gibt es auch auf Gor weitverbreitete Namen. So heißen viele Tarl, vor allem in den nördlichen Gegenden Gors. Der Seremides, der damals Cernus' Helfershelfer gewesen war, stammte sogar ursprünglich aus Tyros.

Es schien unglaublich, daß ein solcher Mann von Verschwörern unterstützt, in Ar erneut Macht erlangen konnte, aber Marlenus war abwesend gewesen. Daß es sich tatsächlich um denselben Seremides handelte, hatte mir ein belustigter Saphronicus klargemacht, bei einem mitternächtlichen Gespräch in seinem Zelt. Ich hatte nackt und gefesselt vor ihm auf den Knien gelegen. Das hatte natürlich auch die Intrige mit der verräterischen Botschaft erklärt, die ich völlig ahnungslos und unter größeren Risiken im Auftrag von Genius Lelius, dem Regenten von Ar, nach Ar-Station gebracht hatte, die Botschaft, laut der ich ein cosischer Spion war. Natürlich war mir Saphronicus in Ar nicht begegnet.

Ich wußte auch nicht, ob Genius Lelius an dem Verrat beteiligt war oder nicht. Aber ich kannte den Namen von zumindest einem der Verschwörer; Dokumente, die mir in Brundisium in die Hände gefallen waren, hatten ihn mir verraten. Es handelte sich um eine Frau. Ihr Name lautete Talena, und bis zu ihrer Verbannung war sie Marlenus' Tochter gewesen. Wie ich in Erfahrung gebracht hatte, hatte sich auch ihr Glück gewandelt. Sie hatte die Bürgerrechte zurückerhalten, und einige handelten sie unter vorgehaltener Hand bereits als neue Ubara.

»Wirst du mich jetzt töten?« hatte ich Saphronicus gefragt.

Er hatte nur gelacht. »Nein. Ich schicke dich ins Vosk-Delta.«

4

»Ich möchte den Hauptmann sprechen«, sagte ich zu dem Soldaten.

»Ich habe ihm deine Bitte übermittelt«, erwiderte der Soldat. »Und jetzt halt den Mund.«

Ich ließ mich in meinen Fesseln auf den Sand zurücksinken.

Insekten krochen über meinen Körper; ich biß die Zähne zusammen. Dann wechselte ich die Position. Es war so gut wie unmöglich, mich mit den Händen zu schützen. Ich wollte gequält aufschreien. Ich fragte mich, ob eine solche Qual einen Mann in den Wahnsinn treiben konnte. Aber ich schwieg. Ich legte mich wieder auf den Rücken und sah zum Himmel. Dort schwebten die Sterne und zwei der drei Monde. Ein paar Meter entfernt schrie ein Mann wütend auf und schlug auf seinen Körper. Es waren viele Soldaten versammelt.

Das Delta des Vosk ist ein trügerisches Gebiet, in dem man sich nur mit großer Mühe zurechtfindet. Seine Wege verändern sich beinahe über Nacht. Die Sicht ist meistens sehr schlecht, wegen des hohen Renceschilfs reicht sie selten weiter als ein paar Schritte. Fahrrinnen, in denen das schlammige, träge Wasser tief genug ist, um ein Rundschiff zu tragen, wechseln sich mit nur zentimetertiefen Rinnsalen ab. Zu dieser Jahreszeit, nach der im Frühling eintretenden Schneeschmelze flußaufwärts, beträgt die durchschnittliche Wassertiefe zwischen einem und eineinhalb Metern.

Es gibt hier viele Sandbänke.

Auf einer solchen Bank hatten etwa fünfzig bis sechzig Soldaten ihr Lager aufgeschlagen. Sie hatten ihr kleines Boot auf die Sandbank gezogen. Bei der ersten Übernachtung vor etwa zehn Tagen waren einige Boote verlorengegangen. Wegen der Strömungen sind die Anzahl und die Form der Sandbänke ständigen Veränderungen unterworfen; der Sand wird weggeschwemmt und neu verteilt. Nach jener ersten Nacht hatte man die kleineren Boote zusammengebunden, Pflöcke in den Boden gerammt und die Taue daran festgemacht. Meine gefesselten Knöchel waren mit einem kurzen Seil an einem von ihnen festgebunden, die Leine hing an einem anderen.

»He, hör mal«, rief ich.

Der Soldat sah zu mir herüber.

»Bin ich der einzige Gefangene im Delta?«

»Keine Ahnung.«

Nach der Gefangennahme waren Marcus und ich voneinander getrennt worden. Nach unserer Ankunft in dem provisorischen Lager vor Holmesk hatte ich allerdings ein paar Tage lang gewußt, wo man ihn untergebracht hatte. Dann hatten sie ihn weggebracht und mich in einen Käfig gesperrt. Vermutlich hatte man ihn zu Saphronicus gebracht oder ihn zumindest einem zuständigen Offizier vorgeführt. Das hatte der Anführers des Spähtrupps, der uns gefangengenommen hatte, zumindest vorgehabt.

»Man hat mich zusammen mit meinem Freund, einem jungen Kerl aus Ar-Station, in das Lager von Ar gebracht«, sagte ich.

»Dein Offizier?«

»Mein Freund.«

»Ihr wart beide Spione«, sagte der Mann grimmig.

»Was ist aus ihm geworden?«

»Was glaubst du denn?«

»Keine Ahnung.«

»Vermutlich wurde er kastriert, gefoltert und gepfählt«, meinte der Soldat.

»Er stammte aus Ar-Station, aus einer uralten und ehrenhaften Familie. Den Marcelliani.«

»In diesem Fall wurde er vielleicht nur ausgepeitscht und geköpft.«

»Hast du davon gehört?«

»Nein. Ich weiß nichts von ihm.«

»Warum hat man mich ins Delta gebracht?« fragte ich.

»Damit du Zeuge wirst, wie man deine Lügen enthüllt«, sagte er. »Damit du siehst, wie wir die Sleen aus Cos einholen, damit du miterleben kannst, wie deine Freunde, deine Zahlmeister niedergemacht werden, damit du miterlebst, wie sie die Rache Ars trifft! Ruhm und Ehre für Ar!«

»Und wie viele Cosianer habt ihr getötet?«

»Wir werden sie bald eingeholt haben«, sagte der erste Soldat wütend. »Vielleicht schon morgen. Schlaf jetzt!«

Ich lag noch eine Zeitlang da und betrachtete die Sterne. Einmal zeichneten sich krallenbewehrte, membranhafte Schwingen vor einem der Monde ab, der gleitende Umriß eines riesigen, räuberischen Uls, das gefürchtete fliegende Tharlarion des Delta. Das ist die einzige Kreatur, die es in dieser Gegend wagt, ihre Gestalt am Himmel zu zeigen. Ich versuchte, die winzigen Füße zu ignorieren, die über meinen Körper krabbelten. Irgendwann gegen Morgen schlief ich schließlich ein.

5

Plenius fluchte. Der Soldat stand hinter mir, mit dem Ruder in der Hand. Er wechselte sich mit anderen darin ab, mich zu bewachen. Wir standen knietief im Wasser.

Der Bug des Rencebootes, der noch immer trocken war, bahnte sich einen Weg durch das Schilfgras. Hinter ihm kamen andere Boote.

»Wir müßten doch schon längst auf die Sleen aus Cos gestoßen sein!« schluchzte ein Mann entnervt.

»Halt!« rief eine Stimme von vorn.

Aufgescheucht flatterte ein Gant aus dem Schilf, gewann an Höhe und ging wieder tiefer.

»Da treibt eine Leiche im Wasser«, meldete ein Soldat, der linkerhand auf einem schmalen Floß stand.

»Ein Cosianer?« fragte Plenius.

»Nein.«

Wir schlossen näher auf. Die Barke, die der Hauptmann zu seinem schwimmenden Befehlstand gemacht hatte, kam heran; sie wurde mit Hilfe von Stangen fortbewegt.

Im Sumpfwasser trieb eine Leiche, halb untergegangen, mit dem Gesicht nach unten.

»Das ist einer von uns«, sagte Plenius. »Das waren die Cosianer.«

»Das ist unwahrscheinlich«, meinte ich.

»Wer soll es denn gewesen sein?«

»Sieh dir die Wunde an.« Es waren drei Einstiche, alle im Rücken.

»Man hat dreimal auf ihn eingestochen.«

Ich schüttelte den Kopf. »Nein, einmal.«

»Es sind aber drei Wunden.«

»Sieh sie dir genau an, die geradlinige Anordnung, der dazwischenliegende Abstand.«

»Ein Dreizack«, sagte mein Bewacher.

»Ja«, erwiderte ich. »Der dreizackige Fischspeer.«

»Das ist keine Waffe.«

»Aber man kann ihn so benutzen, wie man sieht.«

»Genau, wie in der Arena.« Plenius bezog sich auf einen beliebten Schaukampf in der Arena, in dem der ›Fischer‹ mit Netz und Dreizack kämpft. »Aber hier im Vosk-Delta gibt es bestimmt keine Arenakämpfer.«

Man zog die Leiche auf ein Floß.

»Aber Fischer kämpfen oft mit solchen Waffen«, sagte ich. »Bei ständiger Übung sind sie tödlich, nur aus diesem Grund haben die Arenakämpfer sie übernommen.«

»Rencebauern?« fragte mich der Hauptmann, der zugehört hatte.

»Zweifellos.« Rencebauern leben im Vosk-Delta. Sie bewohnen Renceinseln, gewaltige Flöße aus zusammengewobenem Renceschilf. Da die Rencehalme unten verfaulen, werden sie ersetzt, indem man oben neue hinzufügt. Wie bereits erwähnt sind die Sandbänke ungeeignet für eine permanente Besiedlungen. Da die Renceinseln schwimmen, sind sie transportierbar. Auf diese Weise kann ein ganzes Dorf an einen anderen Ort gebracht werden. Diese Mobilität kann für die Rencebauern sehr nützlich sein, wenn sie neue Fischgründe suchen oder frisches Rence ernten wollen, ihr wichtigstes Handelsgut, das unter anderem der Herstellung von Stoff und Papier dient. Es ist auch ganz nützlich, um gelegentlichen Ansammlungen von Tharlarion aus dem Weg zu gehen oder unerwünschte Begegnungen mit seinen Mitmenschen zu vermeiden. Der Standort solcher Dörfer ist für gewöhnlich geheim. Handelskontakte werden von den Rencebauern geknüpft, nach ihren Bedingungen, an bekannten Treffpunkten. Solche Dörfer sind selbst aus der Luft schwierig zu entdecken.

»Glaubst du, von ihnen sind welche in der Nähe?« fragte der Hauptmann.

»Das weiß ich nicht«, erwiderte ich. »Schon möglich. Vielleicht auch nicht.«

»Sie könnten überall im Rence stecken«, sagte ein Soldat unbehaglich.

»Das ist wahr.« Ich bezweifelte, daß sich Bauern in der Nähe befanden. Hier marschierten überall Regimenter aus Ar.

»Warum sollten sie ihn umbringen?«

»Wer kann das schon sagen.« Tatsächlich hatte ich eine ziemlich genaue Vorstellung, was hier vorgefallen war.

»Übergebt die Leiche dem Delta«, befahl der Hauptmann.

Man rollte die Leiche vom Floß ins Wasser.

»Weiter«, sagte der Hauptmann.

*

»Beweg dich«, sagte Plenius, der im Bug des kleinen Rencebootes stand. Wir waren mindestens dreihundert Pasang tief ins Vosk-Delta eingedrungen. Die Soldaten hatten den ausdrücklichen Befehl erhalten, mich am Leben zu erhalten.

Ich kämpfte mich vorwärts durch das Schilf, stemmte mich gegen das Wasser, das mir hier bis an die Brust reichte; das Seil um meinen Hals war an dem Boot befestigt. Meine Hände waren mit Handschellen auf den Rücken gefesselt. Ich zog sie jedem Seil vor, denn sie waren viel angenehmer zu tragen. Natürlich hatten meine Aufseher dies nicht aus reiner Menschenfreundlichkeit getan. Sie wollten sich meiner ständigen

Hilflosigkeit versichern, jetzt, wo meine Hände nicht mehr ununterbrochen in Sicht waren. Ein Seil konnte man unter der Wasseroberfläche lockern oder abstreifen. Das Eisen würde mich halten. Ich hatte nicht dagegen protestiert. Unter umgekehrten Umständen hätte ich vermutlich ähnliche Vorsichtsmaßregeln getroffen. Ich wußte nicht, wer den Schlüssel für die Handschellen hatte.

Ich tauchte einen Augenblick lang unter und kämpfte mich hustend wieder an die Oberfläche. Auf dem Grund gibt es viele Löcher. Schilfhalme schnitten mir ins Gesicht. Ich spuckte Wasser aus.

»Beweg dich, zieh!« hörte ich hinter mir Plenius' Stimme.

Ich wandte den Kopf zur Seite, so daß das Seil mehr auf einer Halsseite ruhte. Ich versuchte mit aller Kraft, das kleine Boot zu ziehen. Das Rudern fiel immer schwerer, das Rence, aus dem es bestand, hatte sich mit Wasser vollgesogen. Man hatte mich am Morgen mit einem Strick um den Hals vom Boot gestoßen, damit mein Gewicht wegfiel. So würde das Gefährt ein oder zwei Tage länger halten.

»Nun zieh schon, du fauler Sleen!« Der Bug tauchte neben meiner Schulter auf, das Seil wurde schlaff und tauchte ins Wasser. Plenius stieß mit dem Ruder zu und traf mich am Rücken. Ich stolperte, konnte aber das Gleichgewicht wiederfinden. Dann kämpfte ich mich weiter durch das Schilf.

Etwas Lebendiges berührte mein Bein, und ich hätte um ein Haar aufgeschrien.

Ganz in der Nähe trieb eine Barke, eines der größeren Gefährte unser zusammengewürfelten Flottille, das etwa fünfzig Mann beförderte. Sie wurde mit Stangen fortbewegt; auf jeder Seite standen zehn Soldaten, die in Schichten arbeiteten. Ein paar Männer schöpften mit ihren Helmen Wasser heraus. Ein paar Arer klammerten sich am Heck fest. Ich konnte von meinem Standort aus nicht viel sehen, aber überall waren Soldaten und kleine Boote.

Dabei war ich nicht der einzige Mann im Wasser. Ganz im Gegenteil. Die meisten Soldaten bewegten sich in langen Marschreihen vorwärts. Auf diese Weise konnte der Mann an der Spitze den Weg für diejenigen prüfen, die hinter ihm kamen, während jeder Soldat seinen Vordermann im Auge behielt. Gewöhnlich bildete ein kleines Boot die Nachhut für eine solche Reihe.

»Zieh, du Sleen!« befahl mein Aufpasser.

Ich stemmte mich wieder gegen das Seil, um das Boot weiterzubefördern.

»Hätte ich eine Peitsche, würdest du dich schneller bewegen!« rief er.

»Blutegel!« rief ich da. »Ein Blutegel.« Ich konnte ihn auf dem Rücken spüren. Er war ziemlich groß. Vielleicht war er es gewesen, der vorhin mein Bein berührt hatte. Mit meinen zusammengeketteten Händen kam ich nicht an ihn heran.

Da erscholl ein lauter Hilfeschrei.

Ich drehte mich um und beobachtete, wie einige Meter entfernt ein Soldat die Hände hob; aus seinen Augen sprach blankes Entsetzen. »Ich kann mich nicht bewegen!« rief er. »Ich versinke!« Er hatte sich einen seichteren Weg gesucht. Von denen gab es einige. Das Wasser hatte ihm dort nur bis zu den Knien gereicht. Nun war er schon bis zur Taille eingesunken.

»Treibsand!«

Ein Kamerad hielt dem Soldaten einen Speer hin, und er packte ihn verzweifelt, denn das Wasser stand ihm nun schon bis zum Hals. Man zog ihn heraus.

»Bleib in der Reihe!« brüllte ihn ein Offizier an. Aber der mit Sand bedeckte Soldat, der seinen Dank stammelte, brauchte keine weiteren Ermahnungen mehr. Er nahm schnell wieder seinen Platz in der Reihe ein.

Der Verlust an Menschenleben durch Treibsand war durch die Einführung der Marschreihen zurückgegangen. In den ersten Tagen hatte es Verluste von über zweihundert Mann gegeben, in einem Fall hatte es sogar einen ganzen Zug erwischt. Möglicherweise hatte der trügerische Untergrund sogar noch größere Verluste gefordert, die nur nicht bekannt geworden waren.

»Beweg dich gefälligst!« rief Plenius aus dem Boot.

»Auf meinem Rücken, ein Blutegel«, sagte ich. »Ich kann ihn fühlen. Macht ihn weg!«

»Von mir aus kannst du damit übersät sein, du spionierender Sleen«, knurrte er.

»Ich möchte, daß man ihn entfernt!« beharrte ich.

»Keine Angst, die haben nur Hunger. Wenn er genug hat, fällt er schon von selbst ab.«

»Hier ist noch einer«, sagte ein Mann, der neben mir durch das Wasser watete, und hielt einen nassen, platten, sich windenden Egel hoch. Er war etwa zehn Zentimeter lang und vielleicht einen Zentimeter dick. »Von denen gibt's hier vermutlich eine ganze Menge«, sagte er und warf ihn zurück ins Wasser.

Ich schauderte.

»Komm ja nicht zum Boot zurück«, warnte mich Plenius.

Ich erschauderte erneut. Da war eine zweite dieser Kreaturen an meinem Bein, hoch oben an der Hinterseite.

»Anhalten!« rief da ein Ausguck. Er stand hoch oben auf einer Plattform, die man im Bug eines der Lastkähne aufgestellt hatte. Von dieser Position aus konnte er über das Rence blicken. »Da vorn!« rief er. »Da ist eine Barke!«

Ein Offizier kletterte hinauf. Er hielt sich schützend

die Hand über die Augen. »Jawohl!« rief er dann hinunter. »Eine Barke! Keine von unseren! Wir haben sie!«

Aus vielleicht tausend Mündern erschallte Jubel.

»Vorwärts!« riefen anderen Offiziere. »Vorwärts, Männer!«

Die Soldaten drängten nach vorn. Ich konnte Rufe unserer Nachhut hören, so schnell hatte sich die Nachricht verbreitet.

»Die Verfolgung ist zu Ende!« rief mein Bewacher. »Ars Rache steht unmittelbar bevor!«

Mein Hals war wund.

»Bald, Sleen«, sagte er schadenfroh. »Bald wirst du deine cosischen Herrn sehen, wie sie unter unseren Klingen fallen.«

Ich stand auf unsicheren Beinen im Wasser. Ich konnte die Blutegel deutlich auf meinem Körper spüren, einen auf dem Rücken, den anderen am Bein. Plötzlich spürte ich einen weiteren. Er sog sich neben dem ersten fest, auf meinem Rücken.

»Zieh schon!«

Ich stemmte mich wieder gegen das Seil; es schnitt mir in die Haut ein.

Die Sonne stand hoch am Himmel.

Wir kamen nur langsam voran; es dauerte eine scheinbare Ewigkeit, bis wir die Lücke zu der angeblichen Barke schlossen. Sie wurde von Zeit zu Zeit erneut gesichtet. Nach einiger Zeit begannen die Männer aus Ar zu singen. Der Sumpf hallte von ihren Liedern wider.

»Wessen Barke ist das?« fragte ich plötzlich.

Sie glitt an uns vorbei, von mehreren Männern mit Stangen fortbewegt, wie eine Geistererscheinung. Sie war purpurn und vergoldet; ihr Bug war dem anmutigen langen Hals und spitzschnäbeligen Kopf eines Gant nachempfunden; die Heckschnitzereien stellten Federn dar. Sie verfügte über eine offene, vergoldete

Kabine, die von einem durchsichtigen, goldenen Netz verhüllt wurde. Die Stangen, die das Gefährt vom Grund abstießen, waren vergoldet. Ein solches Schiff stellte einen verblüffenden, unzumutbaren Gegensatz zu dem erbärmlichen, verkommenen und zusammengewürfelten Rest der Flotte dar. Es gehörte nicht ins Delta, sondern in einen Kanal oder auf eine ruhige Wasserstraße.

»Sie will dabeisein, wenn wir sie vernichten«, sagte ein Soldat.

»Sie?«

»Ina, eine Lady aus Ar.«

»Ina«, wiederholte ich. »Könnte ein Sklavenname sein.«

»Das ist aber keine Sklavin.«

»Nein, allerdings nicht«, lachte ein anderer, vielleicht sogar etwas bedauernd.

»Das ist Ina, eine Lady aus Ar«, erklärte der Soldat. »Sie gehört zum Stab von Saphronicus, eine politische Beobachterin, angeblich eine Vertraute von Lady Talena aus Ar; sie erstattet ihr Bericht.«

»Wo ist Saphronicus' Barke?« fragte ich.

»Die ist zweifellos irgendwo hinter uns.«

»Zweifellos«, sagte ich.

»Zieh jetzt endlich!« befahl Plenius.

Ich stemmte mich wieder gegen das Seil und zog das mit Wasser vollgesogene Boot weiter.

6

»Da will dich jemand sehen«, sagte Plenius.

Die Cosianer waren angeblich noch immer irgendwo vor uns. So wie Saphronicus, der Kommandant, irgendwo hinter uns war.

Ich blickte von dem Sand auf, auf dem ich zwischen zwei Pfosten angebunden lag, die Hände auf dem Rücken zusammengekettet.

»Säubert ihn«, befahl ein Soldat, den ich bis jetzt noch nie zuvor gesehen hatte. Er trug das Abzeichen eines Adjutanten.

»Kämmt sein Haar, wascht ihn. Aber schnell«, ergänzte sein Begleiter, ebenfalls ein mir unbekannter Soldat. »Er soll ordentlich aussehen.«

Man löste meine Fußfesseln. Das Seil um meinen Hals wurde für den Augenblick, den sie brauchten, um mich auf die Knie zu ziehen, gelöst, um dann sofort wieder angelegt zu werden, diesmal meiner knienden Position angepaßt. Sand und Schlamm wurden von meinem Körper gewischt. Meine Hände blieben auf den Rücken gefesselt. Man kämmte mein Haar.

»Soll er ein Lendentuch bekommen?« fragte Plenius.

»Das wird nicht nötig sein«, erwiderte der Adjutant.

»Was ist los?« fragte ich.

»Du sollst verhört werden«, antwortete er.

»Ist er sicher gefesselt?« Ich war überrascht. Wie jeder, der diese Stimme hier im Delta gehört hätte. Es war eine Frauenstimme!

»Das ist er, Lady«, sagte der Adjutant.

Sie ging vorsichtig über den feuchten Sand, die in Pantoletten steckenden Füße machten tastende, angeekelte kleine Schritte. Die Schuhe waren vermutlich ziemlich teuer gewesen. Vermutlich wollte sie sie nicht beschädigen.

Sie betrachtete mich.

Sie war klein, und ihre Figur, die von dem schweren Stoff ihres Gewandes, das hier im Delta sowohl lächerlich wie auch unbequem aussah, verborgen wurde, schien recht mollig zu sein. Sie war verschleiert, wie es sich für eine goreanische Frau – vor allem eine von hohem gesellschaftlichen Rang – aus einer der großen Städte gehörte. In einigen Städten ist der Schleier für die freien Frauen durch das Gesetz vorgeschrieben, nicht zu vergessen durch Schicklichkeit und Etikette, so wie das Gesetz verbietet, daß Sklavinnen verschleiert gehen dürfen.

»Zieht euch zurück«, befahl sie den Umstehenden. »Ich will ungestört mit ihm sprechen.«

Plenius überprüfte die Handschellen und die Länge und Festigkeit der Leine um meinen Hals. Dann zog er sich mit den anderen zurück.

Sie hob den Saum ihres Gewandes ein winziges Stück von dem feuchten Sand hoch und hielt den Stoff mit einer Hand fest. Sie wollte ihn wohl nicht beschmutzen. Sie wirkte hochmütig, unzufrieden, verachtungsvoll und verwöhnt. Zweifellos gab es andere Orte, an denen sie lieber als im Delta gewesen wäre, so wie die Arkaden und Basare von Ar. Ich konnte die Spitzen der bestickten Pantoletten sehen.

»Weißt du, wer ich bin?« fragte sie.

Ich blickte an ihr vorbei, über die Fackeln hinaus. Da ich nun kniete, konnte ich die purpurne und vergoldete Barke sehen, die mit der goldenen Kabine und dem goldenen Netz.

»Weißt du, wer ich bin?«

Mir entging nicht, daß sie den Saum des Gewandes kaum mehr als einen Hort hob, kaum genug, um ihn vom Sand zu heben. Die Soldaten von Ar, alles Berufssoldaten, unterlagen einer strengen und genauen Disziplin. Doch ich vermutete, daß sie schlau genug war, ihnen nicht ihre Fußknöchel zu zeigen. Schließlich waren es alles Männer, goreanische Männer, die schon lange keine Frau mehr gehabt hatten.

»Ich bin Ina, eine Lady aus Ar«, sagte sie, »und gehöre zum Stab von Saphronicus, dem Kommandanten des Nordens.«

»Ich weiß«, sagte ich.

»Ich bin eine Beobachterin, im Auftrag von Talena, der Lady aus Ar, der Tochter des Marlenus.«

»Der ehemaligen Tochter von Marlenus«, berichtigte ich. »Er hat sie enterbt und verstoßen, und zwar rücksichtslos.«

»Du scheinst dich in der Politik von Ar auszukennen.«

»Es kommt mir ungewöhnlich vor, daß eine solche Frau, die enterbt und verstoßen wurde, die doch sicherlich im Zentralzylinder entehrt unter Hausarrest stand, daß eine solche Frau in der Lage ist, eine Beobachterin ins Delta zu schicken.«

»Sie ist wieder im Aufstieg begriffen.«

»Den Eindruck habe ich auch.«

»Du bist Tarl, aus Port Kar?«

»Schon möglich.«

»Du wirst meine Fragen auf befriedigende Weise beantworten!«

Ich schwieg.

»Mach die Beine auseinander!« fauchte sie.

Ich gehorchte.

»Du bist Tarl, aus Port Kar.«

»Man kennt mich an allen möglichen Orten, unter verschiedenen Namen.«

»Du bist Tarl, aus Port Kar«, wiederholte sie ärgerlich.

»Ja.« Ich war Tarl aus Port Kar, Stadt des großen

Arsenals, Stadt der vielen Kanäle, Juwel des schimmernden Thassa.

»Du bist ein ansehnlicher Bursche, Tarl.«

Ich schwieg.

»Aber da sind viele Wunden an deinem Körper«, schalt sie mich.

»Die sind von Schlägen, von Fesseln, von dem scharfen Renceschilf, von den Bissen der vielen Insekten, von den Zähnen der Sumpfegel.«

Sie erschauderte.

»Es ist schwierig, das Delta unbeschadet zu durchqueren«, erklärte ich, »besonders wenn man nackt im Wasser ein Floß zieht.«

»Eine passende Beschäftigung für einen Spion«, lachte sie.

»Zweifellos.«

»Du siehst gut aus, nackt, angekettet, auf den Knien vor mir, Spion aus Cos.«

»Bei der Hitze und der Luftfeuchtigkeit hier im Delta ist dein verhüllendes Gewand sicher sehr unbequem«, sagte ich.

Sie sah mich ärgerlich an.

»Zweifellos würdest du sich besser fühlen, wenn du es auszögest.«

»Heute haben wir einen großen Sieg errungen«, sprach sie wütend, ohne auf meine Bemerkung einzugehen.

»Über die Cosianer?«

»In gewisser Weise«, sagte sie verdrossen.

»Nein«, sagte ich. »Über Rencebauern.«

Ihre Augen blitzten über dem Rand des Schleiers auf.

»Die Männer der rechten Flanke stolperten über ein Dorf von Rencebauern«, sagte ich. »Das ist alles.« Ich hatte mir das aus den Gerüchten zusammengereimt, die heute aus dieser Richtung gekommen waren.

»Die Rencebauern sind Verbündete von Cos!« behauptete sie.

Cos hatte im Delta einen starken Einfluß, das war richtig, aber ich hielt die Bauern nicht für offizielle Verbündete von Cos. Mit ihren kleinen, weit verstreuten Gemeinschaften neigten sie dazu, ein geheimniskrämerisches, ausgesprochen unabhängiges Völkchen zu sein.

»Das Dorf wurde zerstört!« Sie lachte.

»Es tut mir leid das zu hören.«

»Weil du Cos unterstützt.«

»Die Bürger Port Kars befinden sich mit Cos im Krieg.« Dieser Krieg bestand hauptsächlich aus Scharmützeln, die fast immer auf See stattfanden, und politischen Formalitäten. Seit der Schlacht am 25. Se'Kara im ersten Jahr der Herrschaft des Kapitänrates von Port Kar, oder, um die Chronologie Ars zu benutzen, dem Jahr 10120 C.A., Contasta Ar, nach der Gründung Ars, hatte keine größere Auseinandersetzung mehr stattgefunden. In dieser Schlacht hatten die Streitkräfte von Port Kar die vereinigten Flotten von Cos und Tyros besiegt.

»Unter den Bürgern von Port Kar gibt es zweifellos genau solche Verräter wie in den anderen Städten auch.«

Ich nickte.

Sie lachte wieder verächtlich. »Aber du jammerst über das Schicksal deiner Verbündeten, der Rencebauern.«

»Nicht nur sie tun mir leid«, sagte ich.

»Wer denn noch?«

»Die Männer aus Ar.«

»Das verstehe ich nicht.«

»Es gab doch sicher Warnsignale, Tücher an zepterähnlichen Rencestengeln, zuerst weiße, später dann rote, die man in der Nähe des Dorfes aufspannte.«

Lady Ina nickte. »Sie wurden in den Berichten erwähnt.«

»Trotzdem sind eure Späher weitergezogen.«

»Ar geht dorthin, wo es will. Davon abgesehen hätten diese Zeichen auch von Cos aufgestellt worden sein können.«

»Diese Zeichen dienen dazu, Fremde zu warnen«, erklärte ich. »In ihrer Nähe wären Cosianer genauso wenig willkommen wie Arer.«

Sie lachte erneut. »Wir Arer kennen keine Furcht. Außerdem spielt das alles keine Rolle mehr. Wir haben gesiegt. Das Dorf wurde zerstört.«

»Ist deine Barke in der Nähe des Dorfes gesehen worden?«

»Vermutlich.«

»Gab es Überlebende?«

»Woher soll ich das wissen?«

Ich schwieg.

»Es war ein großer Sieg.«

Darauf gab es nichts zu erwidern. Ich kannte ein paar Rencebauern. Allerdings lebten die viel weiter im Westen.

Sie lachte wieder. »Denk nicht länger darüber nach, mein hilfloser, hübscher Spion«, sagte sie dann. »Es ist vorbei. Erledigt.«

»Vielleicht.«

Sie hob den Kopf. »Hör doch, im Sumpf sind Vosk-Möwen.«

»Vielleicht.«

»Was willst du damit sagen?«

Ich schwieg wieder.

»Ich habe die Befehlsgewalt über viele Männer«, warnte sie mich.

»Warum bist du gekommen?« fragte ich sie. »Um mich zu quälen?«

»Mach die Knie noch weiter auseinander«, fauchte sie.

Ich gehorchte.

Sie lachte. »Wie ich hörte, hat man dir heute einen Knebel verpaßt, da keiner dein Gejammer mehr hören wollte.«

Das entsprach der Wahrheit. Der Hauptmann hatte mich knebeln lassen. Ich hatte ihn sprechen wollen. Plötzlich sah ich eine Gelegenheit.

»Hören die Offiziere auf dich?«

»Vielleicht«, lachte sie.

»Dann laß mich dir ein paar Dinge anvertrauen«, fuhr ich drängend fort.

»Sprich weiter.«

»Diese Dinge müssen an die hohen Offiziere weitergeleitet werden. Das ist unglaublich wichtig.«

Sie lachte wieder. »Sag schon, du lügnerischer Spion.«

»In Ar findet ein Verrat von gigantischen Ausmaßen statt«, fing ich an. »Einige der höchsten Würdenträger der Stadt haben Anteil an diesem Verrat, darunter Seremides, der Hohe General, und Saphronicus, dessen Stab du zugeteilt wurdest. Aus diesem Grund kam niemand Ar-Station zur Hilfe, und es fiel. Aus diesem Grund hat Ar den Winter untätig verstreichen lassen. Und jetzt hat man Ar ins Vosk-Delta gelockt! Ich sage dir, es war kein Zufall oder unerwartetes Glück, daß in Turmus und Ven Hunderte von Booten aller Art für die Delta-Expedition bereitstanden. Wäre das möglich gewesen, wenn vorher cosische Truppenverbände in großer Zahl das Delta betreten hätten, um der Rache von Ar zu entfliehen? Hätten sie diese Gefährte nicht selbst benutzt oder sie zumindest zerstört? Was glaubst du, wo die Sympathien der Bürger von Turmus oder Ven liegen, bei Ar oder bei Cos?

Begreifst du nicht, daß man diese Boote für Ar zusammengesucht hat, daß diese Boote fast alle in erbärmlichem Zustand sind? Das Holz ist alt, die Planken weisen Risse auf, die Rümpfe sind nachgiebig; vielleicht hat man sogar die Kalfaterung entfernt oder sie durch Pech und Schlamm ersetzt. Bei vielen Rencebooten sind die Schilfbündel schon halb verfault. Ich glaube nicht einmal, daß sich überhaupt cosische Verbände im Sumpf aufhalten! Sicherlich muß doch ein halbwegs intelligenter Offizier diese Möglichkeiten in Betracht gezogen haben! Ich gebe dir nur zu bedenken, daß Saphronicus, dein Kommandant, nicht im Delta ist!«

»Nein«, antwortete Lady Ina. »Saphronicus hält sich nicht im Delta auf.«

»Das weißt du?«

»Aber sicher.« Sie lachte wieder.

»Leite diese Überlegungen an die hohen Offiziere weiter, ich beschwöre dich!« sagte ich. »Und wenn du das nicht tun willst, laß sie wenigstens überprüfen! Ar muß sich so schnell wie möglich aus dem Delta zurückziehen!«

»Das sehe ich anders.«

»Ich verstehe nicht«, sagte ich. »Selbst du müßtest doch verstehen können, was ich eben gesagt habe.«

»Aber sicher.« Und wieder lachte sie.

»Dann trag alles den Offizieren vor.«

»Nein.«

»Warum denn nicht?«

»Das sind die wilden Hirngespinste eines Spions.«

»Das glaubst du doch selbst nicht.«

»Nein, natürlich nicht.«

Plötzlich ließ ich mich auf die Fersen zurücksinken. »Du!« sagte ich. »Du bist die Spionin! Du gehörst zu ihnen!«

Sie lachte spöttisch. »Ja. Ich gehörte zu ihnen.«

»Aus diesem Grund wolltest du mich verhören, um zu erfahren, was ich weiß oder vermute.«

»Natürlich.«

»Ich war ein Narr«, sagte ich.

»Wie alle Männer.«

Ich dachte nach. Dann sagte ich: »Aber ich glaube nicht, daß ich hier der einzige Narr bin.«

»Wieso?«

»Du bist auch im Delta.«

»Meine Barke wird mich beschützen«, sagte sie. »Sie ist bekannt. Die Cosianer haben den Befehl, nicht auf sie zu schießen, sie unbehindert passieren zu lassen.«

»Darauf würde ich mich nicht verlassen.«

»Was willst du damit sagen?«

»Du weißt eine Menge«, antwortete ich. »Meiner Meinung nach ist dein Leben nicht so sicher, wie du glaubst.«

»So einen Unsinn muß ich mir nicht anhören.«

Ich zuckte mit den Schultern.

»Aber ich wollte dich noch aus einem anderen Grund verhören«, fuhr sie fort. »Sklavinnen in Ven, die dich im Käfig sahen, bevor wir nach Westen aufbrachen, berichteten von dir. Sie meinten, du wärst ein attraktives, kräftiges Exemplar von einem Mann.« Sie lachte. »Anscheinend hat dein Anblick sie heiß gemacht.«

»Sie wissen vielleicht, was es heißt, einem Mann zu gehorchen.«

»Vielleicht.«

»Und du?« fragte ich. »Mache ich dich auch heiß?«

»Sei nicht vulgär.«

»Vielleicht mußt du ja weniger um dein Leben fürchten, als ich dachte. Vielleicht ist für dich ja etwas anderes geplant.«

»Was denn?«

»Der Sklavenkragen.«

»Sleen!« fauchte sie.

»Falls du ausgezogen schön genug sein solltest«, fügte ich hinzu.

Sie versteifte sich vor Wut. »Verdammter Sleen. Das bringt dir zehn Peitschenhiebe ein. Ich bin eine freie Frau. Ich bin unbezahlbar.«

»Aber nur bis man dich auszieht und verkauft.«

»Ich bin wunderschön.«

»Du kannst mir viel erzählen.«

»Warte ab«, erwiderte sie. »Um dich wirklich zu quälen, werde ich meinen Schleier senken, damit du einen kurzen Blick auf meine Schönheit werfen kannst, eine Schönheit, die du niemals besitzen wirst, die du niemals küssen oder berühren wirst, einen kurzen Blick, den du nie vergessen wirst und der dich quälen wird auf deinem Marsch durch den Sumpf!«

Langsam und anmutig senkte sie den Schleier.

Ich betrachtete sie.

»Bin ich nicht wunderschön?«

»Falls wir uns je noch einmal begegnen sollten, werde ich dich nun wiedererkennen können.«

»Du hast mich reingelegt!«

Ich zuckte mit den Schultern.

»Wachen!« schrie sie wütend, während sie an dem Schleier herumzerrte und ihn wieder befestigte. Soldaten eilten auf sie zu. Sie zeigte auf mich. »Es ist wahr«, rief sie. »Er ist ein Spion, ein Sleen aus Cos. Er will aufwieglerische Gedanken unter den Truppen verbreiten. Gebt ihm zehn Hiebe!«

»Wird erledigt, meine Lady«, sagte Plenius.

»Danach soll er geknebelt werden.«

»Jawohl, Lady.«

Ein anderer Soldat machte sich bereits an meinen Handschellen zu schaffen. Einen Augenblick später waren mir die Hände vor den Bauch gefesselt.

Dann pfiff auch schon die Peitsche durch die Luft.

7

»Bleib stehen!« flüsterte der Soldat vor mir und streckte die Hand aus.

Ich gehorchte. Das aus drei Baumstämmen gezimmerte Floß, das ich mit Hilfe eines Jochs zog, trieb langsam näher heran; das Geschirr sackte ins Wasser. Einen Augenblick später stießen die Baumstämme unterhalb des Jochs sanft gegen meinen Rücken. Überall um mich herum wurden Waffen gezogen.

Die Barke des Hauptmanns schwamm zu meiner Rechten. Er stand ganz vorn, von seinen Männern umringt. Der Soldat auf der Aussichtsplattform kauerte sich zusammen.

»Jetzt haben wir sie, Jungs«, flüsterte der Hauptmann den Männern zu, die zwischen dem Floß und der Barke im Wasser wateten. Er gab ein Zeichen. Unteroffiziere schickten ihre Männer los.

Ein Arm legte sich um meinen Hals, und das Joch und hielt mich an Ort und Stelle fest. Eine Messerklinge berührte meine Haut. »Keine Bewegung«, warnte mich Plenius, der bäuchlings auf dem Floß lag. Sie brauchten nicht zu befürchten, daß ich einen Warnschrei ausstieß, denn man hatte mich geknebelt. Doch sie wollten nicht das geringste Risiko eingehen, daß ich irgendwie Lärm schlug, indem ich das Joch gegen das Floß schlug oder Wasser aufspritzen ließ.

Reihen von Soldaten wateten an mir vorbei. Auf der anderen Seite konnte ich weitere Marschreihen sehen, sobald sie hinter der Barke hervortraten. Einige begaben sich direkt in das Schilf, andere umkreisten es links. Vermutlich geschah auf der rechten Seite das gleiche.

Tagelang waren wir immer tiefer in das Delta eingedrungen, auf der Jagd nach den Cosianern. Dabei hatten wir die geheimnisvolle Barke, die nicht aus Ar kam, immer wieder vor uns gesichtet. Sie war, ob zu recht oder unrecht, so etwas wie ein Symbol geworden, ein Zeichen der Cosianer, des verfolgten Feindes. Zog man die Haltung der Arer in Betracht, war es von einem nüchternen militärischen Standpunkt aus gesehen nur natürlich, die Barke mit den Cosianern in Verbindung zu bringen und von der Annahme auszugehen, daß es sich um einen Frachter oder ein Boot der Nachhut handelte. Die Tatsache, daß es so schwerfiel, sie einzuholen, unterstützte diese Vermutung nur noch.

»Na los, du Sleen«, flüsterte Plenius mir ins Ohr und drückte mit dem Messer fester zu, »versuch deine Freunde zu warnen. Los!«

Ich regte keinen Muskel.

»Bald werden Ars Schwerter das Blut der cosischen Sleen trinken.«

Ich spürte das Messer an der Kehle.

Ich bewegte mich nicht.

Lautlos wateten weitere Soldaten vorbei.

»Aus diesem Grund wurdest du ins Delta gebracht«, sagte er, »damit du mit eigenen Augen das Scheitern deiner Spionageversuche und die Vernichtung deiner Freunde siehst.«

Ich hielt still.

»Andererseits würdest du als Spion wahrscheinlich sowieso nicht versuchen, sie zu warnen. Dafür wärst du zu schlau. Spione sind viel mehr um ihre eigene Haut besorgt.« Er kicherte. »Aber deine Haut, Sleen aus Cos, gehört nun Ar. Haben Joch und Geschirr dir das noch nicht verraten?«

Ich bewegte mich nicht, denn ich hatte die Befürchtung, er könnte in seiner Aufregung mit dem Messer abrutschen, wenn das Angriffssignal gegeben wurde.

»Deine Haut, Spion, gehört Ar, wie eine Sklavin ihrem Herrn.«

Das Signal würde gleich gegeben werden, ich konnte es spüren. Mittlerweile mußten die Soldaten in Stellung gegangen sein.

»Möchtest du nicht doch versuchen zu entkommen?«

Das Messer an meiner Kehle war von der üblichen goreanischen Schärfe. Dann drehte Plenius die Klinge ein wenig, so daß ich ihre Fläche spürte. Fast im gleichen Augenblick hörte ich die Kriegsrufe Ars und die Bewegungen einer großen Zahl von Männern – es mußten Hunderte sein –, die vorwärts stürmten, auf die Barke zu. Die flache Seite des Messers drückte gegen meinen Hals, als Reaktion auf den Lärm im Sumpf. Nach dem nächsten Lidschlag wurde die Klinge wieder gedreht, und die Schneide lag wieder an meiner Kehle.

»Ruhig, ganz ruhig«, sagte Plenius.

Ich bewegte mich nicht.

Aber von vorn kamen keine Kampfgeräusche, kein Stahl traf klirrend aufeinander, keine Stimmen flehten um Gnade.

Wir hörten, wie die Männer auf die Barke losgingen.

Plenius' Messer blieb noch einige Zeit lang an meinem Hals. Sollten flüchtende Cosianer durch den Sumpf auf uns zustürmen, wollte er mir wohl die Kehle durchschneiden. Auf diese Weise konnte er sowohl meine Flucht verhindern als auch die Hände frei haben, um sich gegen den Feind zu verteidigen oder sich ihm entgegenzustellen.

Aber Augenblicke später nahm er das Messer weg und stand verblüfft da.

Keine Flüchtlinge brachen durch das Rence.

Mich überraschte das nicht im mindesten.

Ein paar Ehn später brach dann doch ein schlammbespritzter Soldat aus dem Schilf. Er hatte seine Waffe noch nicht weggesteckt. »Bringt den Gefangenen her«, befahl er.

Plenius legte mir eine Seilschlinge um den Hals und befreite mich dann von dem Geschirr. Das Floß wurde auf eine kleine Sandbank geschoben, damit es nicht abtrieb.

»Geh voraus!« befahl er.

Ich bahnte mir einen Weg durch das Schilf. Nach wenigen Metern standen wir vor der flachen, abgedeckten Barke. Viele Männer standen im Wasser darum herum. Mittlerweile waren auch einige der kleinen Boote eingetroffen. Die Barke war auf eine niedrige Sandbank gelaufen und steckte fest. In einer Ahn würde sie wieder schwimmen, oder sogar noch früher, falls der Wind drehte oder sich die Strömung änderte.

»Komm an Bord«, sagte der Hauptmann, der an Deck stand. Ich kannte ihn nur vom Sehen.

Ich blickte über den Knebel hinweg zu ihm hinauf.

Jemand versetzte mir von hinten einen Stoß. Männer griffen zu, packten mich unter den Armen. Andere schoben. Man zog mich an Bord, Plenius, der die Leine nicht losließ, folgte mir.

Das kleine, schräge Fenster in Hecknähe auf der Backbordseite der Barke war eingedrückt. Die Kabinentür, zu der zwei oder drei Stufen nach unten führten, stand offen.

Der Hauptmann musterte mich.

Ich kniete nieder.

»Entfernt den Knebel«, befahl er.

Es tat gut, das schwere, feuchte Stoffknäuel aus dem Mund zu haben.

»Einige sagen, du würdest dich im Delta auskennen«, sagte er zu mir.

»Ich bin kein Rencebauer«, erwiderte ich. »Wenn jemand das Delta wirklich kennt, dann nur sie. Ich komme aus Port Kar.«

»Aber du warst schon einmal im Delta.«

»Ja.«

»Sind dir da solche Barken begegnet?«

»Ja, natürlich.«

Er wandte sich Plenius zu. »Wickel die Leine um das Joch. Ich übernehme ihn.«

Plenius, mein Bewacher, gehorchte.

»Komm mit!« befahl der Hauptmann dann.

Ich erhob mich auf die Füße. Mit einem schweren Joch, einem Bestrafungsjoch, kann das äußerst mühsam, aber bei dem leichten Arbeitsjoch, das ich auf den Schultern trug, war es kein Problem. Ich senkte den Kopf und folgte dem Offizier durch die schmale Tür die Stufen hinunter ins Innere der Kabine. Seine Miene machte jedem klar, daß uns keiner folgen sollte.

In der Kabine war es nicht völlig dunkel, da die Fenster an den Seiten aufgebrochen waren, einige davon vermutlich schon vor langer Zeit. Aber ich hatte keinen Zweifel, daß die Männer von Ar in ihrer Angriffswut die Tür eingetreten und die restlichen Fenster eingeschlagen hatten. Ich sah mich im Halbdunkel in der großen Kabine mit der niedrigen Decke um.

»Ein großer Sieg«, meinte ich.

Bis auf ein paar Bänke und andere Nebensächlichkeiten war die Kabine leer. Es lag viel Staub am Boden. Es gab kein Anzeichen, daß sich hier in der letzten Zeit jemand aufgehalten hatte.

»Ich verstehe das nicht«, sagte der Hauptmann. »Wo sind die Cosianer?«

»Hast du die Besatzung befragt?«

»Es gab keine Besatzung«, erwiderte er wütend.

Ich schwieg. Das hatte ich auch nicht angenommen. Hätte es sie gegeben, wäre es sehr unwahrscheinlich gewesen, daß das Schiff auf Grund lief, vor allem, wo doch die Verfolger in der Nähe waren. Die Soldaten marschierten am Tag, in großer Zahl. Sie waren fremd im Delta. Sie bewegten sich nicht mit der Lautlosigkeit von Rencebauern.

»Vielleicht hat es eine Besatzung gegeben, vielleicht hatten sie nicht genug Zeit, die Barke von der Sandbank zu bekommen.«

»Aber es gibt nur sehr wenige Hinweise darauf, daß hier überhaupt eine Besatzung gelebt hat«, sagte ich. Sicher, ein paar Männer hatten die Barke mit ihren Stangen fortbewegt. Aber selbst davon gab es keine Spuren, zumindest nicht in der Kabine.

»Wo sind die Cosianer?« wollte er wissen.

Ich sah mich in der staubigen Kabine um. »Hier jedenfalls nicht.«

»Wir haben diese Barke tagelang verfolgt«, sagte er wütend. »Jetzt haben wir sie eingeholt. Und sie ist leer!«

»Meiner Meinung nach war sie seit Wochen leer.«

»Unmöglich!«

»Ich halte sie einfach für eine aufgegebene Barke«, sagte ich. »So etwas kommt im Delta vor.«

»Nein«, sagte er. »Sie gehört zur cosischen Nachhut.«

»Vielleicht.«

»Oder es ist einer ihrer Truppentransporter, den man aufgegeben hat.«

»Auch das ist möglich«, bestätigte ich.

Er ging zu einem der kleinen Fenster und sah wütend hinaus.

»Allerdings ist das eine seltsame Wahl für einen Frachtkahn, findest du nicht?«

»Was willst du damit sagen?«

»Du kommst nicht aus diesem Teil des Landes, nicht aus dem Delta oder vom Vosk oder Port Kar.«

»Worauf willst du hinaus?«

»Sieh dir das Fenster einmal genauer an, den Fensterladen.«

Er betrachtete den eingeschlagen Fensterladen, der herunterhing.

»Und?«

»Die Stellung des Hebels.«

»Ja, und?«

»Das Fenster konnte nicht von innen geöffnet werden«, sagte ich. »Nur von außen.«

Der Hauptmann zuckte mit den Schultern.

»Zieht man einmal die Tiefe des Kabinenbodens in Betracht, konnte man im Sitzen nicht aus den Fenstern sehen, nicht einmal wenn sie geöffnet waren. Es ist höchstens ein Stück Himmel zu sehen.«

»Ich verstehe«, sagte er mürrisch.

»Und wenn der Laden geschlossen war, war es stockfinster in der Kabine. Du kannst dir sicher vorstellen, wie es bei geschlossenen Läden hier drin war, die Hitze, die stickige Luft.«

»Natürlich.«

»Sieh dir auch einmal die Bänke genauer an.«

»Ich verstehe«, sagte er bitter.

»Du oder ich würden sie unbequem niedrig finden«, sagte ich, »aber für Leute mit kürzeren Beinen wären sie in Ordnung.«

Er nickte.

»Und hier und dort, siehst du die Halterungen für Fußklemmen und an den Armlehnen die Handklemmen?«

»Aber nur für ziemlich kleine Fuß- und Handgelenke.«

»Das stimmt. Und dort siehst du noch das Eisengeschirr zum Befestigen der Halshölzer. Barken dieser Bauweise werden in den Kanälen von Port Kar benutzt, und im Delta, und zwar für den Transport von Sklavinnen.«

»Ja, du hast recht.«

»Natürlich benutzt man solche Frachtkähne auch anderswo.«

»Im Süden transportieren wir Sklaven mit Hauben über dem Kopf oder in verhüllten Käfigen.« Der Hauptmann schritt wütend vom Fenster weg und betrachtete die Bänke. Bei einigen war der Lack abgeblättert. Diese Barke hatte offensichtlich einst oft das Delta befahren, vermutlich im Pendelverkehr zwischen Port Kar und Turmus und Ven. Sklavinnen werden meistens nackt transportiert.

»Also haben wir Tage damit verschwendet, eine Sklavenbarke zu verfolgen«, stellte der Hauptmann erbittert fest.

»So sieht es aus.«

»Also müssen die Cosianer noch immer vor uns sein.«

Ich schwieg. Das kam mir nicht sehr wahrscheinlich vor, zumindest nicht in großer Zahl.

Plötzlich ertönten draußen Rufe, gefolgt von Schreien.

Der Hauptmann sah verblüfft auf, dann lief er die Stufen zum Deck hoch, ohne mir auch nur einen weiteren Blick zu schenken.

Ich folgte ihm.

»Wir konnten sie so gut wie nie sehen!« rief ein Soldat. »Es war, als wäre das Rence lebendig geworden.«

Ich trat an Deck, wo ich in der Sonne blinzelte. Plenius wartet schon auf mich, er wickelte das Seil von dem Joch und hielt mich an kurzer Leine, etwa einen halben goreanischen Meter.

»Wir hatten keine Chance«, schluchzte ein Mann im Wasser. »Wir haben sie nicht einmal gesehen!«

»Wo?« wollte der Hauptmann wissen, der nun an der Reling stand.

»Auf der rechten Seite.«

Ich folgte meinem Hüter, der neugierig geworden war, bis zur Reling. Im Wasser standen etwa sechs oder sieben fassungslose, entsetzte Soldaten, einige bluteten aus Wunden, andere stützten Kameraden.

»Anzahl?«

»Es müssen Hunderte gewesen sein, auf einer Front von vielen Pasang«, berichtete ein Unteroffizier, der im Wasser stand. »Wir konnten nicht kämpfen. Wir konnten sie nicht sehen. Es gab einfach nichts, gegen das wir die Schwerter hätten ziehen können.«

»Da waren nur Schatten«, schluchzte ein anderer Soldat, »eine Bewegung im Rence, ein Verdacht, und dann die Pfeile, ein Pfeilregen!«

»Wie hoch sind die Verluste?« fragte der Hauptmann.

»Es war ein Massaker!« antwortete der Unteroffizier.

»Ich will die genauen Verluste wissen«, wiederholte der Hauptmann seine Frage mit mehr Schärfe.

»Die rechte Flanke ist verloren.«

»Sie ist einfach weg!«

Weitere Soldaten kamen jetzt aus dem Rence, weitere Überlebende, viele davon verwundet.

Ich konnte mir nicht vorstellen, daß die gesamte rechte Flanke vernichtet worden sein sollte, aber auf jeden Fall hatte sie schwere Verluste erlitten, war beträchtlich dezimiert worden. Die Soldaten, die da auf uns zukamen, hatten alle zur rechten Flanke gehört, und sie waren anscheinend nicht in der Lage gewesen, sich neu zu gruppieren. Nach einem katastrophalen Kampf, insbesondere einem geheimnisvollen, der völlig unerwartet ausgebrochen war, neigen Überlebende dazu, die Verluste zu überschätzen. Ein Mann, der beispielsweise miterleben mußte, wie auf dem von ihm zu überschauenden Teil des Schlachtfeldes – für gewöhnlich kaum mehr ein paar Quadratmeter – die meisten seiner Kameraden fielen, neigt zu der Annahme, daß diese Verluste für das ganze Schlachtfeld typisch sind. Genauso kann es natürlich geschehen, daß ein Soldat, der Gelände gewonnen hat, erst später zu seinem Entsetzen erfahren muß, daß sich seine Seite auf dem Rückzug befindet, ja, daß die ganze Schlacht verloren ist. Allerdings bezweifelte ich nicht, daß die Verluste beträchtlich waren. Die ganze rechte Flanke würde neu organisiert werden müssen.

»Wir werden einen Gegenangriff unternehmen«, sagte der Hauptmann.

»Es wird kein Gegner da sein«, gab ich zu bedenken.

»Das ist ein tragischer Tag für Ar«, murmelte ein Soldat.

Noch mehr Soldaten wateten heran, einige taumelnd.

»Die erste Feindberührung mit Cos«, sagte Plenius verbittert. »Wer hätte gedacht, daß sie so ablaufen könnte?«

»Ihr seid nicht mit Armbrustbolzen beschossen worden«, stellte ich fest.

»Nein, es waren Pfeile.«

Ich nickte. »Pfeile, abgeschossen von einem Bauernbogen.« In den letzten Jahren hatte sich der Gebrauch des Bauernbogens, der in der Nähe des Mündungsgebietes seinen Anfang genommen hatte, in östlicher Richtung in Windeseile im ganzen Delta ausgebreitet. Das Material für die Waffe und ihre Munition, das in dieser Gegend nicht vorkommt, wird importiert. Die Rencebauern hatten vor langer Zeit ihre Schlagkraft kennengelernt und sie niemals vergessen. Durch sie waren sie fürchterliche Gegner geworden. Das Delta mit seiner natürlichen Deckung und der Bauernbogen machten die Rencebauern beinahe unverwundbar.

Der Hauptmann sah mich an.

»Ihr habt es nicht mit den Cosianern zu tun«, sagte ich. »Sondern mit den Rencebauern.«

»Leute mit Fischmessern, Wurfstöcken und Fischspeeren!« lachte ein Soldat verächtlich.

»Und dem Bauernbogen.«

»Das ist doch nicht dein Ernst, oder?«

»Habt ihr vor dem Angriff den Ruf der Sumpfgant gehört?«

Ein paar der im Wasser stehenden Männer nickten aufgeregt.

»Mit solchen Rufen verständigen sich die Rencebauern während des Tages. In der Nacht ahmen sie den Ruf der Vosk-Möwe nach.«

»Wir werden sie angreifen«, wiederholte der Hauptmann.

»Ihr werdet sie nicht finden.«

»Wir werden unsere Späher vorausschicken.«

»Die würden nicht zurückkommen.« Natürlich war es möglich, Rencebauern auszuspähen, aber das konnten normalerweise nur Männer, die sich im Delta auskannten. Die Arer hatten, soweit mir bekannt war, keine erfahrenen Späher. Selbst diese Kleinigkeit war ein erneutes Indiz dafür, wie überstürzt Ar gehandelt hatte, wie wenig das Eindringen in das Delta vorbereitet gewesen war.

»Wir dürfen nicht zulassen, daß sie ihren Vorteil weiter ausnutzen«, sagte der Hauptmann.

Noch immer strömten Soldaten der rechten Flanke herbei.

»Das werden sie nicht tun – noch nicht.«

Er blickte mich ungläubig an.

»Es ist eine andere Art der Kriegsführung«, sagte ich.

»Das ist keine Kriegsführung«, mischte sich ein Soldat ein. »Das ist Wegelagerei, hinterhältiges Banditentum.«

»Ich würde sie nicht verfolgen«, sagte ich. »Sie werden euch ausweichen, vielleicht sogar eure Flanken angreifen.«

»Was schlägst du vor?« fragte der Hauptmann.

»Ich würde einen Verteidigungsring aufbauen.«

»Labienus hat hier den Befehl«, sagte der Unteroffizier wütend. »Hör nicht auf ihn, Hauptmann. Sicher steht er auf ihrer Seite. Er könnte sogar einer von ihnen sein.«

»Du rechnest mit einem weiteren Angriff?« fragte Hauptmann Labienus.

»Ein äußerer Verteidigungsring, um jede Infiltration abzuwehren. Am besten an einer Stelle, wo das Delta weit offen ist. Achtet auf Rencehalme, die sich scheinbar im Wasser bewegen.«

»Du rechnest also nicht mit einem weiteren Angriff?«

»Der Überraschungsmoment ist vorbei«, sagte ich. »Ich glaube nicht, daß es einen weiteren Angriff gibt, zumindest nicht in diesem Augenblick, und nicht auf die gleiche Weise, wie er eben erfolgt ist.«

»Du sprichst von einfachen Rencebauern, als wären sie ausgebildete Krieger, du sprichst von Finten, von Strategien und Taktiken, die das Merkmal eines Maximus Hegesius Quintilius oder eines Dietrich von Tarnburgs wären.«

»Oder eines Ho-Hakoder, eines Tamrun, beides Rencebauern«, erwiderte ich.

»Von denen habe ich noch nie gehört«, sagte Labienus.

»Und viele Rencebauern haben noch nie von Marlenus aus Ar gehört.«

Wütende Rufe ertönten unter den Zuhörern.

»Ihr befindet euch in ihrem Land, ohne Einladung.«

»Rencebauern«, schnaubte Plenius verächtlich.

»Die mit dem großen Bogen, dem Bauernbogen, kämpfen«, erinnerte ich ihn.

»Abschaum«, zischte der Unteroffizier.

»Anscheinend war eure rechte Flanke da anderer Meinung.«

Labienus nickte. »Baut einen Verteidigungsring auf.«

Die Unteroffiziere leiteten den Befehl ärgerlich an ihre Männer weiter.

»Steht die Vorpostenlinie erst einmal, werden die Rencebauern wohl Abstand halten«, sagte ich. »Bis es dunkel wird.«

»Sie werden niemals wagen, Ar noch einmal anzugreifen«, sagte Plenius. »Und vielleicht waren es ja doch die Cosianer. Oder sie standen unter cosischem Befehl.«

»Das glaube ich nicht«, sagte ich, »obwohl die Cosianer im Delta bestimmt viele Freunde und Verbindungsleute haben, seit vielen Jahren schon. Ich bezweifle nicht, daß ihre Agenten als Kaufleute getarnt die Rencebauern auf euren Besuch vorbereitet haben. Ihr könnt euch sicher vorstellen, was man ihnen gesagt hat.«

Soldaten sahen einander an.

»Ich glaube, es besteht nur wenig Zweifel, daß die Cosianer politisch klüger sind als die Arer.« Ein ausgezeichnetes Beispiel dafür war, wie Cos Port Cos' Eintritt in die Vosk-Liga unterstützt hatte in der Hoffnung, die Entscheidungen der Liga durch ihre unabhängige Kolonie zu beeinflussen, während Ar die gleiche Chance bei Ar-Station ungenutzt verstreichen ließ, womit es Ar-Station noch stärker am Fluß isolierte.

»Cos kommt mit einem Lächeln und Geschenken ins Delta, als Verbündeter und Freund. Ar kommt als unerwünschter Störenfried, wie ein Eroberer.«

»Die Rencebauern haben uns angegriffen«, warf ein Verletzter ein. »Sie müssen bestraft werden.«

»Ihr seid es, die bestraft werden«, erwiderte ich.

»Wir?«

»Ja. Habt ihr nicht erst vor kurzem ein Rencedorf zerstört?«

Schweigen kehrte ein.

»War das nicht der ›große Sieg‹?«

»Wieso konnten die Rencebauern so schnell zurückschlagen?« fragte Labienus. »Den Berichten zufolge waren es Hunderte.«

»Das kann gut sein«, sagte ich. »Vermutlich sammeln sie sich schon seit Tagen.«

»Aber sie müssen doch wissen, daß wir nur das cosische Expeditionsheer einholen wollen.«

»Das werden sie wohl kaum glauben.«

»Warum?« fragte Labienus.

Ich bedachte ihn lediglich mit einem vielsagenden Blick.

»Nein«, sagte er wütend. »Das ist unmöglich.«

»Wir haben keinen Streit mit den Rencebauern«, erklärte Plenius.

»Jetzt schon.«

»Wir haben sie nicht einmal zu Gesicht bekommen«, sagte einer der Verletzten. »Vielleicht haben sie wie Banditen nur zugeschlagen und sind dann geflohen.«

Ich schüttelte den Kopf. »Nein, sie sind noch irgendwo in der Nähe.«

»Das Delta ist so groß«, sagte Labienus. »Es ist so groß, so grün, sieht überall gleich aus und ist doch überall anders.«

»Wir brauchen Späher, wir brauchen scharfe Augen«, meinte Plenius.

»Da, seht doch!« rief der Verwundete und deutet gen Himmel. Die Männer – mittlerweile waren es Hunderte – brachen in Jubel aus. »Da sind unsere Augen!« rief der Verwundete.

Ein Tarnsmann war zu sehen; er flog aus dem Süden heran. Selbst auf diese Entfernung konnte man seine rote Uniform erkennen.

»Er zieht den Vogel herum!«

»Er will landen!«

Viele der Soldaten hoben die Hände und winkten der näherkommenden Gestalt auf dem Tarnrücken zu.

Der Soldat auf der Ausguckplattform der Befehlsbarke richtete sich zu seiner vollen Größe auf und winkte den Tarnsmann hinunter.

Ich betrachtete das Flugmuster am Himmel. Unbehagen erfüllte mich. Sein Wendemanöver hatte eine ganz bestimmte Anmut gezeigt, und jetzt ließ er – wie ich befürchtet hatte – den Tarn die Schwingen ausbreiten.

»Er lädt die Armbrust!« sagte ich. »Paßt auf!«

Der Vogel ging in einen glatten, schwebenden Sinkflug über, und ich verfolgte, wie das Tier scheinbar reglos in der Luft hing, während es doch jeden Augenblick größer wurde. Die Krallen des Tarns waren nach hinten an den Körper gepreßt.

»Vorsicht!« rief ich. »Er will nicht landen!« Soldaten sahen verblüfft zum Himmel hinauf. »Vorsicht! Das ist ein Angriffsmanöver!«

Sahen sie es denn nicht? Begriffen sie denn nicht, was da geschah? Verstanden sie nicht, was dieser verhaltene Flug bedeutete, welche Bedrohung die Reglosigkeit dieser großen Schwingen darstellte? Sahen sie nicht, daß das, was da stetig näherkam, nichts anderes als eine ruhig dahingleitende, unglaublich stabile Schußplattform war?

»In Deckung!« rief ich. Der Soldat auf der Ausguckplattform senkte verwirrt die Arme. »In Deckung!«

Der Flug des Armbrustbolzens war kaum zu sehen. Er war wie ein Flackern, etwas schrecklich Schnelles, kaum Wahrnehmbares, dann schlug der Vogel mit den Schwingen und gewann an Höhe. In kürzester Zeit war er im Süden verschwunden.

»Er ist tot«, sagte ein Soldat an Deck der Offiziersbarke, wo der Mann aus dem Ausguck zusammengebrochen war; aus seiner Brust ragten die Stabilisierungsfedern eines Bolzens. Es war kein schwieriger Schuß gewesen. Der Betroffene hätte genausogut ein stillstehendes Ziel sein können, das man bei einer Übung auf dem Schießstand anflog.

»Das sind nicht unsere Augen«, sagte ich zu Labienus. »Das sind die Augen von Cos.« Der Tarn war im Süden verschwunden. Wie ich erwartet hatte.

Die Männer standen wie betäubt herum.

»Wo sind unsere Tarnsmänner?« fragte ein Unteroffizier.

»Cos beherrscht den Himmel«, erwiderte ich. »Ihr seid im Delta allein.«

»Tötet ihn«, sagte einer der umstehenden Soldaten.

»Ihr glaubt doch nicht allen Ernstes, die geringe Zahl eurer Tarnsmänner in einer solchen Gegend oder in der Nähe von Holmesk sei ein Zufall?«

»Tötet ihn«, sagte ein anderer Soldat.

»Tötet ihn!«

»Was sollen wir tun, Hauptmann?« wurde Labienus gefragt.

»Wir haben unsere Befehle«, sagte der Offizier. »Wir ziehen weiter nach Westen.«

»Aber zuerst müssen wir noch bleiben, um die Rencebauern zu bestrafen«, sagte der Unteroffizier.

»Dann würde Cos entkommen«, meinte Plenius.

»Uns geht es nicht in erster Linie um die Rencebauern, sondern um Cos.«

»Das stimmt«, pflichtete Plenius bei.

»Und wir müssen ihnen dicht auf den Fersen sein.«

»Ja, genau!«

Ich schüttelte den Kopf. »Ich würde vorschlagen, sich so schnell wie nur möglich aus dem Delta zurückzuziehen.«

»Ein ausgezeichneter Vorschlag, Spion«, spottete der Unteroffizier.

»Genau, jetzt wo wir sie fast haben!«

»Cosischer Sleen!«

»Wir werden weiter nach Westen marschieren«, sagte der Hauptmann.

»Wenigstens werden euch die Rencebauern auf einem solchen Marsch keinen großen Widerstand entgegenbringen, denn er führt euch nur noch tiefer in den Sumpf und liefert euch alle ihrer Gnade aus«, sagte ich bitter.

»Alles zum Weitermarschieren bereitmachen«, befahl Hauptmann Labienus.

»Die Rencebauern sind noch nicht mit euch fertig«, sagte ich.

»Wir haben keine Angst vor ihnen.«

»Sie werden wie Sleen an euren Flanken hängen«, sagte ich. »Sie werden euch zusammendrängen, euch wie eine Herde Vieh treiben. Und dann, wenn ihr dicht gepfercht dasteht, erschöpft, hilflos, schwach, dann werden sie Pfeile auf euch herabregnen lassen. Wenn euer Heer auseinanderbricht und sich in alle Himmelsrichtungen verteilt, werden sie euch im Sumpf jagen, einen nach dem anderen, und euch einfangen. Vielleicht, wenn ihr euch entkleidet und die Arme hebt, vielleicht schont man dann euer Leben und legt euch in Ketten, um euch als Besiegte zu den Handelsstationen zu bringen, wo ihr als Sklaven verkauft werdet, um an die Ruderbänke gekettet die Galeeren von Cos zu rudern.«

»Sleen!« zischte der Unteroffizier.

»Gut, einige von euch werden vermutlich in den Steinbrüchen von Tyros schuften.«

»Tötet ihn!« rief ein Soldat.

»Ihr müßt euch aus dem Delta zurückziehen, unverzüglich!« sagte ich.

»Es halten sich viele Regimenter im Delta auf«, sagte Hauptmann Labienus.

»Für dieses Regiment bist du verantwortlich.«

»Wir haben unsere Befehle.«
»Ich beschwöre dich, zieh dich zurück.«
»Unsere Befehle lauten aber anders.«
»Dann setzte dich mit den anderen in Verbindung.«
»Die Regimenter agieren unabhängig voneinander.«
»Hältst du es dann für einen Zufall, daß ihr über keine zentrale Kommandokette verfügt?«
Er blickte mich wütend an.
»Ar zieht sich nicht zurück«, sagte Plenius.
»Du bist hier der Befehlshaber«, sagte ich zu Labienus. »Du mußt die Entscheidung treffen.«
»Wir sind nicht ins Delta eingedrungen, um ohne cosisches Blut an den Klingen zurückzukehren!« sagte Plenius.
»Triff deine Entscheidung!«
»Das habe ich«, erwiderte Labienus. »Wir marschieren weiter nach Westen.«
Jubel ertönte.
»Saphronicus befindet sich nicht einmal im Delta!« sagte ich.
»Wenn das der Wahrheit entspräche, wer außer einem Spion könnte das wissen?« fragte Labienus.
»Der andere Spion, der es mir erzählt hat«, sagte ich.
»Damit bist auch du ein Spion«, sagte er. »Knebelt ihn.«
Plenius ließ sich nicht zweimal bitten.
»Laß mich ihn töten«, bat ein Soldat und zog das Messer, aber der Hauptmann hatte sich bereits abgewandt, um sich mit seinen Unteroffizieren zu beraten.
»Er hat versucht, Aurelian vor dem Tarnsmann zu warnen«, sagte ein anderer Mann.
»Er fürchtete nur um seine eigene Haut«, meinte Plenius und zurrte den Knebel noch fester.
»Dann soll er noch etwas mehr darum fürchten«, verkündete der Mann. Die Messerspitze berührte meinen Bauch, links unten. Die Schneide zeigte nach oben.

Sie konnte mit einem Ruck hineingestoßen und gleichzeitig in die Höhe gezogen werden und mich mühelos entleiben.

Ich blieb ganz still stehen.

Der Soldat trat wütend einen Schritt zurück und steckte das Messer weg. »Cosischer Sleen«, knurrte er. Dann wandte er sich zusammen mit seinen Kameraden von mir ab.

Plenius versetzte dem Joch einen Stoß, und ich stürzte über die Reling der Barke und landete hart im Wasser und im Schlamm. Ich kämpfte mich mühsam auf die Beine, wobei ich mehrmals ausrutschte. »Geh vor mir her!« befahl Plenius. Ich versuchte, mir das Wasser aus den Augen zu schütteln. Dann stolperte ich los, zurück zu dem Floß; er ging hinter mir, die Leine fest in der Hand.

Ich schüttelte erneut den Kopf, ich wollte das Wasser in den Augen los werden. In mir waren Wut und Hilflosigkeit. Ich wollte gegen den Knebel anschreien. Die Männer von Ar waren verrückt. Sie begriffen einfach nicht, was mit ihnen geschehen war! Ich wollte es ihnen zubrüllen, sie wachrütteln, sie warnen! Aber der Knebel in meinem Mund war ein goreanischer Knebel. Ich brachte nicht mehr als ein Wimmern zustande; einmal wimmern hieß ›ja‹, zweimal wimmern hieß ›nein‹. Auf diese Weise verständigte sich ein geknebelter Gefangener mit seinen Häschern, antwortete auf ihre Befehle und Fragen, denn allein ihre Interessen und Launen zählten. Aber selbst wenn ich hätte sprechen können, sie hätten mir nicht zugehört. Das wurde mir nun klar. Sie hatten mir zuvor nicht zugehört, sie würden es auch nun nicht tun.

Ich mußte fliehen! Ich mußte ihnen entkommen. Irgendwie mußte ich dem Schicksal entgehen, dem sie mit ziemlicher Sicherheit zum Opfer fallen würden. Ich hatte kein Interesse daran, ihre Dummheit, Verstocktheit und ihr schreckliches Ende zu teilen. Ich mußte fliehen! Es gab keine andere Möglichkeit.

Wir waren am Floß angelangt. Es lag genau dort, wo wir es verlassen hatten, ein Stück auf die kleine Sandbank geschoben, damit es während unserer Abwesenheit nicht abtrieb. Plenius beugte sich vor, um das an dem Floß befestigte Geschirr aus dem Wasser zu ziehen. Ich spannte alle Muskeln an. Nur ein paar Schritte von uns entfernt watete ein Soldat durch das Wasser.

»Wende dich von mir ab!« befahl mein Hüter.

Ich gehorchte. Der Soldat watete an mir vorbei.

»Bleib still stehen, Zugochse«, sagte Plenius. Der nächste Soldat ging an uns vorbei. Plenius legte mir das Geschirr an. Wütend spürte ich sein Gewicht. Ich wußte nicht, wieviel Zeit ihnen die Rencebauern geben würden, vielleicht nur bis Einbruch der Dunkelheit. Plenius zurrte noch immer an dem Geschirr herum. Im Augenblick standen wir ganz allein dort, niemand befand sich in unmittelbarer Nähe.

Ich fuhr auf dem Absatz herum. Plenius riß die Augen weit auf, dann traf ihn das Joch an der Schläfe. Es war unfaßbar, daß niemand diesen Laut hörte! Doch es erfolgte keine Reaktion. Keiner stürzte auf uns zu.

Ich sah auf Plenius, meinen Bewacher, herab. Er lag reglos auf der Sandbank. Er war ohne jeden Laut zusammengebrochen.

Mit einer gewaltigen Kraftanstrengung zerrte ich das Floß ins Wasser. Ich war fest davon überzeugt, daß ich, falls ich an den Soldaten vorbeikäme, das Joch an den Stämmen des Floßes in Stücke brechen konnte und so meine Hände freibekäme, um mich unverzüglich von dem Geschirr zu befreien und mich davonzumachen. Ich ging los, das Floß im Schlepptau.

Es gelang mir, mehrere Ehn im dicksten Renceschilf zu bleiben. Dort betrug die Sichtweise kaum mehr als ein paar Meter. Manchmal ertönten die Stimmen von

Soldaten. Zweimal passierten sie mich nur wenige Zentimeter entfernt. Das Floß verkantete sich mehrmals an dem Schilf. Einmal mußte ich es zu meinem Unbehagen über eine offene Wasserfläche ziehen. Ich war sehr erleichtert, als ich wieder im Schilf war.

»Halt!« sagte plötzlich eine Stimme.

Ich blieb stehen. Eine Schwertspitze bohrte sich in meinen Bauch. Ein zweiter Soldat trat an meine Seite.

Es waren Mitglieder des äußeren Verteidigungsrings, der, wie ich wütend erkannte, aufgrund meiner Vorschläge überhaupt erst gebildet worden war.

Hinter mir wateten Männer heran.

»Habt ihr ihn?«

Diese Stimme kannte ich. Es war Plenius, mein Bewacher.

»Ja«, erwiderte der Soldat, dessen Schwert ich am Bauch spürte. Er drückte fester zu, und ich wich zurück, bis ich gegen das Floß stieß. In dieser Stellung hielt er mich dann fest, ohne jede Möglichkeit zum Ausweichen. »Er wartet schon auf dich, im Joch und angeschirrt, so unterwürfig wie eine Sklavin.«

Ich hörte das Klirren von Ketten.

»Anlegen«, sagte Plenius. »Vor dem Körper.«

So lag mein Rücken frei.

Eine Handschelle schnappte um mein rechtes Handgelenk zu, bevor es von dem Joch befreit wurde. Dann wurde es zur Seite gerissen, und die andere Fessel schloß sich um das linke Gelenk. Erst danach befreite man mich vollends von dem Joch. Die zusammengeketteten Hände band man mir vor den Bauch, indem man ein Seil durch die Kettenglieder führte und es auf dem Rücken zusammenknotete.

»War der Zugochse störrisch?« fragte der Soldat besorgt. Männer lachten.

Plenius war auf das Floß geklettert. Andere schlossen sich ihm an.

Eine Peitsche knallte.

»Umdrehen, Zugochse!« befahl Plenius. »Wir marschieren nach Westen!«

Meine Hände steckten hilflos in dem Eisen fest.

»Beeilung!«

Die Peitsche züngelte über meinen Rücken. Und noch einmal.

»Beeilung!«

Ich drehte mich um, rutschte im Schlamm aus und drehte mit brennendem, blutüberströmtem Rücken das Floß. Dann zog ich es westwärts, noch tiefer ins Delta hinein.

»Nun mach schon«, rief Plenius.

Wieder traf die Peitsche meinen Rücken.

Ich stemmte mich gegen das Geschirr, nach Westen.

8

»Siehst du«, sagte Plenius und stieß mir ein Stück rohen Fisch in den Mund, »es gibt keine Gefahr.«

Der Knebel war um das Seil um meinen Hals gewickelt, das in einer Länge an den Pflock geknotet war, die mir erlaubte, aufrecht zu sitzen. Meine Füße waren noch immer auf die übliche Weise eng aneinandergebunden und an einem anderen Pflock befestigt. Die Hände waren auf den Rücken gefesselt. Wieder wußte ich nicht, wer den Schlüssel hatte. Aus Sicherheitsgründen erhielt ihn jeden Tag ein anderer.

»Lauscht nach Steinen, die sich unter Wasser bewegen«, erwiderte ich.

»Du bist verrückt.«

»Hast du meine Warnungen an den Hauptmann weitergeleitet?«

»Man hat eine Wache aufgestellt, so unnütz das auch sein mag.«

Auf der Sandbank befanden sich etwa fünfhundert Mann.

»Iß«, sagte Plenius. »Und schluck.«

Ich gehorchte. Es lag in meinem Interesse, soviel zu essen zu bekommen wie nur möglich. Es war sowieso kaum genug für alle da. Ar hatte meiner Schätzung nach etwa fünfzigtausend Soldaten ins Delta geschickt. Und das ohne ausreichende logistische Unterstützung.

»Das war's«, verkündete Plenius.

Ich blickte ihn überrascht an.

»Mehr gibt es nicht.«

»Du bist ein harter Kerl«, sagte Hauptmann Labienus und schaute auf mich herunter. »Ich hätte gedacht, du würdest heute im Sumpf sterben.« Die Sonne hatte heiß vom Himmel gebrannt. Das Floß war sehr schwer gewesen, viele Männer hatten es benutzt. Plenius hatte nicht an Peitschenhieben gespart. »Und doch bist am Leben und hast Appetit.« Er wandte sich an meinen Hüter. »Laß den Knebel! Geh!«

Sobald Plenius ein paar Meter weit weg war, ging der Hauptmann in die Hocke und musterte mich mit eindringlichem Blick. Ich hatte ihn nicht herankommen gesehen.

»Du hast heute einen Fluchtversuch unternommen?«

Darauf gab ich ihm keine Antwort.

»Du kannst dich glücklich schätzen, daß du keine Sklavin bist.«

Ich zuckte mit den Schultern. Das entsprach zweifellos der Wahrheit. Auf Gor gibt es eine Doppelmoral, was die Behandlung von Männern und Frauen, insbesondere Sklavinnen, angeht. Denn bei Frauen und Männern handelt es sich nicht um dieselben Wesen. Daß Frauen und Männer gleich sind und auch dementsprechend behandelt werden sollten, halten die Goreaner für Wahnsinn. Ich hatte in der Tat Glück, keine Sklavin zu sein. Bei den meisten Sklavenherrn hört bei einem Fluchtversuch die Nachsicht auf. So etwas wird nicht geduldet.

»Du verstehst, warum du den Knebel trägst?«

»Ja«, sagte ich. »Damit ich nicht dafür sorge, daß Fragen gestellt werden, damit ich keine Unruhe schüre, nicht die Moral der Männer untergrabe.«

Labienus blickte zu Boden.

»Hast du Angst, du könntest die Geschehnisse der letzten Tage kritisch beleuchten?«

»Erkläre mir deine Meinung«, sagte er.

»Du scheinst ein intelligenter Offizier zu sein«, sagte ich. »Bestimmt hast du mittlerweile deine eigenen Schlüsse gezogen.«

»Sprich!«

»Ich glaube nicht, daß das noch eine Rolle spielt. Ihr seid bereits tief ins Delta vorgestoßen.«

In seinem Blick lag tiefer Ernst.

»Wenn du meine Meinung hören willst, ist Ar verraten worden, und zwar in der Angelegenheit mit Ar-Station, bei der Aufstellung des Heeres, und jetzt bei dem völlig überstürzten, schlecht vorbereiteten Vorstoß ins Vosk-Delta. Ihr wart nicht vorbereitet. Euch fehlen Vorräte und Unterstützung. Mittlerweile dürften die Nachschublinien, die ihr hattet, von den Rencebauern unterbrochen worden sein. Ihr habt keine Tarndeckung oder Tarnspäher. Ihr habt nicht einmal Führer, die sich im Rencegebiet auskennen. Offensichtlich wußtet ihr nicht einmal, daß eure Schiffe im Delta verrotten würden. Hältst du es wirklich für einen glücklichen Zufall, daß in so kurzer Zeit eine ganze Flottille kleiner Boote in Ven und Turmus besorgt werden konnten? So wie es jetzt einfach Pech ist, daß genau diese Boote innerhalb weniger Tage unter euren Füßen auseinanderbrechen und versinken?«

Er sah mich nur wütend an.

»Sie haben euch erwartet.«

Labienus schüttelte den Kopf.

»Zieht euch aus dem Delta zurück, solange ihr noch könnt.«

»Du hast Angst, hier zu sein.«

»Ja, das habe ich.«

»Wir alle haben es mit der Angst bekommen.«

»Tretet den Rückzug an.«

»Nein.«

»Befürchtest du, vors Kriegsgericht gestellt zu werden? Fürchtest du, dein Kommando zu verlieren, in Unehre zu fallen?«

»Das würde zweifellos geschehen, wenn ich den Befehl zum Rückzug geben würde.«

»Besonders wenn du der einzige bist.«

Er nickte.

»Und es gibt bei diesem Vorstoß keinen übergeordneten Kommandostab.«

»Nein.«

»Auch das ist merkwürdig.«

»Kommunikation ist schwierig«, sagte er. »Die Verbände operieren getrennt voneinander.«

»Was würdest du an Saphronicus' Stelle tun?« fragte ich ihn.

»Ich hätte einen übergeordneten Kommandostab«, sagte er. »Ich würde alle Anstrengungen unternehmen, die Kommunikationswege aufrechtzuerhalten, besonders bei den Bedingungen hier im Delta.«

»Das würde jeder halbwegs fähige Kommandant tun.«

»Du stellst Saphronicus' Fähigkeiten in Frage?«

Ich schüttelte den Kopf. »Nein«, sagte ich. »Ich halte ihn für einen ausgesprochen kompetenten Kommandanten.«

»Ich verstehe nicht.«

»Das ist doch nicht schwer.«

»Du glaubst nicht, daß sich Saphronicus im Delta aufhält?«

»Nein. Er ist nicht im Delta.«

»Das kannst du nur von einem anderen Spion wissen, also bist du auch einer, du bist ein Agent von Cos.«

»Nein.«

»Bei wem liegt deine Loyalität dann?«

»Ich komme aus Port Kar.«

»Zwischen Ar und Port Kar herrscht keine Freundschaft.«

»Aber wir befinden uns mit Cos im Kriegszustand.«

Er schnaubte. »Wir marschieren weiter nach Westen.«

»Das ist ein Fehler.«

»Unsere Befehle sind klar.«

Wieder schüttelte ich den Kopf. »Und was ist mit den Rencebauern?«

»Ich begreife nicht, daß es so viele sind«, meinte er. »Ein Dorf wurde zerstört, ein Dorf.«

»Anscheinend haben sie sich schon seit einiger Zeit gesammelt.«

»Aber warum?«

»Ihr habt ihr Land betreten«, erinnerte ich ihn.

»Aber sie müssen doch begreifen, daß wir nur Cos einholen wollen.«

»Wie ich bereits sagte, werden sie das kaum glauben. Es sind keine Cosianer im Delta.«

»Das ist unmöglich!«

»Vielleicht sind ja ein paar von ihnen hier, das will ich dir gern zugestehen. Ich weiß es nicht. Vielleicht gerade genug, um Spuren zu hinterlassen, um Ar weiter nach Westen zu locken. Das wäre möglich.«

Er blickte mich an.

»Hast du, der Befehlshaber der Vorhut, bis jetzt auch nur den winzigsten Beweis selbst für nur ein paar gegnerische Soldaten gefunden?«

»Es gab niedergetrampeltes Schilf.«

»Das kann auch von Tharlarion stammen.«

»Das Expeditionsheer von Cos hat das Delta betreten«, sagte er. »Das wissen wir.«

»Das bezweifle ich ja auch gar nicht«, erwiderte ich. Bestimmt hatte auch Ar seine Informationsquellen. Sein Gold konnte genausogut Spione kaufen wie das von Cos. »Aber ich vermute, daß die cosischen Verbände nicht im Delta geblieben sind, sondern sich nach ein paar Tagen wieder daraus zurückzogen, nachdem sie aller Welt bewiesen haben, daß sie unterhalb von Turmus in das Gebiet eingedrungen sind.«

»Das ist absurd.«

»Glaubst du wirklich, Cos würde das Vosk-Delta auswählen?«

»Sie flohen vor uns, aus Angst um ihr Leben.« Seine Stimme klang wütend.

»Ich habe mich mehrere Tage bei dem Expeditionsheer aufgehalten, bis nördlich von Holmesk. Ich versichere dir, daß sie sich bei ihrem Marsch nicht beeilt haben.«

»Dann bist du ein Cosianer.«

»Ich war dort zusammen mit einem Freund, der Ar einen Dienst erweisen wollte.«

»Die Cosianer müssen uns entgegentreten«, beharrte er wütend.

»Das werden sie auch«, versicherte ich ihm. »Aber für den Zeitpunkt, den sie für richtig halten.«

»Ich verstehe nicht.«

»Sie werden euch in dem Augenblick gegenübertreten, in dem ihr versucht, das Delta zu verlassen.«

»Das Heer ist vor uns.«

Ich schüttelte den Kopf. »Nein.«

»Das ist eine Lüge!« Er verstummte. »Stünden wir ihnen doch schon gegenüber!«

»In gewisser Weise tut ihr das doch.«

»Wieso?«

»Das Delta ist ihre Waffe, das Delta und die Rencebauern.«

Der Hauptmann stand auf. Er sah zu mir herab. »Deine Mutmaßungen sind die vergeblichen Lügen eines sich windenden Spions, der versucht, sich der gerechtfertigten Wut seiner erzürnten Gefangenenwärter zu entziehen. Deine Spekulationen sind absurd. Hättest du etwas länger nachgedacht, wäre dir bestimmt etwas Plausibleres eingefallen. Außerdem finde ich deine Bemühungen, die Integrität und Ehre von Saphronicus, dem General des Nordens, in den Dreck zu ziehen, widerlich und anstößig. Deine Andeutungen sind allesamt einfach lächerlich. Entsprächen sie der Wahrheit, würden sie einen Verrat eines fast unvorstellbaren Ausmaßes bedeuten.«

»In Ar gibt es Verrat, und zwar auf allerhöchster Ebene.«

»Mit welchem Ziel?«

»Damit Cos die Vorherrschaft erlangt!«

»Und Saphronicus ist darin verwickelt?«

»Ja.« Mehr wollte ich dazu nicht sagen. Unter den Verschwörern gab es eine Person, die ich schützen wollte.

»Das ist wirklich absurd.« Er hob die Hand und winkte Plenius heran. »Steck ihm den Knebel wieder in den Mund.«

Plenius wickelte den Knebel von meinem Halsseil. Ein Soldat kam heran. »Hauptmann, da ist ein Laut unter Wasser.«

»Hat er eine natürliche Ursache?« fragte Labienus.

»Das ist schwer zu sagen«, antwortete der Soldat. »Es hört sich wie ein Klicken an.«

»Das wird mit Steinen gemacht«, sagte ich.

Labienus runzelte finster die Stirn.

»Ist der Laut noch weit entfernt?« fragte ich.

Der Soldat sah Labienus an. Der Hauptmann nickte unmerklich. »Das ist schwer zu sagen«, sagte der Mann. »Ich glaube schon.«

»Ist es ein rhythmischer Laut?«

»Er ertönt in regelmäßigen Abständen.«

Ich wandte mich an den Hauptmann. »Hol die Vorposten zurück.«

»Du scherzst!« schnaubte er.

»Die Rencebauern benutzen Steine und schlagen sie unterhalb der Wasseroberfläche aneinander. Das kann man nur hören, wenn man den Kopf unter Wasser hält. Sie übermitteln auf diese Weise Befehle. Allerdings kenne ich ihre Verschlüsselung nicht.«

»Wir sprechen hier von einfachen Fischern«, sagte Labienus. »Von Vogeljägern und Leuten, die das Rence abernten.«

»Aber die Geräusche sind nun rhythmisch«, erwiderte ich unbeeindruckt. »Also dienen sie im Augenblick nicht der schlichten Verständigung!«

»Die Rencebauern haben uns schon einige Ahn nicht mehr belästigt«, sagte Labienus. »Ich glaube, die Gefahr ist vorbei. Ich halte es sogar für möglich, daß wir sie durch unser Marschtempo hinter uns gelassen haben. Vermutlich sind sie auseinandergegangen, in ihre Dörfer zurückgekehrt. Sicher haben sie inzwischen begriffen, daß wir von ihnen nichts wollen.«

»Die Geräusche werden mittlerweile näher gekommen sein.«

»Ich will dir zugestehen, daß sie möglicherweise noch immer Beobachter im Sumpf haben.«

»Es sind regelmäßige Geräusche«, sagte ich. »Sie dienen nicht der Verständigung, sondern sollen nervös machen, etwas aufscheuchen.«

»Aber sie sind doch unter Wasser«, sagte ein Unteroffizier; mittlerweile hatte sich eine kleine Gruppe um uns versammelt.

»Man wird sie auf allen Seiten der Sandbank hören können«, sprach ich weiter. »Sie kommen näher, sie werden lauter werden. Hol die Posten zurück.«

»Der Spion will, daß wir unsere Vorposten zurückziehen«, sagte Plenius kopfschüttelnd zu einem der Soldaten.

»Wir sind doch keine Narren«, erwiderte der Mann.

Plötzlich spritzte nur wenige Meter entfernt lautstark Wasser auf.

»Was war das denn?« fragte der Unteroffizier.

»Zwei Tharlarion«, meinte Plenius.

»Nein, da war doch gar nichts«, sagte sein Kamerad.

»Ihr wißt doch sicher, wie Larls gejagt werden«, sagte ich. »Wie man das Wild vor sich hertreibt.«

»So ein Kreis kann Pasangs durchmessen«, sagte ein Soldat.

»Genau wie hier.« Bei derartigen Treibjagden wird der Kreis immer enger, man kann Hunderte von Tieren zu einer bestimmten Stelle treiben. Manchmal schließen sich Bauern aus verschiedenen Dörfern zu einer solchen Jagd zusammen. Für die Arena bestimmte Tiere werden ebenfalls auf diese Weise gejagt, man treibt sie dann mit Fackeln und Speeren in die Käfige und Netze.

»Das ist der Grund, warum ihr im Augenblick die Rencebauern nicht zu fürchten braucht«, fuhr ich fort. »Die sind nicht so dumm, um sich innerhalb des Kreises aufzuhalten. Wir sind diejenigen, die eingekreist sind! Sie werden später kommen. Und dann werdet ihr sie fürchten!«

Ein Soldat stolperte aus dem Wasser auf die Sandbank. »Aii!« rief er.

»Das ist doch einer der Posten!«

Nur ein paar Schritte zu seiner Rechten schoß plötzlich der langhalsige Kopf eines Tharlarions aus dem Sumpf. Links von ihm kam plötzlich ebenfalls ein kurzbeiniges Tharlarion heran. Dann durchbrachen weitere der Bestien die Wasseroberfläche.

»Holt die Posten zurück!« brüllte Labienus.

»Bringt Fackeln!« rief der Unteroffizier.

»Nein, kein Feuer!« rief ich.

Plenius rammte mir den Knebel in den Mund und band ihn fest. Er stieß mich zurück auf den Sand und kürzte die Leine. Ich versuchte mich zu befreien, aber das war unmöglich. Ich kämpfte gegen die Eisenmanschetten an, aber das war ein genauso vergeblicher, närrischer Versuch. Dann versuchte ich, wenigstens den Kopf ein Stück zu heben, damit ich zusehen konnte.

Soldaten eilten mit Speeren und Fackeln umher und schlugen auf die Tharlarion ein. Der Uferstreifen und der Sumpf wimmelten nur so von den riesigen Echsen. Überall auf der Sandbank ertönten Schreie. Ganz in der Nähe rammten Soldaten ihre Speere in den Körper eines gewaltigen Tharlarions. Weitere der Bestien stürmten aus dem Sumpf, von denen gehetzt, die hinter ihnen kamen. Sie schwärmten über die Sandbank. Nur die wenigsten griffen die Männer direkt an, abgesehen von ein paar, die instinktiv zuschnappten, wenn sich ihnen ein Hindernis in den Weg stellte. Die meisten Verletzungen erfolgten durch die schnellen, unberechenbaren Bewegungen ihrer gewaltigen Schwänze, die wild umherpeitschten, Schläge, die Beine brechen und einen Mann mehrere Meter weit fortschleudern konnten, und weniger durch einen Biß der weißen, gebogenen, hakenähnlichen Zähne oder das Zuschnappen der kräftigen Kiefer. Diese Tiere hatten die Sandbank nicht in aggressiver Absicht überschwemmt. Sie griffen nicht an, sie wollten nicht fressen. Sie rannten ziellos umher, erst in die eine Richtung, dann wieder in die andere, unsicher, völlig verwirrt. Keine Erfahrung hatte sie jemals auf diesen Tumult, dieses Chaos vorbereitet, genausowenig wie die Männer aus Ar. Falls das überhaupt möglich war, waren die Riesenechsen noch viel verstörter und aufgeregter als die Soldaten. Ich ließ mich flach zurückfallen, als plötzlich ein langer, schwerer, schuppiger Körper auf kurzen Beinen über meinen Körper krabbelte.

Wieder ertönte der Ruf nach mehr Fackeln.

Ich kämpfte gegen die Handschellen an, versuchte, mich von den Pflöcken zu befreien. Aber es war vergebens, ich blieb völlig hilflos liegen, genau wie es meine Häscher gewollt hatten.

»Mehr Fackeln!«

Ich wollte an dem Knebel vorbei einen Schrei ausstoßen, wollte den Stoff mit der Zunge aus dem Mund schieben, aber er saß zu tief und wurde von einem Band gehalten. Verzweifelt versuchte ich dann, das Halteband abzustreifen, indem ich die Seite meines Gesichts im Sand rieb. Auch dieses war vergeblich. Ich versuchte mit aller Gewalt, irgend jemandes Aufmerksamkeit zu erreichen, aber niemand schenkte mir auch nur einen Blick. Meine Zunge schmerzte. Meine Wange brannte. Sand und Schweiß bedeckten meinen Körper. Eine weitere Echse trabte vorbei, der lange Körper erhob sich nur wenige Zentimeter über den Boden.

»Entzündet mehr Fackeln!«

Erschöpft und elend ließ ich den Kopf auf den Sand sinken. Die Sandbank, eine Menagerie aus verwirrten Tieren und vielen wütenden, verängstigten Männern, war nun hell erleuchtet.

Ihr Narren, dachte ich und schluchzte still vor mich hin. Ihr verdammten Narren!

Dann versuchte ich, mich mit unbeholfenen Bewegungen tiefer in den Sand einzugraben.

Einen Augenblick später hörte ich den ersten Treffer, ein Geräusch wie ein Faust schlug gegen eine Brust, dann sah ich einen Soldaten zwischen den Tharlarion schwanken. Das Geräusch ertönte wieder und wieder. Ein Mann riß die Hände hoch, die Fackel in seinem Griff beschrieb ein seltsames Muster, dann verlor er sie und stürzte zu Boden.

Die Luft wurde lebendig, wie ein Sturmwind rasten von allen Seiten Pfeile aus der Dunkelheit des Sumpfes und bohrten sich in die Sandbank.

»Runter!« rief jemand. Ich erkannte die Stimme. Es

war Labienus, der Hauptmann. »Runter! Schnell! In Deckung!«

Männer schrien.

»Die Fackeln löschen! Schnell!«

»Aber die Tharlarion!« protestierte ein Soldat. Dann wurde er getroffen und stürzte zwischen den Echsen zu Boden.

»Löscht die Fackeln!« schrie der Hauptmann. Er selbst hatte seine weggeworfen.

Pfeile flogen über die Sandbank. Tharlarion bäumten sich auf, nun ebenfalls getroffen. Soldaten schrien schmerzerfüllt auf, dann begannen die Fackeln zu verlöschen, eine nach der anderen.

»Runter mit euch! Runter!«

Ein Soldat warf den Kopf zurück und schrie seine Angst hinaus, die Fackel fest mit beiden Händen umklammert. Er hatte Angst, sie zu behalten, so wie er Angst hatte, sie fortzuwerfen. Dann ging ein Ruck durch seinen Körper, und er fiel langsam nach vorn zwischen die Tharlarion; aus seinem Rücken ragte ein Pfeil aus Temholz, mit Voskmöwenfedern befiedert. Einer seiner Kameraden, der ebenfalls völlig verwirrt war, erlitt das gleiche Schicksal. Es wäre besser gewesen, er hätte dem Befehl ohne nachzudenken gehorcht.

»In Deckung!« rief der Hauptmann. »Tötet die Tharlarion. Geht hinter ihnen in Deckung!«

Ein gräßlicher Schrei ertönte.

Dann hörte der Beschuß auf. Die vergängliche Insel aus Sand lag in tiefer Dunkelheit. Ein paar der Echsen waren zu hören, wie sie herumliefen. Die meisten von ihnen rührten sich jeoch nicht mehr von der Stelle, jetzt, wo sie weder von den Männern noch von den Fackeln behelligt wurden. Einen Augenblick später ertönte ein Blöken; sie trampelten dem Wasser entgegen und verließen die Sandbank. Es regnete keine Pfeile mehr vom Himmel. Wie die Bogen aus Ka-la-na-Holz müssen auch die Pfeile aus Temholz ins Delta importiert werden und stellen für die Rencebauern einen kostbaren Besitz dar. Darum schießen sie nur selten ohne ein genaues Ziel vor Augen.

Zwei oder drei Ahn später brach die Morgendämmerung herein.

Die Rencebauern hatten sich zurückgezogen. Zumindest für den Augenblick.

9

Ich stemmte mich gegen das Geschirr und kämpfte mich weiter westwärts durch den Sumpf, geknebelt, mit vor den Körper gefesselten Händen. Dazu trug ich noch eine schwarze, undurchsichtige Sklavenhaube. Plenius war der Gedanke gekommen, ich könnte mich vielleicht mit Hilfe von Blicken mit den Rencebauern verständigen. Vielleicht wollten sie aber auch einfach nur nicht, daß ich sie in ihrem erbarmungswürdigen Zustand sah. Und so rang ich dem Sumpf jeden Schritt ab und zog das schwere Floß, das nun hauptsächlich mit Verwundeten und Kranken beladen war, durch das endlose Schilf.

Es war vier Tage her, daß man die Tharlarion auf uns gehetzt hatte.

Wir waren weiter nach Westen gezogen.

Die Rencebauern waren mittlerweile dazu übergegangen, sich ihre Ziele sorgfältig auszusuchen. Manchmal vergingen Ahn, und die Männer wähnten sich in Sicherheit. Dann flog ein Pfeil aus dem Rence, abgeschossen von einem unsichtbaren Bogenschützen, dessen Anwesenheit man nicht einmal erahnt hatte, und ein weiterer Soldat versank im Sumpf. Hauptmann Labienus wagte es nicht mehr, Männer vom Haupttroß abzukommandieren. Allzu häufig kehrten sie nicht zurück, und dabei spielte es keine Rolle, ob sie als Vorhut, Nachhut oder Späher ausgesandt worden waren.

Die Soldaten von Ar marschierten nun als Gruppe, dicht aneinandergedrängt. Soviel ich mitbekommen hatte, waren viele Überlebende anderer Regimenter mit eigenen Erlebnissen voller Leid und Schrecken zu uns gestoßen oder hatten uns eingeholt. Vielleicht hatte der Feind sie auch auf uns zugetrieben wie ein Hirte seine Herde. Ich fragte mich, wie viele von ihnen – vielleicht auch nur unterbewußt – sich wünschten, ihre Kameraden als Deckung zu benutzen. Ich hatte oft genug gehört, wie der Befehl zum Einhalten oder zum Wiederaufbau der Marschkolonne erteilt worden war. Danach marschierten sie wieder eine Zeitlang hintereinander, obwohl es, zog man die allgemeine Erschöpfung in Betracht, bestimmt eine stolpernde, unordentliche Kolonne war, die aber noch immer die potentiellen Ziele voneinander trennte. Ich konnte mir vorstellen, wie die müden, entnervten Soldaten ängstlich nach rechts und links schauten. Das Rence würde überall gleich aussehen.

Was mich anging, so beschränkte sich meine Welt auf das schwere Floß, den nachgiebigen Sumpfboden und die Schläge, die mich antrieben.

Aus den Berichten Soldaten anderer Regimenter, die uns manchmal begegneten, manchmal aber auch halb von Sinnen ziellos im Sumpf umherirrten, hatten wir uns Stück für Stück ein Bild von dem machen können, was im Delta geschah. Es war mir nicht schwergefallen, die Unterhaltungen zu belauschen, sowohl in der Nacht wie auch während des Marsches. Interessanterweise war es die Nachhut gewesen, die als erste aufgegeben hatte, aber ihr Rückzug war von einer riesigen Anzahl von Rencebauern gestoppt worden. Die Pfeile aus Temholz hatten jeden Weg in den Osten abgeschnitten. Danach war die Nachhut tiefer ins Vosk-Delta geflohen.

»Sie wollen euch im Delta festhalten«, hatte ich Labienus vor zwei Nächten gesagt, als man mich gefüttert hatte. »Sie wollen euch alle hier haben, je mehr, um so besser, alle ihrer Gnade ausgeliefert, wo sie nach

Herzenslust mit euch verfahren können, wie es ihnen beliebt.«

Labienus hatte mich nur wortlos angesehen. Am nächsten Tag war es weiter westwärts gegangen.

Bald sickerten weitere Berichte durch. Die Rencebauern hatten zwei Regimenter aufgerieben und ihnen schwere Verluste zugefügt. Hunderte von Männern waren im Treibsand gestorben. Viele von ihnen waren anscheinend vom Feind dorthin gelockt worden, indem dieser sich gezeigt hatte und sofort verfolgt worden war – Rencebauern, die sich zweifellos in der Gegend auskannten, die vielleicht sogar die Zeichen, die sichere Wege markierten, hinter sich vernichtet hatten. Andere Soldaten waren Angriffen von Tharlarion und Sumpfhaien zum Opfer gefallen, die am frühen Morgen und gegen Sonnenuntergang besonders aggressiv waren. Krankheiten hatten epidemische Ausmaße angenommen. Hunger, Sonnenstiche und Durchfall waren weit verbreitet. Desertion war an der Tagesordnung. Vielleicht würden es einige der Deserteure sogar aus dem Delta heraus schaffen. Wer konnte das schon wissen. Und immer waren die Rencebauern in der Nähe, wie Sleen, die an den Flanken einer Viehherde entlangstrichen.

Ich hörte, wie ein Körper ins Wasser klatschte.

»Das kam von dort hinten!« rief ein Soldat. Schwerter wurden gezogen. Männer verließen die Kolonne und wateten zur rechten Seite, kehrten aber bald unverrichteter Dinge zurück.

Die Peitsche knallte, und ich stemmte mich gegen das Geschirr. Eine Ehn später hörten wir einen langgezogenen, einzelnen Aufschrei aus dem Sumpf. Er kam aus der Richtung hinter uns. Rechts hinter uns.

*

»Möglicherweise hält sich das Expeditionsheer von Cos tatsächlich nicht im Delta auf«, sagte Hauptmann Labienus.

»Diese Meinung vertrete ich schon lange«, erwiderte ich.

Keine Feuer brannten. Es war ziemlich still.

»Ich habe mir den Kopf zermartert, besonders in den letzten Tagen, ob du nicht doch die Wahrheit gesagt hast.«

»Es freut mich, daß du das in Betracht gezogen hast«, sagte ich.

»Es fällt in letzter Zeit schwer, es nicht zu tun.«

»Das denke ich auch.«

»Selbst wenn es nur die Äußerungen eines sich windenden Spions waren.« Labienus spuckte die Worte förmlich aus. »Die Männer sind erschöpft und krank. *Ich* bin erschöpft und krank.«

Er saß neben mir. Nur wenige Soldaten saßen in aufrechter Haltung da. Selbst beim Marschieren nahmen sie eine geduckte Haltung ein. Eine geduckt gehende Gestalt gab ein kleineres Ziel ab. Wir unterhielten uns leise. Man hatte mir die Hände auf den Rücken gefesselt. Meine Hüter wurden leichtsinnig. Ich war fest davon überzeugt, genau zu wissen, wer heute den Schlüssel der Handschellen verwahrt hatte. Wenn ich am nächsten Morgen aufpaßte, würde ich vielleicht trotz der Haube herausfinden können, wer den Schlüssel bekam. Ein Wort, ein sorgloses Geräusch würde ausreichen.

»Einige sind der Meinung, wir sollten den Versuch unternehmen, uns aus dem Delta zurückzuziehen.«

»Dazu ist es vielleicht schon zu spät.«

»Was sagst du da?«

»Kein Regiment schafft allein den Rückzug.«

»Und was wäre mit mehreren Regimentern?« fragte er.

»Das wäre möglich, aber schwierig. Die Bewegungen einer so großen Streitmacht sind leicht auszumachen. Selbst wenn man einmal die Bauern außer acht läßt, beherrscht Cos noch immer den Himmel. Und sein Heer, gut informiert, gut ausgerüstet, bei guter Gesundheit, kann ungehindert viel schneller zu einem bestimmten Punkt geleitet werden als die Männer von Ar, die sich aus dem Sumpf kämpfen müssen.«

»Nichts kann gegen Ar bestehen«, behauptete Labienus.

»Unterschätze den Feind nicht.«

Er spuckte verächtlich aus. »Söldner.«

»Und reguläre Truppen«, sagte ich. »Davon abgesehen werden deine Männer erschöpft und krank sein. Außerdem müßtet ihr es erst einmal bis zum Rand des Deltas schaffen.«

»Sieben Regimenter, vier im Süden und drei im Norden, wollen einen Ausbruch versuchen.«

»Woher weißt du das?«

»Das haben mir Versprengte berichtet.«

»Was ist mit der linken Flanke?«

»Soweit ich weiß, ist sie noch intakt.«

»Ich schätze, die Regimenter im Norden dürften die größten Erfolgschancen haben«, sagte ich.

»Der Norden ist unklug«, erwiderte er. »Das ist weit von Ar und unseren Verbündeten entfernt. Das ist Feindesland. Dort hat Cos viele Sympathisanten. Port Cos liegt in dieser Richtung. Und selbst wenn die Regimenter es schaffen sollten, müßten sie den Vosk überqueren, um nach Holmesk oder Ar zurückzukehren.«

»Auf diesen Gründen beruht meine Annahme, daß sich im Norden keine starken cosischen Verbände aufhalten.«

»Glaubst du, die Heere von Cos befinden sich

hauptsächlich auf der anderen Seite des Vosk im Süden?«

»Natürlich«, erwiderte ich. »Sie werden damit rechnen, daß ihr genau aus diesen Gründen eine Überquerung des Flusses vermeiden werdet.«

Labienus rieb sich das Kinn. »Ich weiß nicht.«

»Außerdem ist es eine vorteilhafte Position. Das Heer kann von Brundisium aus versorgt werden. Es könnte sogar zusätzliche Truppen aus Torcodino anfordern.«

»Ich halte es noch immer für möglich, daß sich das Expeditionsheer im Delta befindet«, sagte er leise.

»Anscheinend vertreten viele der anderen Kommandanten eine andere Meinung.«

»Oder sie fürchten, daß die Verfolgung zu viele Opfer kostet.«

»Oder das.«

Draußen im Sumpf ertönten die verschiedensten Geräusche, das Plätschern von Wasser, das gelegentliche Brüllen eines Tharlarions und die Schreie der Vosk-Möwen. Falls es Vosk-Möwen waren.

»Du willst dich also auch zurückziehen?«

»Nein.«

»Warum nicht?« fragte ich erstaunt.

»Meine Befehle sind eindeutig.«

Ich zuckte mit den Schultern. »Vielleicht würde ein Rückzug auch keinen großen Unterschied mehr machen.«

»Was soll das nun wieder heißen?«

»Du bist isoliert, so wie vermutlich die meisten Einheiten im Delta. Ich halte es für unwahrscheinlich, daß du mit deiner Mannstärke einen Ausbruch erzwingen könntest.«

»Du hältst uns also für verloren?«

»Es werden Männer aus dem Delta entkommen«, sagte ich. »Einige haben es vielleicht schon geschafft, möglicherweise sogar ganze Züge. Vielleicht werden sogar die vereinigten Anstrengungen der Regimenter Erfolg zeigen. Wollen wir es hoffen, um Ars willen.«

»Aber?«

»Aber ich glaube, die einzige realistische Hoffnung auf eine Flucht aus dem Delta liegt nicht bei den Regimentern, sondern bei jedem einzelnen, vielleicht noch in kleinen Gruppen, bei Männern, die es mit Glück und Können und Verstohlenheit schaffen, sowohl den Rencebauern als auch den cosischen Tarnpatrouillen aus dem Weg zu gehen. Die größten Chancen hätte ein auf sich allein gestellter Mann. Es liegt auf der Hand, daß Cos nicht das ganze Vosk-Delta überwachen kann. Es kann nicht jeden Rencestengel beobachten. Es kann nicht jeden sumpfigen Quadratmeter der Randzone gründlich durchkämmen. Ich glaube wirklich, daß ein Mann, ein erfahrener Sumpfläufer, der sich in Überlebenstechniken auskennt und weiß, wie er den Feind überlisten kann, entkommen könnte, vorausgesetzt, er läßt die nötige Vorsicht walten.«

»Von dieser Sorte gibt es nicht viele.«

»Unter den roten Wilden schon«, erwiderte ich. Ich dachte an Männer wie Cuwignaka, Canka und Hci.

Er hielt den Kopf in den Händen. »Das Expeditionsheer muß im Delta sein«, flüsterte er.

»Handelst du so, weil du das Kriegsgericht oder die Entehrung fürchtest?«

»Nein.«

»Warum dann?«

»Pflichtbewußtsein«, sagte er. »Kannst du, ein Spion, so etwas verstehen?«

»Ich habe davon gehört.«

Er stand auf und ging. Einige Augenblicke später war Plenius zur Stelle, um mich wieder zu knebeln und mir die Haube überzustreifen. »Wenn es nach mir ginge«, sagte er, »würde ich dich in helles Rot kleiden und dich mit einem Strick um den Hals an der Spitze marschieren lassen.«

Dann ging er.

Es war wieder sehr heiß, aber das war nicht der Grund, warum ich ein tiefes Unbehagen verspürte. Erneut verfolgte mich das Gefühl, als würde eine dunkle Wolke über dem Sumpf liegen, etwas Finsteres, Bedrohliches, beinahe schon eine körperliche Präsenz.

Es war ein seltsames Gefühl.

Plötzlich fiel mir auf, daß der Sumpf ungewöhnlich still war. Die Schreie der Vosk-Möwen waren verstummt.

10

»Bleib stehen, Zugochse!« rief Plenius.

Ich gehorchte dankbar.

Fassungslose Rufe und Wehklagen hallten über den Sumpf. Berichte von der linken Flanke waren eingetroffen. Es war unmöglich, sie nicht zu hören, denn sie verbreiteten sich in Windeseile unter den Männern. Tatsächlich erfuhren es die Soldaten schneller als ihr Hauptmann, denn sie waren die ersten, die den Boten begegneten, die schlechte Nachrichten überbrachten und deren Besatzungen nach Hilfe riefen, denn viele waren verwundet. Seltsamerweise waren die wenigsten von ihnen unterwegs auf Rencebauern gestoßen. Es war, als wären die geheimnisvollen Bewohner des Delta auf unerklärliche Weise plötzlich verschwunden.

»Ich kannte Camillus! Ich kannte ihn!« schluchzte ein Soldat.

»Flavius ist gefallen?« wollte ein anderer wissen.

»Ich sah ihn sterben«, sagte der Bote.

Die linke Flanke war vor zwei Tagen angegriffen worden, auf eine ziemlich ähnliche Weise wie zuvor die rechte. Bis zu dem Angriff hatten die Regimenter nur geringen Kontakt mit den Rencebauern gehabt. Es hatte sogar die Meinung bestanden, daß der unsichtbare Feind sich überhaupt nur an der rechten Seite des Heeres befand. Aber der Angriff auf die linke Flanke – im Süden – war viel verheerender gewesen, vielleicht weil man dort weniger aufmerksam gewesen war.

»Wehe Ar!« wimmerte einer der Soldaten.

Obwohl ich die Haube trug, glaubte ich zu wissen, wer den Schlüssel zu meinen Handschellen verwahrte. Ich hatte am Morgen den Austausch gehört.

»Wehe uns, wehe uns!«

»Vier Regimenter sind im Süden vernichtet worden!« rief jemand.

»Erzähl uns alles!«

Ich hörte, wie Männer in meine Richtung wateten. Einer hustete.

»Ich komme vom Vierzehnten«, sagte ein Mann. »Wir haben zusammen mit dem Neunten, dem Siebten und dem Elften versucht, aus dem Delta herauszukommen.«

»Desertion!« rief jemand.

»Die Cosianer warteten schon auf uns«, fuhr der Neuankömmling fort. »Es war ein Gemetzel, ein Abschlachten! Wir wurden aus der Luft mit Bolzen beschossen. Man warf Steine, um unsere Reihen auseinanderzutreiben. Wir wurden von Tharlarion überrannt. Man hetzte Kriegssleen auf uns. Wir hatten keine Chance. Wir konnten uns kaum bewegen. Wir standen zu eng beieinander, um unsere Waffen vernünftig zu schwingen. Hunderte starben im Sumpf. Viele, die es noch konnten, flüchteten zurück ins Delta!«

»Weh uns!« jammerte ein Soldat.

»Wir hatten nicht die geringste Chance. Sie haben den Kampf gewonnen!«

Die Erwähnung der Cosianer machte mir erst klar, daß hier gar nicht die Rede von dem Angriff auf die linke Flanke war, den die Rencebauern durchgeführt hatten, sondern vom Süden, wo die Regimenter einen Ausbruchsversuch unternommen hatten. Es war keine große Überraschung, daß die Cosianer auf sie gewartet hatte. Vermutlich hatten Tarnspäher seit Tagen jede ihrer Bewegungen an den cosischen Befehlshaber übermittelt, vielleicht sogar an Policrates höchstpersönlich, der angeblich einst ein Pirat gewesen war.

»Bestimmt habt ihr sie für ihren Sieg teuer bezahlen lassen«, sagte ein Soldat.

»Wir waren schwach, erschöpft«, erklärte der Überlebende. »Wir konnten kaum die Waffen heben.«

»Wie viele Gefangene habt ihr denn gemacht?«

»Ich weiß es nicht, sofern überhaupt Gefangene gemacht wurden.«

Die Cosianer hatten bestimmt Gefangene gemacht. Gefangene können sehr wertvoll sein, sei es für die Steinbrüche oder die Bänke der Galeeren. Ich fragte mich, ob die Cosianer genügend Ketten und Käfige für die Gefangenen dabei hatten, vorausgesetzt, sie wollten sie überhaupt mitnehmen. Ein sich ergebender Gefangener erhält oft den Befehl, sich nackt auszuziehen und mit ausgestreckten Armen und Beinen bäuchlings auf den Boden zu legen. Dann muß er abwarten, ob man ihn fesselt oder ihm die Kehle durchschneidet.

Der Mann fing wieder an zu husten. Dem Geräusch nach zu urteilen hatte er Blut in der Kehle.

»Verbindet seine Wunden neu«, sagte ein Unteroffizier.

Mittlerweile hatten die cosischen Soldaten vermutlich ein Siegesdenkmal auf dem Schlachtfeld errichtet. Für gewöhnlich fällt man ein paar Bäume, baut daraus ein Gerüst und hängt die erbeuteten Waffen daran auf. Manchmal stellt man auch Trophäenpfeiler auf.

»Da! Im Norden!« Die Stimme kam aus der Höhe, vermutlich von der Aussichtsplattform der Kommandobarke, die man mit schweren Brettern sozusagen gepanzert hatte, um den Ausguck wenigstens einigermaßen zu schützen. Trotzdem wurden die Männer dort oft abgelöst, und soviel ich mitbekommen hatte, war dieser Posten trotz der vergleichsweise angenehmen Trockenheit und Kühle, die die Plattform bot, nicht besonders beliebt. Selbst mit dem Plankenschutz fühlte man sich nicht besonders beschützt, sondern sah sich als Ziel unsichtbarer Bogenschützen.

»Da ist die Fahne von Ar, dort über dem Rence!«

Jetzt sahen sie auch andere. Aufregung machte sich breit. »Das ist das Siebzehnte Regiment. Es kommt von der rechten Seite.«

»Verstärkung!«

»Sie sind durchgebrochen! Sie haben die Rencebauern besiegt!«

»Wir haben einen großen Sieg errungen!«

Das war natürlich eine Erklärung für den scheinbaren Rückzug der Rencebauern. Denn warum hätten sie sich sonst zurückgezogen, wenn sie nicht vor den Soldaten hätten fliehen müssen?

»Aber wo ist dann der Voraustrupp, wo sind die Späher?«

»Warum kommt die Fahne als erstes?«

»Da, sie schwankt!«

»Schnell, zu ihm!« rief ein Unteroffizier.

»Vorsicht, das könnte auch eine Falle der Rencebauern sein!«

Der Mann im Ausguck meldete sich wieder zu Wort. »Er kommt jetzt aus dem Rence heraus. Er ist allein, nein – wartet, da sind noch andere bei ihm, seht ihr?«

»Er ist verwundet!«

Männer wateten eilig durch das Wasser. Sie eilten bestimmt dem Fahnenträger entgegen. Ich versuchte, allein auf mein Gehör angewiesen, die Position des Schlüsselträgers im Kopf zu behalten. Aber dann verlor ich ihn.

Doch was machte das letztlich für einen Unterschied, fragte ich mich verbittert, war ich denn nicht ohnehin völlig hilflos? Die meisten Gefangenenwärter machen kein Geheimnis daraus, wer den Schlüssel für die Ketten hat; was für einen Unterschied kann das für den Gefangenen schon machen? Einige Wärter erzählen dem Gefangenen sogar absichtlich, wer den Schlüssel hat, so machen sie ihm schonungslos und nachdrücklich klar, in wessen Gewalt er sich befindet.

Ich hätte genausogut eine schöne Sklavin sein können, dachte ich wütend, in einer Nische angekettet, die, wenn sie den Kopf ein Stück wendet, den Schlüssel in bequemer Reichweite für jeden Gast oder Kunden hängen sieht, für sie selbst jedoch einen Fingerbreit außer Reichweite.

Plötzlich erschallte ein großes Geschrei. Ich bemühte mich, durch die Haube alles zu hören.

Harte Krieger brachen in Tränen aus.

»Wehe uns, wir sind verloren!« rief einer.

Nach wenigen Augenblicken konnte ich mir genug zusammenreimen. Drei Regimenter waren zum nördlichen Rand des Deltas vorgestoßen. Dort hatte man sie schon erwartet und in Stücke gehauen. Der Fahnenträger des Siebzehnten hatte sich bis zu uns durchschlagen können. Es hatte zahllose Verwundete gegeben. Wie viele auf dem Schlachtfeld gefallen waren, erfuhr ich nicht. Im Vergleich zu den Verlusten bei dem Ausbruchsversuch im Süden hatten die nördlichen Regimenter schwerere Verluste davongetragen. Anscheinend hatten die Männer festen Boden, Gras und Felder gesehen und waren freudig darauf zugestürmt, und die Falle war erst eine Ehn später zugeschnappt, als das zweite Regiment aus dem Delta gekommen war.

»Wir sind hier gefangen!« rief ein Soldat. »Es gibt kein Entkommen!«

»Labienus, führe uns!«

»Wir gehen nicht weiter nach Westen! Das ist doch Wahnsinn!«

»Wir können nicht zurück!«

»Aber hierbleiben können wir auch nicht!«

Ich fragte mich, wie es die Männer des Siebzehnten und des ihm zugeteilten Dritten und Vierten geschafft hatten, sich bis zu uns durchzuschlagen. Anscheinend waren sie auf keine Gegenwehr der Rencebauern gestoßen. Natürlich war schon klar, warum sie zumindest ein paar Mann durchgelassen hatten: der Anblick auseinandergetriebener, besiegter Soldaten würde bei den anderen Regimentern seine Wirkung nicht verfehlen, aber soweit ich es mitbekam, war nicht einer von ihnen Partisanen begegnet.

Noch immer schrie alles durcheinander.

»Hauptmann, führ uns nach Osten!«

»Der Osten ist abgeriegelt. Das wissen wir doch!«

»Dann eben nach Norden! Nach Norden«

»Du Narr! Sieh dir doch die Kameraden des Siebzehnten an!«

»Führ uns nach Süden, Labienus!«

»Meuterei!« Das war die Stimme des Unteroffiziers.

Schwerter wurden gezogen.

Die Abwesenheit der Rencebauern war mir unbegreiflich. Warum stürzten sie sich jetzt nicht auf die verwirrte, rebellische, hilflose Vorhut, die völlig erschöpft im Sumpf umherirrte?

»Wir müssen nach Süden!«

»Nein, nicht nach Süden!«

»Labienus hat uns hierhergeführt« rief jemand voller Wut. »Es ist seine Schuld! Tötet ihn! Er ist ein cosischer Spion!«

»Deine Worte sind Verrat. Verteidige dich!«

Stahl traf klirrend auf Stahl.

»Aufhören!« Man trennte die beiden Männer gewaltsam voneinander.

»Labienus, was sollen wir nur tun?«

»Vorsicht!« schrie plötzlich jemand. Ein Summen erfüllte die Luft. Es war das Geräusch großer Flügel, die sich schnell näherten.

»Das ist doch bloß eine Zarlitfliege.«

Die Zarlitfliege ist groß, mißt etwa einen Meter in der Länge und verfügt über vier große, durchsichtige Flügel mit einer Spannweite von fast einem Meter. Sie hat große, paddelähnliche Füße, mit denen sie über die

Wasseroberfläche huschen kann. Sie bietet ein prächtiges Erscheinungsbild und kann einem einen höllischen Schreck einjagen, wenn man auf sie stößt, aber für den Menschen sind sie harmlos. Einige der Arer fühlten sich in ihrer Nähe noch immer unbehaglich. Die Zarlitfliege erbeutet kleine Insekten, meistens im Flug.

»Das ist noch eine«, bemerkte ein anderer Mann.

Das war merkwürdig. Zwei von ihnen, so nahe zusammen?

»Sag was, Labienus!«

Eine weitere Fliege brummte heran.

»Was sind denn das für dunkle Wolken am Himmel? Ich habe noch nie solch dunkle Wolken gesehen.«

»Das muß ein Sturm sein.«

Plötzlich verspürte ich ein übles Gefühl in der Magengegend.

»Was ist das für ein Geräusch?«

Falls Labienus etwas hatte sagen wollen, wartete er noch.

Vermutlich hatten alle Soldaten die Blicke nach Westen gerichtet. Ich war in dieser Jahreszeit noch nie im Delta gewesen. Trotzdem wußte ich jetzt, warum die Rencebauern verschwunden waren.

»Hört euch das an!«

In meinem ganzen Leben hatte ich noch nie ein derartiges Geräusch gehört, aber man hatte mir davon berichtet.

»Die Wolken bedecken den ganzen Horizont. Die sind ja riesig. Und so dunkel!«

»Die Geräusche kommen aus den Wolken«, sagte ein Soldat. »Da bin ich sicher.«

Jeden Sommer zu dieser Zeit ziehen sich die Bauern in ihre Hütten zurück, nehmen Wasser und Vorräte mit und verbarrikadieren sämtliche Öffnungen mit Renceschilf. Zwei oder drei Tage später kommen sie wieder heraus.

Plötzlich erfolgte ein schmerzerfüllter Aufschrei. »Das war eine Nadelfliege.«

»Vorsicht, da kommen noch mehr!«

Die meisten Stech- oder Nadelfliegen – wie sie in den Gegenden südlich des Vosk genannt werden – stammen aus dem Vosk-Delta und vergleichbaren Orten; sie legen ihre Eier an den Halmen der Rencepflanzen. Die Regelmäßigkeit ihrer Fortpflanzungs- und Brutzeit führt oftmals zur gleichzeitigen Schlupfzeit. Man vermutet, daß ein Zusammentreffen natürlicher Faktoren wie Temperatur und Luftfeuchtigkeit des Deltas dafür verantwortlich sind, nicht zu vergessen die hohe Zuverlässigkeit dieser Faktoren. Wie man sich vielleicht denken kann, wird die Schlupfzeit von den Bauern sorgfältig im Auge behalten. Sobald die Stechfliegen, die die Zeitspanne ihres ausgewachsenen Lebens als Einzelgänger verbringen, das Delta verlassen haben, verteilen sie sich über das ganzer Land. Von den Millionen Insekten, die jedes Jahr innerhalb von vier bis fünf Tagen im Delta ausschlüpfen, kehren nur wenige im Herbst dorthin zurück, um den Zyklus erneut zu beginnen.

Weitere Schmerzensschreie ertönten; ich hörte, wie die Männer nach den Insekten schlugen.

»Die Wolken kommen näher!«

Das ständig in seiner Stärke anschwellende Geräusch, das aus dem Westen kam, war nicht länger zu überhören. Es füllte allmählich das ganze Delta aus. Es wurde verursacht vom unvorstellbar schnellen Schlagen von Millionen und Abermillionen bis jetzt noch winziger Flügel.

»Das sind keine richtigen Wolken, das sind Nadelfliegen! Paßt auf!«

Wieder ertönten Schmerzensschreie. Ich nahm den Kopf zur Seite, obwohl ich die Haube trug. Ein kleiner Körper landete in Höhe meines Gesichts auf der Lederhaube.

Ich zuckte zurück, stieß einen leisen Schmerzenslaut aus, der von dem Knebel gedämpft wurde. Ich war an der Schulter gestochen worden. Ich tauchte ins Wasser ein, bis nur noch mein vermummter Kopf herausragte. Überall sprangen Männer ins Wasser. Das Summen war nun ohrenbetäubend.

»Meine Augen!« schrie ein Soldat. »Meine Augen!«

Augen zogen die Fliegen unwillkürlich an, wie alle feuchten, hellen Dinge.

Das Floß schaukelte, als die Männer heruntersprangen.

Der Stich der Stechfliege ist außerordentlich schmerzhaft, aber nicht gefährlich, solange man nicht übermäßig viele davonträgt. Mehrere Stiche können Übelkeit hervorrufen. Es sind auch schon Männer daran gestorben, aber in solchen Fällen mußte schon eine große Anzahl an Stichen zusammenkommen. Für gewöhnlich verursacht das Gift der Fliege eine schmerzhafte Schwellung. Ein paar Stiche im Gesicht können eine Person unkenntlich machen. Die Schwellungen bilden sich normalerweise nach ein paar Ahn wieder zurück.

Ich zog an dem Geschirr. Dem Gefühl nach zu urteilen war das Floß menschenleer.

»Sie verdunkeln die Sonne!«

Noch mehr Soldaten sprangen ins Wasser.

Die Luft war erfüllt von kläglichen Schreien, aufklatschenden Händen und wilden Flüchen.

Kleine Insektenkörper trommelten gegen meine Haube.

Ich zerrte das Floß nach rechts, mit schnellen, wilden Bewegungen. Dabei blieb ich so gut es ging unter Wasser, hob nur von Zeit zu Zeit den verhüllten Kopf. Falls jemand das Floß auffiel, hoffte ich nur, daß er glaubte, es würde aus eigener Kraft dahintreiben, im Griff einer Strömung. Immer wenn ich auftauchte, um Atem zu schöpfen, lauschte ich angestrengt, aber niemand brüllte mir hinterher, niemand befahl mir, sofort stehenzubleiben. Das Summen wurde nicht leiser. Ich traf auf eine Sandbank, fluchte und zog das Floß darüber. Das Wasser reichte mir hier nur bis zu den Knien, erst dahinter wurde es wieder tiefer. In diesem kurzen Augenblick wurde ich viermal gestochen. Darüber hinaus waren zahllose Insekten auf mir gelandet, ohne mich zu stechen. Ich stieß gegen einen Soldaten, aber er war sofort verschwunden. Ich konnte nicht einmal sagen, ob er wußte, mit wem er zusammengestoßen war. Als ich wieder zum Luftholen nach oben kam, prasselten Insekten gegen die Haube. Ein weiterer Stich traf meinen Nacken. Beim Tauchen wurden die meisten Fliegen abgespült. Möglicherweise hatten sich auch einige, die nicht weiterfliegen konnten, daran festgeklammert.

Mein Vorstoß nahm nur ein paar Ehn in Anspruch. Dabei versuchte ich die ganze Zeit über sogar, die Schritte zu zählen, damit ich eine ungefähre Ahnung hatte, wie weit ich mich von dem Regiment entfernte. Ich wollte mich tief genug ins Schilf schlagen, um der erneuten Gefangennahme zu entgehen, aber nicht so weit, daß ich den Kontakt verlor. Vor Rencebauern brauchte ich während des Fliegenschwarms, der vermutlich in mehreren Wellen stattfand und mindestens ein paar Ahn, wenn nicht sogar einige Tage dauern würde, keine Angst zu haben.

Überall um mich herum fühlte ich Rence. Also hatte ich eine gewisse Deckung. Nichts sehen zu können machte mich rasend. Es war durchaus möglich, daß in diesem Augenblick ein Soldat belustigt meine Bemühungen beobachtete.

Etwas Weiches glitt an meinem Nacken vorbei. Es konnte durchaus eine Mokassinschlange sein. Ich hatte keine Lust, bei Einbruch der Dämmerung noch im Wasser zu sein.

Ich ballte die Hände, die mir mit Handschellen vor den Körper gebunden waren, zu Fäusten.

Dann machte ich mich daran, die Haube an dem Floß zu reiben, an einem scharfkantigen Vorsprung. Dabei bemühte ich mich, es in der Höhe des Knebels zu machen, möglichst mein Gesicht zu schützen. Fliegen umschwärmten die Haube und ließen sich darauf nieder. Ich rieb weiter, obwohl meine Wange brannte. Es war sehr schwer, einen beständigen Druck an derselben Stelle auszuüben, aber ich versuchte es, so gut es ging, und glich das Verrutschen der Haube aus. Ich konnte die Reibung fühlen. Ich versuchte, den unteren Haubenrand über den Vorsprung zu stülpen und die Haube herunterzureißen, aber auf diese Weise schnitt ich mir nur in den Hals. Also rieb ich weiter. Ein paar Ehn später konnte ich fühlen, wie sich die Rinde vom Holz löste. Jetzt rutschte das Leder über eine glatte, feuchte Oberfläche, was noch enttäuschender war.

Ich weiß nicht, wie lange es dauerte, aber plötzlich spürte ich einen kühlen Hauch auf der Haut. Außerdem zeigte sich ein winziger Lichtschimmer im Inneren der Haube. Ich konnte die rechte Innenseite sehen! Und dann kroch eine Stechfliege durch die Öffnung herein und ließ sich auf meiner Wange nieder.

Ich verharrte reglos, und sie bewegte sich auf das Licht zu und verschwand wieder durch die Öffnung. Sofort nahm ich meine Bemühungen wieder auf, verstärkte sie, rieb die Haube gegen das Holz – und dann riß das Leder.

Die Haube wies an der rechten Seite eine große Öffnung auf. Im ersten Augenblick war das Licht grell und blendend. Ich konnte die Öffnung sehen, und behutsam stülpte ich ihren zerfetzten Saum über das Holz und senkte den Kopf. Das Floß senkte sich, und die Sklavenhaube wurde zur Hälfte abgerissen. Fast im gleichen Augenblick sah ich, wie ein kleines, von

Stechfliegen bedecktes Tharlarion, das kaum größer als einen halben Meter war, von dem Floß ins Wasser sprang. Die Stämme waren mit einer dicken Schicht Fliegen überzogen. Andere schwärmten dicht darüber.

Schnell erkundete ich meine Umgebung.

Überall ragten Rencehalme in die Höhe. Von den Soldaten fehlte jede Spur. Auf der einen Seite gab es eine kleine Sandbank. Drei ausgewachsene Tharlarion lagen dort und beäugten mich. Sie waren mit Stechfligen übersät, aber es schien sie weder zu stören noch ihnen irgendwelches Unbehagen zu bereiten. Sie betrachteten mich durch die dritten, transparenten Augenlider hindurch. Ich schob das Floß tiefer in das Rencefeld, von ihnen fort. Wären sie auf mich zugekommen, hätte ich versucht, mich auf das Floß zu retten. Tharlarion können außerordentlich gefährlich sein, aber der Mensch ist nicht ihre bevorzugte Beute. Außerdem sind sie daran gewöhnt, ihre Beute im oder in der Nähe zum Wasser zu töten, daher ist es unwahrscheinlich, daß sie auf Flöße klettern. Manchmal paddeln die Rencebauern in ihren leichten Gefährten mitten durch sie hindurch. Sie klettern auch nicht auf die Renceinseln. Und sollte dies doch einmal vorkommen, können Kinder sie mit Stöcken vertreiben. Etwas anderes ist es jedoch, wenn eine der Echsen einmal Menschenfleisch gefressen hat; nähert sie sich einem Renceboot oder will sie auf eine Renceinsel steigen, droht höchste Gefahr. Für gewöhnlich erlegen die Bauern ein solches Tier, da es eine Bedrohung darstellt.

Ich tauchte immer wieder unter, um meinen Kopf und die Reste der Sklavenhaube von den Fliegen zu befreien. Tief innerhalb der Schilfansammlung befanden sich spürbar weniger Fliegen.

Dann kam der Knebel an die Reihe. Ich zwang das Halteband über den Vorsprung und zerrte, so hart ich konnte, wobei ich das Floß mehr als nur einmal zur

Hälfte untertauchte. Es gelang mir, das Band einen Viertelhort zu lockern. Dann drückte ich mit einiger Zungenarbeit das Tuch aus dem Mund. Ich warf den Kopf in den Nacken und atmete tief ein; jetzt lag nur noch das Halteband über meinen Zähnen. Ich konnte froh sein, daß sie keinen Eisen- und Lederknebel benutzt hatten. Ein solcher Knebel besteht aus zusammengenähten Lederstücken, die von einem Eisenband an Ort und Stelle gehalten werden; dieses wird im Nacken verschlossen und verhindert jede Manipulation. Es sind auch Modelle in Gebrauch, bei denen der eingeführte Knebel aus einer lederüberzogenen Eisenkugel besteht, in die ein Eisenreifen hineinmontiert wurde. Eine Mechanik aus gezahnten Sperrstangen- und Haken erlaubt, daß man ihn an die jeweils benötigte Größe anpassen kann. Es gibt zwei Größen, für Männer und für Frauen. Der Vorteil dieser Art von Knebel liegt darin, daß der Gefangene ihn selbst mit freien Händen nicht entfernen kann. Wie man sich sicher denken kann, werden die kleineren Schloßknebel weitaus häufiger benutzt, und dann so gut wie nie bei Männern, sondern bei Sklavinnen. So kann ihr Herr über ihre Hände verfügen, sie arbeiten oder ihn erfreuen lassen, muß sie aber nicht sprechen hören, wenn er nicht will.

Mit einigen Schwierigkeiten kletterte ich auf das Floß und zerrte mit meinen aneinandergeketteten und an der Taille festgebundenen Händen das Geschirr ebenfalls hinauf.

Der Stich einer Fliege hätte mich beinahe aufschreien lassen.

Da ich die Hände vor dem Körper hatte, gelang es mir, das Geschirr von dem Floß zu lösen. Gefesselt wie ich war konnte ich mich selbst jedoch nicht davon befreien. Aber wenigstens konnte ich jetzt das Floß verlassen. Ich war nicht länger daran gefesselt, ich war kein Zugochse für Ar mehr. Trotz der Handschellen verfügte ich wieder über eine gewisse Beweglichkeit. Ich kniete auf dem Floß und fühlte mich großartig.

Ich blickte mich um. Um mich herum gab es nichts anderes als Rence. Ich zerrte an dem Riemen um meinem Leib, der die Handschellen hielt. Ich war noch immer nackt und ziemlich hilflos. Auch ein zweiter Versuch erwies sich als fruchtlos: ich konnte den Riemen nicht zerreißen. Er war sehr stabil. Kurz spielte ich mit dem Gedanken, es mit den Eisenmanschetten zu versuchen, aber dabei würde der Riemen schmerzhaft in meinen Rücken schneiden. Ich wollte keine offenen Wunden dem Sumpfwasser aussetzen, wenn es sich vermeiden ließ. Bei vielen der Soldaten hatten sich die Wunden entzündet, selbst wenn es sich nur um geringfügige Verletzungen wie Schnitte von den Rencehalmen handelte. Diese Entzündungen hatten die Strapazen und Härten des Deltas nur noch verstärkt. Ich kroch zur Seite des Floßes und schob den Riemen über einen der unregelmäßigen Holzvorsprünge. Dann griff ich mit beiden Händen zu und bewegte ihn mit wohldosierten kleinen Bewegungen vor und zurück. Wenige Ehn später ging er entzwei, und ich streckte die Arme aus. Ein großartiges Gefühl.

Ich riß die Handgelenke auseinander. Die kurze Kette dazwischen stoppte sie fast sofort. Meine Bewegungsfreiheit war auf wenige Zentimeter beschränkt. Die mittlerweile angerosteten Kettenglieder erfüllten noch immer ihren Zweck. Trotzdem hätte ich jubeln können. Auch ein auf diese Weise gefesselter Mann kann gefährlich sein.

Ich entfernte das Halteband des Knebels. Die Männer von Ar rechneten zweifellos damit, daß ich tiefer in den Sumpf floh. Ich hatte das auch durchaus vor. Aber da waren noch vorher ein paar Dinge zu erledigen; es galt, einen Schlüssel zu finden. Zweifellos war die Flucht aus dem Delta – von der ich keinen Augenblick lang zweifelte, daß sie mir gelänge – mit ein paar Vorräten einfacher zu bewerkstelligen. Sicherlich würden mir die guten Soldaten von Ar, die alle schließlich das Herz auf dem rechten Fleck trugen, das nicht verübeln. Außerdem war ich der Meinung, daß sie mir das schuldeten, zog man die ganzen Unannehmlichkeiten und die Arbeit in Betracht, für die ich nicht entschädigt worden war. Immerhin war ich ein freier Mann.

Ich glitt vom Floß ins Wasser, um den Fliegen weniger ausgeliefert zu sein. Ein Blick nach oben zeigte, daß noch immer Millionen von Fliegen durch die Luft summten, aber der Schwarm war deutlich kleiner geworden.

Ich würde auf die nächste Welle warten.

11

Ausgehöhlt kann der Rencehalm als Atemrohr dienen. Auf diese Weise kann man sich unter Wasser einigermaßen sicher und unbemerkt fortbewegen, vorausgesetzt, die Halmöffnung befindet sich in unmittelbarer Nähe der Wasseroberfläche und diejenigen, die sich in der Nähe aufhalten, sind nicht mit den Feinheiten des Sumpfläufertums vertraut und nicht wachsam und scharfsinnig genug, um mit einer solchen Möglichkeit zu rechnen. Natürlich müßte die Bewegung des Halmes eigentlich sofort für Mißtrauen sorgen, vor allem wenn seine Bewegungen gesteuert erscheinen. Rencebauern sind mit diesen Techniken vertraut, machen aber nur selten Gebrauch davon, außer bei Messer- oder Dreizackangriffen. Ein Eintauchen des großen Bogens, vor allem wenn es sich um eine längere Zeit handelt, in der er viel Wasser aufnehmen kann, mindert seine Spannkraft; das Leben der Sehne, für gewöhnlich mit Seide durchwirkter Hanf, wird ebenfalls verkürzt. Jeder auf diese Weise durchgeführte Angriff erfordert ein Untertauchen im Sumpf, was nicht ungefährlich ist. Rencebauern greifen daher normalerweise mit ihren Booten an und benutzen die allgegenwärtigen Schilfinseln als Deckung. Eine Angriffseinheit besteht aus zwei Mann; der eine bewegt das Boot mit einer Stange oder dem Paddel vorwärts, während der andere mit dem Bogen schießt.

Ich hob den Kopf ein Stück aus dem Wasser.

Viele der Soldaten hatten auf Sandbänken Zuflucht gesucht. Man hatte Lagerfeuer entzündet, in die man feuchtes Schilf warf, um mit dem entstehenden Rauch die Fliegen abzuwehren. Viele drängten sich zitternd um die Flammen. Es lagen viele Kranke am Boden. Vermutlich waren das Reaktionen auf das Gift der Stechfliegen. Die Männer hatten sich Decken übergeworfen; andere saßen mit gesenkten Köpfen da, die Tuniken übers Gesicht gezogen. Andere wiederum hatten sich Gesichter, Arme und Beine mit Schlamm und Asche eingerieben, ein kläglicher Schutz vor den Fliegen. Überall waren rote Augen zu sehen, es wurde gehustet. Ich hörte, wie sich ein Mann in den Sumpf übergab. Ich hörte Männer weinen und stöhnen. Einige der Gesichter waren unförmig zugeschwollen, verfärbt und mit pustelähnlichen Wucherungen bedeckt. Arme und Beine waren mit ähnlichen Schwellungen übersät. Ein paar Männer konnten nicht mehr aus den Augen blicken.

Ich entdeckte den Soldaten, von dem ich überzeugt war, daß er den Schlüssel zu meinen Handschellen verwahrte. Er lag zitternd auf dem Bauch, halb mit Renceschilf bedeckt. Anscheinend hatte er viele Stiche davongetragen. Der Schlüssel befand sich sehr wahrscheinlich in seiner Gürteltasche. Überall lagen Ausrüstungsgegenstände herum. Ich konnte mir nicht vorstellen, daß es schwer sein würde, sich einige davon anzueignen. Davon abgesehen waren selbst Schilde und Waffen im Sumpf weggeworfen worden. Man hätte dem Regiment allein aufgrund dieser Spur folgen können. Bei den anderen Einheiten sah es vermutlich nicht anders aus. Nicht daß ich vorgehabt hätte, seinen Weg zurückzuverfolgen.

Ein Soldat schrie schmerzerfüllt auf; er war gerade gestochen worden. Aber im Augenblick summten weniger Fliegen durch die Luft.

Vielleicht waren die Männer, die so elend hier auf den Sandbänken hockten, der Meinung, daß die Fliegenplage endgültig vorbei war.

Ich hatte jedoch schon vom Schilf aus gesehen, daß

sich aus dem Westen neue Wolken näherten, die noch dichter und dunkler waren. Die erste Welle ist nie die schrecklichste. Das ist immer die mittlere. Die letzten sind dann kleiner. Manchmal verlassen die Sumpfbauern sogar schon während der letzten Wellen, die wie weit verstreute Wolken über ihren Köpfen hinwegsummen, ihre Hütten.

Nach dem ersten Blick auf diese neue Dunkelheit, die wie ein schwarzer, aufgehender Mond am Horizont über den Schilffeldern erschienen war, hatte ich das vorbereitete Atemrohr genommen und war zu dem Regiment zurückgekehrt. Dem ersten Eindruck nach zu urteilen war sich keiner auf der Sandbank der herannahenden neuen Fliegenschwärme bewußt.

Das konnte mir nur von Nutzen sein.

Sollte der neue Sturm sie wie ein Blitz treffen.

»Hört mal!« rief da ein Soldat entsetzt.

Mit Zufriedenheit beobachtete ich, wie die Männer aus Ar verzweifelt nach Schutz suchten; sie gruben sich in den Sand ein, zogen Wolldecken über sich, bedeckten sich mit Schilfbüscheln, wickelten sich Kleidungsstücke um Kopf und Augen, begruben den Kopf in den Armen, taten, was sie nur konnten, um sich für die unmittelbar bevorstehende Ankunft ihrer zahllosen kleinen Besucher vorzubereiten, der zeitweiligen Herren des Vosk-Deltas.

In diesem Augenblick hätte sich ein Larl unbemerkt zwischen den Soldaten bewegen können.

Ein Mann schrie auf, gestochen von einer Fliege, die kaum mehr als ein Bote der herannahenden Wolke sein konnte. Es ist wie ein Regenguß, dachte ich, zuerst nur ein paar Tropfen, dann sind es schon mehr, dann kommen Sturzbäche herunter, vielleicht sogar eine lange Zeit, bis der Spuk dann schließlich nachläßt, die letzten Tropfen fallen und – wenn man vielleicht schon alle Hoffnung aufgegeben hat – es sich wieder aufhellt.

Hier fällt der Regen allerdings horizontal, und er ist trocken und schwarz, und einige der ›Tropfen‹ bleiben und krabbeln umher.

Es dauerte nur wenige Augenblicke, dann war die Luft voller Bewegung. Diese Bewegungen waren flink und unvorhersehbar, beinahe verschwammen sie ineinander. Und doch bildeten sie keine erkennbare Masse. Es war, als würden diese kleinen, wütenden fliegenden Lebewesen durchsichtige Tunnel durchrasen, die sie voneinander trennten.

Soldaten schrien gepeinigt auf. Manche warfen sich bäuchlings zu Boden und bedeckten den Kopf mit den Händen.

Ich tauchte kurz unter, um Fliegen von meinem Gesicht zu waschen. Die meisten der Fliegen, die sich auf einem niederließen, stachen natürlich nicht. Wäre das der Fall gewesen, wären wir bei dem kumulativen Effekt solcher Gifte in wenigen Ehn alle tot gewesen.

Plötzlich war die Luft erfüllt von schnellen, hin und her flitzenden Körpern, die auf einen niederprasselten und dabei sogar gegeneinander prallten. Ich erhob mich aus dem Sumpf und rannte zusammengeduckt los. In weniger als einer Ehn befand ich mich hinter dem Soldaten, der mit Rence bedeckt reglos auf der Sandbank lag. Ich kniete mich auf seinen Körper, und noch bevor er überhaupt begriff, was da geschah, drückte ich ihm mit meinen aneinandergeketteten Händen den Kopf in den Sand. Jetzt konnte er nicht mehr atmen. Aber er konnte hören. Für einen kurzen Augenblick bäumte er sich auf, lag dann aber still. Ich glaube, mein Gewicht und mein Griff machten ihm sofort die Hoffnungslosigkeit seiner Lage begreiflich. Er konnte nicht atmen, wenn ich es ihm nicht erlaubte. Er wußte, daß er in meiner Gewalt war.

»Kein Laut«, flüsterte ich. »Oder ich breche dir das Genick.« Es gibt verschiedene Techniken, wie man das bewerkstelligen kann, es kommt auf die Körperkraft an. Da wäre zum Beispiel ein kräftiger Fausthieb oder ein Fußtritt direkt unterhalb der Schädelbasis, oder ein Schlag mit der Handkante oder der Außenseite des Fußes, der den Kopf zur Seite zwingt, was besonders wirksam ist, wenn sich der Körper in einer Position befindet, in der er sich nicht mit dem Schlag bewegen kann.

Ich hob seinen Kopf ein Stück, nicht so weit, daß sein Mund nicht mehr den Sand berührte, aber immerhin so weit, daß er etwas Luft durch die Nase bekam, vielleicht auch noch durch den Mundwinkel. Sein Gesicht war mit Sand bedeckt; vermutlich hatte er auch Sand in den Augen. Ich stieß seinen Kopf wieder nach unten.

»Du wirst zehn Ihn in dieser Position verharren«, ließ ich ihn wissen. »Hast du verstanden?« Der Kopf bewegte sich unmerklich. Dann nahm ich die Hände von ihm und zog ihm den Dolch aus dem Gürtel. Mit dem Dolch schnitt ich den Schwertgurt los und entwaffnete ihn. »Du darfst den Kopf heben«, flüsterte ich. »Ein kleines Stück.«

Er gehorchte und fühlte seinen Dolch an der Kehle.

»Du!« flüsterte er halb erstickt. Er hatte die Kettenglieder der Handschellen im Nacken gefühlt.

»Wie heißt du?« fragte ich ihn.

»Titus.«

»Also gut, Titus. Wo ist der Schlüssel für die Handschellen?« Ich ging davon aus, daß er sich in seiner Gürteltasche befand, hatte aber keine Lust, sie zu durchstöbern, falls er doch an anderer Stelle untergebracht war. Es konnte durchaus sein, daß er sich im Marschgepäck des Soldaten befand. Der Schlüssel war mit einer Schnur versehen, an der sich ein kleines Holzstück befand. So konnte man ihn um den Hals tragen oder ihn sich ums Handgelenk binden. Das Holz diente zur Sicherheit, für den Fall, daß der Schlüssel in den Sumpf fiel. Auf diese Weise war er nicht sofort verloren.

»Ich habe ihn nicht.«

»Keine Lügen«, sagte ich grob. Um ein Haar hätte ich ihm das Messer in den Hals gerammt. Ich hatte es nicht bis hierher geschafft, um jetzt enttäuscht zu werden.

»Ich habe ihn nicht!« stieß Titus hervor.

Einen kurzen Augenblick lang wurde ich mir der Fliegenschwärme bewußt. Ich mußte mit Fliegen bedeckt sein. Ich war bestimmt gestochen worden, aber meine Gefühle und meine Konzentration waren so stark, daß ich es nicht bemerkt hatte.

»Wer hat ihn dann? Wo ist er?«

»Töte mich nicht!«

»Wo ist der Schlüssel?«

»Plenius weiß das.«

»Dann werden wir ihm einen Besuch abstatten«, sagte ich. »Erhebe dich langsam auf die Knie.« Mit einer schnellen Bewegung schlang ich ihm die Kette um den Hals, damit er da blieb, wo ich wollte, und hielt ihm auch wieder die Klinge an den Hals. »Und jetzt schiebst du Hände und Unterarme unter den Gürtel deiner Tunika. Sehr gut.«

Nachdem er sich auf die Knie erhoben hatte, warf er einen Blick auf das Schwert, das in seiner Scheide dort am Boden lag, wo es hingefallen war, nachdem ich den Gürtel durchtrennt hatte.

»Und jetzt suchen wir deinen Freund Plenius.«

Wenige Augenblicke später waren wir bei einer Gestalt angelangt – er auf den Knien, ich hinter ihm –, die zusammengekrümmt unter einer Decke lag.

»Ruf ihn, aber leise.«

»Plenius, he, Plenius!«

Wütend zog Plenius die Decke ein Stück zurück.

Dann warf er sie trotz der Fliegen ganz beiseite. Seine Hand flog zum Schwertgriff, aber mein Gesichtsausdruck und die Bewegung des Messers am Hals meines Gefangenen ließen ihn innehalten. Plenius' Gesicht war eine einzige Schwellung. Ein Auge war völlig zu.

»Den Schlüssel für die Handschellen«, sagte ich.

Er stand auf, trat die Decke beiseite.

Überall waren Fliegen. Zeitweise konnte ich ihn nicht mal mehr deutlich sehen.

»Der Schlüssel.«

Das Summen der Insekten war ohrenbetäubend.

Ich beobachtete, wie seine Hand unwillkürlich nach seiner Tunika griff. Er hatte ihn also unter der Tunika, vermutlich am Hals. In seinem geöffneten Auge schimmerte ein eigentümlicher Glanz.

»Ich dachte mir, daß du zurückkommst«, sagte er.

»Sprich leise«, erwiderte ich und drückte fester mit dem Messer zu.

Er zog den Schlüssel an seinem Band unter der Tunika hervor. »Aus diesem Grund habe ich auch den Schlüssel behalten, damit du zu mir kommen mußtest, um ihn zu holen.«

»Titus hatte ihn davor, richtig?«

»Ja.«

Das freute mich, denn es bewies, daß ich mich nicht geirrt hatte.

»Wenn du ihn haben willst, mußt du ihn mir abnehmen«, sagte Plenius.

»Ich hätte wissen müssen, daß du ihn wieder an dich nimmst«, meinte ich, »daß du dir diese Verantwortung auflädst, das Risiko eingehst, daß ich deswegen zurückkehren könnte.«

»Ich wollte, daß du deswegen zurückkommst«, sagte er.

»Dann hat sich dein Wunsch ja erfüllt.«

Plenius grinste. »Du erwartest doch sicher nicht, daß ich ihn dir freiwillig gebe, oder?«

»O ja, genau das erwarte ich.« Ich hielt das Messer dichter an den Hals meines Gefangenen. Titus rückte näher zu mir, damit er sich nicht selbst den Hals aufschnitt.

»Gib ihm den Schlüssel«, flüsterte er. »Gib ihm ihn!«

»Niemals!«

»Ich finde, es ist ein guter Handel«, meinte ich. »Ein Stück Eisen, an einem Band, im Austausch für deinen Freund.«

»Niemals!« wiederholte Plenius.

Ich zuckte mit den Schultern. »Wie du willst!«

»Nein!« Mein ehemaliger Wärter streckte die Hände aus. »Ich gebe dir den Schlüssel!«

»Leg ihn zwischen uns auf den Sand.«

»Laß Titus los.«

»Erst den Schlüssel.«

»Vielleicht tötest du ihn ja, sobald du den Schlüssel hast.«

»Vielleicht greifst du mich ja an, sobald er frei ist«, hielt ich dagegen.

»Ich brauche bloß zu rufen, und ein Dutzend Krieger kommen angelaufen.«

»Aber Titus wird nicht unter ihnen sein«, erwiderte ich.

»Plenius, gib ihm den Schlüssel«, flüsterte Titus mit weit zurückgelegtem Kopf.

»Zuerst läßt du ihn frei«, beharrte Plenius.

»Also gut.« Ich nahm die aneinandergeketteten Hände von Titus' Hals, und er bewegte sich halb laufend und halb kriechend von mir fort, und zwar so schnell, daß der Sand aufspritzte. Erst nach einem halben Dutzend Schritten blieb er stehen und zog die Arme aus dem Gürtel. »Gib ihm den Schlüssel, Plenius.«

Mein Wärter grinste. Er wischte sich Fliegen vom Gesicht, dann zog er den Schlüssel an seinem Band über den Kopf. »Fang!« rief er plötzlich und warf ihn weit an mir vorbei. Ein schneller Blick über die Schulter ließ mich sehen, wie er ins Wasser fiel, während gleichzeitig Stahl aus einer goreanischen Schwertscheide glitt.

»Plenius, nein!« rief jemand.

Ich fuhr herum, riß die Hände in die Höhe und fing die herabsausende Klinge mit der Kette auf. Funken stoben durch die Luft. Dann wurde die Klinge zurückgezogen, noch bevor ich Gelegenheit gehabt hatte, die Kette darumzuwinden oder sie zu packen. Ich hätte mit dem Messer zustechen können, aber Plenius befand sich außerhalb meiner Reichweite.

»Was ist mit deiner Ehre!« rief ich wütend.

»Einem Spion schuldet man keine Ehre«, erwiderte er. »Genausowenig wie einem Sleen aus Cos. Zu den Waffen, Männer!«

Soldaten sprangen auf. Zweifellos hatten sie Titus' Schrei und das Klirren des zuschlagenden Schwertes gehört. Ich wich in Richtung Wasser zurück. Soldaten eilten umher, aber die Fliegenschwärme behinderten sie. Plenius wischte sich mit dem Unterarm Fliegen vom Gesicht, mit dem Arm, mit dem er das Schwert hielt. Selbst auf der Klinge saßen Fliegen. Plenius kam auf mich zu. Ich sah, wie Titus ihn zurückhalten wollte, aber da er größer und stärker war, stieß er ihn einfach beiseite. »Der Spion ist unter uns!« rief er. »Tötet ihn!«

Ich hatte das Wasser erreicht. Plenius watete hinter mir her. Zweimal wehrte ich die Klinge mit dem Messer ab. Plötzlich wandte sich Plenius ab und watete in den Sumpf hinein. Er wollte den Schlüssel holen. Ich folgte ihm. Er drehte sich um und hielt mich mit dem Schwert in Schach. Ich erblickte das Holzstück zwischen Hunderten von Insekten, die auf der Wasseroberfläche trieben. Ich wollte Plenius umgehen, auf seine linke Seite zu kommen, die Seite, an der er durch das zugeschwollene Auge behindert wurde. In meinem Herzen haßte ich ihn. Aber es gelang mir nicht, ihn zu überrumpeln. Er ließ das Schwert durch die Luft sausen. Ich rutschte aus, fiel auf ein Knie. Soldaten näherten sich uns, wie das aufspritzende Wasser verriet. Plenius wandte sich wieder mir zu.

»Komm zurück«, hörte ich Titus' Stimme. »Laß ihn gehen. Der Schlüssel steht ihm zu.«

»Tötet den Spion!«

Vor lauter umherschwirrender Fliegen konnte ich kaum etwas sehen. Ich wischte sie mir wütend aus den Augen, suchte wieder nach dem Holzstück.

Plötzlich schrie Plenius laut auf und hieb mit dem Schwert auf die Wasseroberfläche ein. Mit der linken Hand hielt er sich das Gesicht. Ich vermutete, er war in der Nähe seines gesunden Auges gestochen worden. Möglicherweise konnte er nun gar nichts mehr sehen. Die Schwertschläge hatten das Wasser aufgewühlt und das Holzstück weitertreiben lassen. Vermutlich hatte Plenius die Schnur zerschneiden wollen. Es war natürlich auch möglich, daß er mich lediglich von dem Schlüssel hatte fernhalten wollen.

»Vorsicht!« rief da einer der näherkommenden Soldaten und streckte deutend den Arm aus.

»Ein Hai!«

Neben mir, so nahe, daß ich sie hätte berühren können, schnitt eine Rückenflosse durch das Wasser.

Die Dämmerung war hereingebrochen.

Einige der Soldaten beeilten sich, aus dem Wasser zu kommen.

Das Holzstück und die daran befestigte Schnur lagen plötzlich auf dem Rücken des Hais, dann rutschten sie auf der anderen Seite wieder herunter. Ich griff nach der Schnur. Ein Schwerthieb hatte das Holz getroffen, es aber nicht in zwei Hälften teilen können. Der Schlüssel baumelte noch immer an der Schnur. Ich stieß den Hai mit einem Fußtritt in eine andere Richtung und hängte mir den Schlüssel um.

»Da kommt noch einer!«

Ein von der Sandbank geschleuderter Speer tauchte ins Wasser ein.

Ich warf mich ins Wasser und schwamm auf das Schilf zu. Dabei berührte ich einen Hai. Ein solches Geschöpf ist unverwechselbar. Seine Haut ist sehr rauh, was für ein im Wasser lebendes Wesen überraschend ist. Sie fühlt sich an wie Schmirgelpapier. Sie kann einem schlimme Schürfungen zufügen. Die Rencebauern benutzen sie dazu, um Holz zu glätten. Ich stieß den Hai beiseite. Er schwamm weiter; der Schlag des sichelförmigen Schwanzes wühlte das Wasser auf. Der Mensch ist nicht die natürliche Beute des Hais. Aus diesem Grund wird er auch zuerst in Augenschein genommen, der Hai stößt ihn an und reibt sich an ihm, bevor er genug Mut oder Selbstvertrauen zum Angriff hat. Sobald er allerdings einmal Menschenfleisch gekostet hat, wird er viel aggressiver als üblich. Blut im Wasser steigert diese Aggression noch zusätzlich. Genau wie unregelmäßige Bewegungen im Wasser, die ihn vermutlich an einen verletzten Fisch erinnern. Sicher hatten Plenius' Schwertschläge aufs Wasser den Hai angelockt. Wobei ich davon überzeugt bin, daß der Krieger sich nicht bewußt gewesen war, welche Folgen diese Handlung haben würde.

Aus der Deckung des Rence blickte ich zur Sandbank. Die Männer hatten sich wieder aufs Trockene zurückgezogen. Sie ließen die Blicke über den Sumpf schweifen, direkt in meine Richtung, allerdings konnte ich mir nicht vorstellen, daß sie mich in dem schwindenden Licht und durch die Fliegenschwärme hindurch sehen konnten.

»Verfolgt ihn! Ich kann nichts mehr sehen!« Das konnte nur Plenius sein. Falls ihn die Fliegen nicht direkt ins Auge gestochen hatten, würde er sich wieder erholen. Aber er würde zweifellos ein paar sehr unangenehme Tage vor sich haben, soviel war sicher. »Verfolgt ihn!« Aber anscheinend verspürte keiner große Lust, mir ins Wasser zu folgen.

»Die Haie werden ihn erwischen.«

»Holt die Boote!« schrie Plenius.

Niemand rührte sich.

»Die Fliegen!« brüllte jemand schmerzerfüllt. »Geht in Deckung!«

Zuletzt stand Plenius ganz allein am Wasserrand; er hatte das Schwert in die Scheide zurückgeschoben und hob die Fäuste, um dem Sumpf zu drohen.

Ich wog das Risiko ab, jetzt zurückzukehren und ihn zu töten, solange er dort allein stand. Es schien nicht besonders groß zu sein. Aber dann trat ein Mann auf ihn zu, vermutlich Titus, und nahm ihn beim Arm. Er ließ sich widerstrebend zu den anderen führen.

Im Licht der Monde, das immer wieder von den am Himmel vorbeischwebenden lebenden Wolken verdunkelt wurde, schloß ich die verrosteten Handschellen auf und schleuderte sie zusammen mit dem Schlüssel weit in den Sumpf hinaus.

Ich versuchte, meinen Haß auf die Soldaten zu beherrschen.

Was hätte ich davon, wenn ich die Sandbank betreten, mir ein Schwert greifen und wahllos töten würde?

Davon abgesehen gab es unter ihnen nur einen, dessen Blut ich wirklich wollte.

Nein, sagte ich mir. Überlaß sie dem Sumpf.

Ich verließ das Rence und schwamm langsam und bedächtig um die Sandinsel herum. Auf der gegenüberliegenden Seite kroch ich an Land und bediente mich bei den Bündeln von Ausrüstungsgegenständen. Ich lud alles in eines der heruntergekommenen Renceboote, dessen Boden bereits halb verfault war, löste das Tau, mit dem es festgebunden war, und paddelte zu der Stelle im Rence zurück, wo ich das Floß versteckt hatte; dabei hockte ich bis zu den Knien im Wasser.

Wenige Ehn später lag ich, gestärkt von Fleisch und Fladenbrot, in eine Tunika aus Ar gekleidet und mit Dolch und Schwert bewaffnet auf dem Floß. Trotz der Hitze hatte ich eine der gestohlenen Decken über mich gezogen. Das verschaffte mir einen gewissen Schutz vor den Fliegen. Davon abgesehen würde sie nützlich sein, wenn der Schüttelfrost einsetzte, eine vorhersehbare Auswirkung des Giftes der Stechfliegen.

Eine Ahn später schwitzte ich unter der Decke und mir war übel. Erst da wurde mir richtig bewußt, wieviel Stiche ich davongetragen haben mußte. Sicher, von den Hunderten von Fliegen, die sich auf mir niedergelassen hatten, hatten mich vermutlich nicht mehr als zwanzig oder dreißig gestochen. Ich hatte große Schmerzen, und mir war schlecht, aber trotzdem war ich in bester Stimmung. Tatsächlich verspürte ich ein Hochgefühl.

Die Reise aus dem Delta hinaus würde gefährlich sein, aber ich konnte mir nicht vorstellen, daß sie übermäßig schwierig sein würde, nicht für einen Mann, der allein reiste, einen Mann, dem das Handwerk des Sumpfläufers vertraut war. Auch wenn ich mich vor den Rencebauern in acht nehmen mußte, fürchtete ich sie nicht sonderlich. Ihre tatsächliche Zahl ist nicht allzu groß, und davon abgesehen würden sie in der Nähe des Heeres bleiben, oder dessen, was davon noch übrig war. Die Wahrscheinlichkeit, bei den Tausenden von Quadratpasang, die das Vosk-Delta maß, auf sie zu stoßen, war eher gering, vor allem wenn man sich bemühte, ihnen aus dem Weg zu gehen. Außerdem muß man wissen, daß die meisten Bauerndörfer Warnzeichen aufstellen. Vor langer Zeit hatte ich einmal ein solches Zeichen mißachtet. Ich hatte nicht die Absicht, diesen Fehler zu wiederholen.

Da waren die Tarnspäher und cosischen Patrouillen schon gefährlicher.

Einige Zeit später, während ich am ganzen Körper schwitzte und zugleich zitterte, zog ich die Decke zurück, um mir die Monde anzusehen. Sie schwebten nun klar am Himmel. Die zweite Fliegenwelle war vorbei. Ich hatte es nicht eilig, die relative Sicherheit des Schilfs zu verlassen. Ich hatte Vorräte und konnte, falls das mein Wunsch war, auch von dem leben, was der Sumpf bot. Wenn ich gewollt hätte, hätte ich sogar für unbegrenzte Zeit im Sumpf leben können.

Ich beschloß, mindestens zwei oder drei Tage hierzubleiben. Ich konnte eine Pause gebrauchen. Das Schleppen des Floßes, die Schläge und die allgemeine Behandlung hatten mir schwer zugesetzt. Außerdem dürfte die Fliegenplage dann vorbei sei. Bis dahin würde es mir auch wieder bessergehen, die Schmerzen würden verschwunden sein, genau wie die Schwellungen. Eine der größten Gefahren auf feindlichem Territorium ist die Ungeduld. Man muß dort sehr geduldig sein. Mehr als nur ein Mann ist nur wenige Meter vor der Freiheit wieder in Gefangenschaft geraten, weil er unvorsichtig, hastig und unüberlegt handelte. Ein Krieger muß begreifen, daß die letzten paar hundert Meter, das letzte, einladende Pasang, den gefährlichsten Schritt einer gefährlichen Reise darstellen können.

Ich schaute zu den Monden hoch.

Zum erstenmal seit Wochen konnte ich mich strecken und bewegen, wie ich wollte. Zum erstenmal seit Wochen war ich nicht mit gefesselten Händen an zwei Pflöcken angebunden.

Ich hatte gegessen. Ich trug Kleidung. Ich war bewaffnet.

Die Monde waren wunderschön.

In ein paar Tagen würde ich nach Norden aufbrechen. Ich hatte Freunde in Port Cos. Oder ich würde mich direkt nach Port Kar begeben.

Plötzlich mußte ich mich in den Sumpf übergeben.

Ich zitterte am ganzen Körper, hätte am liebsten die Schmerzen hinausgebrüllt, aber ich schwieg. Ich hätte mich am liebsten am ganzen Körper gekratzt, aber ich blieb reglos liegen.

Ich war zufrieden.

Die Monde waren wunderschön anzusehen.

12

Noch niemals zuvor war ich einem von ihnen so nahe gewesen. Ich hatte gar nicht gewußt, daß sie so groß wurden.

Seit fünf Tagen war ich die Handschellen los. Seit drei Tagen reiste ich nach Norden.

Plötzlich öffnete die Bestie die Schwingen. Ihre Spanne muß fast neun irdische Meter betragen haben.

Ich hatte das Floß ein paar Meter hinter mir auf einer Sandbank zurückgelassen. Das Renceboot, das ich den Soldaten von Ar abgenommen hatte, war verfault und trügerisch. Es war versunken, noch bevor ich das Rencefeld, in dem ich Zuflucht gesucht hatte, verließ. Das Paddel hatte ich behalten, aber das Floß war so schwer, daß es nur von geringem Nutzen war. Allerdings hatte ich eine weggeworfene Bootsstange gefunden, die sich als ausgesprochen nützlich erwies. Man hatte sie mit Goldlack verziert, der aber an den meisten Stellen abgeblättert war. Davon abgesehen tat sie ihre Dienste.

Ich hatte die Bestie über dem Rence schweben sehen, kurz bevor sie zur Landung ansetzte und abtauchte. Neugierig geworden, hatte ich das Floß auf die Stelle zugesteuert.

In diesem Augenblick hatte ich den Schrei der Frau gehört; er war langgezogen, voller Angst und mitleiderregend gewesen.

Ich war nicht darauf zugeeilt, da mir Vorsicht angebracht erschienen war. Nicht daß ich die Echtheit der Angst der Frau in Zweifel gezogen hätte. Ich konnte mir nicht vorstellen, daß ein Ködermädchen so überzeugend Angst hätte vortäuschen können. Aber ein solcher Schrei würde einem Mädchen nicht schwerfallen, das von jagenden Rencebauern wie ein Verr an einen Pfahl gefesselt wurde, um gefährliche Beutetiere wie beispielsweise Tharlarions anzulocken. Natürlich benutzen sie dazu nicht ihre eigenen Frauen, sondern für gewöhnlich Sklavinnen.

Wenn ich es mir recht überlegte, hatte nicht nur reines Entsetzen in dem Schrei gelegen, sondern auch eine besondere Art flehender Hilflosigkeit. Er hatte in mir das Gefühl hervorgerufen, daß die Frau nicht die Aufmerksamkeit von Jägern erwecken, sie verzweifelt auf die Anwesenheit ihrer Beute aufmerksam machen wollte, sondern daß sich überhaupt keine Jäger in der Nähe befanden. Er erweckte den Eindruck, daß sie allein war.

Ich hatte mich umgesehen. Nichts deutete darauf hin, daß sich hier Menschen aufgehalten hatten, zumindest nicht innerhalb der letzten paar Ahn. Der Sumpfkäfer krabbelt nachts über den Sand, und seine winzigen Spuren sind unverkennbar. Mehrere Fußabdrücke wurden von den Pfaden der Sumpfkäfer gekreuzt. Also waren sie vor der letzten Nacht entstanden. Das Bröckeln ihrer Ränder war ein weiteres Zeichen gewesen, daß mehrere Ahn verstrichen waren, daß sie möglicherweise schon am gestrigen Morgen entstanden waren, wenn nicht sogar am Tag davor.

Wieder war der klägliche Schrei ertönt. Beim Näherkommen hatte ich dann den kleinen Kopf der Kreatur – klein im Vergleich zum Rest des Körpers – erblickt, der in langen, schmalen, mit Reißzähnen bestückten Kiefern endete. Aus dem Hinterkopf ragte ein langer Fortsatz aus Knochen und Haut, der das Gewicht der Schnauze ausbalancierte und – zog man die allgemeine Scherfälligkeit des Körpers in Betracht – für zusätzliche Stabilität vor allem beim Gleitflug sorgte.

Ich war aus dem Rence gesprungen.

Und der Ul, ein geflügeltes Tharlarion, hatte sich umgedreht und plötzlich die Schwingen mit dieser gewaltigen Spanne gespreizt. Dann hatte er sie wieder an den Körper gefaltet.

Ich war ziemlich beeindruckt. Noch niemals war ich einem Ul so nahe gewesen.

Es stieß einen zischenden, grunzenden Laut aus. Sein langer, schlangenähnlicher Schwanz endete in einem flachen, spatenförmigen Knochenblatt. Der Schwanz schlug zu, und das spatenförmige Ende ließ Sand in die Höhe spritzen.

Ein stabiler, etwa fünfzehn Zentimeter durchmessender und ungefähr zwei Meter hoher Pfahl war in den Sand eingegraben worden. Am unteren Ende, etwa einen halben Meter über dem Boden, hatte man einen abgerundeten, einen Meter langen Balken horizontal durch eine in den Pfahl geschlagene Öffnung geschoben. Anderthalb irdische Meter höher gab es einen weiteren, auf die gleiche Weise durchgeschobenen und befestigten Balken, der allerdings etwas länger als der untere war; ihr Durchmesser betrug etwa sechs Zentimeter. Wären sie für einen Mann bestimmt gewesen, wären sie dicker ausgefallen, außerdem wäre der Pfahl länger gewesen.

In diesem Fall reichten die Kreuzbalken allerdings aus.

Sie war blond.

Ihre Füße waren an die unteren Kreuzbalken gefesselt. Ihre Arme hatte man über den oberen Balken gelegt und mit Lederriemen festgebunden, die Hände waren vor den Körper gefesselt.

Sie warf wild den Kopf zurück – ihr Haar fiel in Höhe des Nackens über das Pfahlende – und stieß einen Schrei aus.

Das erregte die Aufmerksamkeit des Uls. Es war wenige Meter vor dem Pfahl gelandet.

Sie hatte mich noch nicht gesehen. Sie kämpfte mit aller Kraft gegen die Fesseln an.

Wir waren nicht allein auf der Sandbank. Nur wenige Meter entfernt hockte ein langhalsiges Tharlarion. Aber noch viel gefährlicher waren die beiden kurzbeinigen Tharlarion, die in der Nähe des Pfahls über den Sand schlichen.

Das Mädchen zerrte wieder an den Stricken, ohne jeden Erfolg.

Ja, dachte ich, sie ist hübsch.

Man hatte sie den Tharlarion überlassen. Der Haß der Rencebauern mußte so groß gewesen sein, daß sie sie trotz ihres angenehmen Äußeren weder verkauft noch selbst als Sklavin behalten hatten.

Ich fragte mich, ob sie damit nicht sogar richtig gehandelt hatten.

Natürlich war das, was man ihr angetan hatte, schlichtweg ein Unding. Immerhin war sie eine freie Frau. Wäre sie eine Sklavin gewesen, hätte ihr Herr schon aus einer Laune heraus so mit ihr verfahren dürfen. Einmal davon abgesehen, daß sich mit einer Sklavin Erfreulicheres anstellen ließ.

Sie schrie wieder auf und wand sich an dem Pfahl.

Ja, dachte ich, viel Erfreulicheres.

Ich malte mir aus, wie sie wohl mit einem Sklavenkragen aussah. Aber dann rief ich mir ins Gedächtnis, daß sie noch immer eine freie Frau war, was sie auf eine gewisse Art und Weise zu etwas Besonderem machte. Auf eine lästige Art und Weise.

Das Ul mit der langen Schnauze wandte sich dem Tharlarion mit dem langen Hals zu und fauchte drohend. Die Echse schob sich langsam auf ihren paddelförmigen Pfoten zurück in den Sumpf. Dann drehte sie sich um und zog sich halb untergetaucht zurück.

»Verschwinde! Verschwinde!« brüllte das Mädchen das Ul an.

Solche Ausbrüche sind natürlich verständlich. Andererseits erscheinen sie – falls sie nicht bewußt erfolgen in der Absicht, Lärm zu schlagen – nach gebührlicher Überlegung als ziemlich befremdlich. So ist zum Beispiel eher unwahrscheinlich, daß ein solches Tier Goreanisch versteht. Davon abgesehen, begriff sie denn nicht, daß man sie den Tharlarion zum Fraß vorgeworfen hatte, und, nach der aufrechten Position an dem Pfahl zu schließen, auch den Uls? War ihr denn nicht klar, daß sie, wenn die Tiere sie nicht anfielen, sie in kürzester Zeit verhungern und verdursten würde? Sollte sie den Rachen des Uls nicht lieber willkommen heißen?

»Verschwinde!«

Offensichtlich nicht.

Vermutlich muß man einer Frau in dieser Situation ein gewisses Maß an Hysterie oder Unvernunft zugestehen. In einer vergleichbaren gefährlichen Lage hätte ich vielleicht ähnlich gehandelt. An meiner Stelle war es leicht, Kritik zu üben.

Das Ul stolzierte zwei, drei Meter näher heran. Sein Kopf befand sich etwa dreieinhalb Meter über dem Boden. Es war nur noch ein kleines Stück von der Frau entfernt.

»Geh weg!« schluchzte sie. »Verschwinde!«

Erneut spreizte das Ul die Schwingen. Sie bestehen aus Haut und erstrecken sich von den klauenbewehrten Hinterbeinen, mit denen sie verwachsen sind, bis zu den außerordentlich langen vierten Fingern der Klauenhände. Es fauchte die beiden Tharlarion in der Nähe des Pfahls an. Eine der Echsen wich zurück. Die andere behauptete ihre Stellung, öffnete den Rachen und fauchte zurück.

Daraufhin spreizte das Ul wieder und wieder die Schwingen. Ich hatte nicht mit den Windstößen gerechnet, die dadurch erzeugt wurden, und wurde rücklings in das Schilf gestoßen. Nachdem ich wieder auf den Beinen stand, kämpfte ich mich schrittweise vorwärts, wie durch einen Sandsturm in der Tahari. Dabei hielt ich mir den Arm vors Gesicht. Das kurzbeinige Tharlarion gab einen seltsamen Laut von sich, dann sah ich durch zusammengekniffene Augen, wie es in die Höhe gehoben und geschüttelt wurde. Etwas in seinem Rücken gab krachend nach. Das Ul erhob sich mit seinen mächtigen Schwingen in die Luft, wobei es durchaus mit dem Gewicht des Tharlarion zu kämpfen hatte, und ließ es dann aus einer Höhe von vielleicht dreißig Metern in den Sumpf fallen. Wegen der riesigen Rencehalme konnte ich nicht sehen, wie es ins Wasser fiel; ich sah nur hundert Meter von uns entfernt das Aufspritzen.

Dann sauste ein gewaltiger Schatten über das Sumpfwasser, einen Augenblick später gruben sich krallenbewehrte Klauen in den Sand, und zwar genau dort, wo sich die Echsen eben noch befunden hatten. Die ganze Sache hatte nur wenige Ihn gedauert.

Ich hatte gar nicht gewußt, daß Ul über derartige Kräfte verfügten oder daß sie solche Lasten heben konnten. Im Vergleich dazu würden sie das Gewicht eines Mannes oder einer Frau überhaupt nicht spüren. Es wunderte mich nicht, daß viele das räuberische Ul als den König des Deltas betrachteten.

Die Bestie näherte sich wieder der jungen Frau.

Sie warf den Kopf zurück, schrie und kämpfte vergeblich gegen die Fesseln an. Man hatte sie den Tharlarions überlassen wollen. Warum sollte ich mich also einmischen?

Sie fing an zu schluchzen.

Das Ul hockte nun vor ihr.

Sie kämpfte. Ja, sie war hübsch. Unglücklicherweise war sie eine freie Frau. Aber eine solche Unsinnigkeit, ein solcher Fehler des Gesetzes und der Gesellschaft war nicht unabänderlich.

Das Ul klappte den Rachen auf.

Ich bezweifelte keinen Augenblick lang, daß es das Mädchen von dem Pfahl pflücken, oder, wegen der Lederriemen, das Mädchen mitsamt dem Pfahl aus dem Sand ziehen konnte.

Ich fragte mich erneut, aus welchem Grund ich mich hier einmischen sollte.

Sie warf verzweifelt schluchzend den Kopf zur Seite.

Das Ul schob den biegsamen Hals nach vorn, um sie von dem Pfahl zu befreien.

»Ho!« brüllte ich. »Ho!«

Die Flugechse drehte den Kopf, blickte in meine Richtung. Die Frau gab einen verblüfften, hilflosen, völlig hysterischen Laut von sich.

Ich hob einen großen Stein auf, warf ihn nach dem großen Körper und traf die linke Flügelhaut zwischen Bein und Arm.

Die Frau verrenkte sich mühsam, um mich besser sehen zu können. »Rette mich! Rette mich!« flehte sie.

Unglücklicherweise schien das Ul nicht besonders von dem Stein beeindruckt zu sein. Dabei hätte er einem Mann den Schädel einschlagen können.

Ich hob noch einen auf und warf. Diesmal traf ich die Brust.

»Verschwinde!« brüllte ich. »Verschwinde!« Erst später fiel mir ein, daß das Ul bestimmt kein Goreanisch verstand. Andererseits, was hätte ich sagen sollen? Vielleicht ›Komm her, alter Freund, laß uns eine Tasse Tee trinken‹? Bestimmt nicht.

Das Ul tat einen Schritt in meine Richtung. Unglücklicherweise hatte es vor Menschen keine Angst. Ich hatte gehofft, es würde sich von meinen Rufen verscheuchen lassen, und wenn schon nicht davon, so zumindest doch von den Steinen. Das war aber nicht der Fall. Ich zog mich einen Schritt ins Schilf zurück. Die Flugechse machte einen Schritt vorwärts. Ich zog das Schwert.

Falls sie mich mit dem von diesen riesigen Schwingen erzeugten Wind umwerfen wollte, hatte ich mitten im Rence eine bessere Position. Dort konnte ich mich auf dem Rücken liegend mit der Klinge verteidigen. Aus dem, was ich bis jetzt beobachtet hatte, schloß ich, daß sie vermutlich versuchen würde, mich mit dem langen Rachen zu packen. Und dagegen würde ich mich zur Wehr setzen können. Meine Kenntnisse über Uls hielten sich in Grenzen, aber ich ging davon aus, daß sie sich nicht mit Menschen und Stahl auskannten.

Aber das Ul schlug nicht mit den Schwingen. Statt dessen verfolgte es mich und stieß plötzlich mit schräg gelegtem Kopf mit dem Schnabel zu. Ich schlug mit dem Schwert zu, Knochensplitter und Zähne sausten durch die Luft. Der Kopf des Uls zuckte zurück. Ich glaube nicht, daß es große Schmerzen verspürte. Plötzlich schlug es mit den Flügeln und stieg einen Meter in die Luft. Es schwebte auf der Stelle, griff mit den Krallenfüßen nach mir. Ich duckte mich, halb geblendet von dem durch die Luft wirbelnden Sand und Rence, schlug nach den Klauen. Die Klinge traf etwas, sie war blutbeschmiert. Das Ul stieg höher in die Luft, außer Reichweite, schwebte ein Stück zurück und landete auf dem Sand. Der Boden in Nähe des linken Fußes war blutig. Die Flugechse hob den Fuß und leckte ihn mit der langen Zunge ab. Dann betrachtete sie mich wieder. Sie schlug mit den Schwingen. Der Windstoß zerrte an der Uniformtunika von Ar. Anscheinend war sie wütend. Vielleicht würde sie jetzt verschwinden. Doch sie machte keinerlei entsprechende Anstalten. Aber hatte ich sie nicht besiegt? Hatte ich sie denn nicht wenigstens entmutigt? Hätte sie nicht den Anstand besitzen können, aufzusteigen und ihren Hunger an einem anderen Ort zu stillen, wo doch das Delta mit einem so reichhaltigen Angebot an Nahrung aufwartete?

Aber die Aufmerksamkeit des Uls war offenbar auch weiterhin auf mich gerichtet. Man hätte es für ein Sleen halten können, ein Raubtier, das für seine Hartnäckigkeit berüchtigt ist. Nun gut, dachte ich, dann soll es den gefährlichsten Verbündeten des Menschen kennenlernen, das geheimnisvolle Feuer.

Ich wollte trockene Rencehalme sammeln und sie mit dem Feuermacher, einem einfachen Werkzeug, das im wesentlichen aus einem Rad und einem Feuerstein bestand und das ich in meiner Gürteltasche trug, entzünden. Doch das Ul kam schnell mit weit aufgerissenem Rachen näher. Ich zog mich in das Schilf zurück. Aber es verfolgte mich, stieg auf und verursachte mit den Schwingen einen derartigen Sturm, daß das Schilfgras niedergedrückt wurde. Ich schlug nach ihm, ohne jedoch etwas Entscheidendes zu bewirken. Einmal stürzte ich, konnte aber hinter einem Baumstamm Zuflucht finden, der vom Vosk angespült worden war.

Überall klebte das Blut des Urs an mir. Zweimal brachte ich einen Treffer an seinem Rachen an. Dann flog es höher und kreiste; ob der Schmerz es zu einem zwischenzeitlichen Rückzug veranlaßt oder ob es den Kontakt zu mir verloren hatte, kann ich nicht sagen. Ich fürchtete, daß es zurück zu dem Mädchen flog.

Also schob ich das Schwert in die Scheide, brüllte, so laut ich konnte, und fuchtelte wild mit den Armen. Zwischendurch sammelte ich eifrig Rencehalme.

Das Ul beschrieb am Himmel eine Kurve.

Ich ließ Funken auf die trockenen Halme hinabregnen.

Dann schoß die Flugechse auf mich zu, die Klauen ausgestreckt. Ich wich ihr aus. Sie zog nach oben. Das Rence brannte. Ich watete los und zündete die trockenen Schilfspitzen an. Für einen kurzen Augenblick, der nicht lange währen würde, brannte das Rencegras. Rauch stieg in die Höhe. Das Ul flog genau in diesen brennenden Willkommensgruß, kreischte schmerzerfüllt auf, stieg wieder in die Höhe und verschwand irgendwo über dem Sumpf. Ich warf die provisorische Fackel fort. Sie war beinahe bis auf meine Hand niedergebrannt. Einen Augenblick lang zischte sie im Wasser, trieb brennend neben mir her und erlosch dann. Ich stand zwischen qualmenden, geschwärzten Rencehalmen. Von dem Ul war nichts mehr zu sehen. Ich watete zurück an Land. Dabei zitterte ich am ganzen Leib. Ich wollte nie wieder etwas mit einem Ul zu tun haben.

»Ist es weg?« fragte die Frau mit bebender Stimme.

»Ich glaube schon.«

Hätte ich einen Speer gehabt, wäre der Flugechse leichter beizukommen gewesen. Sie hatte keine Angst vor Menschen gehabt und war ungeschützt und zielstrebig auf mich zugekommen. Aber ich hatte keinen Speer. Vielleicht hätte ich auf der von Ar in Beschlag genommenen Sandbank danach suchen sollen, bevor ich die Flucht ergriff. Andererseits hatte ich es aber ziemlich eilig gehabt.

»Befreie mich!« befahl sie jetzt schroff.

»Bist du nicht dankbar für deine Rettung?« fragte ich.

»Es ist die Pflicht der Männer, Frauen zu beschützen!«

»Ach so.«

»Du sollst mich befreien!«

»Aber man hat dich den Tharlarion zum Fraß vorwerfen wollen«, meinte ich.

Sie kämpfte kurz gegen die Fesseln an. »Aber du wirst mich doch sicher befreien.«

Ich schwieg.

»Bitte.«

Ich betrachtete sie. »Du bist hübsch«, sagte ich dann.

Ihre kleinen Füße standen auf dem unteren, abgerundeten Querbalken. Sie hatte hübsche Knöchel. Im Augenblick steckten sie in den Riemen, die sie an den Querbalken und den Pfahl fesselten. Ihre Waden und Oberschenkel waren einfach großartig, während zwischen den ausladenden, wohlgerundeten Hüften süße Geheimnisse auf ihre Erforschungen warteten. Drei Riemen waren um die schmale Taille geschlungen und überkreuzten sich. Sie hatten tiefe Abdrücke in ihrem Bauch hinterlassen, da sie sich von Zeit zu Zeit bewegt hatte. Im Augenblick schnitten sie so tief ein, daß das Fleisch darüberquoll. Von der schmalen Taille, die von den Riemen noch enger zusammengeschnürt wurde, ging es weiter aufwärts zu den unbeschreiblichen Reizen des Oberkörpers mit der weichen und so verletzlichen Brust, den sanft gerundeten Schultern und dem makellosen Hals. Ich betrachtete ihre kurzen, fraulichen Unter- und Oberarme. Ich betrachtete ihr Gesicht, ihr Haar.

»Wirklich hübsch«, sagte ich.

Sie errötete von den Haarwurzeln bis zu den Zehen.

»Bitte, sieh mich nicht so an!« sagte sie.

Ich musterte sie weiter und verspürte dabei großes Vergnügen.

»Bitte!« sagte sie.

Sie war wirklich hübsch. Sie war sogar hübsch genug, um eine Sklavin zu sein.

Ich betrachtete sie weiter.

»Ich appelliere an deine Ehre als Soldat von Ar.«

Richtig, ich trug ja eine Ar-Tunika.

»Kommst du aus Ar?« fragte ich.

»Ja. Ich bin Lady Ina aus Ar.«

»Ich komme aber nicht aus Ar«, sagte ich. Anscheinend erkannte sie mich in der Tunika nicht wieder. Sie hatte mich ja auch nur kurz gesehen, und das bei schlechtem Licht und vor vielen Tagen. Zweifellos hatte sie nicht damit gerechnet, mir jemals wieder zu begegnen. Vielleicht hatte sie unterbewußt auch Angst, mich zu erkennen.

»Dann bist du also ein Rencebauer, der eine Tunika von Ar trägt?«

»Vielleicht.«

»Ich bin gar keine Lady aus Ar«, berichtigte sie sich schnell.

»Was denn dann?«

»Ein einfaches Rencemädchen.«

»Ich glaube, du bist eine Sklavin.«

»Nein!« erwiderte sie empört. »Du siehst doch, daß ich kein Brandzeichen trage.«

Ich nickte. Natürlich trug sie kein Brandzeichen. »Du bist also ein einfaches Rencemädchen.«

»Ja.«

»Wo ist dein Dorf?« fragte ich.

Sie bewegte den hübschen Kopf. »Irgendwo dort hinten«, sagte sie ausweichend.

»Dann bringe ich dich zurück.«

»Nein!« rief sie. »Ich habe das Dorf verlassen.«

»Warum denn?«

»Ich sollte verheiratet werden, mit einem ungeliebten Mann.«

»Und wieso bist du hier angebunden?«

»Wegelagerer haben mich ausgeraubt und hier zurückgelassen.«

»Warum haben sie dich nicht an der Deltagrenze verkauft?«

»Sie haben sofort erkannt, daß ich mich nicht als Sklavin eigne«, antwortete sie hochmütig.

»Da bin ich aber ganz anderer Meinung. Du würdest sogar eine hübsche Sklavin abgeben.«

»Niemals!« rief sie. »Ich bin eine freie Frau!«

»Das waren die meisten Sklavinnen auch einmal.«

Sie riß an den Fesseln.

»Ich werde dich in dein Dorf zurückbringen«, wiederholte ich. »Vielleicht zahlt man mir ja eine Belohnung dafür.«

»Ich will aber nicht zurück.«

»Das spielt keine Rolle«, meinte ich. »Wo genau ist das Dorf?«

»Das weiß ich nicht.«

»Wir können uns ja in ein paar der umliegenden Dörfern erkundigen.«

»Nein!« Sie schwieg. »Es waren gar keine Wegelagerer, die mich hier ausgesetzt haben.«

»Das dachte ich mir schon. Sie hätten dich verkauft. Da habe ich dich also bei einer Lüge ertappt.«

Sie drückte sich an den Pfahl. »Ich bin auch kein Rencemädchen«, gestand sie dann.

»Das überrascht mich nicht.«

»Und du bist auch kein Rencebauer!«

»Das ist wahr.«

»Aber du hast auch behauptet, du kämst nicht aus Ar.«

»Das ist ebenfalls wahr.«

»Dann befreie mich!« verlangte sie begierig. »Wir sind Verbündete.«

Ich sah sie abwartend an.

»Ich bin eine Spionin. Ich arbeite für Cos.«

»Und wieso bist du dann hier an diesem Pfahl?«

»Sie haben ein Rencedorf niedergebrannt«, erzählte sie. »Später wurde das Heer auf der rechten Flanke von den Bauern angegriffen. Sie überfielen auch meine Barke. Meine Wächter ließen mich im Stich, flüchteten in den Sumpf. Man ergriff mich und legte mich nackt in Ketten, obwohl ich eine freie Frau bin! Die Barke wurde angezündet. Dann brachten sie mich in ein Rencedorf. Dort wurde ich in einer muffigen kleinen Hütte tagelang gefangengehalten. Überall waren diese schrecklichen Fliegen. Gestern morgen brachten sie mich dann an diese Stelle.«

Ich zweifelte keinen Augenblick lang an dieser Geschichte. Die Stange, die ich im Sumpf gefunden hatte und mit der ich mein Floß anstieß, war vergoldet, auch wenn der größte Teil der Lackierung weggebrannt war.

»Warum haben sie mich nur hierhergebracht?« fragte sie. »Wissen sie denn nicht, wie gefährlich die Tharlarion sind?«

»Na, eben wegen der Tharlarion«, sagte ich kopfschüttelnd. »Das muß dir doch klar gewesen sein.«

»Aber warum?«

»Ein Dorf wurde niedergebrannt.«

»Ich habe ihnen aber doch erzählt, daß meine Loyalität Cos gehört.«

»Du hast ihnen vermutlich viel erzählt.«

»Natürlich.«

»Mit einem Akzent, der klar auf Ar hinweist?«

Sie nickte, ohne zu begreifen.

»Und du hast ihnen gedroht.«

»Natürlich.«

»Und ihnen viele Lügen aufgetischt.«

»Auch das, aber wie sich herausstellte, spielte das alles keine Rolle, denn die Rencebauern können kein Goreanisch.«

»Wieso denn das?«

»Sie haben nicht ein Wort zu mir gesagt.«

»Sie sprechen perfekt Goreanisch«, antwortete ich.

Sie erbleichte.

»Immerhin haben sie deinen Status als freie Frau geachtet und dich hier den Tharlarion überlassen.«

»Aber warum haben sie mich nicht ...« Sie verstummte.

»Als *Sklavin* behalten?« half ich ihr auf die Sprünge.

»Ja!«

»Die Bauern werden ihre Gründe gehabt haben. Die Einäscherung ihres Dorfes, der Wunsch nach Rache, ihr Haß auf Ar.«

»Aber ich bin doch eine Frau!« protestierte sie.

»Schon möglich«, erwiderte ich. »Zumindest hast du den Körper einer Frau.«

»Ich bin eine Frau. Eine richtige Frau, in jeder Beziehung!«

»Wie kann das sein, da du doch keine Sklavin bist?«

Wieder zerrte sie wütend an den Lederriemen.

»Freie Frauen sind nichts anderes als Sklavinnen, die noch keinen Sklavenkragen tragen«, meinte ich.

Das gefiel ihr nicht. »Sleen!« schluchzte sie aufgebracht.

»Ich muß weiter.«

»Nein! Nein! Du mußt mich mitnehmen! Ich weiß, daß du Cos' Sache unterstützt. Genau wie ich! Ich mag aus Ar kommen, aber ich bin eine cosische Agentin! Also sind wir Verbündete!«

»Du gibst also zu, daß du eine cosische Spionin bist?« fragte ich.

Sie zögerte. Dann sagte sie: »Ja.«

»Wirklich?«

»Ja!«

»Sag es laut und deutlich.«

»Ich bin eine cosische Spionin!«

»Ausgezeichnet.«

»Und jetzt binde mich los.«

»Ich stehe nicht auf Cos' Seite«, sagte ich.

»Aber du kommst doch nicht aus Ar, hast du gesagt.«

»Ich unterstütze weder Ar noch Cos!«

»Welchen Heimstein hast du?« fragte sie plötzlich furchtsam.

»Port Kar.«

Sie stöhnte auf. Es heißt, die Ketten einer Sklavin sind in Port Kar am schwersten.

Ich wandte mich scheinbar zum Gehen.

»Warte!« rief sie.

Ich blieb stehen.
»Du kannst mich nicht den Tharlarion überlassen!«
»Die Rencebauern waren der Meinung, du hättest es verdient«, sagte ich. »Wer bin ich, ein Bürger Port Kars, ein Fremder im Delta, daß ich ihre Entscheidung in Frage stelle?«
»Aber das sind Barbaren!«
»Vielleicht weniger als ich.«
»Befreie mich!«
»Warum?«
»Ich könnte dich belohnen.«
»Wie denn?«
»Als Frau.«
»Drück dich bitte deutlicher aus.«
»Als Frau mit meinen Reizen.«
»Ein interessanter Vorschlag«, meinte ich nachdenklich. »Du handelst also mit deiner Schönheit.«
»Natürlich. Ich werde mich dir unterwerfen, wenn du willst. Ich werde deine Sklavin sein.«
»Paß auf, was du sagst, wenn du dich nicht selbst formell zur Sklavin machen möchtest.«
Eine derartige Erklärung ist bindend; sobald sie ausgesprochen ist, ist die Frau unwiderruflich eine Sklavin.
»Egal, wenn du willst, spreche ich die nötigen Worte aus.«
Ich schwieg. »Erkennst du mich eigentlich nicht?« fragte ich dann.
»Sollte ich?«
»Erinnerst du dich an ein Lager im Sumpf, vor einigen Tagen? Im Südosten, an einem Abend? An einen Gefangenen?«
Sie betrachtete mich eindringlich. »Du bist das!« schluchzte sie dann auf.
»Ja.«
Sie legte stöhnend den Kopf zurück.

Im Sumpf brüllte ein Tharlarion. Sie hörte es. Ihre Augen waren vor Furcht weit aufgerissen.

»Vielleicht sollte ich dein Angebot ja annehmen«, sagte ich nachdenklich.

»Vielleicht?«

»Ja, vielleicht«, antwortete ich. Ich zog das Messer aus der Scheide, schob es behutsam zwischen ihren Bauch und die drei Riemen, mit denen ihre Handgelenke gefesselt waren. Mit einer Bewegung waren sie durchschnitten und flogen beiseite. Dann stieg ich auf den Querbalken und kümmerte ich mich um die anderen Fesseln.

»Langsam«, sagte ich und steckte das Messer zurück. Sie stöhnte, als ich ihr linkes Handgelenk nahm und den Arm behutsam über den Balken führte. Dann kam der rechte Arm an die Reihe. Ich hielt sie fest, damit sie nicht zu Boden stürzte. Zweifellos hatte sie Schmerzen. »Halte dich an dem Pfahl fest.« Sie umklammerte ihn. Ich packte sie an den Hüften und hob sie von dem Querbalken herunter. Sie sank auf die Knie und kroch ein paar Schritte zur Seite. Ihre Handgelenke waren natürlich noch immer gefesselt, lediglich die durchtrennten Riemen baumelten herab. Sie erhob sich unsicher auf die Beine und wandte sich mir zu. Es war schwer, in ihren Augen zu lesen. Ich hatte nicht den geringsten Zweifel, daß sie versuchen würde zu fliehen. Und ich würde ihr die Gelegenheit geben.

»Es wäre nicht gut, wenn die Rencebauern den Pfahl leer vorfänden«, sagte ich. »Ich habe keine Lust, die nächsten Tage oder Wochen damit zu verbringen, sie abzuschütteln. Darum halte ich es für das beste, wenn sie sein Verschwinden natürlichen Ursachen zuschreiben und annehmen, daß ein Tharlarion ihn aus dem Sand gerissen hat, als es an das hübsche Opfer heranwollte, oder daß sich die Strömung verändert hat. Ich werde ihn aus dem Sand ziehen.«

»Er ist doch viel zu schwer.«

»Man kann die Schulter unter das Querholz stemmen«, sagte ich. »Das dürfte nicht allzu schwierig sein.«

Ich wandte mich von Ina ab und kümmerte mich um den Pfahl. Ich stemmte die Schulter unter den Balken, und wie erwartet erwies es sich nicht als allzu schwer, ihn aus dem weichen Sand zu heben. Als er dort der Länge nach lag, blickte ich auf. Ina war verschwunden. Ihre Fußabdrücke verrieten, wo sie den Sumpf betreten hatte. Natürlich konnte sie im Sumpf die Richtung geändert haben. Ich überlegte, welche Route sie vermutlich nehmen würde, verzichtete aber auf eine Verfolgung. Statt dessen zog ich den Pfahl in den Sumpf, watete ein Stück hinein und stieß ihn dann in die Mitte einer vielversprechend aussehenden Fahrrinne. Dann kehrte ich auf die Sandbank zurück und ging weiter in Richtung Floß.

Ich hatte es noch nicht erreicht, als ich Inas Schrei hörte. Er schallte aus der Richtung, aus der ich gerade gekommen war.

Wieder ertönte ein Schrei.

Dann erblickte ich etwa hundert Meter entfernt den Kopf des Uls, das mitten im Rence jagte.

Wirklich hartnäckig, dachte ich.

Wasser spritzte laut auf, gefolgt vom nächsten Schrei.

Das Ul schlug mit den gewaltigen Schwingen und schwebte über dem Rence auf der Stelle.

Die Schreie verstummten.

Die Flugechse stieg in die Höhe und drehte suchend ihre Kreise. Ihre Beute mußte sich irgendwo im Schilf verbergen. Sie hatte sie wohl aus den Augen verloren. Dann beobachtete ich, wie das Ungeheuer die Flughöhe veränderte und lautlos auf den Sumpf herabglitt. Als es auftraf, spritzte Sumpfwasser fast zehn Meter in die Höhe. Die Schreie setzten wieder ein. Lady Ina stolperte mit ausgestreckten Händen und wehendem Haar durch den Sumpf. Über dem Schilfgras erhob sich nun wieder der kleine Kopf des Uls, der vogelähnlich neugierig auf- und abhüpfte.

Ich zog das Schwert und eilte auf die Insel zu, in der Absicht, Lady Ina abzufangen. Ich erhaschte einen kurzen Blick auf sie, eine kleine weiße blonde Person, die sich in panischer Angst einen Weg durch das Schilf bahnte. Es war einfacher, den Weg des Uls im Auge zu behalten, dessen Kopf über die Halme hinausragte. Einmal sah ich den ganzen Körper, der sich, angetrieben vom Schlagen der großen Hautschwingen, mit großer Geschwindigkeit bewegte. Dann war wieder nur sein Kopf zu sehen. Obwohl ich Lady Ina nur selten direkt zu Gesicht bekam, war es eigentlich nicht schwer, ihre Position zu bestimmen. Die Entschlossenheit des Uls verriet sie mir. Ina floh vor der Flugechse. Sie befand sich genau auf ihrer Spur.

Ich erblickte Ina wieder, als sie sich dem Rand der Sandinsel näherte. Sie watete heran, stürzte, stemmte sich hoch, watete weiter. Sie erreichte festen Boden und blickte sich wild um. Direkt hinter ihr brach das Ul aus dem Schilf. Ina wandte den Kopf und schrie auf. Sie wollte weiterlaufen, stolperte aber und fiel in den Sand, und sofort hatte das Ul sie erreicht und drückte sie mit einer seinem riesigen Krallenfüße in den Boden. Ina wand sich verzweifelt, und die Flugechse griff zu. Dann packte sie auch noch mit dem anderen Fuß zu. Ina war nun so hilflos wie in den Krallen eines Tarns. Sie hob den Kopf Zentimeter vom Sand und schrie.

Das Ul senkte gerade den Kopf und riß den Rachen auf, als es mich entdeckte und die Kiefer wieder zuklappte. Und dann, aus welchem Grund auch immer – vielleicht erinnerte es sich an das Feuer oder an die

Verletzungen, die ich ihm beigebracht hatte, vielleicht wollte es auch nur seine Beute schützen – entfaltete es die riesigen Schwingen, schlug damit, daß Sand aufstäubte und sich das Schilf bog, und erhob sich langsam in die Luft. Mit halb geschlossenen Augen kämpfte ich mich geduckt durch Böen und den wehenden Sand auf die Flugechse zu. Ich griff nicht ihre Krallenfüße an, aus Angst, das Mädchen zu treffen. Dann war ich ganz unter der Bestie.

Mit ausgestrecktem Schwert sprang ich in die Höhe, und die Klinge bohrte sich in den schlagenden Flügel und durchstieß ihn wie ein Blatt Papier. Das Ungeheuer stieß ein zischendes Geräusch aus, während es mit dem Mädchen in den Klauen weiter in die Höhe stieg. Zusammen mit mir, denn ich hing an dem zerschnittenen Flügel.

Der Flug war ziellos; die Flugechse stieg in die Höhe, wirbelte umher, Wind wehte durch den verletzten Flügel, der zusätzlich mit meinem Gewicht belastet war. Ich wurde hin- und hergeschleudert. Unter mir zog der Sumpf auf schwindelerregende Weise vorbei. Das Krächzen der Bestie hatte sich zu einem wilden, ohrenbetäubenden Kreischen gesteigert. Die Beute des Uls, deren weiße Glieder in seinen Klauen hingen und deren blondes Haar im Wind flatterte, gab schluchzende, verzweifelte Geräusche von sich. Ich glaube, sie bekam wegen des ständigen Auf und Ab kaum noch Luft.

Mein Arm rutschte durch den Riß in der Haut. Ich befürchtete, den Halt zu verlieren und in den Sumpf zu stürzen, der mal dreißig Meter und dann wieder nur fünf Meter unter uns lag. Das Ul wollte mich beißen, mich von seiner Schwinge ziehen, und ich trat nach dem langen Rachen. Dabei geriet meine Hand einmal in den Unterkiefer, und es gelang mir im buchstäblich letzten Augenblick, sie zurückzuziehen, bevor die Kiefer wie eine geöffnete Truhe zusammenschnappten. Dann beschrieb das Ul erneut eine unerwartete Kurve, und die Welt drehte sich.

Als wir wieder eine einigermaßen stabile Lage erreicht hatten, gelang es mir, das Schwert in die linke Hand zu verlagern. Dann stieß ich die Klinge in den Echsenleib, immer wieder. Wegen meiner ungünstigen Position fielen die Stöße eher kraftlos aus, aber ich hörte nicht auf, und das fließende Blut zeigte meinen Erfolg. Dann öffnete sich der Rachen wieder, vielleicht die ganzen anderthalb Meter, und schnappte nach mir.

Ich versuchte zurückzuschwingen, hatte aber keinen Platz zum Ausweichen. Also stieß ich die Klinge waagerecht zwischen die Kiefer. Sie klappten zu, und die Schwertspitze durchstieß den Oberkiefer, während sich der Knauf im Unterkiefer verkantete. Die Zunge züngelte am Stahl vorbei und schnitt sich dabei, bis sie blutend meine Hand traf. Fauchend raste das Ungeheuer durch die Luft und bemühte sich, den Rachen zu schließen. Das trieb die Klinge nur noch weiter durch die lange Schnauze. Meine Hand kam dabei den gnadenlosen Reißzähnen des Oberkiefers zusehends näher, bis die Parierstange sie aufhielten. Die Echsenzunge stieß gegen meine Hand und den Griff.

Plötzlich wirbelte das Ul mitten in der Luft herum, gewann an Höhe und versuchte, den Rachen wieder zu öffnen. Sein linkes Auge starrte mich unheilvoll an. Seine linke Seite blutete an vielen Stellen. Es stürzte in die Tiefe und drehte sich in der Luft, aber irgendwie gelang es ihm, wieder eine stabile Fluglage einzunehmen. Links unter mir befand sich eine helle Fläche, die ich für die Insel aus Sand hielt. Wir waren vielleicht fünfzehn Meter vom Schilf entfernt.

Das Ul bog ruckartig den Kopf zurück, der Kraft seines Körpers hatte ich nichts entgegenzusetzen, und das Schwert, das noch immer in seinem Rachen steckte, wurde mir aus der Hand gerissen. Ich hörte Ina aufschreien. Plötzlich losgelassen, stürzte sie dem Sumpf entgegen. Von dem Gewicht befreit, versuchte die Flugechse an Höhe zu gewinnen, schaffte aber nur wenige Meter. Die riesigen Schwingen schlugen nicht mehr so rasend wie zuvor.

Es versuchte, mich mit den Klauen zu erwischen. Mit dem linken Fuß war das unmöglich, also griff es mit dem anderen Fuß quer über den Körper hinweg. Ich wollte ausweichen, aber die Krallen fuhren über mein Bein.

Die Flugechse schlug eine andere Taktik ein. Sie griff jetzt mit der Klaue nach mir, der Flügelklaue, die sich in der Mitte der Schwinge befindet. Die Klauen sind größtenteils verkümmert, da der Arm so verändert ist, daß er die Hautschwinge hält. Allerdings ermöglichen sie es der Flugechse im Zusammenspiel mit den Klauenfüßen, sich wie eine Fledermaus an Felsklippen oder Bäumen festzuklammern. Sie dienen auch bei Revierkämpfen als Waffe.

Ich stieß die Krallen beiseite. Bei dem Versuch, mich damit zu erreichen, verlor das Ul natürlich seine stabile Fluglage und stürzte dem Boden entgegen. Es erkannte seinen Fehler, ging in den Gleitflug über und bemühte sich, mich nun durch Flügelschlagen abzuschütteln. Doch bei diesem Versuch verlor es erneut das Gleichgewicht und trudelte wieder dem Sumpf entgegen. Es spreizte die Schwingen weit und gewann flatternd erneut an Höhe, um gleich darauf wieder abzusacken. Plötzlich kam es mit der Wasseroberfläche in Berührung, und ich befreite mich von der zerfetzten Hautschwinge und wich sofort zurück.

Die Flugechse griff mit den Flügelkrallen nach mir. Ich sprang noch ein Stück zurück. Sie kippte um und lag mit einem zerrissenen und verstümmelten Flügel zur Hälfte im Wasser. Ihr Kopf wandte sich mir zu. Ich wartete ab. Der Körper sank tiefer. Vorsichtig kam ich näher und befreite mein Schwert aus dem Rachen. Ich stieß dem Ul die Klinge tief in die linke Seite, und es war tot.

Nicht das Ul ist der König des Deltas, dachte ich. Der Mensch, der winzige, kleine Mensch mit seinen Waffen ist der König des Deltas. Es war viel Blut im Wasser, ich watete zu der Insel zurück. Zwei kurzbeinige Tharlarion schwammen wie Schiffe an mir vorbei auf das tote Ul zu.

Ich betrat den Sand. Das Schwert hielt ich noch immer in der Hand.

»Warte«, ertönte da eine leise, zittrige Stimme. Ich drehte mich nicht um. Ich hatte sie für tot gehalten.

»Bitte, warte«, rief Lady Ina.

Ich drehte mich um.

Sie stand einige Meter hinter mir, kam ein paar Schritte näher, blieb dann zitternd und ängstlich stehen. Sie war von oben bis unten verdreckt, voller Sumpfschlamm.

»Ich glaubte, du wärst tot«, sagte sie.

»Und ich glaubte, du wärst tot.«

»Ich fiel ins Wasser.«

»Offensichtlich in einen Kanal.«

»Um ein Haar wäre ich im Schlamm erstickt.«

»Du siehst widerlich aus«, stellte ich fest.

»Ist es tot?« fragte sie furchtsam.

Ich nickte.

»Du bist verwundet«, sagte sie dann. Mein Bein war blutig.

»Es ist nichts.«

»Vielleicht sind ja noch andere in der Nähe.«

»Das ist unwahrscheinlich«, erwiderte ich. Im Gegensatz zu den kleineren Uls, von denen einige Arten nicht viel größer als Jards sind, neigen die größeren dazu, ihr Territorium eifersüchtig zu hüten.

»Aber im Sumpf lauern noch viele andere Gefahren.«

»Das ist schon möglich.«

Plötzlich eilte sie auf mich zu und fiel vor mir auf die Knie. Sie schluchzte unbeherrscht. Am ganzen Leib bebend legte sie den Kopf auf den Sand. Ihre Hände lagen ebenfalls flach auf dem Sand, der zwischen ihren Fingern hervorquoll. Diese Haltung behielt sie für mehrere Ihn bei. Dann blickte sie auf allen vieren flehend zu mir hoch. »Bitte«, sagte sie. »Bitte!«

Ina hatte vor mir die Position der Unterwerfung angenommen.

»Bitte!« schluchzte sie.

Ich betrachtete sie reglos.

Sie kroch auf mich zu, umschlang meine Knie mit beiden Armen und sah mit Tränen in den Augen zu mir hoch. Ich konnte das Beben ihres Körpers spüren. Dann legte sie die Wange an mein blutiges Bein. »Bitte«, flüsterte sie mitleiderregend.

»Zurück«, befahl ich. »Bleib auf den Knien.«

Auf den Knien rutschte sie einen Meter zurück.

Ich hob das Schwert ein Stück. »Heb das Kinn.«

Sie gehorchte.

»Du bist schmutzig.«

»Laß mich mit dir kommen.«

»In deinem derzeitigen Zustand kann man dich nur schwer einschätzen.«

Sie sah mich bestürzt an.

»Geh und mach dich zurecht.« Bestimmt würde sie sich daran erinnern, daß die Soldaten vor unserem kleinen Gespräch mein Äußeres hergerichtet hatten.

Aufschluchzend sprang sie auf, eilte über den Sand und lief ins Wasser. Sie wusch sich Arme und Beine, den ganzen Körper. Tropfen spritzten durch die Luft. Ich sah ihr zu. Es war ganz nett. Eine Sklavin hätte es natürlich viel geschickter angestellt, und zwar auf eine

Weise, die ihren zusehenden Herrn verrückt vor Leidenschaft gemacht hätte. Lady Ina hingegen war nur eine freie Frau. Aufgeregt blickte sie gelegentlich zurück, aber das geschah meiner Meinung nach weniger, um mein Interesse und meine Reaktion zu beobachten, als vielmehr um sich zu vergewissern, daß ich sie nicht verlassen hatte. Dann kniete sie sich ins Wasser und wusch sich die Haare. Das geschah mit einem Hauch von Sinnlichkeit, vielleicht weil sie angemessen zuversichtlich war, daß ich nicht im Schilf verschwand. Diese Sinnlichkeit wurde ausgeprägter, als sie sich das Haar mit den Fingern auskämmte und es danach trocknete, indem sie es leicht hin- und herwirbelte und zwischen den Fingern rieb. Schließlich warf sie es zurück über die Schultern, erhob sich und ging langsam auf mich zu.

Sie blieb vor mir stehen, voller Anmut, bis zu den Knöcheln im Sand versunken, von der Sonne beschienen. Ihre Haut war jetzt – vom Schlamm befreit – sehr hell, ihr Haar wunderschön. Sie glänzte förmlich. Dann lächelte sie. Ich glaube, sie wußte, daß sie eine Schönheit war, oder zumindest hielt sie sich dafür. Aber als ich sie unverwandt reglos anblickte, verlor sie ihr Selbstvertrauen.

Ich zeigte auf den Sand zu meinen Füßen.

Augenblicklich ließ sie sich auf die Knie fallen und legte Kopf und Hände in den Sand.

Es ist schön, wenn eine Frau einem Gehorsam erweist. Und es gehört sich so. Mit solchen symbolischen Gesten kann man die der Natur innewohnende Ordnung und die in ihr verborgenen tieferen Wahrheiten auf konventionelle und zivilisierte Art zum Ausdruck bringen.

Zugegeben, diese Geste war diesmal nicht freiwillig erfolgt, diese Frau hatte zu diesem Zeitpunkt nicht von sich aus dem Mann, der Natur und damit sich selbst die nötige Ehrerbietung erwiesen, sondern auf meinen Befehl gehandelt. Und ich hatte diese Position nicht nur um meines eigenen Vergnügens willen angeordnet, um diese Schönheit bewundern zu können, sondern es zu ihrem eigenen Besten getan, damit sie die Natur unserer Beziehung deutlich begriff, damit sie in ihrem tiefsten Inneren verstand, daß sie sich hier unterwarf. Ich hatte es bedingungslos, ja, gnadenlos von ihr verlangt, wie ein Herr von seiner Sklavin.

»Du darfst den Kopf heben«, sagte ich.

Ina blickte zu mir hoch, ihre Unterlippe zitterte.

»Hock dich auf die Fersen«, befahl ich. »Spreiz die Beine, weiter, noch weiter, so ist es gut.« Ich zweifelte keinen Augenblick lang, daß sie sich daran erinnerte, wie sie mir vor Tagen den gleichen Befehl gegeben hatte, damals, als sie noch Macht ausgeübt und zahllose bewaffnete Soldaten hinter sich gewußt hatte. »Leg die Hände auf die Oberschenkel. Heb den Kopf.«

»Das ist eine Sklavinnenposition, nicht wahr?« fragte sie atemlos.

»Ja.«

»Aber ich bin keine Sklavin!«

»Du sollst die Position halten.«

In ihren Augen schimmerten Tränen.

»Du darfst sprechen.«

»Nimm mich mit!« rief sie. »Beschütze mich! Verteidige mich! Ich kann mich nicht allein schützen! Ich bin eine Frau. Ich brauche männlichen Schutz! Ich bin nur eine Frau. Ohne deinen Schutz werde ich im Delta sterben. Ohne deinen Schutz werde ich das Delta niemals lebend verlassen. Ich bin eine Frau, nur eine Frau. Ich brauche dich dringend.«

Ich ließ den Blick über den Sumpf schweifen. Es war schon später Nachmittag.

»Ich glaube, ich könnte ohne große Schwierigkeiten aus dem Delta herauskommen, auf mich allein gestellt«, sagte ich. »Jedoch eine Frau mitzunehmen, ganz besonders eine Frau wie dich, ist, wie du dir sicher vorstellen kannst, eine sehr große Behinderung.«

»Ich mache keine Schwierigkeiten!!« versprach sie eifrig.

»Es ist ja nicht so, als wärst du eine Sklavin«, meinte ich, »ein Besitz, den man nicht zurücklassen will.«

»Ich könnte ja eine Sklavin werden«, erwiderte sie mit einem seltsamen Unterton in der Stimme.

»Außerdem kann man davon ausgehen, daß eine Sklavin keine Scherereien macht.«

»Dann versklave mich!«

»Aber du bist eine freie Frau.«

»Das stimmt.«

»Wenn ich dich als freie Frau mitnehmen würde«, sagte ich, »welche Bedingungen würdest du stellen?«

»Wenige«, antwortete sie. »Nur daß ich mit Respekt und Würde behandelt werde.« Sie verstummte. Dann rief sie: »Komm zurück! Bitte!«

Ich blieb stehen, drehte mich wieder um und sah sie an. Ihre Anspannung war überdeutlich. Aber sie hatte ihre Position nicht verlassen.

»Ich stelle keine Bedingungen!« rief sie. »Nicht die geringsten.«

Ich kehrte zu ihr zurück.

»Ich bin eine Frau aus Ar«, sagte sie. »Du bist aus Port Kar. Unsere Städte führen beide Krieg gegen Cos. Also sind wir Verbündete.«

»Du bist eine cosische Spionin.«

»Ich stelle keine Bedingungen.«

»Wenn ich dich mitnehme, dann ohne jedes Zugeständnis.«

»Einverstanden.«

»Bedingungslos wie eine Sklavin.«

»Einverstanden.«

»Außerdem, wenn ich dich mitnehme, dann nur als

Gefangene, als willige Gefangene. Verstehst du, was es bedeutet, eine willige Gefangene zu sein?«

»Ja«, flüsterte sie.

»Du wirst mich behandeln, als wärst du eine Sklavin.«

»Ja.«

»Ich kann mit dir machen, was ich will.«

»Ich verstehe.«

»Ich kann dich weggeben, verkaufen, vermieten, was ich will.«

»Ich verstehe.«

»Und ich kann dich versklaven, oder dich versklaven lassen.«

»Ja.«

»Hast du alles verstanden?«

»Ja.«

Ich betrachtete sie. Ausgiebig.

»Ich hoffe, dir gefällt, was du da siehst.«

»Du bist nicht unattraktiv«, räumte ich ein.

Ina lächelte. »Es freut mich, daß ich dir gefalle.«

»Warum?«

»Ich nehme an, daß du dann eher bereit bist, mir zu erlauben, dich zu begleiten.«

»Gibt es da noch einen anderen Grund?«

»Natürlich nicht«, stammelte sie.

Ich lächelte. Was war sie doch nur für ein falsches, eitles Ding! Wie alle Frauen hoffte sie, den Männern zu gefallen, reizvoll und begehrenswert zu sein.

»Ich werde dich Ina nennen«, sagte ich.

»Nicht Lady Ina?«

»Nein.«

»Und wie soll ich dich ansprechen?« fragte sie furchtsam.

»Du nennst mich Herr.«

»Ah«, meinte sie erleichtert.

»Hast du verstanden?«

»Ja.«

Ich blickte sie an.

»... Herr«, fügte sie hinzu.

»Steh auf und geh in diese Richtung.«

Sie ging vor mir her bis zum Rand der Insel, zögerte kurz und watete dann auf ein grobes Wort hin in den Sumpf hinein. Nur wenige Augenblicke später waren wir zu der kleinen Sandbank gekommen, auf die ich mein Floß gezogen hatte.

»Ein Floß!« sagte sie erfreut. Ich glaube, sie hätte sich nicht mehr freuen können, hätte sie ihre Barke unzerstört entdeckt. Selbst ein einfaches Gefährt wie ein Floß erhöht die Überlebenschancen im Delta hundertfach. »Seht mal, Herr«, sagte Ina, die jetzt die höfliche Anrede benutzte, »Das ist doch eine der Stangen von meiner Barke! Man kann noch den Goldüberzug sehen, wo er nicht abgebrannt ist!«

Das Floß war schwer. Ich glaubte nicht, daß sie es wie ich mit einem Joch würde ziehen können, genausowenig wie sie mit der Stange zurechtkommen würde, da sie sehr dick und lang war.

»Wir haben ein Floß«, sagte Ina.

»Ich habe ein Floß«, stellte ich fest.

»Und da ist ja auch Proviant.«

»Für den gilt dasselbe.«

»Aber bestimmt werdet Ihr doch der kleinen Ina etwas davon abgeben«, sagte sie und drehte sich lächelnd zu mir um. Dann stutzte sie. »Warum seht Ihr mich so an?«

»Ich frage mich, welchen Wert du für mich hast.«

»Wert?«

»Ich glaube nicht, daß du mir bei dem Floß eine große Hilfe sein wirst.«

»Natürlich nicht«, erwiderte sie. »Ich bin eine Frau.«

»Ganz genau.«

»Ich kann Euch meinen Wert vorführen«, sagte Ina

und kam näher. Sie blickte zu mir hoch. »Jetzt spürt Ihr, was ich wert bin, nicht wahr?«

»Wir werden hier auf dieser Sandbank ein paar Ahn lang lagern«, sagte ich.

Sie lachte leise. Sie glaubte, diese Entscheidung habe etwas mit ihr zu tun.

»Dann reisen wir weiter.«

»Nach Einbruch der Dunkelheit?«

Ich nickte. »Aus Sicherheitsgründen.« Jetzt, wo wir zu zweit waren, war das noch wichtiger geworden.

»Und wie wollt Ihr etwas sehen?«

»Da sind die Sterne, die Monde.«

»Wir bleiben also ein paar Ahn lang hier?« fragte sie. »Ich glaube, das wird mir genug Zeit geben, meine Passage zu verdienen.«

»Du wirst gefesselt an einer Leine folgen.«

Ina lachte. »Das ist doch sicherlich nicht Euer Ernst, Herr.«

»Geh auf die Sandbank.«

»Ich werde tun, was Ihr wünscht.«

Ich blickte sie nur an.

»Ich tue, was Ihr wollt«, versicherte sie, legte mir die Hand auf die Schulter und lächelte. Dann drehte sie sich um und betrat die winzige Insel im Sumpf. Ich folgte ihr kurz darauf, nachdem ich das Floß mit seiner Ladung verborgen hatte. Ina erwartete mich schon an einer warmen, von der Sonne beschienen Stelle.

»Die Gefangene erwartet ihren Herrn«, sagte sie und streckte die Arme nach mir aus.

»So?« fragte ich lediglich. »Soll ich gehen und noch einmal wiederkommen?«

Sie kniete schnell nieder und nahm die Haltung ein, die ich ihr beigebracht hatte.

Ich betrachtete sie. Sie bot einen wunderschönen Anblick in der Position der Unterwerfung.

»Steh wieder auf und komm näher«, sagte ich.

Sie gehorchte. Nur noch eine Handbreit trennte uns. Ich hätte sie mühelos in den Arm nehmen können. »Seht Ihr«, sagte sie. »Ich kann doch sehr gehorsam sein.« Ich rührte mich nicht. Sie hob die Arme und legte sie mir um den Hals. »Ich bin bereit, mir meine Reise zu verdienen.«

»Deine Reise?«

»Meinen Unterhalt«, verbesserte sie sich schnell.

»Zweifellos ist das für dich das erste Mal, daß du, eine Frau, dir deinen Unterhalt verdienen mußt.«

»Das ist schon möglich«, lachte sie.

»Und bist du sicher, daß du das willst?«

»Ja«, sagte sie. »Da bin ich mir absolut sicher.« Sie hob den Kopf und stellte sich auf die Zehen, um mich zu küssen, aber ich wich zurück und entfernte ihre Arme um meinem Hals. Dann hielt ich sie fest. Sie hatte noch so viel zu lernen.

Ina blickte mich unsicher an.

»Dreh dich um«, sagte ich, »und leg dich auf dem Bauch in den Sand.«

»Ich verstehe nicht.«

»Bist du eine ungehorsame Gefangene?«

»Nein!« erwiderte sie und legte sich schnell hin.

Ich zog die Tunika aus.

»Oh!« schrie sie einen Augenblick später auf. »Oh!« protestierte sie.

Unwillkürlich schrie ich ebenfalls auf, bemühte mich dann aber, nicht zuviel Lärm zu machen.

Sie wand sich, kämpfte gegen mich an. Sie stützte sich auf die Ellbogen, bäumte sich auf. »Nein, ich bin eine freie Frau!« rief sie. »Nicht so!« Ich hielt sie fest. »Hör auf!«

Wieder stöhnte ich vor Erleichterung, vor Vergnügen, vor Zufriedenheit. Ich hatte lange keine Frau gehabt.

Keuchend hielt ich sie fest, rang nach Atem.

»Oh«, sagte sie leise. Sie war schweißüberströmt, genauso atemlos wie ich. »Du benutzt mich wie eine Sklavin«, stöhnte sie. »Hör auf.« Sie war wieder in die frühere Anredeform verfallen.

»Also gut«, erwiderte ich und hielt inne.

»Nein! Nein!« rief sie da. »Nicht aufhören! Nicht aufhören! Was machst du nur mit mir?«

Ich schwieg. Sie war wunderschön, verschwitzt, voller Leben, wie sie sich wand und stöhnte, mich bestürmte, nur nicht aufzuhören. »Jetzt verstehe ich, was es bedeutet, eine Sklavin zu sein! Bring mich noch einmal zu den höchsten Höhen! Zeig keine Gnade!« schluchzte sie.

»Keine Gnade?«

»Nein!«

Ich erfüllte ihr den Wunsch.

*

Einige Ahn später schob ich das Floß aus seinem Versteck und machte es zur Abreise bereit. Dann ging ich zu meiner schönen Gefangenen. Sie erwachte, als ich den Riemen löste, der ihre Hand- und Fußfesseln miteinander verband. Ich warf sie mir über die Schulter und trug sie zum Floß. Dort setzte ich sie ab und schnallte ihr einen Lederriemen um den Hals, den ich aus dem Geschirr geschnitten hatte, mit dem ich das Floß gezogen hatte.

Ich betrachtete sie im Licht der Monde, die Knöchel gebunden, die Hände auf den Rücken gefesselt, den improvisierten Kragen um den Hals.

»Ich glaube, ich werde mich noch etwas ausruhen«, sagte sie und legte sich auf das Floß. Das tat sie auf eine Weise, die keinen Zweifel an ihrer Weiblichkeit ließ.

Ich schob das Floß in den Sumpf. Sie sah mir dabei

zu. Ich zog mich auf das Floß, bückte mich und befreite sie von den Fußfesseln. »Danke«, sagte sie und streckte die schönen Beine. »Was tust du da?« fragte sie plötzlich. Ich hob sie hoch und warf sie hinter dem Floß ins Wasser. Sie tauchte unter und kam sofort wieder hoch.

»Was hat das zu bedeuten?« schrie sie wütend.

»Warum sollte ich dein zusätzliches Gewicht befördern?« fragte ich und nahm die Stange. Sie stand bis zur Taille im Wasser. Die Leine um ihren Hals, deren eines Ende ich am Heck befestigt hatte, hing schlaff durch. »Ich habe dir doch gesagt, daß du gefesselt hinterhergehst.«

»Nein! Das kann nicht dein Ernst sein.«

Ich stieß die Stange in den schlammigen Sumpfboden und setzte das Floß in Bewegung.

»Das kann unmöglich dein Ernst sein«, rief sie. »Oh!«

Ich blickte zurück; sie folgte mir an der Leine.

Ein paar Ehn später sagte sie plötzlich: »Warte!«

Ich hielt das Floß an.

»Wir gehen gar nicht nach Norden, nicht wahr?«

»Nein«, erwiderte ich. »Wir gehen nach Süden.« Ich hatte mich schon gefragt, wann es ihr auffallen würde.

»Aber du wolltest doch nach Norden.«

»Ich habe meine Meinung geändert.«

»Aber im Süden ist Ar!«

»Und Brundisium und Torcodino und hundert andere Städte.«

»Du wirst mich doch nicht den Arern ausliefern!« rief sie. »Ich habe Ar verraten!«

»Aber das werden sie doch nicht wissen«, meinte ich.

»Ich habe Saphronicus' Stab angehört«, sagte sie. »Ich war eine Beobachterin für Talena aus Ar. Diejenigen, die im Delta waren, werden mittlerweile zweifellos erkannt haben, welchem Verrat sie zum Opfer gefallen sind.«

»Vielleicht auch nicht.«

»Und sie kennen mich!« schluchzte sie. »Liefere mich ihnen nicht aus!«

»Glaubst du nicht, daß sie gern eine cosische Spionin in ihrer Gewalt hätten?«

»Liefere mich ihnen nicht aus!« flehte sie.

»Ich glaube, du wirst lernen, bescheiden und gehorsam zu sein.«

»Ja, das werde ich. Das werde ich!«

»Aber vielleicht würden die Soldaten dich auch gar nicht erkennen«, meinte ich.

»Wieso?« fragte sie.

»Du bist nackt, in Fesseln; selbst wenn du den Wunsch hättest, würde dir der Beweis schwerfallen, daß du Lady Ina aus Ar bist.«

»Aber dann würden sie mich ja nur als eine nackte, gebundene Frau ansehen und mich dementsprechend behandeln«, rief sie.

»Ja.«

Das Stöhnen, das sie ausstieß, kam aus tiefster Seele. »Natürlich könnte ich dich auch den Cosianern ausliefern«, schlug ich ihr vor.

»Das würdest du nicht wagen!« rief sie.

Ich setzte das Floß wieder in Bewegung. Ina watete niedergeschlagen hinterher.

»Das wäre interessant, wenn man deinen Akzent in Betracht zieht.«

»Nein!« schluchzte sie.

»Wenn du in Ketten zu ihren Füßen liegst, könntest du ihnen doch immer noch erklären, daß du eigentlich zu ihren Spionen gehörst.«

»Aber das würde mir doch sicher keiner glauben.«

»Das glaube ich auch nicht.«

»Aber ich weiß viel«, sagte sie. »Ich bin die Vertraute von Lady Talena.«

»Steht sie Ar genauso verräterisch gegenüber wie du?« fragte ich.

»Ja.«

Ich drehte mich um und blickte sie an.

»Sie ist eine Erzverräterin«, sagte sie und verstummte jäh. »Warum siehst du mich so an? Töte mich nicht!« flehte sie dann.

Ich beruhigte mich und stemmte mich wieder gegen die Stange. »Man wird dich für eine gedungene Spionin halten«, sprach ich weiter. »Lady Talena wird über jeden Verdacht erhaben sein. Mittlerweile hat sie sich bestimmt von dir distanziert.«

»Das dürfte nicht so leicht sein«, meinte sie. »Ich kenne viele Geheimnisse.«

»Ich verstehe.«

Ina lachte.

Anscheinend begriff sie nicht, daß ihre Auftraggeber sie in der Zwischenzeit als Gefahr für ihre Gruppe halten könnten.

»Vielleicht sollte ich dich auch irgendwelchen Männern aus Brundisium übergeben.«

»Aber für die wäre ich doch nur eine Frau aus Ar.«

»Genau.«

»Und wie würde mein Schicksal dann aussehen?«

»Du hast einen hübschen, gut entwickelten Körper«, meinte ich. »Du könntest Tänzerin werden, in einer Taverne in Brundisium.«

»Ich kann nicht tanzen.«

»Das würde man dir schon beibringen, verlaß dich drauf«, sagte ich.

Wasser spritzte auf, als sie vergeblich gegen ihre Fesseln ankämpfte. Dann folgte sie dem Floß wieder.

»Warum stört dich das?« fragte ich. »Du weiß doch, daß du im Grunde deines Herzens gern dürftig bekleidet oder nackt vor Männern tanzen würdest.«

Die Antwort bestand aus einem wütenden Schnauben. Aber sie stritt es nicht ab.

Im Licht der Monde steuerte ich das Floß weiter nach Süden. Ich hatte diesen Entschluß gefaßt, nachdem ich auf meine schöne Gefangene gestoßen war. In gewisser Weise hatte sie mich an den Krieg und das erinnert, was hier auf dem Spiel stand. Im Süden befanden sich auch die Dinge, die mich noch viel mehr angingen, und ich hatte mich entschlossen, sie nicht länger zu mißachten. Im Süden war Dietrich von Tarnburg in Torcodino eingeschlossen. Und in Ar hatte man mich verraten. Davon abgesehen erinnerte mich Ina an eine ganz bestimmte Frau, deren Name Talena war und die einst die Tochter des Marlenus aus Ar gewesen war.

Ich stemmte mich gegen die Stange.

Es lag noch ein weiter Weg vor uns.

13

»Hör auf zu singen«, sagte ich.

»Tut mir leid«, sagte Ina glücklich. Es war nicht das erste Mal, daß ich sie wegen solcher Dinge verwarnen mußte.

Ina saß am Heck des Floßes. Ihre Beine waren schlammverschmiert. Wir hatten kurz ins Wasser springen müssen, um unser Gefährt durch ein dichtes Rencefeld zu schieben. Auch wenn sie nicht besonders kräftig war, half sie mir sofort und bereitwillig. Es war schon ein seltsamer Anblick, sie, eine Lady aus Ar, dabei zu beobachten, wie sie eifrig in den Sumpf sprang und ihre geringen Kräfte gegen die sperrigen Baumstämme einsetzte, um auf diese Weise zu unserem Fortkommen beizutragen. Meistens fuhr sie jetzt hinten auf dem Floß. Da ihr Gewicht im Vergleich zu dem Floß unbedeutend war, beeinträchtigte dies unsere Reise nicht im mindesten. Ihre Hände waren nicht mehr gefesselt, aber die Leine um ihren Hals war am Floß festgebunden. Natürlich war ihr verboten, sie ohne Erlaubnis zu lösen.

Dies war der zwanzigste Tag unserer Reise. Die Jagd hatte unseren Proviant immer wieder ergänzt. Ina hatte sich in dieser Zeit sehr verändert. Sie war sehr reinlich geworden, tat was sie konnte, damit ihr Haar gewaschen und gekämmt blieb, was im Sumpf bestimmt nicht einfach war. Sie hatte ihre wahre Identität als Frau entdeckt.

Sie blickte auf. »Weißt du, ich bin völlig deiner Gnade ausgeliefert«, sagte sie unvermittelt.

Ich nickte.

»Und du wirst mit mir machen, was du willst, nicht wahr?«

»Natürlich«, erwiderte ich.
»Gut.«
»Was?«
»Nichts«, sagte sie.
Ich steuerte das Floß nach rechts. In einer Entfernung von etwa einhundert Metern befand sich eine kleine Insel, die sich gut als Lager eignen würde.
»Du könntest mich unter Umständen sogar verkaufen, nicht wahr?« fragte sie.
»Ja.«
»Willst du mich denn verkaufen?«
»Vielleicht.«
Ina sah zu mir hoch.
»Der Gedanke beschäftigt dich, stimmt's?« fragte ich.
»Ja«, flüsterte sie.
»Und du bist neugierig, wie es wohl wäre, die sinnlichste, aufregendste und begehrenswerteste Frau von allen zu sein, eine Sklavin?«
»Eine freie Frau wagt es nicht einmal, an solche Dinge auch nur zu denken.«
»Denk ruhig darüber nach.«
»Ja, Herr«, antwortete sie etwas ängstlich. Dann kam sie heran und küßte mich.
Ich steuerte das Floß auf die Sandbank. Ich wollte Ina gerade von dem Kragen um ihren Hals befreien, als aus der Ferne ein kläglicher Schrei ertönte.
»Das ist ein Tier«, sagte Ina ängstlich.
Ich runzelte die Stirn.
»Ein Tier, das in Treibsand geraten ist.«
Der Schrei wiederholte sich. Es war wirklich nicht zu bestreiten, daß ein seltsamer, unmenschlicher Unterton in ihm lag.
»Ja, genau das ist es«, sagte sie.
»Nein«, erwiderte ich. »Das ist ein Mensch.«
Ich watete in den Sumpf und schob das Floß höher auf die Sandbank.

Der nächste Schrei ertönte.

Ich zog einen Lederriemen hervor und band Ina die Hände auf den Rücken.

»Warum tust du das?« fragte sie.

Sie hatte noch immer etwas von einer freien Frau in sich, wie ich erkannte.

»Du wirst hier sein, wenn ich zurückkehre.«

»Ich laufe nicht weg.«

»Das glaube ich auch nicht.« Ich zog den Knoten zu.

Wieder hallte ein Schrei über den Sumpf.

»Sieh nicht nach«, bat sie. »Es könnte gefährlich sein.«

Ich packte sie an den Schultern und stieß sie herum. Sie sah mich furchtsam an. »Was ist denn?«

»Auf den Bauch!« stieß ich hervor.

Sie war klug genug, sofort zu gehorchen. Ich blickte auf sie hinunter. »Freie Frau!« sagte ich verächtlich.

»Ja, Herr!« schluchzte sie.

»Auf die Knie!«

Sie rappelte sich auf.

Ich brach auf, in die Richtung, aus der die Schreie gekommen waren. Einmal blickte ich zurück. Ina kniete im Sand. Ihre Hände waren hinter ihrem Rücken. Von dem improvisierten Kragen führte eine Leine zum Floß.

Sie sah hübsch aus, wie sie da kniete.

Aber eines durfte man nicht vergessen: Sie war noch immer eine freie Frau.

*

Der Mann steckte schon bis zur Taille im Sand. Es ist keine Seltenheit, zufällig auf diese Art Sand zu stoßen. Ohne es zu ahnen steht man unvermittelt mitten drin. Statt das Gewicht der betreffenden Person zu tragen, gibt der Untergrund unvermutet mehrere Zentimeter nach und scheint plötzlich nach ihren Knöcheln zu greifen. Dann beginnt die Schwerkraft ihr langsames Werk.

Für gewöhnlich ist Treibsand nicht besonders gefährlich; normalerweise kann man sich umdrehen und zurückweichen, bis man festeren Boden oder den Rand des Tümpels erreicht. Manchmal ist er auch nicht tiefer als einen oder anderthalb Meter. An einigen Stellen ist er allerdings extrem gefährlich. Wenn man schon mehrere Schritte hineingelaufen ist, bevor es einem auffällt, kann man steckenbleiben, falls der Sand tiefer als das Opfer ist. Lebensgefährlich sind Stellen, die von der Natur selbst getarnt werden, wo der obenliegende Sand von einer Oberflächenspannung gehalten wird und scheinbar an normalen sandigen Boden angrenzt, oder die von Algen oder Sumpfgewächsen bedeckt werden. Diese Stellen unterscheiden sich in ihrer Dichte; in einigen sinkt man relativ schnell, in anderen, in denen der Sand größere Dichte aufweist, kann ein vergleichbares Absinken mehrere Ehn dauern, in manchen Fällen sogar eine halbe Ahn.

Es gibt verschiedene Methoden, um den Gefahren des Treibsandes aus dem Weg zu gehen. Man kann sich an bekannte, erkundete Pfade halten, indem man seinem Vorgänger folgt oder sich an die markierten Wege hält, falls es sie gibt. Man sollte nie allein in solche Gegenden gehen, man sollte zu den anderen einen bestimmten Abstand wahren, immer ein Seil dabeihaben und was es an dergleichen Vorsichtsmaßnahmen noch mehr gibt. Schnelle, aufgeregte Bewegungen lassen einen schneller versinken. In bestimmten Fällen ist es angebracht, die Ruhe zu bewahren und um Hilfe zu rufen. Wenn sich natürlich niemand in der Nähe aufhält und man ansonsten unweigerlich versinken wird, ist es sinnvoll, einen Befreiungsversuch zu unternehmen, indem man auf das feste Land zuwatet oder versucht, sich freizuschwimmen. Stecken die Beine schon im Sand fest, erschwert das die Befreiungsversuche ungemein.

Allem Anschein nach hatte er heftig gegen den Sand angekämpft, was darauf schließen ließ, daß er allein war. Aber jetzt hatte er aufgehört zu kämpfen und rief nur noch um Hilfe, in der Hoffnung, daß trotz allem jemand in der Nähe sein könnte. Ich hatte den Eindruck, daß er seine Bemühungen in der Überzeugung eingestellt hatte, daß sie sinnlos waren. Der Meinung war ich auch.

Der Mann im Sand trug die Uniform von Ar.

»Hilfe!« rief er plötzlich, als er mich sah, und streckte die Hände nach mir aus. »Hilfe! Hilfe!«

Er war mit Schlamm und Sand bedeckt. »Freund«, rief er. »Kamerad! Hilf mir!«

Ich blieb am Rand des Treibsandes stehen. Er war etwa drei Meter von mir entfernt. Ich betrachtete ihn.

»Ich bin völlig hilflos! Ich stecke in der Falle! Ich kann mich nicht bewegen, ohne tiefer einzusinken.«

Er sprach die Wahrheit.

»Ich versinke!« rief er. »Hilf mir, oder ich sterbe.«

Ich sah keinen Grund, seiner Einschätzung der Situation zu widersprechen. Soweit ich es von meinem Standpunkt aus beurteilen konnte, traf sie zu.

»Kamerad, du kommst doch auch aus Ar!« rief er. »Hilf mir, ich bitte dich!«

»Ich bin kein Soldat von Ar.«

Er starrte mich an.

»Erkennst du mich nicht?«

Er stöhnte entsetzt auf.

In meinem Herzen fühlte ich nur Haß auf ihn. Wäre er in Reichweite meiner Klinge gewesen, hätte ich ihn durchbohrt und dann zu Tharlarionfutter gehackt.

»Hilf mir!« verlangte er.

Der Sand reichte ihm nun bis zur Brust.

Ich sah ihm zu.

»Hilf mir, Freund«, wiederholte Plenius und streckte mir die Hand entgegen.

»Ich bin nicht dein Freund«, sagte ich. »Und du bist kein ehrenwerter Mann.«

»Bitte!« rief er.

In seinen Augen flackerte ein gehetzter Blick. Seine Hand blieb auf mitleiderregende Weise hilflos nach mir ausgestreckt.

Ich drehte mich um und verließ den Treibsandtümpel.

»Sleen!« rief er mir schluchzend hinterher. »Verdammter Sleen!«

Ich schlug wütend den Weg zum Floß ein. Als Ina, die daneben auf der Sandbank kniete, meinen Gesichtsausdruck und den energischen Schritt sah, senkte sie schnell den Kopf. Voller Wut ergriff ich die Ruderstange und stapfte zu der Treibsandfalle zurück. Ich streckte sie dem Soldaten aus Ar entgegen. Plenius, meinem Bewacher. Der Sand reichte ihm bis zum Mund.

Er griff hektisch nach der Stange, konnte sie aber nicht erreichen. Dann gelang es ihm doch, zuerst nur mit einer Hand, dann mit beiden. Ich zog ihn auf festen Boden; er war dreckig, voller Wasser und Treibsand. Er zitterte am ganzen Leib.

Ich zog das Schwert. Er würde mich bestimmt angreifen.

Tatsächlich griff er nach dem Schwert, stieß die Klinge dann aber auf den Knien vor mir liegend in den Sand. Sein Dolch folgte.

»Ich bin dein Gefangener«, sagte er erschöpft.

»Nein«, erwiderte ich. »Du bist ein freier Mann.«

»Du, ein cosischer Spion, schenkst mir das Leben und die Freiheit?« Ich schwieg. »Ich habe mich dir gegenüber ehrlos verhalten, was die Sache mit dem Schlüssel betrifft, als du ihn rechtmäßig gewonnen hattest.«

»Das ist richtig.«

»Du beschämst mich.«

Ich schwieg.

»Wenn du willst, stoße ich mir den Dolch mit eigener Hand in die Brust.«

»Nein«, antwortete ich. »Geh einfach!«

Er griff nach dem Schwert. Ich stand fast über ihm, bereit, ihm den Kopf abzuschlagen.

»Hast du mein Leben nur gerettet, um es mir jetzt zu nehmen?« fragte Plenius.

»Wenn du mit mir kämpfen willst, dann stell dich mir mit dem Schwert in der Hand entgegen.«

Er schob die Klinge in die Scheide. »Du hast mir das Leben gerettet«, sagte er. »Ich will nicht gegen dich kämpfen, ganz egal, was du auch sein magst.«

Ich trat einen Schritt zurück, für den Fall, daß er mit dem Dolch auf mich losging. Plenius stand mühsam auf. Erst jetzt erkannte ich, daß ihm nicht nur der Sand zugesetzt hatte, sondern daß Wochen voller Angst und Hunger ihn schwach und krank gemacht hatten.

»Wie hast du es geschafft, im Delta zu überleben?« fragte Plenius.

»Das ist nicht schwer.«

Er starrte mich überrascht an.

»Hunderte können das«, erklärte ich. »Denk an die Rencebauern.«

»Bist du ihnen begegnet?«

»Nicht in letzter Zeit.«

»Hier gibt es keine Wege, keine Pfade.«

»Zumindest keine, die auf euren Karten verzeichnet wären.«

»Es ist ein Labyrinth«, sagte er müde.

»Da sind die Sonne und die Sterne, der Wind, die Strömungen«, erinnerte ich ihn.

»Wir werden von den Bauern gejagt.«

»Sei zu gefährlich, um gejagt zu werden«, riet ich ihm.

»Wir verhungern.«

»Dann wißt ihr nicht, wo etwas zu essen zu finden ist.«

»Da sind die Haie, die Tharlarion.«

»Das ist doch Nahrung.«

»Wir sind aber zivilisierte Männer«, sagte Plenius. »Wir können im Delta nicht überleben. Wir sind verloren.«

»Die größte Gefahr für euch dürfte wohl in dem Versuch liegen, das Delta zu verlassen.«

»Das Delta hat das mächtige Ar bezwungen.«

»Das Delta ist wie jede Frau zu zähmen«, erwiderte ich. »Ihr wußtet nur nicht, wie ihr ihm die Fesseln anlegen mußtet. Hätte man euch ausreichend informiert und vorbereitet, hättet ihr es bezwungen, es hätte euch wie jede Frau als Sklavin zu Füßen gelegen.«

»Man hat uns verraten.«

»Natürlich.«

»Ich danke dir für mein Leben, für meine Freiheit.«

»Ich nehme an, du bist nicht allein«, sagte ich.

»Es gibt eine Handvoll Überlebender«, erwiderte er. »Aber wir sterben.«

»Was ist mit Labienus?« wollte ich wissen.

»Er überlebt«, sagte Plenius. »Auf seine Weise.«

»Auf seine Weise?«

Plenius zuckte mit den Schultern.

»Du solltest gehen«, sagte ich. »Es soll so sein, als wären wir uns niemals begegnet.«

»Es wäre mir nicht im Traum eingefallen, daß der Tag kommt, an dem ich mein Leben und meine Freiheit einem cosischen Spion schulde.«

»Ich bin kein cosischer Spion.«

Er sah mich unsicher an.

»Nein«, sagte ich. »Mein Fehler war wohl, daß ich versuchte, Ar zu dienen. Damals, als ich dem jungen Marcus, einem Offizier aus Ar-Station, der für Ar arbeitet, helfen wollte, wußte ich noch nicht, daß Ar seine Freunde mit Peitsche und Ketten belohnt.«

»Du bist kein Bürger von Cos und spionierst auch nicht für die Insel?«

»Nein«, sagte ich. »Das waren falsche Beschuldigungen, von jenen aufgebracht, die tatsächlich im Sold von Cos stehen.«

»Saphronicus?« fragte er.

»Ja.«

»Mittlerweile ist uns klar geworden, daß er uns verraten hat.«

»Es wäre besser gewesen, ihr hättet es früher begriffen.«

»Aber vielleicht wissen nur wir, die wir im Delta sind, was man uns angetan hat.«

»Das ist schon möglich.«

»Draußen hält man Saphronicus möglicherweise für einen Helden«, sagte er verbittert.

»Dem würde ich nicht widersprechen.«

»Und ich kenne noch einen anderen Verräter«, fügte er hinzu.

»Wen denn?«

»Diese Schlampe, die hochmütige Lady Ina aus Ar!«

»Vielleicht hast du recht«, sagte ich.

»Nein, bestimmt sogar«, meinte Plenius. »Sie gehörte zu Saphronicus' Stab und wußte daher sicherlich von seinem Verrat.«

»Das ist wahrscheinlich.«

»Ich würde sie zu gern in die Finger bekommen.«

»Die Ruderstange, mit der ich dich gerettet habe, stammt von ihrer Barke«, sagte ich. »Wenn du genau hinsiehst, kannst du noch etwas von der Vergoldung erkennen.«

»Also haben sie die Barke überfallen.«

»Ja. Anscheinend haben die Rencebauern sie angegriffen und verbrannt. Hier sind noch Brandspuren.

Ich habe im Sumpf noch andere Wrackteile gefunden.«

»Und was ist mit Lady Ina?«

»Anscheinend haben die Rencebauern sie gefangengenommen.«

»Sie werden sie töten«, sagte Plenius.

»Vielleicht machen sie sie ja auch zur Sklavin.«

Er schüttelte energisch den Kopf. »Nein, sie ist nicht genug Frau, um zu verstehen, was es heißt, eine Sklavin zu sein, geschweige denn um eine zu werden.«

»Vielleicht hast du recht.«

»Wer weiß, vielleicht ist es ja besser so«, sagte Plenius. »Bekämen wir sie in die Hände, würde sie vor dem Kriegsgericht landen.«

»Und dann?«

»Ist das nicht offensichtlich? Sie würde gepfählt.«

Ich nickte.

»Ich wünsche dir alles Gute«, sagte Plenius dann.

Darauf gab es nichts zu erwidern.

»Es tut mir leid, daß du die Soldaten Ars so sehr haßt.«

»Dafür habe ich ausgezeichnete Gründe.«

»Das ist allerdings wahr.«

»Was wolltest du eigentlich hier?«

Plenius verzog das Gesicht. »Ich war auf der Jagd.«

»Aber wohl nicht mit großem Erfolg.«

»Wir können im Delta nicht leben«, erklärte er. »Wir können ihm auch nicht entfliehen.«

»Ar hätte gut daran getan, sich vorher über solche Dinge Gedanken zu machen, bevor es ins Delta einfiel«, sagte ich.

Plenius nickte.

»Ihr seid für mich wie meine anderen Feinde«, sagte ich.

»Dann freue dich, denn wir werden hier alle zugrunde gehen.«

Darauf gab es keine Antwort.

»Ich wünsche dir alles Gute«, sagte er erneut, und ich schwieg wieder. Er drehte sich um und ging, wobei er diesmal sorgfältig darauf achtete, wohin er den Fuß setzte. Ich blickte ihm nach, bis er in dem Renceschilf verschwunden war.

Und dann überkamen mich Haß und Wut auf die Soldaten von Ar, die mich so grausam behandelt hatten, wie eine Welle. Ich haßte sie, und tief in meinem Herzen verabscheute ich sie. Sollten sie doch im Sumpf zugrunde gehen oder den Söldnerklingen zum Opfer fallen, die an den Grenzen auf sie warteten. Es würde schon einem einzelnen Mann schwerfallen, hier mit heiler Haut herauszukommen, oder einem Mann und einer Frau. Wieviel schwieriger wäre es für eine Gruppe? Ich ging langsam zum Floß zurück.

Bei meinem Näherkommen kniete Ina schnell hin. Sie blickte mich mit einer gewissen Ehrfurcht an.

»Du hast nicht die Erlaubnis zu sprechen«, teilte ich ihr mit.

Gehorsam schwieg sie.

»Dreh dich um«, sagte ich zu ihr. »Leg den Kopf auf den Sand.«

Ich mußte nachdenken.

Sollten die Männer aus Ar doch sterben, dachte ich.

»Oh«, stieß sie plötzlich hervor.

»Sei still«, warnte ich sie.

Sie keuchte auf.

Sie hatten mich mißhandelt. Was spielte es also für eine Rolle, wenn sie bis auf den letzten Mann in der grünen Wildnis des Deltas starben?

»Laß den Kopf unten«, befahl ich Ina geistesabwesend. Was hatte ich mit ihnen zu schaffen?

»Oh, oh«, stieß Ina hervor. Ich duldete ihr leises Stöhnen. Ihre kleinen, auf dem Rücken zusammengebundenen Hände ballten sich zu Fäusten.

Es würde schon für einen Mann schwierig genug sein, dem Delta zu entkommen, oder einen Mann, der bereit war, die Belastung durch eine hilflose, schöne Gefangene in Kauf zu nehmen; wie sollte er sich da noch zusätzlich Sorgen um andere machen, möglicherweise einen ganzen Trupp.

»Oh!« keuchte Ina plötzlich laut auf.

Mit jeder zusätzlichen Person vergrößerte sich die Gefahr, von Rencebauern, einer Patrouille oder Tarnspähern entdeckt zu werden, um ein Vielfaches.

Ina schluchzte nur noch, bereitwillig, hilflos, dankbar.

Ich schrie auf.

Ina stieß ein ungläubiges, langgezogenes Keuchen aus.

Ich legte mich neben sie; sie blieb auf dem Bauch liegen. Sie war sehr hilfreich gewesen. Ich war zu einer Entscheidung gelangt.

»Du darfst sprechen«, ließ ich sie wissen.

Aber es hatte den Anschein, als würde sie es noch immer nicht wagen. Ich schob mich näher an sie heran und stützte mich auf den Ellbogen. Sie blickte mich schüchtern an.

»Es war kein Tier«, sagte ich. »Es war einer der Soldaten. Ich habe ihn gerettet.«

Sie schloß die Augen.

»Willst du wissen, was aus ihm geworden ist?«

»Ja«, flüsterte sie.

»Er ist zu seinen Kameraden zurückgekehrt«, sagte ich. »Anscheinend ist ihr Lager nicht weit von hier entfernt.«

In ihren Augen flackerte Entsetzen auf.

»Er weiß natürlich nicht, daß du bei mir bist.«

»Das ist gut.«

»Er sprach von einer Kriegsgerichtverhandlung, hier im Delta.«

Ina sah mich ängstlich an.

»Der natürlich der Pfahl folgt.«

Sie erschauderte.

»Allerdings glaubt er, die Rencebauern hätten dich erwischt.«

»Gut!«

»Interessanterweise hat er die Möglichkeit deiner Versklavung nicht einmal annähernd in Betracht gezogen. Er hält dich nicht für eine Frau, die auch nur im Ansatz die nötigen Voraussetzungen für eine Sklavin mitbringt.«

Sie warf mir einen ärgerlichen Blick zu.

Ich ließ die Hand über ihren Körper gleiten. Sie biß sich auf die Lippen, stöhnte auf und drängte sich mir sehnsuchtsvoll entgegen, schloß die Augen und gab sich ganz ihren Bedürfnissen hin. Sie war wunderschön, gefangen von ihrer Lust.

»Ich bin da anderer Meinung«, sagte ich. »Darum werde ich dich in eine Sklavinnentunika stecken.«

Sie schlug die Augen auf.

»Sie wird zwar nur das Nötigste bedecken, aber vermutlich wird es reichen.«

»Ich verstehe nicht.«

»Das wäre sonst, als brächte man ein Tablett mit dampfenden, gerösteten Delikatessen in einen Zwinger gezähmter, aber ausgehungerter Sleen bringen.«

»Was sagt Ihr da?«

»Man könnte es ihnen kaum verübeln, wenn sie sich mit hungriger Wildheit darauf stürzen würden und sie auf der Stelle verschlängen.«

»Ich verstehe Euch nicht.«

»Ich spreche von der Schwierigkeit, in Anwesenheit von Dingen, die unglaublich begehrenswert sind, die nötige Zurückhaltung zu üben«, sagte ich, »selbst wenn es sich um abgerichtete Tiere handelt, besonders unter bestimmten Umständen.«

Ina sah mich furchtsam an.

»Sicher, man könnte den Tieren die Delikatessen auch vor die Füße werfen, damit sie fressen. Früher oder später ist das zweifellos das beste.«

»Unglaublich begehrenswert?« stammelte sie.

»Du, liebe Ina, bist dazu geworden.«

»Nein!« protestierte sie. »Nein!«

»Du bist sehr schön«, sprach ich weiter. »Warte, bis du die Folgen davon erlebst.«

»Bitte, nein, Herr!« bettelte sie.

»Die Arer brauchen Hilfe«, sagte ich. »Ich bin nicht scharf darauf, wie du dir denken kannst, aber fest davon überzeugt, daß es mit ihnen ein böses Ende nimmt, wenn man sich ihrer nicht annimmt.«

»Das kann doch nicht Euer Ernst sein!«

»Das ist sogar mein voller Ernst«, erwiderte ich, »obwohl ich es nur ungern zugebe.«

»Und was ist mit mir?« fragte Ina.

»Du, meine Liebe, wirst ein stummes Rencemädchen sein.«

»Ein Rencemädchen!« wiederholte sie und bäumte sich auf.

»Ja«, sagte ich. »Es wird den Soldaten ganz selbstverständlich vorkommen, daß ich ein Rencemädchen erbeutet habe, besonders ein so hübsches wie dich. Das werden sie verstehen. Welcher Mann täte nicht das gleiche, falls sich die Gelegenheit böte? Außerdem hast du kein Brandzeichen, was die Geschichte nur unterstützt. Da du nicht gezeichnet bist, wäre es sehr unwahrscheinlich, daß es mir gelänge, dich als Sklavin auszugeben. Wer würde das schon glauben? Nach allem, was ich Plenius erzählt habe, dem Burschen, den ich aus dem Treibsand gerettet habe, werden sie dich kaum mit der Lady Ina aus Ar in Verbindung bringen. Alle werden glauben, daß sie den Rencebauern in die Hände gefallen ist und vermutlich von ihnen getötet oder versklavt wurde. Also dürftest du in keiner großen Gefahr schweben. Zumindest hoffe ich das. Vergiß nicht, sie haben das Gesicht der Lady Ina nie gesehen, da sie in ihrer Gegenwart immer verschleiert war. Außerdem hast du dich meiner Disziplin unterworfen, die ich auch weiterhin ausüben werde, und da halte ich es für unwahrscheinlich, daß du dich durch die Arroganz und das Gehabe der freien Frau verrätst. Es ist dir vielleicht nicht einmal bewußt, aber du verhältst und gibst dich mittlerweile anders als früher. Was du auch tust, du tust es anmutiger und schöner als zuvor. Ehrlich gesagt weiß ich nicht, ob es dir gelänge, wieder als freie Frau zu leben. Ich fürchte, das liegt, ob zum guten oder schlechten, nun hinter dir.«

»Es hat den Anschein, als hättet Ihr diese Probleme gründlich durchdacht«, sagte sie.

»Übrigens werde ich dich auch weiterhin Ina nennen.«

»Ist das klug?«

»Ich glaube schon«, erwiderte ich. »Ich glaube, die Arer werden sich daran erinnern, daß mich Lady Ina nicht besonders nett behandelt hat, und es als gelungenen Scherz ansehen, daß ich ihren Namen einem kleinen Rencemädchen gegeben habe. Und falls sie doch mißtrauisch sein sollten, möchte ich, daß du sofort und ohne Zögern auf den Namen Ina ansprichst. Es würde sicher Mißtrauen erzeugen, wenn du angeblich eine Feize oder Yasmine wärst und dann auf den Namen Ina reagierst.«

»Ihr sprecht von mir, als wäre ich ein Sleen«, sagte sie, »der auf einen Namen hört.«

»Du bist eine Gefangene«, erinnerte ich sie.

»Das ist wahr.«

»Außerdem gefällt mir der Name Ina. Er paßt zu dir.«

»Soll ich mich jetzt geschmeichelt fühlen?«

Ich blickte sie an. Ich fragte mich, wie sie wohl in Ketten und mit einem Eisenkragen aussähe. »Ja.« Ob sie wohl wußte, daß ›Ina‹ ein gebräuchlicher Sklavenname war?

»Und ich bin angeblich stumm?« fragte sie.

»Das dürfte für uns beide von Vorteil sein«, sagte ich. »Als einfaches Rencemädchen kannst du schlecht mit dem Akzent einer gebildeten Dame aus Ar sprechen.«

»Das wohl nicht«, gab sie widerstrebend zu. »Aber ich könnte doch in den Sand schreiben.«

»Nein! Rencemädchen können nicht lesen und schreiben.«

»Und wie soll ich mich dann mitteilen?«

»Mit Stöhnlauten, durch Wimmern.«

»Dann werde ich also letztlich nichts anderes als ein Spielzeug sein!«

»Genau«, sagte ich. »Und was das Stöhnen und das Wimmern angeht: In Anbetracht dessen, was man mit dir anstellen wird, wirst du solche Laute vermutlich durchaus angemessen finden.«

»Ich verstehe.«

»Dann gehe ich davon aus, daß du deine Rolle spielen wirst. Dein Leben könnte davon abhängen.«

»Dann werdet Ihr den Arern tatsächlich helfen.«

»Ja.«

Ina schloß ergeben die Augen und gab sich wieder meinen Liebkosungen hin, zuerst verhalten, dann immer drängender, bis sie sich stöhnend und am ganzen Leib zitternd im Sand wand.

Sie war wirklich wunderschön.

14

»Es werden kleine Lager sein«, sagte ich. »Klein, in der Gegend verstreut, gut vor fremden Blicken verborgen, selbst aus der Luft. Sie werden hauptsächlich zum Schlafen dienen. Während des Tages sollen sie wie ausgestorben wirken. Die Augen eines Tarnsmann können selbst die winzigste Bewegung entdecken.«

Die Männer blickten einander an. Ihr Anführer Labienus, der den Rang eines Hauptmannes bekleidete und der der befehlshabende Offizier der Vorhut der Hauptstreitmacht gewesen war, die ins Delta eingedrungen war, saß auf einem Felsen. Ina kniete mit gesenktem Kopf im Hintergrund; die zusammengefesselten Hände waren mit einem Riemen mit den überkreuzten, gebundenen Knöcheln verbunden. Sie trug Sklavenstreifen, ein breites Tau, das um die Taille geschlungen war und zwei Stoffstreifen hielt. Das erleichterte es den Arern, sich in ihrer Gegenwart zu beherrschen. Es wäre nicht gut gewesen, wenn ein paar Augenblicke nach ihrem Betreten des Lagers einige der Männer schon um sie gekämpft hätten. Aber da hatte ich mich gewaltig geirrt. Die Soldaten, die wortkarg, hungrig, besiegt, erschöpft, enttäuscht, zermürbt und krank waren, schienen sie kaum wahrzunehmen. Das überraschte mich.

»Wir werden nachts reisen und uns davon ernähren, was der Sumpf uns zu bieten hat«, fuhr ich fort.

»Er hat nichts zu bieten«, sagte ein Soldat mutlos.

»Das ist deine Entscheidung«, erwiderte ich.

»Und wie sollen wir etwas sehen können?« fragte ein anderer. Er hatte blonde Haare; die Wunde an der Schläfe war verschorft.

»Es gibt das Sternenlicht und die Monde. Die Schwierigkeiten, die ihr haben werdet, wird jeder eurer Jäger auch haben, von denen die meisten sowieso schlafen werden, da sie nicht einmal wissen, daß ihr in der Nähe seid. Außerdem ist es bei einem möglichen Angriff leichter, in der Dunkelheit unterzutauchen.«

Plenius meldete sich zu Wort. »Und da ist der Treibsand.«

»So viele Stellen mit Treibsand gibt es nun auch wieder nicht; wenn ihr wollt, können wir uns anseilen und dicht genug hintereinandergehen, daß man die leisen Rufe des anderen hört.«

Ich schnitt in das kleine Tharlarion, das ich getötet und dessen lederartige Haut bereits abgezogen hatte. Ich hatte es über die Schulter gelegt mitgebracht, als ich mich am Lagerrand zu erkennen gegeben und nach Plenius verlangt hatte, um sicheres Geleit zu erhalten. Ich war davon ausgegangen, daß die Soldaten etwas Eßbares zu schätzen wußten, selbst wenn es sich um solches Essen handelte.

Ich nahm ein Stück rohes Fleisch und hielt es dem Mann hin, der seinen Unglauben darüber zum Ausdruck gebracht hatte, daß das Delta einen ernähren konnte.

Er schüttelte den Kopf.

»Du bist hungrig«, sagte ich.

»Das kann ich nicht essen.«

Ich steckte mir das Stück selbst in den Mund und schnitt einen weiteren Bissen ab.

»Das ist nicht mal gekocht«, sagte der blonde Soldat.

»Ihr werdet kein Feuer anzünden«, sage ich. »Eine Rauchwolke markiert ein Lager. Nachts kann die Flamme einer Tharlarionöl-Lampe noch Hunderte von Metern weit gesehen werden, das gilt sogar schon für einen Feuermacher. Ich versichere euch, daß einem Tarnspäher in der Luft so etwas keineswegs entgehen wird. Wer will diese Köstlichkeit haben?« Ich hielt das Tharlarionfleisch in die Runde.

»Ich nicht.«

»Allein schon der Anblick verursacht mir Übelkeit.«

Wären sie hungriger gewesen, wären sie vermutlich weniger wählerisch gewesen. Aber dann dachte ich daran, daß Männer schon auf tragische Weise verhungert waren, obwohl es um sie herum in Hülle und Fülle zu essen gegeben hatte, vielleicht aus Unwissen, vielleicht auch weil sie Angst gehabt und auf unerklärliche Weise gezögert hatten, die nötigen Schritte zum Überleben zu ergreifen.

»Kannst uns aus dem Delta bringen?« fragte Labienus. Er starrte auf den Sumpf hinaus.

»Ich glaube schon«, erwiderte ich.

»Wir sind fünfzehn Mann.«

»Aber ich glaube auch, daß es nicht einfach wird.«

»Und doch machst du uns Hoffnung.«

»Ja.«

»Es gibt keine Hoffnung mehr«, sagte der Soldat, der so völlig mutlos klang.

»Iß«, erwiderte ich und hielt ihm das rohe Tharlarionfleisch hin.

Er zuckte zurück.

»Wir sind dem Untergang geweiht«, sagte ein anderer Soldat.

»Genau«, stimmte ihm der Mutlose zu.

»Solche Ansichten zeugen nicht von dem Geist, der Ar zur Pracht und zum Schrecken ganz Gors gemacht hat«, meinte ich.

»Ar gibt es nicht länger.«

»Es ist im Delta zugrunde gegangen.«

»Ich bin wirklich überrascht, so etwas von Männern zu hören, die einst Ars Heimstein gehalten und geküßt haben müssen.« Das war eine Bürgerzeremonie, bei der man den Heimstein tatsächlich berührt, nachdem man der Stadt den Treueschwur geleistet hat. Im Leben der meisten Bürger ist es das einzige Mal, daß sie den Heimstein berühren dürfen. Wie in den meisten goreanischen Städten wird auch in Ar die Bürgerschaft mit einer solchen Zeremonie bestätigt. Die Weigerung, an dieser Zeremonie teilzuhaben, kann zur Vertreibung aus der Stadt führen. Dahinter steckt der Gedanke, daß die Gemeinschaft das Recht hat, von ihren Mitgliedern Treue zu erwarten.

Plenius hob den Kopf. »Ar ist nicht tot«, sagte er. »Es ist nicht im Delta zugrunde gegangen.«

»Nein«, erwiderte der Mutlose. »Nicht Ar ist tot. Wir sind es, die tot sind.«

Ich schüttelte den Kopf. »Ihr seid nicht tot.«

»Ohne seine militärische Macht ist Ar nicht mehr dasselbe«, meldete sich der blonde Soldat wieder zu Wort.

»Ohne seine militärische Macht kann Ar nur wenig mehr als ein kulturelles Signalfeuer sein, eine Erinnerung an eine goldene Zeit, etwas, auf daß man zurückblicken kann, ein Ansporn für andere, eine Lektion.«

»Vielleicht kann es aus der Niederlage heraus seine Eroberer kulturell erobern«, meinte der Mutlose düster.

»So etwas ist in der Vergangenheit oft genug geschehen«, sagte der Blonde. »Auf diese Weise werden wir vielleicht doch noch den Sieg davontragen.«

Das war nicht unbedingt von der Hand zu weisen. Es ist schon oft vorgekommen, daß die Barbaren, die über eine schwächere Zivilisation herfielen, später selbst verweichlichten, um dann von neuen Barbaren mit neuen Peitschen und Ketten unterworfen zu werden. Um diesem Schicksal zu entgehen, legen manche Barbarenstämme großen Wert darauf, ihre Herkunft zu bewahren, ihre jungen Männer Härten zu unterziehen und an den Waffen auszubilden sowie sich von der unterworfenen Bevölkerung fernzuhalten, wie es sich für fremde Herrscher gehört.

»Bei allem nötigen Respekt«, sagte ich, »aber es gibt auf diesem Planeten noch ein paar andere Städte, und einige davon schätzen ihre Kultur wesentlich höher ein, als Ar es tut.«

Einige der Männer blickten mich skeptisch an.

»Ko-ro-ba, Telnus und Jad auf Cos, Turia im Süden«, zählte ich auf. Zugegeben, die Kultur der Stadtstaaten war sich sehr ähnlich. Um wirklich andere Kulturen zu finden, mußte man nach Torvaldsland, in die Tahari, das Land des Wagenvolkes oder in das Land östlich von Schendi reisen.

»Die kann man nicht mit Ar vergleichen«, sagte Plenius.

»Da bin ich anderer Meinung.«

»Was weißt du denn schon?« meinte der Blonde. »Du bist ein Cosianer.«

»Das stimmt nicht.«

»Warum bist du überhaupt gekommen, um uns in unserem Elend noch zu quälen?« beharrte der Blonde.

»Ein Stück Tharlarion?« bot ich ihm freundlich an.

Er blickte angewidert zur Seite.

»Viele Leute, die an Ar denken, denken dann nicht an seine Musiker, seine Dichter und dergleichen, sondern an die Männer der Verwaltung, die Ingenieure und Soldaten.«

»Auch das ist Ar«, gab Plenius widerstrebend zu.

»Tötet ihn«, sagte der Blonde.

»Die Cosianer sagen, daß ihre Gesetze mit ihren Speeren marschieren«, warf der Mutlose ein.

»Das gilt auch für Ar«, sagte Plenius.

»Aber heute ist es Cos, das marschiert«, erwiderte der Mann.

»Ar ist verloren«, sagte der Blonde.

»Nein, nur wir sind es, die verloren sind«, schränkte der Mutlose ein.

»Ihr seid nicht verloren«, widersprach ich.

»Der Heimstein wird überleben.«

»Das können wir nicht wissen.«

»Hier geht es nicht um historische Mutmaßungen«, sagte ich, »sondern um unser Überleben.«

Der Mutlose sah auf. »Das Problem hat das Delta bereits für uns gelöst.«

»Keineswegs«, erwiderte ich. »Nimm ein Stück Fleisch.«

»Nein, danke.«

Labienus starrte weiter auf den Sumpf hinaus. »Trägst du uns etwas nach?«

»Ja«, sagte ich. »Und ob ich euch etwas nachtrage.«

»Warum bist du dann überhaupt gekommen?«

»Meine Gründe, welchen Wert sie auch haben mögen – und ich glaube, es dürfte kein allzu großer Wert sein –, sind allein meine Sache.«

»Bist du ein Krieger?«

»Ja.«

»Hört ihr?« wandte sich Labienus an seine Männer. »Er ist ein Krieger.«

Der Mutlose schnaubte. »Er kann uns viel erzählen.«

»Wie lautet der siebenundneunzigste Aphorismus des Kodex?« fragte Labienus.

»Meine Schriftrollen entsprechen vielleicht nicht denen Ars«, sagte ich. Aber sie würden sich nicht sehr von ihnen unterscheiden.

»Sag ihn«, verlangte Labienus.

»Entfernt die Frau.«

»Er ist ein Krieger«, sagte Plenius.

Einer der Soldaten lud sich die gefesselte Ina auf und trug sie fort. Augenblicke später war er wieder da.

»Die Frau ist außer Hörweite?« fragte Labienus und starrte weiter geradeaus.

Der Soldat setzte sich wieder. »Ja. Und dort wird sie auch bleiben. Sie ist an einen Strauch gebunden.«

»Der siebenundneunzigste Aphorismus, der mir beigebracht wurde«, fing ich an, »hat die Form eines Rätsels. Er lautet: ›Was ist unsichtbar und schöner als ein Diamant?‹«

»Und wie lautet die Antwort?« wollte Labienus wissen.

»Das, was keine Geräusche macht, aber den Donner übertönt.«

Die Soldaten blickten einander an.

»Und was ist das?« fragte Labienus.

»Das gleiche, das keine Waagschale sinken läßt, aber schwerer als Gold wiegt.«

»Und was ist das?«

»Die Ehre!«

»Er ist ein Krieger«, sagte der Mutlose.

Plenius wandte sich beschämt ab.

»Aber es ist mir auch schon widerfahren, daß ich den Kodex gelegentlich verraten mußte.«

Plenius drehte sich wieder mir zu, auf seinem Gesicht lag ein seltsamer Ausdruck.

»Meiner Meinung nach ist das nicht besonders schwer.«

Labienus lächelte. »Ja, ich glaube, das hat jeder von uns schon einmal getan.«

»Du bist sehr freundlich«, sagte ich.

»Du glaubst also, du kannst uns von hier wegbringen«, sagte Labienus.

»Ich glaube schon«, erwiderte ich und verzweifelte daran, daß keiner der Kerle auch nur einen Hauch von Appetit auf das Tharlarion zeigte, das ich abgeschnitten hatte, darum schob ich es mir den Mund und kaute.

»Was tust du da?« fragte Labienus.

»Essen.«

»Gib mir ein Stück.«

Ich schnitt etwas ab und drückte es dem Hauptmann in die Hand. Seine Männer beobachteten ehrfürchtig, wie er die einfache Handlung des Kauens durchführte.

»Schmeckt ähnlich wie Vulo«, sagte er.

»Stimmt.« Das war in der Tat richtig. Ich schnitt ein weiteres Stück ab und hielt es Plenius hin. Er nahm es, und die anderen Männer rückten näher heran. Bald waren von dem Tharlarion nur noch die Knochen und die abgezogene Haut übrig.

»Das Fleisch hätte etwas Salz gebrauchen können«, meinte der Mutlose.

»Aber dein Hunger ist jetzt nicht mehr so groß«, bemerkte ich.

»Das ist wahr.«

»Und du besitzt Salz, nicht wahr?« fragte ich.

»Ja, schon, aber wir hatten nichts, das wir damit würzen konnten. Als wir jetzt etwas hatten, haben wir nicht daran gedacht.«

»So ist das mit dem Hunger.«

»In Zukunft werden wir daran denken, da kannst du sicher sein.«

»Du sprichst von der Zukunft«, bemerkte ich.

»Ja«, sagte er nachdenklich. »Ich habe von der Zukunft gesprochen.«

»Das ist der erste Schritt aus dem Delta hinaus.«

Die Männer blickten einander an.

»Das Delta ist voller Leben. Gäbe es nicht die Rencebauern und die Cosianer, könntet ihr für alle Zeiten hierbleiben. In kleinen Gruppen könntet ihr es trotzdem schaffen. Aber so wie ich es verstanden habe, wollt ihr nach Ar zurückkehren.«

»Das glorreiche Ar«, sagte der Blonde voller Sehnsucht. »Glaubst du wirklich, es gibt ein Entkommen?«

»Ja.«

»Vielleicht bist du ja ein Spion«, sagte ein Soldat, der

damit beschäftigt war, einen Tharlarionknochen auszusaugen, »der geschickt wurde, um uns in einen Hinterhalt zu locken.«

»Warum sollte ich dann zu euch kommen, nachdem ich euch doch bereits aufgespürt hätte«, gab ich zu bedenken. »Wäre es nicht viel einfacher und sicherer für mich, eure Position einfach den Rencebauern oder Cosianern zu melden? Hätten sie euch nicht schon längst angreifen müssen?«

So einfach war der Bursche nicht zu überzeugen. »Aber vielleicht sind sie noch nicht so weit, und du bist hier, um unsere Position zu markieren und ihren Angriff zu koordinieren. Vielleicht willst du uns ja auch am Deltarand in einen Hinterhalt führen und dann das Kopfgeld kassieren.«

»Das ist eine ausgezeichnete Idee«, meinte ich. »Ich werde darüber nachdenken.«

Der Soldat zeigte mit dem Knochen auf mich. »Solltest du dich dazu entscheiden, hoffe ich doch, daß du uns Bescheid gibst.«

»Du kannst dich darauf verlassen.«

»Das ist ehrenhaft«, meinte er.

»Es gibt viel, das du den Männern beibringen mußt«, sagte Labienus.

»Mindestens ein Mann muß ständig den Himmel beobachten«, bestätigte ich. »Außerdem muß er wie auch alle anderen, sei es Späher oder Vorhut, natürliche Zeichen kennen, mit deren Hilfe er mit den anderen in Verbindung treten kann.«

»Die Rencebauern benutzen solche Signale«, warf Plenius ein.

»Dann werden wir das auch können«, sagte der Blonde.

»Ihr werdet viele Dinge lernen«, fuhr ich fort. »Ganz wichtig ist es, die Konturen des menschlichen Körpers zu verschleiern. Das kann mit Büschen oder aufgetragenen Farben geschehen. Man kann das Gesicht dunkler machen, um mit den Schatten zu verschmelzen, um seine Züge zu verzerren. Wir werden einzeln gehen, aber jeder Mann soll mindestens mit zwei anderen in ständigem Kontakt bleiben, und zwar die ganze Zeit über. Wird dieser Kontakt gebrochen, muß das den anderen so schnell wie möglich mitgeteilt werden. Falls offene Flächen überquert werden müssen, werden sie einzeln und in Abständen überschritten – aber erst dann, wenn mit Signalen mitgeteilt wurde, daß sie sicher sind. Keiner wird immer aufrecht gehen, sondern öfter auch geduckt. Manchmal werden wir uns auch auf allen vieren bewegen oder auf dem Bauch kriechen. Jede mögliche Deckung wird benutzt. Keiner wird jemals erhöhtes Gelände überqueren, sondern es sich zunutze machen, es umkreisen, damit er sich nie vor dem Horizont abhebt.«

»Das ist eine ganze Menge, woran man denken muß«, sagte der Mutlose.

»Es gibt auch noch viele Kleinigkeiten«, fuhr ich ungerührt fort. »Bedenkt zum Beispiel die schlichte Tatsache, daß man das Urinieren in der Nacht weithin hören kann. Es ist also wichtig, daß man die Geräusche einer solchen Erleichterung dämpft, indem man, was weiß ich, in den Sand uriniert, sich hinhockt, sich schräge Oberflächen zunutze macht, eben solche Dinge.«

»Man sollte auch Abfälle, Fäkalien, Anzeichen für Lagerstätten bedenken«, sagte Plenius.

»Genau.«

»Das ist viel, woran man denken muß«, seufzte der blonde Soldat.

»Diese Dinge werden euch zur zweiten Natur werden«, erwiderte ich.

»Es wird beinahe so sein, als wären wir überhaupt nicht da«, sagte der Mutlose staunend.

»So leise wie der Wind, so lautlos wie ein Schatten«, zitierte ich.

Labienus' Soldaten blickten einander an. In diesem Augenblick kamen sie mir wie verwandelt vor. Ich staunte, daß man mit nichts als ein paar Bissen Fleisch und einem Quentchen Hoffnung soviel erreichen konnte. Wie wunderbar ist doch der Mensch, daß er mit so wenig so weit über sich hinauswachsen kann! Und sind nicht Königreiche aus dem Sumpf und Ubarate auf dem Staub entstanden?

»Bei Einbruch der Dunkelheit brechen wir auf«, sagte Labienus und blickte über unsere Köpfe.

»Ja, Hauptmann«, sagte mehr als nur einer der Soldaten.

»Behaltet einen kühlen Kopf«, empfahl ich. »Die Reise ist lang und schwierig, die Gefahren sind zahlreich und groß. Wir müssen überaus vorsichtig sein. Wir müssen überaus geduldig sein.«

»Ich kann sehr geduldig sein«, sagte Labienus und blickte auf den Sumpf hinaus. Er lächelte. In seiner Stimme hatte ein seltsamer Unterton gelegen, den ich nicht verstanden hatte. »Ihr auch, Jungs?« fragte er dann im Tonfall eines Offiziers.

»Ja, Hauptmann!« sagten die Männer.

*

Bald würde die Dämmerung über uns hereinbrechen.

»Tarl aus Port Kar«, sagte Labienus.

»Ich bin hier, Hauptmann«, sagte ich. Labienus saß noch immer auf dem Felsen.

»Ist jemand in der Nähe?«

»Jedenfalls nicht so nahe, daß sie uns zuhören könnten, wenn wir leise sprechen.«

»Außerdem sind sie vermutlich beschäftigt«, lächelte er.

»Das glaube ich auch.«

Labienus sah mich beim Sprechen nicht direkt an. Statt dessen schweifte sein Blick über den Sumpf.

Allerdings konnte er nichts sehen.

Er war blind.

Das war das Werk der Stechfliegen. Er hatte sich nur unzureichend gegen ihre Angriffe zur Wehr gesetzt, die viel zu oft gegen die Augen gerichtet sind. Die meisten Männer schlössen natürlich die Augen oder würden sie bedecken, mit den Händen oder einem Stück Stoff. Die Rencebauern benutzen aus Rence geflochtene Matten oder Helme, die es einem erlauben, durch die Ritzen zu blicken, ohne daß die Fliegen hineinkönnen. Hätte sich der Hauptmann geschützt und nicht versucht, seinen Rang und sein Auftreten als Kommandant um jeden Preis zu bewahren, hätte er die Fliegen zweifellos daran hindern können, ihm derartige Verletzungen zuzufügen. Er muß wohl mehrmals in die Augen gestochen worden sein.

Meiner Meinung nach war Labienus ein guter, verantwortungsvoller, vertrauenswürdiger Offizier. Allerdings hatte er bei seinem Kommando einige Fehler gemacht. Er hatte seine Befehle zu starr ausgelegt; er hatte zuviel Vertrauen in die Weisheit und Lauterkeit seiner Vorgesetzten gehabt; er hatte die Möglichkeit, daß sie Opfer eines Verrates waren, viel zu zögernd in Betracht gezogen. Er hatte in einer hoffnungslosen Situation, in der es längst nicht mehr angebracht war, die ursprünglichen Befehle weiter auszuführen, nicht schnell genug die Konsequenzen gezogen; sogar was die Führung und Taktik seines Regimentes anging, hatte er, indem er die Möglichkeit beträchtlicher Verletzungen zuließ, auf lange Sicht nicht nur sich selbst in Gefahr gebracht, sondern auch die Männer, die auf ihn angewiesen waren.

Zugegeben, viele dieser von mir als Fehlleistungen bewerteten Handlungen waren Vorzüge – wenn man sie von einem anderen Standpunkt aus betrachtete. Es war meiner Meinung nach bestimmt kein Zufall, daß Hauptmann Labienus den Befehl über die Vorhut erhalten hatte. Vermutlich hatte Saphronicus einen vertrauensvollen, verläßlichen, hartnäckigen, rastlosen und nicht sonderlich phantasievollen Offizier auf diesem Posten haben wollen, jemanden, der seine Leute unbeirrt immer tiefer ins Delta führte, ganz gleich, welche Gefahren oder Unwägbarkeiten sich aus der Situation ergäben.

»Das Rencemädchen, das du mitgebracht hast, ist stumm«, sagte er.

»Ja.«

»Ist es nicht ziemlich unwahrscheinlich, daß ein im Sumpf entdecktes Rencemädchen stumm ist?«

»Ja, das ist es allerdings.«

»Aber so etwas kann durchaus vorkommen.«

»Das kann es.«

»Soviel ich mitbekommen habe, warst du es, der das Tharlarion für die Männer vorbereitet hat.«

»Das ist richtig.«

»Warum hat das Mädchen das nicht getan?« fragte er. »Sicher hat sie doch erwartet, damit betraut zu werden.«

»Ich wollte ihr keine Waffe in die Hand geben«, erwiderte ich. Das erschien mir als plausible Antwort, da sie, angeblich erst kurze Zeit eine Gefangene, sich unter Umständen noch nicht völlig über die Sinnlosigkeit jeden Widerstandes im klaren war. Außerdem werden in manchen Städten Sklaven schon mit dem Tod bestraft, wenn sie auch nur eine Waffe berühren.

»Zweifellos erwartest du doch von ihr, daß sie gelegentlich mit spitzen Gegenständen hantiert, wenn sie zum Beispiel kocht.«

»Sie hat bis jetzt weder ein Brandmal noch den Kragen erhalten.«

»Es überrascht mich, daß die Rencebauern nicht durch den Sumpf streifen, um sie zurückzuholen.«

»Vielleicht tun sie es ja.«

»Vielleicht. Es besteht auch die Möglichkeit, daß ein stummes Rencemädchen, zweifellos eine Ausgestoßene, ganz allein im Sumpf lebte, bis du auf sie gestoßen bist.«

»Auch das ist möglich.«

»Die Lady Ina aus Ar, nach der du deine Gefangene benannt hast, war, wenn ich mich recht erinnere, für eine Frau etwas kurz geraten.«

»Tatsächlich?« Ich hatte Ina dem Hauptmann in allen Einzelheiten beschrieben, aber im Gegensatz zu seinen Männern hatte er keine Neigung für sie gezeigt.

»Das würde den Namen noch passender machen.«

»Da gebe ich dir recht.«

»Du sagtest, daß deine Ina blond ist?«

»Das ist richtig.«

»Lady Ina aus Ar auch.«

»Wirklich?«

Labienus nickte. »Ich sah einmal einige Strähnen ihres Haares, die aus der Kapuze hervorragten.«

»Welch ein Zufall.«

»Aber dadurch wirkt der Name nur noch passender.«

»Richtig.«

»Wie ich hörte, sind blonde Rencebauern sehr selten.«

»Aber es gibt sie.«

»Zweifellos.«

Ich sagte vorsichtig: »Obwohl du blind bist, habe ich den Eindruck, daß du einige Dinge klarer als deine Männer siehst.« Wir lauschten einigen Augenblicken den Geräuschen, die von den Soldaten herüberdrangen.

»Glaubst du an Gerechtigkeit?« fragte der Hauptmann.

»Gelegentlich.«

»Wie sieht deiner Meinung nach Gerechtigkeit für eine Verräterin aus?«

»Es gibt verschiedene Arten von Gerechtigkeit«, erwiderte ich.

»Du beanspruchst das Mädchen für dich, durch das Recht der Gefangennahme?«

»Ja.«

»Wir werden nicht länger über die Angelegenheit sprechen.«

»Damit bin ich einverstanden.«

»Wenn du möchtest, könntest du ihr erlauben zu sprechen.«

»Ich möchte nicht«, erwiderte ich. »Deine Männer könnten ihr den Hals durchschneiden.«

»Das ist wahr.«

Labienus blickte über den Sumpf hinaus. »Fünfzigtausend Mann sind in das Delta eingedrungen.«

»Ich habe mir schon gedacht, daß es so viele sind.«

»Wie viele davon haben es deiner Meinung nach geschafft, sich unversehrt zurückzuziehen?«

»Vermutlich eine ganze Menge. Vor allem vor dem Angriff der Rencebauern. Nicht alle Kommandanten waren wohl so entschlossen wie du.«

»Die Rencebauern hatten sehr schnell ihre Stellung bezogen.«

»Das ist wahr.«

»Was glaubst du, wie viele?«

»Keine Ahnung«, sagte ich ehrlich.

»Laut meinen Informationen, zusammen mit plausiblen Schätzungen, sind es schätzungsweise mindestens fünfhundert, höchstens aber nicht mehr als fünftausend.«

»Selbst wenn fünftausend Mann den Rückzug geschafft haben sollten«, sagte ich, »wäre dies noch immer eine der größten militärischen Katastrophen in der Geschichte des Planeten.«

»Und wie viele von diesen fünftausend Soldaten, falls es so viele sind, haben es deiner Meinung nach bis nach Holmesk, Venna oder Ar geschafft?«

»Das kann ich nicht sagen. Hoffentlich viele, besonders wenn es Saphronicus geschafft hat, sich nach Holmesk zurückzuziehen.«

»Er wird dort sein«, sagte Labienus.

»So?«

»Bestimmt. Dann kann er in südöstlicher Richtung marschieren, zur Viktel Aria.«

»Die Cosianer werden nicht versuchen, sich ihm in den Weg zu stellen?«

»Nicht zwischen Holmesk und der Viktel Aria«, erklärte der Hauptmann grimmig. »Aber sie werden irgendwo zwischen dem Vosk und Brundisium lauern – und nicht zu vergessen zwischen dem Delta und Holmesk, um den Weg zum Heerlager abzuschneiden.«

»Ich verstehe.«

»Nur die Klügsten und Gerissensten werden Holmesk erreichen.«

»Ar könnte man auf verschiedenen Wegen erreichen«, sagte ich. »Ich ginge zuerst nach Brundisium und von dort dann weiter nach Ar.«

»Das wäre ein kühner Versuch.«

»Für dich und deine Männer wäre diese Route jedoch nicht empfehlenswert – bei eurem Akzent.«

Er nickte.

»Und du glaubst wirklich nicht, daß die Cosianer versuchen werden, Saphronicus an einer Rückkehr nach Ar zu hindern?«

»Nein«, erwiderte er entschieden. »Saphronicus wird nach Ar zurückkehren, ein tragischer Held, der oftmals verraten wurde und den man dafür feiern wird, daß er einen Teil seiner Streitkräfte gerettet hat. Er wird dort im Triumph eintreffen.«

»Du klingst bitter.«

»Saphronicus hat mir versichert, ich sei einer seiner besten Offiziere.«

»Das ist bestimmt richtig.«

»Aus diesem Grund hat man mich zum Befehlshaber der Vorhut gemacht«, fuhr er fort, »damit ich der erste bin, der auf die flüchtenden Cosianer stößt.«

»Ich bin davon überzeugt, daß du einer der entschlossensten, verläßlichsten und treuesten Offiziere warst.« Nach dem, was ich über ihn wußte, bestand daran für mich nicht der geringste Zweifel.

»Und er hat es in aller Öffentlichkeit verkünden lassen.«

»Ich verstehe.«

»Sollte ich es bis Holmesk schaffen, gewährt man mir vielleicht sogar eine Ehrenbeflaggung. Möglicherweise verleiht man mir als Veteran des Deltas einen Orden.«

»Wer weiß.« Ich fragte mich, ob Labienus den Verstand verloren hatte. Doch nichts an seinem Benehmen wies darauf hin.

»Zuerst muß es mir gelingen, meine Männer aus dem Delta zu führen.«

»Ich werde tun, was in meiner Macht steht, um dabei zu helfen«, versprach ich.

Er streckte die Hand aus, und ich nahm sie. Er griff fest zu.

»Dann bleibt mir nur noch eine letzte Pflicht zu erfüllen«, sagte er.

»Was denn?«

»Ich muß Saphronicus Bericht erstatten.«

»Ich verstehe.« Ich kam zu dem Schluß, daß der Hauptmann doch den Verstand verloren hatte.

»Sollte ich Holmesk erreichen, wird es nicht schwer

sein, eine Audienz bei ihm zu bekommen. Es wäre politisch unmöglich, sie zu verweigern. Ich bin ein Veteran des Deltas, der Anführer der Vorhut, einer seiner besten Offiziere.«

»Natürlich.«

Labienus ließ meine Hand los. Sein Griff war sehr stark.

»Vertraust du mir?«

»Natürlich«, sagte der Hauptmann.

»Warum?«

»Um dessen willen, das unsichtbar und doch schöner ist als ein Diamant«, sagte Labienus. »Wegen der Stille, die lauter ist als der Donner, um dessen willen, das keine Waagschale niederdrückt und doch schwerer ist als Gold.«

»Du kannst nicht einmal sehen.«

»Man kann auf mehr als nur eine Weise sehen.« Er verstummte. »Einer der Männer soll mir eine Schale mit Wasser bringen. Und Salz. Und ich brauche ein Stück Holz oder Äste, aber mit vollständiger Rinde.«

»Krieger«, rief ich einem der Soldaten zu, die in der Nähe saßen. Er kam zu uns herüber, »dein Hauptmann verlangt eine Schale mit Wasser, Salz und Holz, Äste oder so etwas in der Art, aber mit der Rinde!«

Der Mann sah mich verständnislos an.

Ich zuckte nur mit den Schultern.

Er ging, vermutlich um den Auftrag auszuführen.

»Ich werde diese Dinge regelmäßig brauchen«, sagte Labienus, »zumindest aber so lange, bis wir das Delta verlassen haben.«

»Selbstverständlich«, sagte ich. Das Schicksal, dem sich Labienus ergeben hatte, hätte auch stärkere Männer gefällt.

»Du darfst dich jetzt zurückziehen«, sagte er.

»Du kommst zurecht?« fragte ich.

Der Hauptmann nickte.

»Was willst du tun?«

»Ich werde über meinen Bericht nachdenken.«

»Ich verstehe.« Ich hoffte, daß Labienus' Wahnsinn unsere Bemühungen, uns aus dem Delta zurückzuziehen, nicht gefährden würde. Der Soldat, der mit den Besorgungen beauftragt war, blickte zu Labienus hinüber und redete dabei weiter auf einen Kameraden ein.

In etwa einer Ahn würde es vollends dunkel sein. Wir alle brauchten Ruhe.

Ich setzte mich in den Sand und beobachtete, wie der Soldat Labienus eine Schale mit Wasser und ein Säckchen Salz brachte. Er hatte auch ein paar Äste gefunden. Der Hauptmann stellte das Wasser und das Salz neben sich ab. Dann zupfte er die Rinde gründlich mit den Fingern ab. Ich legte mich hin. Einige Zeit später nahm er die Wasserschale und balancierte sie auf den Knien. Er schüttete Salz hinein, bis er eine dickflüssige Salzlake hatte. Dann tauchte er die Hände hinein. Die Zweige der kleinen Äste waren völlig blank; er hatte die Rinde vollständig abgezogen. Es stimmte mich traurig, daß sein Verstand zerbrochen war.

Ina kam und setzte sich zu mir. Sie sah erschöpft aus, schien aber sehr zufrieden mit sich zu sein. Als sie meinen Blick bemerkte, schlug sie schnell die Augen nieder.

»Ruh dich aus.« Ich wollte, daß sie ausgeruht war, wenn wir weiterzogen.

»Wann brechen wir auf?« fragte sie im Flüsterton.

»In wenigen Ahn«, erwiderte ich. »Ich werde dich etwas früher wecken, um deinen Körper hier und da mit Schlamm aus dem Sumpf dunkler zu machen.«

Sie sah zu mir hoch.

»Es ist eine Sache der Tarnung.«

»Du kannst damit anfangen, was du willst«, raunte sie. »Es sind das Gesicht und der Körper einer Sklavin.«

Lady Ina aus Ar hatte sich seit unserer ersten Begegnung wirklich sehr verändert.

Ich nickte, stand auf und ließ sie allein.

Labienus hatte seine Hände aus der Salzlauge entfernt und vertiefe sich darin, den nächsten Ast von der Rinde zu befreien.

Ich legte mich schlafen.

Die nächsten Tage würden anstrengend werden.

15

Der Soldat vor mir wühlte das Wasser auf. Die Tiefe betrug hier, ein paar Meter von der Sandbank entfernt, etwa einen Meter. Es war früher Morgen. Der Nachtmarsch hatte uns alle ermüdet. Auf der Sandbank bereiteten einige der Männer bereits das Tageslager vor.

Seit zehn Tagen zogen wir nach Süden, die Männer aus Ar, Ina und ich. Dreimal war der Ruf des Sumpfjard ertönt, das von uns vereinbarte Signal, das uns vor Gefahr warnen sollte. Zweimal war es ein Tarnsmann gewesen, der sich hoch am Himmel vom Mond abzeichnete. Einmal war es eine cosische Patrouille in schmalen Booten gewesen. Jedesmal waren wir in den Sumpf getaucht, bis nur noch unsere Münder und Augen aus dem Wasser ragten. Die Cosianer konnten sich glücklich schätzen, daß sie uns nicht entdeckt hatten, denn sonst wären sie nie zu ihrem Lager zurückgekehrt. In unseren Tageslagern hatte uns das Signal zweimal erreicht, um uns zu warnen, daß sich jemand in der Nähe befand; in beiden Fällen hatte es sich um Rencebauern gehandelt, die fischten oder Rence ernteten.

Plenius und Titus flankierten uns mit Speeren in den Händen. In einer Entfernung von fünfzehn oder zwanzig Metern ragte die schwarze Rückenflosse eines Sumpfhais aus dem tiefen Wasser. Er schwamm träge umher. Gelegentlich durchschnitt seine sichelähnliche Schwanzflosse die Wasseroberfläche.

»Er kommt«, sagte Plenius.

»Hör jetzt auf«, befahl ich dem Soldaten. Die Rückenflosse markierte den Weg des großen Körpers unter der Oberfläche. Ich ging davon aus, daß er sich sein erwähltes Opfer näher betrachtete, bevor er zuschlug. Der Soldat erstarrte.

Die Flosse kam auf uns zu, viel zu schnell für eine erste Erkundung. Plenius und Titus machten sich bereit. Ich packte den Soldaten, der den Lockvogel gespielt hatte, bei den Armen und riß ihn zur Seite.

Beide Speere stießen zugleich nach unten, und plötzlich bäumte sich der sieben goreanische Fuß große Hai auf, der schwarze Körper wand sich, sein Schwanz peitschte das Wasser auf. Titus' Speer wurde aus den Kiemen freigeschüttelt, aus denen das Blut hervorbrach, aber Plenius' Speer blieb stecken, und die Bestie tauchte wieder unter und wurde gewaltsam in Richtung Sandbank gedrückt. Der Soldat, den ich zur Seite gestoßen hatte, und ich waren klatschnaß. Ich blinzelte das Wasser aus den Augen, ergriff Titus' Speer und jagte ihn dem Hai in die Seite. Plenius stemmte sich gegen seine Waffe und zwang ihn weiter auf die Sandbank zu. Zwei Soldaten mit Speeren wateten heran. Einer stieß ihn auf Plenius' Seite in die Kiemen, und gemeinsam drückten wir die Bestie in die von uns gewünschte Richtung. Dann war der Hai im flachen Wasser, wo er sich wild umherwarf. Einer der Speere, die in seinem Körper steckten, brach ab. Ein paar Tage zuvor hatten wir einen Hai in diesem Augenblick verloren, als er sich so heftig bewegte, daß er es zurück ins Wasser schaffte. Ein zweiter hatte sich kurz vor dem Ufer von den Speeren befreit und war, eine Blutspur hinterlassend, zwischen dem Renceschilf in die Freiheit geschwommen.

Aber diesmal steckten fünf Speere im Körper des Hais, denn uns waren weitere Männer zur Hilfe gekommen. Wir schafften ihn an Land. Seine blutigen Kiemen pulsierten noch immer. Der kräftige Schwanz, dessen Schlag einem Mann durchaus das Bein brechen konnte, bewegte sich kaum noch. Zwei Soldaten schoben eine Schlinge um den Schwanz und zogen ihn zum Lager.

Ich stieg aus dem Wasser und stattete Labienus einen Besuch ab. Der Hauptmann hielt einen dicken Ast in der Hand. Er zog die Rinde mit den Fingern ab. Seine Hände waren mittlerweile hart und grau. Meiner Meinung nach konnte er kaum noch etwas fühlen. Er schien sich die Hände zerstören zu wollen. Sowohl die anderen Männer wie auch ich hatten ihn gedrängt, damit aufzuhören, aber er lächelte bloß und beachtete uns nicht. Auf der einen Seite stand eine Schale Salzwasser. Von Zeit zu Zeit tauchte er die Hände in die scharfe Lösung. Ich bezweifelte, daß er seine Finger überhaupt noch richtig benutzen konnte. Er hatte stets kleinere Äste dabei, mit einem Durchmesser von sechs Zentimetern. Unterwegs nahm er sie manchmal und drückte und zerrte über eine Ahn lang an ihnen herum. Oder er hielt den Ast mit beiden Händen fest und riß ihn entzwei. Sein Griff, der auch zuvor nicht schwach gewesen war, mußte mittlerweile furchterregend stark sein.

Der Hai lag mitten im Lager, das Seil noch immer um den Schwanz gewunden. Die Kiemen bewegten sich nicht länger. Ein Soldat näherte sich ihm mit einem Messer.

»Warte!« rief ich und ging zurück.

»Was ist denn?«

»Was hast du vor?«

»Ich werde dem Hai die Zähne herausschneiden – für eine Halskette.«

»An deiner Stelle würde ich damit noch warten.«

»Der ist doch tot.«

»Das weißt du nicht.«

Er blickte mich stirnrunzelnd an.

Ich nahm einem der umstehenden Soldaten den Speer ab und stieß dem Hai das Ende in den Rachen.

Das Holz war noch nicht richtig eingedrungen, als die Kiefer zuschnappten. Ich zog das zersplitterte Ende des Speeres zurück. Er war sauber durchgebissen worden.

»Ich würde warten«, sagte ich.

Der Mann nickte. »Das werde ich tun. Danke, Krieger.«

»Und selbst dann wäre es nicht verkehrt, sicherzugehen, daß das Maul offenbleibt, vielleicht mit Hilfe von Steinen.«

»Laßt uns das Fleisch herunterschneiden«, schlug einer der Männer vor. »Wir müssen essen. Wir müssen uns ausruhen.«

Der Mann mit dem Messer beugte sich vor, stieß dann aber einen Fluch aus.

»Was ist los?« fragte Titus.

»Das Messer ist scharf, ich habe es eben geschärft. Trotzdem ist schwer, die Haut aufzuschneiden.«

»Brauchst du Hilfe?«

»Nein!«

»Wo ist der Fisch?« fragte Labienus.

Alle wandten sich dem Hauptmann zu. Wir waren überrascht, daß er gesprochen hatte. In den letzten Tagen hatte er kaum ein Wort gesagt. Er war in seine ungewöhnliche Beschäftigung vertieft.

»Führt mich zu ihm«, sagte er. »Legt meine Hände auf ihn, hinter den Kopf.«

Titus geleitete ihn zu dem toten Hai. Labienus kniete neben ihm nieder und legte die Hände darauf. Er tastete umher und ließ die Finger über die rauhe Oberfläche gleiten.

Wir sahen schweigend zu.

Labienus hob die Hände, die Finger gekrümmt wie die Klauen eines Tarn, dann stieß er sie dem Fisch plötzlich in die Seite. Wie Eisenklauen drangen sie ein. Er stand auf, stemmte das gewaltige Gewicht in die

Höhe und schüttelte es, und der Fisch drehte sich und fiel wieder in den Sand; ein dreißig Zentimeter breiter Hautstreifen war abgeschält. Zweimal wiederholte er diese Leistung, und zweimal wurden große Hautstreifen zur Seite geschleudert.

»Jetzt dürfte es leichter sein, an das Fleisch zu gelangen«, verkündete Labienus.

»Ja, Hauptmann«, flüsterte der Soldat mit dem Messer. Der Rest von uns schwieg. Titus führte Labienus zurück an seinen Platz, wo er sich stumm mit untergeschlagenen Beinen wie ein Krieger hinsetzte und über den Sumpf hinausstarrte.

»Laßt uns essen«, sagte Plenius.

Der Soldat mit dem Messer fing an zu schneiden. Wenige Augenblicke später kamen in dem Lager gedämpfte Unterhaltungen auf, Essen wurde umhergereicht.

Plenius setzte sich neben mich.

»Tal«, sagte ich.

»Ich bin neugierig, was deine Gefangene angeht«, sagte er.

Ich blickte ihn stirnrunzelnd an.

»Einige der anderen übrigens auch.«

»Tatsächlich?«

»Darf ich sie holen?«

Ich nickte.

Er schnalzte mit den Fingern, und Ina eilte herbei, um in gebührendem Abstand neben uns niederzuknien. Sie hatte noch nicht gegessen.

Ich hielt Ina ein Stück Fisch hin, und sie beugte sich vor und nahm es mit dem Mund. Sie hatte keine Erlaubnis erhalten, die Finger zu benutzen.

»Du hast deine Ina gut ausgebildet«, sagte Plenius. »Sie ist hübsch. Hübsch genug für eine Sklavin.«

»Das ist wahr.«

»Sehr hübsch für ein Rencemädchen.«

»Im Rence leben viele Schönheiten«, erwiderte ich. Vor einigen Jahren waren Sklavenjäger ins Delta gekommen, um sie fast ungehindert zu jagen. Seitdem die Rencebauern über den großen Bogen verfügten, war es eher üblich, ganz offen zu kommen und sie zu kaufen.

»Zweifellos«, meinte Plenius. »Aber ich bin mir einfach nicht sicher, was sie betrifft.«

»Sprich.«

Einige der Soldaten hatten sich um uns versammelt und hörten zu.

»Es ist nicht nur auffallend, daß sie für ein Rencemädchen außergewöhnlich schön ist, sondern viele andere kleine Dinge sind ungewöhnlich – wie sie geht, wie sie sich gibt.«

Ich schwieg.

»Wir haben sie oft ohne Fesseln gehen lassen, und doch hat sie keinen Versuch unternommen, sich ins Schilf zu schlagen.«

»Ich verstehe.«

»Wir halten sie für kein Rencemädchen, wir glauben, daß sie Lady Ina aus Ar ist!«

Ina schrak zurück; sie zitterte am ganzen Leib.

Diese Reaktion kam plötzlich, unwillkürlich und fast wie ein Reflex. Er war den Männern bestimmt nicht entgangen. Ich befürchtete sofort, daß sie sich verraten hatte. Außerdem befürchtete ich, sie werde einen Fluchtversuch unternehmen. Glücklicherweise war sie klug genug, es nicht zu versuchen. Die Männer hätten sie nach wenigen Schritten erwischt.

»Es hat den Anschein, als hätte sie von der Lady Ina gehört«, bemerkte Plenius.

»Das ist schon möglich«, sagte ich, »und vielleicht hat sie Angst, mit ihr verwechselt zu werden.« In aller Ruhe kaute ich das Stück Fisch zu Ende und schluckte es. Das verschaffte Ina die nötige Zeit, sich wieder zu beherrschen.

»Seht sie euch an«, sagte ich dann.

Die Männer betrachteten Ina, die den Kopf senkte.

»Ist sie nicht hübsch?«

»Ja«, sagte Titus.

»Und ist sie nicht heiß, wenn man bedenkt, daß sie gar keine Sklavin und für derlei Zwecke nicht ausgebildet ist?«

»Das ist sie.«

»Und was ist Lady Ina?« fragte ich.

»Ein hochmütiges, anmaßendes Sleen-Weibchen«, sagte Plenius.

»Also ist es doch wohl ziemlich unwahrscheinlich, daß es sich bei dieser hübschen, willigen und gut ausgebildeten Schlampe und Lady Ina um ein- und dieselbe Person handelt.«

Die Soldaten wechselten vielsagende Blicke.

»Es erscheint doch ziemlich unwahrscheinlich, nicht wahr?«

»Ja, schon«, sagte Titus, »aber …«

»Wollen wir doch sehen, ob sie sich wie die Lady Ina benimmt«, schlug ich vor. Ich schnippte mit den Fingern und zeigte auf die Männer. Sofort warf sich Ina auf die Knie und rutschte demütig und mit einem Eifer, der einer Sklavin gut zu Gesicht gestanden hätte, zu den Soldaten hin und fing an, sie zu liebkosen. Ich sah zu, wie sie sie hielt und streichelte, sie küßte und leckte, in der Hoffnung, ihre Aufmerksamkeit zu erringen, für sie begehrenswert zu sein, in der Hoffnung, sie zu erfreuen. Dann blieb sie furchtsam auf dem Bauch liegen.

»Soll das die Lady Ina sein?«

Sie hockte sich auf die Knie, das Gesicht weiter im Sand.

Die Männer lachten.

»Wer weiß«, sagte Plenius.

»Auf jeden Fall gehört sie mir«, sagte ich.

Plenius grinste.

»Vielleicht willst du sie ja retten«, meinte ich.

»Für den Speer?« fragte er.

Ich zuckte mit den Schultern.

»Du hast mich aus dem Treibsand gezogen«, sagte er.

»Wärst du nicht gewesen«, sagte der Soldat, der die Haifischzähne hatte haben wollen, »hätte ich vielleicht eine Hand oder einen Arm verloren.«

»Ohne dich wären wir irgendwo im Delta verschollen, vielleicht sogar tot«, sagte Titus.

Plenius wandte sich an seine Kameraden. »Ich glaube nicht, daß sie Lady Ina ist«, verkündete er.

»Nein«, sagte der Soldat mit dem Messer.

»Hauptmann?« fragte Titus.

»Nein«, lächelte Labienus. »Das ist nicht die Lady Ina.«

»Du bist sicher, Ina«, sagte ich der knienden Gefangenen.

Erleichtert schluchzte sie los, ihre Tränen benetzten den Sand.

»Du solltest ihr erlauben zu sprechen«, sagte Plenius.

»Hauptmann?« fragte ich.

»Auf jeden Fall«, sagte Labienus.

»Selbst wenn sie zufällig mit dem Akzent einer Lady von Ar sprechen sollte?« fragte ich.

»Aber sicher.«

»Das wäre großartig«, sagte Titus. »Wie oft habe ich mir schon gewünscht, eine jener hochwohlgeborenen Damen zu meinen Füßen liegen zu sehen, als eine echte Frau.«

Ich wandte mich wieder Ina zu. »Du darfst sprechen.«

»Danke, mein Herr«, flüsterte sie.

»Ich glaube, aus ihr könnte man eine gute Sklavin

machen«, meinte Plenius grinsend. Dann zuckte er zusammen, und ich glaube, einige der anderen auch, denn plötzlich ertönte ein ziehendes, reißendes Geräusch. Wir blickten uns um und sahen, daß Labienus ein großes Stück Rinde von einem kräftigen, fast schon stammdicken Ast abriß. Die Fingerkuppen hatten in dem abgeschälten Holz sogar tiefe Abdrücke hinterlassen. Er blickte wieder auf den Sumpf hinaus und tauchte die Hände in das Salzwasser.

Ich bot Plenius ein Stück Fisch an, er nahm es, und wir aßen gemeinsam.

16

Ich blickte auf und musterte das von Bäumen durchsetzte Unterholz hinter Titus.

Dort gab es etwas Bemerkenswertes zu sehen.

Plenius stand neben mir. Wir befanden uns im Lager. Im sumpfigen Delta sind Bäume eher eine Seltenheit, aber jetzt, da wir uns dem südlichen Rand näherten, kamen sie öfter vor.

Vor elf Tagen war die Wahrheit über die Gefangene Ina aufgedeckt worden. Vor neun Tagen hatten wir die Sandinsel überquert, über die die Rencebauern die Tharlarionherde getrieben und dann einen Pfeilregen hatten folgen lassen. Die meisten der Pfeile waren verschwunden; vermutlich hatten die Schützen sie später wieder eingesammelt. Wie bereits erwähnt sind die Pfeile aus Temholz kostbar, da es diese Art Holz im Delta nicht gibt.

Vor vier Tagen waren wir weit genug nach Osten gereist, um hoffen zu können, daß sich die cosischen Patrouillen nun hinter uns befänden, und schlugen einen Bogen nach Süden. Das würde uns in eine Gegend bringen, die weit genug sowohl von Brundisium als auch von Ven entfernt lag, eine Gegend, die die Cosianer – so hoffte ich – nicht länger für überwachenswert hielten. Sie würden vermutlich von der Annahme ausgehen, daß Flüchtlinge von der Stelle, an der ihr Regiment aufgehalten worden war, geradewegs nach Norden oder Süden fliehen würden, in dem Bemühen, den Gefahren des Deltas so schnell wie möglich zu entkommen. Ihnen würde hoffentlich nicht der Gedanke kommen, daß die Flüchtlinge eine Zeitlang auf ihrer früheren glücklosen Route zurückgingen, die ohnehin höchstwahrscheinlich von den Rencebauern blockiert und für sie so unglaublich verlustreich gewesen war. Und genau diese Route, die die Vorhut eingeschlagen hatte, war diejenige, die ich ausgesucht hatte.

Allerdings hatten wir sie mittlerweile verlassen. Ich vermutete, daß wir noch vier oder fünf Tage vom Deltarand entfernt waren. Natürlich würden wir nicht weiter nach Osten reisen, denn das würde uns in die von Turmus und Ven beherrschten Gebiete bringen, beides Städte, die Cos' Politik zugetan waren.

Ich sagte: »Plenius?«

Er blickte auf.

»Sieh doch einmal in Titus' Richtung ins Unterholz, in eine Entfernung von etwa dreißig Meter, wo die beiden Bäume nahe zusammenstehen.«

»Und?«

»Das reicht schon.«

»Ich verstehe nicht.«

»Was hast du gesehen?«

Er zuckte mit den Schultern. »Nichts.«

»Was du gesehen hast, will ich wissen.«

»Nur Gebüsch«, sagte er. »Gras, Renceschilf, zwei Bäume.«

»Welche Art von Gebüsch?«

»Etwas Festal, Tes, ein bißchen Tor.«

»Bist du sicher, daß es ein Torbusch ist?«

Er vergewisserte sich. »Ja.«

»Ich halte es auch für einen Torbusch.« Man kennt den Strauch unter mehreren Namen; einer davon ist Torstrauch, was man mit heller Strauch oder Lichtstrauch übersetzen könnte, was auf der verschwenderischen Blütenpracht beruht, die weiß oder gelb sein kann. In voller Blüte ist es ein prächtiger Strauch. Jetzt blühte er nicht, schließlich war es nicht Herbst.

Plenius blickte mich an. »Und?«

»Fällt dir daran nichts Ungewöhnliches auf?«

Er schüttelte den Kopf.
»Wie hoch ist er?«
»Ich würde sagen, so etwa anderthalb Meter.«
»Das ist auch meine Schätzung.«
»Ich verstehe nicht, worauf du hinauswillst.«
»Kommt dir das nicht ungewöhnlich vor?« fragte ich.
»Eigentlich nicht.«
»Mir schon.«
»Warum?«
»Der Torstrauch wächst einem Mann nur bis zur Hüfte.«

*

Er stand ganz ruhig da, etwas vornübergebeugt, und beobachtete unser Lager.

Ich hatte Plenius stehen lassen, war unauffällig weggegangen und hatte dann einen großen Bogen geschlagen. Auf diese Art hatte ich ihn umgangen.

Meine linke Hand verschloß ihm den Mund und drückte ihm den Kopf zurück; ich zog ihn gegen meinen gedrehten Körper und entblößte so seinen Hals für mein Messer, das ich ihm an die Kehle hielt. Er war hilflos, war zum Schweigen gebracht worden und konnte sofort getötet werden.

»Keine Bewegung, Rencebauer«, sagte ich, »oder du bist tot.«

Er bewegte sich nicht, gab nicht den geringsten Laut von sich.

»Auf die Knie«, flüsterte ich ihm ins Ohr.

Er gehorchte.

Dann zwang ich ihn auf den Bauch, kniete mich auf ihn, das Messer zwischen die Zähne geklemmt, zog in rasender Eile einen Lederriemen hervor und fesselte ihm die Hände auf den Rücken.

»Keinen Laut«, warnte ich ihn.

Soweit ich feststellen konnte, befanden sich keine anderen Rencebauern in unmittelbarer Nähe. Die Zeichen auf seinem Gesicht und der Strauch, mit dem er sich getarnt hatte, verrieten, daß es sich bei ihm um keinen gewöhnlichen Rencebauern handelte, der seinen täglichen Pflichten nachkam und sich seinen Lebensunterhalt verdiente. Er war vielleicht ein Späher oder ein Menschenjäger. Allerdings war er noch jung, kaum älter als ein Junge. Doch auch die können sehr gefährlich sein. Ein erfahrener Krieger nimmt sie durchaus ernst.

»Auf die Füße!« befahl ich. Dann schob ich ihn in Richtung unseres Lagers.

»Ein Rencebauer«, verkündete ich und stieß ihn in unsere Mitte.

Sofort drängten sich Männer um uns.

»Stellt Wachen auf!« befahl ich.

Titus und ein anderer Mann brachen sofort auf.

Neugierig kam Ina näher; auch sie wollte sehen, was geschehen war.

»Das ist ein Mann«, sagte ich. Sofort fiel sie auf die Knie, legte die Hände in den Sand und den Kopf dazwischen. Er war jung, aber sie als Frau hatte ihm ihren Gehorsam erwiesen, hatte ihre Weiblichkeit seiner Männlichkeit unterworfen.

Er blickte sie einen Augenblick lang verblüfft an. Vermutlich blieben ihm auf seiner Rence-Insel derartige Aufmerksamkeit und die Ehrerbietung einer schönen Frau verwehrt. Im allgemeinen sind Rencefrauen launisch, leicht gekränkt und eifersüchtig auf die Männer. Viele von ihnen scheinen die Meinung zu vertreten, daß es eine Erniedrigung ist, eine Frau zu sein; sie scheinen lieber die Männer zu imitieren statt wahre Frauen zu sein. Die ständig wachsende Zahl der ins Delta importierten Sklavinnen (eine Tendenz, die die freien Frauen, aus welchen schwer vorstellbaren Gründen auch immer – pochen sie doch stets auf ihre Überlegenheit über derartige Geschöpfe –, von ganzem Herzen verabscheuen) hat dazu geführt, daß die Männer, die das Glück haben, eine von ihnen zu besitzen, nicht mehr so mißtrauisch und zaghaft sind, wie es einst der Fall war.

»Ein Rencebauer«, knurrte ein Soldat.

Der Junge drückte den Rücken durch, wich aber ein Stück zurück.

»Erinnert euch an die Tharlarion, an die Pfeile!«

»Ja, genau!«

»Erinnert euch an den Marsch durch das Rence!«

»Richtig!«

Der Junge schien Mut zu haben.

»Seht die Zeichen auf seinem Gesicht, und das hier!« Der Soldat riß ihm die Zweige des Strauches vom Leib.

»Mörderischer Rencebauer«, sagte ein anderer Soldat und zog ein Messer. »Töten wir ihn.«

»Wartet!« warf ich ein.

»Ich werde ihm die Kehle durchschneiden.«

»Wartet!« wiederholte ich. »Wo ist Labienus?«

»Da hinten«, sagte ein Mann. Der Hauptmann saß vor einem Baum, lehnte sich gegen den Stamm, als würde er meditieren, und umschloß ihn mit den Armen.

»Bringen wir ihn zum Hauptmann«, schlug ich vor.

Das erschien mir als die vernünftigste Methode, das Leben des Jungen zu retten. Seine Jugend würde den Männern, die im Pfeilregen gestanden und geliebte Kameraden verloren hatten, nicht das geringste bedeuten. Sie würden nur die Meinung vertreten – und das zu Recht –, daß ein so großer und kräftiger Junge schon jetzt dazu fähig war, den großen Bogen zu spannen, und selbst wenn er nicht könnte, würde er in einem oder zwei Jahren soweit sein. Mir war da ein verrückter Gedanke gekommen. Ich war neugierig, ob Labienus ähnliche Gedanken hegte.

»Ja«, sagte der Soldat, der mit dem Messer herumfuchtelte, »bringen wir ihn zum Hauptmann!«

Der Junge wurde bleich.

Sie stießen ihn bis zu Labienus, der sich aus seinen Gedanken löste und sich zu uns umdrehte.

»Wir haben dir einen Rencebauern gebracht.«

»Einen Spion!«

»Tarl hat ihn gefangen.«

»Seinem Aussehen nach ist er ein Jäger und Mörder.«

»Er ist noch ein Junge«, sagte ich.

Labienus wandte uns den Kopf zu. Seine Augen waren eine Masse entstellender Narben.

»Wie ist dein Name, Junge?« fragte er.

»Ho-Tenrik«, antwortete der Junge stolz.

»Hat er eine besondere Bedeutung?« fragte ich. So, wie er den Namen aussprach, war es vorstellbar, daß dies zutraf. Im Goreanischen ist ›Ho‹ eine weit verbreitete Vorsilbe, die auf die Abstammung hinweist. Manchmal wird sie benutzt, manchmal auch nicht. In diesem Zusammenhang war es ein Hinweis, daß es sich bei dem jungen Mann um den Sohn oder Abkömmling eines Mannes namens ›Tenrik‹ handelte. Ich hätte den Namen auch als ›Tenriksohn‹ übersetzen können, zog es aber vor, beim Goreanischen zu bleiben.

»Ich bin Tenriks Sohn«, sagte er, »Tamruns Bruder.«

Die Soldaten blickten sich an. Ich sah, daß ihnen das nicht das geringste sagte.

»Also Tamruns Neffe«, fuhr der Junge fort.

»Ich verstehe.« Mir entging nicht, daß Labienus sich ebenfalls an den Namen zu erinnern schien. Vor langer Zeit hatte ich ihn ihm gegenüber einmal erwähnt.

»Kommst du aus Tamruns Dorf?« fragte ich.

»Nein.«

»Aber aus einem Dorf in dessen Nähe?«

Er nickte.

»Du bist weit weg von zu Hause.«

»Wir jagen die Männer aus Ar!«

»Tötet ihn!« verlangte ein Soldat.

Plenius fragte: »Wer ist Tamrun?«

»Tamrun ist im Rence ein hochrangiger Führer«, erklärte ich. »So etwas wie eine Legende, eine Art Stratege und Staatsmann, so ähnlich wie Ho-Hak aus den Gezeitensümpfen, einer der wenigen Männer, die zu jeder Zeit eine beliebige Anzahl von Dörfern mobilisieren können.«

»Dann war er in die Angriffe verwickelt?«

»Davon gehe ich aus«, sagte ich.

»Ja!« sagte Ho-tenrik stolz. »Und ich auch, und die Männer aus meinem Dorf!«

Unter diesen Umständen war diese enthusiastische, feierliche Erklärung des Jungen meiner Meinung nach eher unangebracht.

»Welch eine süße Rache, einen Neffen dieses Tamruns in unserer Gewalt zu haben!« erklärte Plenius.

»Ich fürchte die Folter nicht«, sagte Ho-Tenrik.

Er war wirklich mutig. Ich selbst habe der Folter seit jeher eine gesunde Abneigung entgegengebracht, man könnte sogar so weit gehen und es als entschiedenen Abscheu bezeichnen.

»Warum habt ihr uns angegriffen?« fragte Labienus.

»Ihr seid unsere Feinde«, sagte der Junge. »Ihr seid in unser Land eingefallen.«

»Wir haben die Cosinaner verfolgt!« rief Plenius.

»Im Delta halten sich nur wenige Cosianer auf«, behauptete der Junge.

»Von seinem Blickpunkt aus scheint diese Meinung durchaus gerechtfertigt«, sagte ich. »Außerdem wußte er, daß es im Delta keine auf dem Rückzug befindliche cosische Streitmacht gab; also konnte er davon ausgehen, daß euch das ebenfalls bekannt war. Unglücklicherweise wurde eines ihrer Dörfer niedergebrannt, was man verständlicherweise für einen Kriegsakt gehalten hat. Wenn ihr einem Larl einen Tritt versetzt, könnt ihr es ihm nicht verdenken, wenn er darauf reagiert.«

»Stellst du dich auf seine Seite?« fragte ein Soldat.

»Was hättet ihr gedacht, wenn ihr im Rence leben würdet?« stellte ich eine Gegenfrage.

»Wir wußten, daß ihr der Feind seid«, verkündete Ho-Tenrik. »Schon lange bevor ihr in unser Land eingedrungen seid.«

»Wieso denn das?« fragte ich.

»Unsere Freunde, die Cosianer, haben uns gewarnt.«

»Und ihr habt ihnen geglaubt?«

»Euer Verhalten hat ihre Worte bestätigt.«

»Nein!« sagte Plenius.

»Aber den Bauern muß das so vorgekommen sein«, sagte ich.

Die Männer warfen sich wütende Blicke zu. »Tötet ihn!« stieß einer hervor.

»Ich habe keine Angst vor dem Tod«, behauptete Ho-Tenrik. Aber seine Unterlippe zitterte ein wenig.

Ein Soldat hielt ihm das Messer unter das Kinn. »Du machst Jagd auf Männer aus Ar, das stimmt doch?« fragte er.

»Ja«, erwiderte Ho-tenrik und hob das Kinn ein Stück, damit die Klinge nicht in die Haut schneiden konnte.

»Aber du bist jetzt in unserer Gewalt, gefesselt«, fuhr der Mann fort. »Es sieht also so aus, als wäre der Jäger gejagt worden.«

»Und in die Falle gegangen«, fügte Plenius hinzu.

»Aber nicht dir«, erwiderte Ho-Tenrik. Eine Anspannung ergriff Plenius, seine Hand tastete nach dem Schwert.

»Aber das wäre durchaus möglich gewesen«, sagte ich.

Der Junge blickte mich an. »Vielleicht.«

Dieses Zugeständnis war meiner Meinung nach nicht nur gerechtfertigt, sondern schien auch eine der ersten überlegten Antworten des Jungen zu sein.

»Es sind sicher noch andere in der Nähe«, vermutete Plenius.

»Wir sollten den da ausziehen und gefesselt und geknebelt als Lockmittel für die anderen benutzen«, schlug der Mann mit dem Messer vor.

»Dann können wir sie alle töten.«

»Dazu haben wir keine Zeit«, warf ein anderer Soldat ein. »Laßt uns ihn in Stücke hacken und seine Einzelteile als Warnung an die Äste eines Baumes hängen.«

Ho-Tenrik wurde erklärlicherweise ziemlich blaß, als er diese bedrohlichen Vorschläge hörte. Ich war froh, nicht in seiner Haut zu stecken.

»Hauptmann?« fragte Plenius.

»Ich denke nach«, sagte Labienus. »Ich muß nachdenken.«

»Überprüfe die Vorposten«, bat ich einen Mann. »Seht nach, ob noch andere in der Nähe sind.«

Er verließ die Gruppe.

»Sieh dir den Himmel an, Junge«, riet einer der älteren Soldaten dem Jungen. Jetzt am Spätnachmittag war er in der Tat sehr schön. Der junge Bauer schluckte schwer.

Der Mann, den ich ausgesandt hatte, kehrte wenige Ehn später zurück. »Es gibt keinerlei Anzeichen, daß noch mehr von ihnen in der Nähe sind«, meldete er.

»Zu schade«, bedauerte einer der Umstehenden. »Es

wäre schön, mehr von diesen Kerlen umbringen zu können.«

»Junge, schlag dir jeden Gedanken an Rettung aus dem Kopf«, sagte der Soldat, der ihm eben noch geraten hatte, sich noch einmal an der Schönheit des Himmels zu erfreuen.

»Ich habe nachgedacht«, verkündete da Labienus.

Wir wandten uns ihm zu.

Er stellte sich wieder mit dem Gesicht zu dem Baum, neben dem er stand. Er streckte die Hände aus und berührte ihn. Dabei schien er völlig entspannt zu sein. Seine Reglosigkeit verblüffte uns. Plötzlich, wie aus heiterem Himmel, verzerrte sich sein Gesicht vor Wut, er stieß einen tierhaften Schrei aus und hieb auf den Baum ein, grub tiefe Furchen in das Holz, riß die Rinde ab und schleuderte sie in alle Himmelsrichtungen. Einen Augenblick lang wirkte er wie ein tollwütiger Sleen.

»Aii!« rief der Junge.

Und wir, denen Labienus' Kraft und seine seltsamen Übungen nicht unbekannt waren, reagierten in ähnlicher Weise. Ich war entsetzt, und ich glaube, ich kann auch für die anderen sprechen, wenn ich behaupte, daß sie ebenfalls entsetzt waren. Denn selbst wir, die sich die ganze letzte Zeit in Labienus' Nähe aufgehalten hatten, hatten nicht begriffen, wozu er nun fähig war. Die Wirkung auf den unschuldigen jungen Burschen, der ja nichts anderes als ein gefangengenommener Fremder war, war deutlich sichtbar. Er war erschüttert und totenbleich. So wie wir auch.

Dann drehte sich Labienus wieder seltsam ruhig um, wobei er uns jene zerstörten, hakenähnlichen grauen Hände, an denen hier und da noch Holz klebte, wie eiserne Klauen entgegenstreckte, und wandte uns die erblindeten weißen Augen zu.

»Hauptmann?« fragte Plenius.

»Ich halte ein Messer in der Hand, Hauptmann«, sagte der eine Soldat. »Soll ich den Gefangenen entkleiden?« Gefangene werden auf Gor oft nackt ausgezogen. Dafür gibt es mehrere Gründe. So unterscheiden sie sich von der Masse und werden mühelos als Sklaven oder Gefangene erkannt; man hilft ihnen zu verstehen, daß sie sich nun in der Gewalt von anderen befinden, davon abgesehen erschwert man ihnen das Verbergen von Waffen. Wie so oft im Leben muß man alles im Zusammenhang sehen. So arbeiten einige goreanische Handwerker ebenfalls nackt oder so gut wie unbekleidet. Auch in der Sporthalle, auf dem Sportplatz und in den Bädern ist Nacktheit nichts Besonders.

»Nein«, sagte Labienus. »Laßt ihn angezogen.«

»Ich danke dir, Hauptmann«, sagte He-Tenrik respektvoll und dankbar. Ich nehme an, daß er das nicht nur wegen seiner Person zu schätzen wußte, sondern auch wegen gewisser heikler Ehrvorstellungen, die mit seiner Familie und deren Bedeutung im Sumpf zu tun hatten.

Labienus sah den Jungen mit seinen furchteinflößenden, schrecklichen blinden Augen an.

»Hauptmann?«, fragte He-Tenrik.

Labienus sagte kein Wort.

»Ich bin dein Gefangener, Hauptmann«, sagte der Junge unsicher.

»Wir machen keine Gefangenen«, erklärte Labienus.

»Ah!« rief der Soldat und hob das Messer.

Ina stieß einen leisen Ruf des Entsetzens aus.

He-Tenrik erbleichte.

»Nehmt ihm die Fesseln ab«, befahl Labienus.

»Hauptmann?« fragte der Soldat unsicher.

»Ihr sollt ihn losmachen.«

Der Soldat durchschnitt die Fesseln.

»Wir machen keine Gefangenen«, wiederholte Labienus an den Jungen gewandt. »Du kannst gehen.«

»Ich verstehe nicht«, sagte He-Tenrik. Er rieb sich die Handgelenke. Ich hatte ihm den Riemen fast so eng wie einer Sklavin gezurrt.

»Im Namen von Gnieus Lelius, dem Regenten von Ar, und dem Hohen Rat von Ar«, sagte Labienus, »drücke ich als ihr De-facto-Bevollmächtigter im Delta ihr Bedauern über die Mißverständnisse zwischen unseren Völkern aus, insbesondere darüber, daß diese in einem heimtückischen und brutalen Angriff auf ein unschuldiges Dorf ihren Ausdruck fanden. Man kann einen solchen Zwischenfall kaum mit Worten entschuldigen, aber wenn Blut mit Blut vergolten werden kann, dann halte ich, was diese Angelegenheit betrifft, die Schuldlast für ausgeglichen.«

He-tenrik war sprachlos. Auch ich war über diese staatsmännische Handlung völlig überrascht. Zwar hatte ich gehofft, daß etwas in dieser Richtung geschähe, aber ich hätte nie zu glauben gewagt, daß es etwas für Ar so Demütigendes wäre und das gleichzeitig soviel Großmut zeigte.

»Die Männer aus Cos mögen eure Freunde sein oder auch nicht«, fuhr der Hauptmann fort. »Das kann ich nicht beurteilen. Was das angeht, müßt ihr euer eigenes Urteil fällen. Eines jedoch weiß ich genau: Die Bürger Ars sind nicht eure Feinde.«

Labienus streckte die Hand aus, und Plenius ergriff sie und führte ihn fort.

»Du kannst gehen«, sagte ich zu He-Tenrik.

»Er wird uns nur die anderen auf den Hals hetzen«, knurrte der Soldat mit dem Messer.

»Bis dahin sind wir verschwunden«, beschwichtigte ich ihn.

»Du hörst dich nicht an wie jemand, der aus Ar kommt«, sagte der Junge.

»Ich stamme aus Port Kar.«

»Das Rence hat keinen Streit mit Port Kar«, wandte He-Tenrik ein.

»Genausowenig wie Port Kar mit dem Rence«, erwiderte ich.

»Wieso bist du bei ihnen?«

»Ich wollte ihnen helfen«, erklärte ich. »Schließlich befinden sie sich mit Cos im Kriegszustand, genau wie Port Kar – wenn nicht sogar wie das Rence.«

Er nickte. »Nehmt euch vor den Cosianern in acht«, riet er. »Sie und ihre bezahlten Schläger haben sich an den Rändern des Deltas eingenistet.«

Das hörte ich gar nicht gern, andererseits hatte ich es aber bereits vermutet.

»Verlaß sie«, sagte er. »Sie werden den Durchbruch niemals schaffen.«

»Vielleicht hast du ja Lust, ein paar Ehn zu bleiben«, schlug ich vor.

»Ich sollte aufbrechen.«

»Mein Freund Plenius hat meines Wissens ein paar Stücke hartes Brot in seinem Bündel verwahrt. Es ist mittlerweile alt und trocken, aber es könnte dir schmecken. Hast du schon einmal so etwas gegessen?«

»Nein, ich glaube nicht.«

»Möchtest du es nicht einmal kosten?«

»Ich glaube nicht.«

»Ich kann es holen lassen«, sagte ich.

»Holen lassen?«

»Von der Frau natürlich«, sagte ich.

»Natürlich«, erwiderte er.

»Ina«, sagte ich.

Sie sprang auf, kam zu uns herüber und kniete mit gesenktem Kopf nieder.

»Ist das eine Sklavin?«

»Nein, bloß eine Gefangene.«

Ho-Tenrek musterte Ina und die Schönheit der ihr angemessenen unterwürfigen Haltung.

»Ina, wenn Plenius gerade nichts zu tun hat, bitte ihn, daß er dir ein Stück hartes Brot gibt, für mich und meinen jungen Freund.«

»Ja, Herr«, antwortete sie, stand auf und eilte zu Plenius.

»Sie gehorcht aufs Wort«, bemerkte He-Tenrik.

»Wenn nicht, bekäme sie Schläge.«

»Ich verstehe.«

Ein paar Augenblicke später war Ina wieder da. Sie hielt ein Stückchen Brot in der Hand. Es war das letzte der beiden Stücke, die Plenius noch hatte, und ich war ihm dankbar für seine Großzügigkeit. Es gehörte zu den wenigen eßbaren Dingen in unserem Lager, die wir dem jungen Rencebauern anbieten konnten. Zumindest war es nicht roh.

»Ina, brich es in zwei Stücke«, sagte ich, »und gib unserem Gast das größere Stück.«

»Ja, Herr.«

Natürlich war es keinesfalls das Brot, das unseren jungen Freund im Lager festhalten sollte.

»Bedien zuerst unseren Gast«, verlangte ich und korrigierte mit diesen Worten ihr Benehmen, da sie anscheinend mich zuerst bedienen wollte.

»Ja, Herr.«

Auf den Knien bot sie He-Tenrik das größte Stück hartes Brot an, das er auch annahm; danach bediente sie mich.

Wir betrachteten Ina, die zu unseren Füßen kniete.

»Sie ist ja fast nackt«, sagte der junge Rencebauer.

»Weil ich das so will«, erklärte ich.

»Ich verstehe.«

»Männern gefällt es, sich an der Schönheit von Gefangenen und Sklavinnen zu erfreuen. Tust du das nicht?«

»Ja, doch«, antwortete er zögernd. Dann: »Ja!«

»Gut.«

Ina errötete unter unseren Blicken, langsam und verstohlen tasteten ihre Hände nach oben, um die Brüste zu bedecken.

»Du hast keine Erlaubnis erhalten, deine Brüste zu bedecken, Ina«, rügte ich sie.

Blitzschnell nahm sie die Hände herunter und legte sie auf die Oberschenkel. »Verzeihung, Herr.«

»Deine Brüste sind sehr schön«, sagte ich, »und du mußt sie zeigen, wenn es der Wunsch deines Herrn ist.«

»Ja, Herr, danke, Herr«, sagte sie.

»Wie bestimmend du mit ihr umgehst«, staunte He-Tenrik.

»Sie ist eine Frau«, sagte ich etwas verblüfft. Anscheinend hatte er noch nicht viel Erfahrung mit Frauen.

»Wie schön Frauen doch sind!« sagte er.

»Ja«, stimmte ich ihm zu. »Willst du dich nicht setzen und dein Brot essen?«

»Ich muß weiter.«

Ich warf Ina einen strengen Blick zu. Sofort spreizte sie die Beine noch weiter auseinander.

»Vielleicht kann ich auch noch einen Augenblick bleiben«, meinte der Junge.

Wir setzten uns und kauten das Brot. Er konnte den Blick nicht von der Gefangenen losreißen. Sie kniete kerzengerade, wagte es aber nicht, seinem Blick zu begegnen.

»Und?«

»Sie ist wunderschön«, sagte er.

»Das Brot.«

»Es … es schmeckt nicht schlecht.«

He-Tenrik war höflich. Im Bündel eines jeden Soldaten findet man derartiges hartes Brot. Einige behaupten sogar, es schmecke ihnen. Plenius zum Beispiel hatte es seit Wochen aufbewahrt.

Anderseits war es durchaus möglich, daß er sich bloß nicht überwinden konnte, es zu essen, daß er es bloß als die allerletzte Möglichkeit gegen das Verhungern aufsparte. Er hatte es uns verdächtig schnell überlassen. Ich konnte mich aber auch irren, vielleicht schmeckte es ihm ja tatsächlich. Gelegentlich aß ich solche Rationen durchaus gern. Ich würde sie nur nicht als die Krönung der Genüsse bei einem wichtigen diplomatischen Bankett auftischen, bei dem es darum ginge den möglichen Ausbruch eines Krieges zu verhindern.

»Ina, hol Wasser!« befahl ich.

Wir sahen zu, wie sie aufsprang und loseilte.

»Gibt es in eurem Dorf solche Frauen?« fragte ich.

»Nein. Nicht einmal entfernt ähnliche Frauen.«

Wir sahen zu, wie Ina zur Wasserstelle ging, die zuvor in Wassernähe gegraben worden war, damit das Wasser dort hineinsickern konnte, und ein kleines Metallgefäß füllte.

Sie kam zurück, kniete nieder und bot uns das Gefäß an. He-Tenrik spülte das Brot hinunter.

»Wie hast du eigentlich bemerkt, daß ich euch ausspionierte?« fragte er.

»Der Torstrauch. Er wächst nicht höher als bis zur Hüfte.«

»Ich war dumm.«

»Nein«, sagte ich, »du warst unvorsichtig.«

»Es war ein Fehler.«

»Ja, es war ein Fehler.«

»Solch ein Fehler kann einem Mann das Leben kosten.«

»Das ist möglich«, sagte ich.

»Ich werde ihn nicht wiederholen.«

»Gut.«

He-Tenrik trank noch einen Schluck Wasser. »Du bist nicht mein Feind, nicht wahr?« fragte er dann.

»Nein«, sagte ich. »Genausowenig wie die anderen hier.«

»Danke für das Essen.«

»Es war nur wenig.«

»Ich wünsche dir alles Gute.«

»Ich wünsche dir alles Gute«, erwiderte ich.

Er stand auf, drehte sich um und verließ das Lager. Plenius kam zu mir herüber. »Wir müssen bald aufbrechen.«

»Ja, das müssen wir.« Ich konnte mir nicht vorstellen, daß der Junge mit seinen Leuten zurückkehren würde, um uns anzugreifen, aber sie kannten sich möglicherweise im Sumpfläufertum aus und kamen darum viel schneller vorwärts als wir. Aus diesem Grund würde ich die Gruppe nach Südwesten führen, denn sie nähmen gewiß an, daß wir nach Süden gingen oder, falls wir ihre Verfolgung fürchteten, nach Osten, fort von der Stelle, an der wir den Jungen beim Spionieren erwischt hatten. Aber es würde nicht einfach sein, die Männer zu verfolgen, mit denen ich unterwegs war. Sie hatten begriffen, wie man sich im Sumpf bewegen mußte. Es würde höchst gefährlich sein, sie nun zu verfolgen.

GOR 17

»Da kommt jemand!« zischte Titus. Seit unserer Begegnung mit dem jungen Rencebauern waren drei Tage vergangen.

»Wo? Wer?« fragte ich.

»Dort!« Titus zeigte in nordwestliche Richtung. »Da läuft ein Mann, ein Cosianer, und ein paar Soldaten in der Uniform von Ar – ich weiß nicht, wie viele – verfolgen ihn.«

In dieser Gegend erschien das sehr seltsam. Wenn überhaupt, dann hätte ich erwartet, daß Cosianer ein paar arme Arer verfolgten, die aus dem Delta zu entkommen versuchten. Vielleicht handelte es sich ja um Cosianer oder Söldner, die sich verkleidet hatten, um Männer aus Ar in die Falle zu locken, während der Verfolgte, der die Uniform von Cos trug, in Wirklichkeit ein Arer war. Das hätte einen schlüssigen Sinn ergeben.

»Plenius!« rief ich leise. Nach Labienus war er der nächste, der in unserer kleinen Gruppe das Sagen hatte.

»Ich habe es gehört«, sagte er und trat mit einem Speer in der Hand hinter einem Strauch hervor.

»Sie kommen in unsere Richtung!« rief Titus.

»Das sollten wir uns ansehen«, sagte ich. Es konnten auch alles Cosianer oder Söldner sein, die eine Scharade spielten, um uns in Sicherheit zu wiegen.

Mit Handsignalen schickte Plenius unsere Männer auf ihre Posten. Als sie dann hinter ihm ausschwärmten, folgte er mir.

Wenige Augenblicke später kamen der Läufer und seine Verfolger in mein Blickfeld. Seltsamerweise schien keiner von ihnen bewaffnet zu sein. Das erweckte in mir den Verdacht, daß keiner von ihnen ein Cosianer war.

Ich rechnete mir aus, welchen Weg der Flüchtling aller Voraussicht nach nehmen würde, indem ich mir das Gelände ansah und den für ihn einfachsten und am wenigsten beschwerlichen Weg berechnete.

Ich hörte ihn, wie er nur wenige Meter entfernt durch das seichte Wasser trampelte. Ich machte Plenius ein Zeichen, daß seine Männer zu beiden Seiten eines Pfades hinter den Büschen Aufstellung nehmen sollten. Plenius, der jetzt ganz in meiner Nähe halb über einen Strauch gebeugt stand, hielt den Speer mit beiden Händen umfaßt, bereit für einen Vorwärtsstoß. Nahm man die Geschwindigkeit des Läufers und brachte sie in Zusammenhang mit Plenius' Kraft, würde der Speer vermutlich bis zur Hälfte des Schaftes in seinen Körper eindringen, denn Plenius war ein großer, kräftiger Mann, der aus den Rängen der Speerträger aufgestiegen war.

Ich legte die Hand auf den Speer und drückte ihn hinunter. »Laß ihn vorbei.« Er sah mich erstaunt an, widersprach aber nicht. Er gab den anderen ein Zeichen, noch nicht zuzuschlagen. Ich rechnete nicht damit, daß sie über die Verfolger herfallen würden. Dem Anschein handelte es sich ja um Soldaten aus Ar.

Der Läufer stürzte, kämpfte sich keuchend wieder auf die Beine und lief weiter. Ich lächelte. Er bewegte sich nicht so geschickt, wie es ihm möglich gewesen wäre. Vielleicht hatte er in letzter Zeit nicht genug zu essen gehabt. Andererseits waren seine Verfolger auch nicht besonders gut. Ich glaube nicht, daß ich auch nur einen von ihnen für die Wettläufe auf dem Sardarmarkt angemeldet hätte.

Der Mann in der blauen Uniform stolperte vorbei; soweit ich es beurteilen konnte, bemerkte er uns nicht einmal.

Unmittelbar hinter ihm kam ein Mann in Rot, bei dem ich mir die Freiheit nahm, ihm ein Bein zu stellen. Er stürzte der Länge nach hin, und bevor er wieder aufstehen konnte, hatte ich einen Fuß auf seine flach ausgestreckte Hand gestellt und ihn festgenagelt, während ich ihm die Schwertspitze in den Nacken drückte. Ich sagte: »Keine Bewegung.« Dann stolperten die anderen Verfolger heran, und ich streckte die Hand aus. »Halt!« befahl ich. Sie blieben verblüfft stehen. Ich trug die Uniform von Ar, auch wenn sie mir in Fetzen vom Körper hing.

»Keinen Schritt weiter«, sagte ich, »oder dieser Kerl ist tot.«

»Wir verfolgen einen Cosianer!« keuchte einer.

Ich nahm den Fuß von der Hand des Liegenden und das Schwert aus seinem Nacken, um ihm und den anderen zu zeigen, daß ich keine bösen Absichten hatte – wie beispielsweise einen schnellen Stoß, der die Halswirbel im Nacken durchtrennt. Davon abgesehen waren sie stehengeblieben, hatten also meiner Bitte entsprochen. Der Anführer kroch zu seinen Kameraden zurück. Es waren sieben Mann.

»Wir verfolgen einen Soldaten aus Cos«, sagte er.

»Er kommt nicht aus Cos, sondern aus Ar-Station«, erwiderte ich.

Die Soldaten blickten einander an. Dann tauchten Labienus' Männer wie Geister auf, kamen hinter Büschen und Schilf hervor, und die Soldaten erschraken erneut. Es hatte so ausgesehen, als sei niemand da, und dann plötzlich, vielleicht sogar allzu plötzlich, hat es den Anschein, als stünden überall Männer. Wenigstens brüllten unsere Jungs nicht wild und ließen Pfeile von ihren kleinen Bogen schnellen oder griffen sie mit Messern und Macheten an.

»Ich bin Plenius, Unteroffizier des Labienus, des Kommandanten der Vorhut«, stellte dieser sich vor.

»Ich bin Claudius, Speerträger des elften Regimentes«, erwiderte der Mann, den ich recht heftig zu Boden geschickt hatte. Das elfte Regiment war eine der wichtigsten Truppenverbände der linken Flanke. Bei dem Versuch, sich zusammen mit dem siebten, dem neunten und dem vierzehnten Regiment aus dem Delta zurückzuziehen, hatte es hohe Verluste davongetragen. Es gab bestimmt Überlebende dieser Katastrophe, die zurück ins Delta geflohen waren und sich so der Gnade der Rencebauern ausgeliefert hatten.

»Ihr habt verhindert, daß wir einen Cosianer schnappen«, sagte der Mann hinter Claudius.

»Er ist kein Cosianer«, sagte ich.

»Und wer bist du?« fragte Claudius.

»Ich bin Tarl aus Port Kar.«

»Der andere Spion!« rief einer der Neuankömmlinge.

»Ergreift ihn!« wandte sich Claudius an Plenius. Da er entwaffnet war, schien es unwahrscheinlich, daß er sich auf mein Schwert stürzen würde.

»Schweig!« erwiderte Plenius. »Es könnten Cosianer in der Nähe sein.«

Claudius sah Plenius verwundert an.

»Tarl aus Port Kar ist ein Freund Ars!« erklärte Plenius.

»Nun«, mischte ich mich ein, »das mit Ar weiß ich nicht, aber zumindest bin ich sein Freund.«

»Wenn du ihm etwas antun willst«, fuhr Plenius fort, »werden wir dich in Stücke hauen.«

Diese Ankündigung dämpfte die Begeisterung der Neuankömmlinge.

»Und der andere Mann ist zweifellos ebenfalls ein Freund von Ar«, stellte Plenius fest.

»Zumindest dürfte er euch persönlich sehr gewogen sein«, stellte ich richtig. Ich bezweifelte doch sehr, daß es viele Bürger von Ar-Station gab, die Ar noch große Zuneigung entgegenbrachten oder gar die Treue hielten, nachdem Ar-Station dem Expeditionsheer von Cos ausgeliefert worden war. Falls es tatsächlich noch welche gab, die so dachten, gehörte der junge Bursche, der eben an uns vorbeigelaufen war, bestimmt dazu.

»Wo ist er?« fragte Titus.

»Bei der Langsamkeit, die er an den Tag legte, ist er bestimmt noch nicht weit gekommen«, vermutete ich.

»Habt ihr Hunger?« fragte Plenius die Neuankömmlinge.

»Ja!« riefen mehrere von ihnen. Das glaubte ich ihnen gern. Es schien die grollenden Geräusche, die an mein Ohr drangen, zu bestätigen.

»Was habt ihr denn zu essen?« fragte Claudius.

»Fragt nicht.«

»Warum trug der Bursche, hinter dem ihr her wart, eine cosische Uniform?« fragte ich.

Als ich Gefangener der Arer gewesen war, hatte man mir nicht soviel Milde gewährt.

»Die hat er von den Rencebauern«, erklärte Claudius. »Sie glaubten uns, daß er ein Cosianer ist, auch wenn er es bestritt.«

»Ihr hattet Kontakte zu den Rencebauern?« fragte Plenius.

Die Neuankömmlinge blickten einander an.

»Nun sagt schon.«

»Wir gehörten zum Elften, das mit den verbündeten Regimentern bei dem Ausbruchsversuch vor ein paar Wochen besiegt wurde. Viele wurden getötet, viele gefangengenommen. Viele flohen so wie wir zurück in den Sumpf. Keiner weiß, was aus den Männern geworden ist. Ich vermute, viele sind im Sumpf umgekommen, entweder durch die Pfeile der Bauern oder durch

Ungeheuer oder Treibsand. Ich weiß es nicht. Zweifellos sind einige entkommen.«

»Aber ihr hattet Kontakte zu den Bauern?« wiederholte Plenius seine Frage.

»Die letzten Wochen haben die Bauern den Sumpf nach Überlebenden durchkämmt«, sagte Claudius.

»Und, weiter«, ermunterte Plenius ihn.

»Sie haben uns wie Tiere gejagt«, murmelte Claudius bitter.

»Damit sie euch töten konnten?«

»Wenn sie Lust dazu hatten. Aber es kam auch vor, daß sie uns in eine Falle lockten und überraschten, um uns nackt an die Kette zu legen und den Cosianern als Sklaven zu verkaufen.«

»Und wie sahen eure Kontakte zu den Bauern nun aus?« fragte Plenius. Ihm war bestimmt nicht entgangen, daß sie ohne Waffen waren. Andererseits waren sie bekleidet.

»Wir irrten erschöpft im Rence umher, standen kurz vor dem Verhungern«, sagte Claudius. »Ich glaube nicht, daß wir einen direkten Angriff überlebt hätten. Sie müssen uns gefolgt sein. Wir hingegen wußten nicht einmal, daß sie überhaupt da waren. Wir glaubten, wir seien mit unserem Elend und den Tharlarion allein. Eines Nachts wurden wir aufgeweckt, und man hielt uns Messer an die Hälse. Wenige Ehn später marschierten wir nackt, an Hand und Fuß gefesselt und mit einer Kette um den Hals, in einer Reihe. Unsere Uniformen wurden nicht vernichtet. Sie wurden uns nicht vom Leib geschnitten. Statt dessen zwang man uns, sie auszuziehen. Anscheinend wollten die Cosianer diese Uniformen haben, zweifellos für feiges Einschleichen.«

Einer unserer Männer gab ein wütendes Knurren von sich. Dabei sind solche Praktiken weit verbreitet.

»Mit Peitschenhieben trieben sie uns nordwärts, als wären wir Frauen, und brachten uns zu einem Sammellager. Dort wurden wir an mindestens zweihundertfünfzig andere arme Schlucker angekettet, die man ebenfalls im Sumpf gefangen genommen hatte.«

»Und was war mit dem Mann, den ihr einen Cosianer nennt?« fragte ich.

»Obwohl sie ihn gefesselt in unserem Lager vorfanden, erlitt er ein ähnliches Schicksal«, sagte Claudius. »Unsere Fänger machten zwischen uns keine großen Unterschiede. Vielleicht haben sie ihn zuerst auch für einen von uns gehalten, der einfach nur bestraft wurde. Seinem Akzent nach kam er nicht aus Cos.«

»Aber ihr seid jetzt hier«, sagte Plenius.

»Dafür habe ich keine Erklärung«, erwiderte Claudius.

»Was ist geschehen?«

»Vor ein paar Tagen ließ man uns alle frei. Man gab uns unsere Uniformen zurück; die Waffen behielt man sie aber. Zum ersten Mal nahmen unsere Gefangenenwärter die Behauptung ernst, der bei uns gefundene Cosianer sei ein Cosianer. Auf unsere Bitte hin fanden sie eine cosische Uniform für ihn; vermutlich war sie ein diplomatisches Geschenk, oder sie wurde von cosischen Patrouillen benutzt. Er weigerte sich, aber wir bestanden darauf, daß er sie anzog. Wir wollten ihm auf keinen Fall gestatten, die Uniform des glorreichen Ar zu tragen. Wir würden sie ihm so bald wie möglich vom Leib reißen. Die Rencebauern, denen unsere Abneigung ihm gegenüber nicht entging, erlaubten ihm, die Gegend vor uns zu verlassen, damit er Zeit hatte, sich zu den cosischen Linien durchzuschlagen. Ein paar von uns, in deren Gewahrsam er sich zuvor befand, waren entschlossen, ihm zu folgen und wieder einzufangen. Wir haben ihn seit Tagen in südöstliche Richtung verfolgt und sind erst heute morgen auf ihn gestoßen. Und wir hätten ihn auch eingefangen, wärt ihr nicht dazwischengegangen.«

»Er ist kein Cosianer«, wiederholte ich.

Claudius zuckte mit den Schultern.

»Wißt ihr, warum man euch freiließ?« fragte ich.

»Nein«, erwiderte er. »Wir wissen nur, daß es auf den Befehl eines Burschen namens Tamrun geschah.«

Plenius und ich tauschten einen erfreuten Blick aus, genau wie die anderen Männer unserer Gruppe.

»Ist das von Bedeutung?«

»Allerdings«, sagte ich. »Aber das erklären wir euch später. Jetzt ist nur wichtig, daß die Soldaten, die sich noch im Delta aufhalten, vor den Rencebauern sicher sind. Das heißt, daß sie nicht gefährdeter als sonst auch sind, wenn sie Warnsignale mißachten und dergleichen.«

»Aber nicht sicher vor den Cosianern«, sagte Plenius.

»Mit Sicherheit nicht.«

»Oder vor den Leuten, die im Sold von Cos stehen«, meinte Titus.

»Das ist wahr«, bestätigte ich.

»Seht nur!« rief einer der Soldaten. Einige Meter von uns entfernt stand ein Mann in der Uniform von Cos. Er hatte zweifellos bald erkannt, daß die Verfolger zurückgeblieben waren. Statt die Flucht fortzusetzen, hatte er die Lage erkundet. Unsere kleine Gruppe mußte ihm sehr merkwürdig vorgekommen sein.

Ich winkte ihm zu. »He, Marcus, komm zu uns!«

»Jeder, der ihm etwas antun will, wird in Stücke gehackt«, warnte Plenius.

Die Neuankömmlinge blickten einander an.

»Ist das klar?«

»Ja«, sagte Claudius.

Marcus kam heran, seine Schritte waren langsam. »Tarl«, sagte er. »Bist du es?«

»Ja«, erwiderte ich. »Und du bist schlecht gelaufen. Wir werden dir was zu essen geben, danach kannst du dich ausruhen. Dann wartet Arbeit auf uns.«

»Arbeit?«

»Ja«, sagte ich. »Wir müssen die nötigen Vorbereitungen treffen, um das Delta zu verlassen.«

18

Marcus und ich schlichen ganz langsam und mit geschwärzten Gesichtern durch das Gras und näherten uns aus verschiedenen Richtungen der gegnerischen Stellung. In der Nacht zuvor hatten wir das Gebiet erforscht. Es gab fünf Posten und eine Hütte, die ein paar hundert Meter weiter hinten stand; dort bewahrten die Kopfgeldjäger ihre schrecklichen Trophäen auf. Vor zwei Nächten hatten wir den Rand des Sumpfes erkundet. Mitten im Rence am Deltarand trieben zwei Leichen im Wasser; sie waren zur Hälfte verwest und angefressen, vermutlich von kleinen Fischen und Tharlarion. Anscheinend brachten die Kopfgeldjäger ihre Opfer in den Sumpf, nachdem sie die Köpfe entfernt hatten, die sie brauchten, um ihr Kopfgeld zu erhalten. Eine der Leichen war ein Cosianer gewesen. Kopfgeldjäger sind manchmal nicht besonders wählerisch, welche Köpfe sie sammeln, und ihre Auftraggeber können natürlich nicht feststellen, ob es der Kopf eines Arers, eines Cosianers oder etwa eines Rencebauern ist.

In der Dunkelheit sind alle Sinne angespannt, so ist es schwierig, nicht schon auf das geringste Geräusch zu reagieren.

Marcus mußte mittlerweile seine Stellung bezogen haben. Ich war jedenfalls an Ort und Stelle, keinen Meter von dem Mann entfernt. Die Umrisse seines Kopfes hoben sich von der Dunkelheit ab.

Ein Laut ertönte, fast unhörbar, ein winziges klickendes Geräusch, nicht unähnlich den schnalzenden Lauten einiger Sprachen, die östlich von Schendi gesprochen werden. Marcus hatte es verursacht. Sofort wandte sich der Mann der Quelle des Geräuschs zu. Ich näherte mich von der anderen Seite und schnitt ihm die Kehle durch.

Marcus gesellte sich zu mir.

»Das dürfte der letzte gewesen sein«, flüsterte ich, »von dem Kerl – oder den Kerlen – in der Hütte abgesehen.«

»Hier ist sein Sack«, erwiderte Marcus und hob einen Gegenstand hoch.

Ich sagte: »Ich habe eine Idee.«

*

Ich gab mir nicht die geringste Mühe, mein Näherkommen zu verbergen. Ich ging geradewegs auf die Hütte zu. Ein paar Schritte hinter mir kam Marcus. Wir trugen beide Kleidung, die wir den Kopfgeldjägern ausgezogen hatten. Sie brauchten sie nicht länger. Ich hatte mir den Umhang übergeworfen. Der Sack ruhte auf meiner Schulter.

Ich stieß die Tür auf.

In ihrem Innern hielt sich nur ein Mann auf, und der hockte am anderen Ende vor einem kleinen Feuer im Kamin und rührte in einem Topf. Der Geruch des einfachen Eintopfs brachte mich beinahe um den Verstand. Es war lange her, daß ich etwas Gekochtes gegessen hatte. Ich glaubte nicht, daß er etwas dagegen hätte, wenn ich mit ihm den ›Kessel teilte‹, wie es auf Gor heißt. Er drehte sich bei unserem Eintreten nicht einmal um.

»Glück gehabt?« fragte er.

Ich warf den Sack neben ihm zu Boden.

»Der ist aber schwer«, sagte er aufgeregt. »Wie viele?« Er drehte sich um. Ich stand neben ihm, die tief ins Gesicht gezogene Kapuze verbarg meine Züge. Ich hielt die Hand hoch.

»Fünf«, sagte der Kopfgeldjäger. »Ausgezeichnet! Gute Arbeit für eine Nacht.«

Der Meinung war ich auch.

Er öffnete gierig den Sack. »Hoffentlich sind es alles Arer«, sagte er. »Anesidemus wird allmählich mißtrauisch.«

Er leerte den Sackinhalt auf den Steinboden neben dem Kamin. Ich glaube nicht, daß er dabei hörte, wie ich das Schwert zog.

Er hielt einen der Köpfe an den Haaren hoch. »Barsis!« rief er aus. Entsetzt betrachtete er die anderen Köpfe, die er zweifellos erkannte. Dann drehte er sich zu mir um, im nächsten Augenblick war er tot.

»Komm herein«, sagte ich zu Marcus.

Mein junger Freund betrat die Hütte.

»Wir haben hier noch eine Leiche für den Sumpf«, sagte ich. »Soweit ich es beurteilen kann, sind es nicht einmal Söldner, sondern irgendwelche Straßenräuber.«

»Anscheinend waren sie recht erfolgreich in ihrer Arbeit«, sagte Marcus, nachdem er sich umgesehen hatte.

»Wir werden alles im Sumpf versenken«, sagte ich. »Sollten irgendwelche Cosianer vorbeikommen, werden sie keinen Hinweis auf das Schicksal finden, das wir für diese Kerle angebracht hielten. Da sie von solchen Typen weder Disziplin noch Verläßlichkeit erwarten, gehen sie vermutlich von der Annahme aus, daß sie entweder einfach weitergezogen sind oder sich ihren Lohn abholen wollten.«

»Warum sollten dazu nicht einer oder zwei ausreichen?«

»Wären sie Männer von Ehre, würde es reichen, um die Beute fortzuschaffen.«

»Ich verstehe«, sagte Marcus. »Sie sollen alle dabeisein, wenn die Bezahlung winkt.«

»Ganz genau.«

»Nun haben wir einen Weg aus dem Delta hinaus freigemacht«, sagte Marcus.

»Einen schmalen Pfad, der wenigstens ein paar Ahn lang auch frei bleibt.«

»Das sollte reichen.«

»Es wird noch immer sehr gefährlich sein«, erinnerte ich ihn.

»Ich werde dir helfen, dies alles hier loszuwerden.«

»Nein«, erwiderte ich. »Hol die anderen.«

»Es gilt, keine Zeit zu verschwenden.«

»Richtig.«

*

»Und was hast du vor?« fragte ich Labienus in der Hütte der Banditen am Deltarand.

Wir hatten das Essen miteinander geteilt – wenig genug für so viele Menschen. Aber wir hatten etwas Warmes gegessen.

»Ich muß Saphronicus in Holmesk Bericht erstatten«, sagte der Hauptmann.

»Natürlich.« Ich bedauerte zutiefst, daß er den Verstand verloren hatte.

»Plenius und Titus werden mich zu den Linien von Ar bringen.«

Die meisten von uns waren nach dem Essen bereits in alle Himmelsrichtungen aufgebrochen. Wir hatten versucht, den Soldaten der anderen Regimenter, die Marcus verfolgt hatten, durch Erklärungen und Beispiele beizubringen, wie man im Feindesland überleben konnte. Viele von ihnen hatten sich entschieden, das Delta mit einem oder mehreren unserer Männer zu verlassen. Auf diese Weise wurden die Aussichten auf ein Entrinnen aus dem Delta größer, besonders wenn sie nach Osten oder Süden zogen. Natürlich wurde jede Gruppe, je größer sie war, anfälliger für eine Entdeckung.

»Du bestehst darauf, deine Uniform mitzunehmen?« fragte ich Labienus. Falls man ihn anhielt und die Uniform in seinem Bündel fand, war das so gut wie sein Todesurteil.

»Ja«, sagte er. »Ich will sie bei meinem Bericht tragen.«

Ich blickte Plenius an.

»Es ist schon in Ordnung«, sagte er.

»Ihr seid alle tapfere Männer«, sagte ich.

»Wir, also Titus und ich«, sagte er, »werden nach Möglichkeit nur bis zu dem Gebiet mitkommen, das von Ar kontrolliert wird. Dort werden wir ihn mit einem Stock auf die Straße schicken.«

»Trotzdem ist es ein beträchtliches Risiko.«

»Er ist unser Hauptmann.«

»Und danach werdet ihr versuchen, euch auf einem anderen Weg nach Ar durchzuschlagen?«

»Das ist die Stadt meines Heimsteines«, erklärte Plenius.

»Was sie vorhaben, geschieht nicht aus Pflichtgefühl, sondern aus Liebe«, sagte Labienus.

»Ja«, sagte ich, »aber ich finde, es liegt auch viel Ehre in ihrem Handeln.«

»Das stimmt«, sagte Labienus. »Es liegt viel Ehre in ihrem Handeln.«

»Nimmst du die Frau mit?« wollte Plenius wissen.

»Ja.«

Labienus erhob sich. »Ich wünsche dir alles Gute.«

»Ich wünsche dir alles Gute, Hauptmann«, erwiderte ich.

Er ergriff meine Hand. Ich schrie nicht auf, fragte mich aber unwillkürlich, ob er wußte, was er seinen Händen angetan hatte. Es war, als hätte er sie aufgegeben, um diesen Teil von ihm in ein schreckliches Werkzeug zu verwandeln, für das es jedoch keinen vorstellbaren Nutzen gab. Er konnte mit Sicherheit keine

Dinge mehr erledigen, die Genauigkeit und Feingefühl erforderten. Er konnte keinen Zeigestock mehr ergreifen. Er konnte kein Schwert mehr schwingen. Als er losließ, war meine Hand blutig, obwohl er sie bestimmt nicht fest ergreifen wollte.

Dann verließ Labienus, geführt von Titus, die Hütte. Plenius blieb noch einen Augenblick lang stehen.

»Ich habe mich sehr in dir getäuscht«, sagte ich. »Jetzt weiß ich, daß du ein Mann von Ehre bist.«

»Man hat mich gelehrt, was Ehre ist«, sagte er.

»Labienus ist ein ausgezeichneter Lehrmeister.«

»Er und andere.«

»Ich wünsche dir alles Gute«, sagte ich. Es freute mich, daß er von seinen Kameraden etwas über Ehre gelernt hatte.

»Ich wünsche dir alles Gute.«

Er verließ die Hütte.

Ich blickte auf Ina hinab. Sie konnte nicht zu mir aufsehen, da ich sie so gebunden hatte, daß sie mit gesenktem Kopf auf den Knien lag. Bei dieser besonderen Fesselung, die auch unter dem Namen Tharnan-Fessel bekannt ist, legt man die Fußknöchel übereinander und fesselt sie; dann wird der Kopf hinuntergebunden, indem man einen kurzen Riemen um den Hals legt und ihn von vorn zu den Knöcheln durchführt. Der Druck dieses Riemens findet im Nacken statt und nicht an dem empfindlichen, verletzlichen Hals. Dies kann man auch mit einer Kette tun. Die Hände werden ganz einfach auf den Rücken gefesselt.

»Wir sollten aufbrechen«, sagte Marcus. Alle waren gegangen.

»Ja«, sagte ich. »Das sollten wir.«

19

»Dort, seht es euch an«, sagte ich.

»Ja«, sagte Marcus.

»Das sind die Mauern von Brundisium«, erklärte ich Ina.

»Ich wußte gar nicht, daß die Stadt so groß ist.«

»Es ist eine der größten Küstenstädte südlich des Deltas.«

Marcus streckte den Arm aus. »Sieh dir die vielen Zelte vor der nördlichen Stadtmauer an.«

»Die meisten gehören sicher zu dem Expeditionsheer«, meinte ich. »Das Heer, mit dem wir damals gereist sind. Man kann Brundisium keinen Vorwurf machen, daß es nicht so viele Männer innerhalb seiner Mauern aufnehmen kann oder will.«

»Nein«, sagte Marcus.

In den Kleidern, die wir uns unterwegs besorgt hatten, sahen wir aus wie verarmte Reisende. Wir hatten sie mit unserem Anteil an der Beute bezahlt, die wir den Banditen abgenommen hatten. Marcus hatte seine cosische Uniform einem von Labienus' Männern überlassen. Einige hatten die Kleidung der Banditen angezogen. Doch die meisten hatten ihre Reise in der Uniform von Ar begonnen und mittlerweile hoffentlich sicheres Gebiet erreicht.

Marcus und ich hatten zusammen mit Ina den Weg nach Brundisium eingeschlagen. Dafür gab es drei gewichtige Gründe: Es lag in der Richtung, die für uns am ungefährlichsten gewesen war; niemand hätte erwartet, daß Flüchtlinge aus dem Delta diese Route einschlügen. Allerdings mußten wir dafür sorgen, daß Marcus so gut wie nichts sagte, denn sein Akzent – der

Akzent von Ar-Station – hätte bei Leuten, die etwas davon verstanden, für Mißtrauen gesorgt. Daß Ina mit ihrem Akzent Aufmerksamkeit erregte, war wiederum unwahrscheinlich, denn sie war eine Frau und gehörte offensichtlich zu uns. Nach dem Fall von Ar-Station und den Erfolgen der Invasoren auf dem Festland hatten sich die Menschen dieser Gegend gewiß an Frauen mit derartigen Akzenten gewöhnt. Die meisten von ihnen trugen wahrscheinlich den Kragen oder waren an Sklavenwagen angekettet.

Zweitens konnte man von Brundisium aus einen Bogen schlagen und eine Route zu den Territorien nehmen, die mit Ar verbündet oder ihm zumindest freundlich gesonnen waren.

Und drittens hoffte ich, hier meinen Freund Ephialtes, den Marketender, zu finden, denn er war mit dem Expeditionsheer nach Brundisium gezogen. Ich wollte aus verschiedenen Gründen mit ihm in Kontakt treten, nicht zuletzt weil er einige Geldmittel für mich aufbewahrte. Nachdem ich dafür gesorgt hatte, daß sich Marcus und Ina in relativer Sicherheit befanden, wollte ich nach Torcodino reisen, wo ich Dietrich von Tarnburg Information über die Lage im Norden überbringen wollte.

»Es ist wunderschön«, sagte Ina.

»Es ist eine schöne Stadt in einer schönen Lage«, bestätigte ich. Man konnte den Hafen sehen und das sich anschließende glitzernde Thassa, das Meer.

Ich sah zu Ina hinunter.

Sie trug ein ärmelloses, bis zum Unterschenkel reichendes Kleid, das aus Hurtwolle gewoben war. Trotz der fehlenden Ärmel war es die Kleidung einer freien Frau. Das verrieten Qualität, Länge, Steifheit und Undurchsichtigkeit. Es war aber auch ein Kleid, wie es nur von einer Frau der unteren Kasten getragen wurde. Es war ein einfaches und alltägliches Kleidungsstück, wie man es bei der Arbeit trug. Ich fand, daß es Ina gut stand, trotz seiner Steifheit und Undurchsichtigkeit. Natürlich war das alles, was sie abgesehen von ihren Sandalen trug.

»Werden wir die Stadt betreten?« fragte sie.

»Ich habe mich noch nicht entschieden«, erwiderte ich. »Ich will vor allem meinen Freund Ephialtes finden, und sein Wagen und seine Ware dürften sich aller Wahrscheinlichkeit nach am Rand des Lagers befinden.« Dort würden die meisten Marketenderwagen stehen. Man gestattet ihnen während bestimmter Ahn den Zutritt zum Lager, damit sie Waren liefern oder verkaufen konnten.

»Soviel ich weiß, gibt es außerhalb von Brundisium auch ein großes Sklavenlager«, sagte Marcus.

»Das stimmt.« Das Lager existierte seit mehreren Monaten – eine lange Zeit für solche Lager. Das hatte vermutlich mit dem Krieg und der großen Zahl in Gefangenschaft geratener Frauen zu tun; allein in Ar-Station waren es mehrere tausend gewesen. In solchen Lagern arbeiten die meisten Händler als Großhändler, die nach preiswerter Ware Ausschau halten. Es war nur natürlich, daß sich ein solches Lager in Brundisium befand. Von Brundisium aus, einer wichtigen Hafenstadt, die Cos freundlich gesinnt war, die sogar der Anlaufpunkt für die Invasionsstreitmacht gewesen war, konnte man bequem Beute nach Cos und zu den Inseln verschiffen. Natürlich konnte man von dem Lager aus Hunderte von Orten auf dem Kontinent erreichen, beispielsweise die Sklavenmärkte von Semris, Samnium, Besnit, Harfax oder Ko-ro-ba.

»Laßt uns weitergehen«, sagte ich.

Wir gingen weiter, auf Brundisium und damit auf das Lager der Cosianer zu.

Ich hoffte, bei Einbruch der Dunkelheit dort einzutreffen.

18

Ephialtes, der Marketender, trat um den Wagen herum; er kam von der anderen Seite, auf der man ein kleines Lager aufgeschlagen hatte und wo ein Kochfeuer brannte.

»Tarl, mein Freund!«

Wir reichten uns die Hände, dann umarmten wir uns.

»Es ist schön, dich zu sehen, mein Freund«, sagte ich.

»Wie geht es dir?« wollte er wissen.

»Ausgezeichnet. Und dir?«

»Großartig.«

»Das ist schön. Was macht das Geschäft?«

»Man versucht verzweifelt, seinen Lebensunterhalt zu bestreiten.«

»In deine Tunika sind Goldfäden eingewebt«, sagte ich.

»Das ist nur gelber Faden.«

»Dein Geldbeutel scheint prall gefüllt.«

»Alles nur Tarskstücke.«

»Ich glaube, dein Glück hat sich gewandelt.«

»Wenn das so ist, dann hast du dazu beigetragen.«

»Und die Bedürfnisse der Truppen von Cos.«

»Natürlich.«

»Es sind großartige Zeiten für einen Marketender – bei den vielen Soldaten und den Erfolgen der Cosianer.«

»Ich schätze, meine Kollegen bei den Truppen von Ar sind weniger erfolgreich.«

»Einige von ihnen haben ihre Ware vielleicht nach Brundisium gebracht«, meinte ich.

»Das ist richtig«, flüsterte er.

Wagen konnte man einen anderen Anstrich verpassen. Akzente konnten vorgetäuscht werden. Marketender waren in erster Linie Geschäftsleute, denen man es kaum zum Vorwurf machen konnte, wenn sie nach guten Märkten Ausschau hielten.

Ephialtes sah zu den beiden Frauen am Boden hinunter, die neben dem Wagen an Pflöcken festgekettet waren.

»Amina«, sagte er, »Rimice, ihr kennt doch sicherlich noch unseren Freund Tarl, dem ihr eure Erlösung aus dem *Krummen Tarn* verdankt.«

Die Angst in ihren Augen verriet mir, daß sie mich erkannten. Sie nahmen sofort die Gehorsamsstellung ein, auf den Knien, die Hände auf die Oberschenkel gelegt.

»Gut gemacht«, sagte ich zu Ephialtes. Er hatte sie wirklich hervorragend ausbilden lassen. »Übrigens, da war doch noch ein Mädchen.«

»Die hübsche Cosianerin aus Telnus, Phoebe?«

»Ja.« Wir gingen zur anderen Wagenseite. »Hast du sie verkauft?«

»Nein.«

Das freute mich außerordentlich, denn sie war einer der weiteren Gründe, warum ich nach Brundisium gekommen war. Ich folgte Ephialtes und setzte mich mit untergeschlagenen Beinen vor das Feuer.

»Was gibt es Neues aus Torcodino?« fragte ich.

»Ich habe nichts gehört.«

Ein Mädchen in einer gelben Tunika bediente uns, schweigend, unterwürfig, aufmerksam. Es war Liadne, eine Sklavin. Auch sie war vor Monaten in der Nähe des *Krummen Tarn* erworben worden.

»Das ist seltsam«, sagte ich. »Mittlerweile hätte man doch etwas aus Torcodino hören müssen.«

»Dietrich von Tarnburg sitzt in der Falle«, sagte

Ephialtes. »Es ist nur eine Frage der Zeit. Man wird ihn aushungern.«

Das konnte ich mir nicht vorstellen. Er hielt Torcodino mit nur fünftausend Mann, und die konnten sich mit dem ernähren, was man in der Stadt selbst anbaute, in Hinterhöfen, auf Dachgärten, in aufgerissenen Straßen und dergleichen mehr. Die Zivilbevölkerung war kurz nach der Einnahme der Stadt ausgewiesen worden, was ebenfalls sehr hilfreich war.

»Er kann nirgendwohin fliehen«, sagte Ephialtes.

»Das wohl nicht.«

»Das gilt zumindest für seine Männer«, fuhr der Marketender fort. »Vielleicht könnten er und einige Offiziere bei Nacht auf Tarnrücken fliehen.«

»Vielleicht.« Ich bezweifelte jedoch, daß Dietrich seine Männer im Stich ließe.

»Bist du allein nach Brundisium gekommen?«

»Nein. Ich habe zwei Gefährten dabei, aber die sind in meinem Lager geblieben.«

»Sie sind hier natürlich willkommen«, sagte Ephialtes. »Unter dem Wagen ist noch Platz.«

»Danke.« Ich hatte Marcus und Ina nicht zu Ephialtes' Wagen mitnehmen wollen, da er sich aus praktischen Erwägungen in unmittelbarer Nähe des cosischen Heerlagers befand. Ich hätte einen Stein zwischen die Zelte der Soldaten werfen können, ohne mich anstrengen zu müssen. Hier hätte Marcus' Akzent Mißtrauen und Erkundigungen auslösen können. Ich hatte ihn und Ina an einem dichtbevölkerten großen Platz in unmittelbarer Nähe des Sklavenlagers zurückgelassen, an dem sich Reisende, Händler, Lagerwachen und dergleichen mehr versammelten. An einem solchen Ort gab es zahllose Akzente, und ich konnte mir nicht vorstellen, daß der junge Mann und die blonde Frau übertriebene Aufmerksamkeit erregen würden.

»Ich möchte, daß du Phoebe prächtig herrichtest, und zwar für die neunte Ahn.« Mit diesen Worten wechselte ich das Thema. Das war die Ahn vor dem Mittag. Der goreanische Tag hat zwanzig Ahn.

»Das ist leicht zu bewerkstelligen«, sagte Ephialtes. »Liadne wird sich darum kümmern.«

»Ja, Herr«, sagte Liadne. »Sie wird strahlen!«

»Ausgezeichnet«, sagte ich. »Danke für das Essen, Ephialtes.« Wir standen auf, und er reichte mir die Hand. Dann verließ ich das Lager.

*

»Es wird bald Neuigkeiten aus Torcodino geben«, sagte ich Marcus. Er blickte mich verblüfft an.

»Komm her, Mädchen!« befahl ich Ina, und sie eilte herbei.

»Warum setzt Ihr mir eine Haube auf?« fragte sie.

»Diese Kunde könnte sich bereits in den Paga-Tavernen herumsprechen«, fuhr ich fort.

»Ich habe auch etwas gehört, und das möchte ich dir erzählen, damit du die Wichtigkeit einschätzen kannst«, sagte Marcus.

»Ich glaube, ich habe das gleiche gehört. Es hat sich im Lager herumgesprochen.«

»Ich kann nichts sehen«, protestierte Ina.

»Das ist ja auch der Zweck einer Sklavenhaube«, sagte ich.

»Ich bin keine Sklavin.«

»Die Hauben passen auch einer freien Frau.« Ich wandte mich wieder Marcus zu. »Du beziehst dich da auf die angeblich geheimen Meldungen, die im Lager nicht an den Tafeln angeschlagen werden dürfen.«

»Ich denke schon.«

»Wo es um einhundert Goldstücke geht.«

»Ja.«

»Eine stolze Summe.«

»Warum legt Ihr mir eine Leine um den Hals?« fragte Ina.

»Warum sollte es Neuigkeiten aus Torcodino geben?« fragte Marcus.

»Ich habe Grund zu der Annahme, daß wir bald etwas hören werden.«

»Könntest du mich vielleicht über die Quelle deiner Überlegungen aufklären?«

»Es hat etwas damit zu tun, was ich heute abend auf der Straße in der Nähe des Heerlagers sah, als ich von dem Marketender zurückkehrte.«

»Mehr willst du mir nicht erzählen?«

»Im Augenblick ist das alles«, sagte ich. »Die Hände auf den Rücken!«

Ina gehorchte, und ich ließ die Handschellen zuschnappen. Dann zog ich zweimal prüfend an der Leine.

»Wohin gehst du?«

»Nach Brundisium«, erklärte ich. »Mit etwas Glück sollte ich morgen früh zurück sein.«

»Soll ich dich begleiten?«

»Ich glaube, es ist besser, ich gehe allein.«

»Wie du wünschst.«

Ich zog noch einmal an der Leine, diesmal um Ina darauf hinzuweisen, daß sie gleich geführt werden würde und in welche Richtung es losging.

Marcus ließ nicht locker. »Warum gehst du nach Brundisium?«

»Da gibt es drei Gründe.«

»Hättest du die Güte und würdest mir wenigstens einen davon nennen?«

»Aber sicher«, sagte ich. »Ich vergesse nur selten eine Sklavin.«

»Und morgen wirst du das Geschäft mit deinem Freund zu Ende bringen?«

»Ich glaube schon.«

»Und dann willst du nach Torcodino aufbrechen.«

»Das wird nicht länger nötig sein.«

Marcus runzelte die Stirn. »Ich verstehe nicht.«

»Dietrich von Tarnburg hält sich nicht mehr in Torcodino auf.«

»Wo ist er dann?«

»In Brundisium.«

Er starrte mich ungläubig an. »Wie kommst du denn darauf?«

»Ich habe ein ausgezeichnetes Gedächtnis für Sklavinnen«, erwiderte ich.

21

Ich klopfte leise an die Hintertür der Paga-Taverne. Eine Klappe wurde aufgeschoben. »Laß mich herein.«

»Geh zum Vordereingang«, erwiderte eine Stimme.

»Ich will aber hier eintreten.«

»Wie du willst.«

Ich warf einen Blick über die Schulter, zurück in die Gasse. Die Schatten, die uns seit dem Verlassen des Lagers begleitet hatten, Dunkelheit inmitten der Dunkelheit, huschten in Deckung. Bereits während des ganzen letzten Tages hatte ich ein paar Burschen im Lager herumlungern sehen; das war einer der Gründe, warum ich mich dazu entschieden hatte, der Stadt einen Besuch abzustatten, und zwar ohne Marcus. Ich wollte ihn nicht in Schwierigkeiten verwickeln, die nichts mit ihm zu tun hatten.

Die Tür öffnete sich einen Spaltbreit, und ich schob die barfüßige, gefesselte und mit einer Haube versehene Ina hinein; die Leine baumelte von dem angeschnallten Lederhalsband herunter. Ich folgte ihr. Der Mann schloß die Tür und schob die Riegel vor.

Wir standen in einem schlecht beleuchteten kleinen Korridor. Die Taverne hieß *Die Juwelenverzierte Peitsche* und war nur eine von mehreren Tavernen in der Dockstraße.

»Oberschenkel«, befahl der Mann, der uns eingelassen hatte, mit einem Blick auf Ina. Er wollte sich vergewissern, daß sie eine Sklavin war.

»Sie ist eine freie Frau«, sagte ich.

»Die wollen wir hier nicht haben.«

»Wo bin ich?« fragte Ina.

»Es ist gegen das Gesetz«, beharrte der Kerl. »Wir

können nicht noch mehr Schwierigkeiten mit den Behörden gebrauchen. Davon abgesehen machen solche wie die hier die Mädchen unruhig.«

»Du sollst sie nur für mich verwahren.« Er sah mich an. Ich hielt einen Kupfertarsk in die Höhe. In dieser Taverne kosteten die Mädchen ein Tarskstück; in dem Preis waren Essen und Paga eingeschlossen.

Er nahm die Münze.

Dann packte er Ina am Oberarm und führte sie in einen abzweigenden Gang. Ich hielt mich an den Hauptkorridor, stieß eine Tür auf und betrat den Paga-Raum.

Zwischen Körpern blitzten die Glieder einer nackten Sklavin auf, die sich in einem Netz auf der Tanzfläche wand. Vier andere Sklavinnen waren als Sklavenjäger verkleidet, aber die Kostüme waren auf eine Weise geschnitten, daß weder ihr Geschlecht noch ihre Reize verborgen blieben. Sie hielten leichte Stäbe, sprangen um die Gefangene herum und verhinderten ihre Flucht; in ihrem Triumph taten sie so, als würden sie sie quälen. Das Umgehen mit dem Stab war gekonnt, die nachgeahmten Waffen bewegten sich im Gleichklang, wirbelten umher, wechselten die Besitzer und trafen zusammen auf dem Boden auf. Es war eine Version des Tanzes der im Netz gefangenen Sklavin. Netze sind ein weit verbreitetes Handwerkszeug der Sklavenjäger. Sie finden meistens in ländlichen Gebieten ihren Einsatz, bei Überfällen auf kleine Dörfer.

Ich setzte mich abseits der Tanzfläche in die Nähe der Musikanten, mit dem Rücken zur Wand.

»Paga, Herr?« fragte ein Mädchen und kniete neben dem niedrigen Tisch nieder, hinter dem ich mit untergeschlagenen Beinen saß.

Ich betrachtete sie. Sie war hübsch zurechtgemacht, mit Lippenstift und Lidschatten. Auf der Stirn trug sie an einer winzigen Goldkette eine Perle in einer tropfenförmigen Fassung. Sie war bekleidet mit gelber Sklavenseide. Um ihren linken Arm wand sich ein schlangenförmiges Schmuckstück, die Handgelenke waren voller Armreifen. Am linken Knöchel baumelte ein Glöckchen.

»Ja«, sagte ich. Ich hatte vor, an dem Paga nur zu nippen.

Sie erhob sich mit gesenktem Kopf, drehte sich mit bimmelnden Glöckchen und wehender Sklavenseide um und eilte zur Theke.

Ich musterte die Gäste. Es war kein bekanntes Gesicht aus dem Lager oder seiner Nähe darunter. Eigentlich hatte ich damit gerechnet, daß sie draußen in der Gasse ihren Zug machten. Sie hatten es nicht getan.

Der Tanz näherte sich seinem Ende. Die Sklavin, die mit dem Netz gefangen und mittlerweile gefesselt worden war, wurde von den Jägerinnen ihrem Auftraggeber vorgeführt. Die Gefangene kniete auf der Mitte der Tanzfläche, die Jäger triumphierten. Die Musik steigerte sich noch einmal und brach dann ab; die Gefangene senkte demütig den Kopf. Es gab reichlich goreanischen Applaus (die rechte Handfläche klopft dabei auf die linke Schulter). Plötzlich knallte eine Sklavenpeitsche, und die Jägerinnen zogen sich schnell aus, warfen die Stäbe beiseite und knieten neben der Gefangenen nieder. Einer der Bediensteten der Taverne hob das Netz auf und warf es über die Gruppe. Jetzt waren auch die Jägerinnen wieder Sklavinnen. Eine andere Melodie ertönte, alle standen auf und huschten mit den hübschen Trippelschritten eilender Sklavinnen im Netz von der Tanzfläche. Weiterer Applaus ertönte.

Das Mädchen kehrte mit dem Paga zurück. Sie küßte den Pokal und reichte ihn mir mit ausgestreckten Armen und gesenktem Kopf. »Paga, Herr?«

Ich nahm den Pokal und stellte ihn auf dem Tisch ab.

»Sipa, Herr?« Sie war natürlich im Preis des Pagas inbegriffen.

»Du darfst gehen.«

»Ja, Herr.«

Die meisten Männer besuchen eine Taverne, um etwas zu trinken, Neuigkeiten zu hören und Freunde zu treffen. Einige wollen Kaissa spielen. Sollte einer an einem bestimmten Mädchen Gefallen finden, ist es natürlich möglich, es an den Tisch zu befehlen.

Ich blickte mich wieder im Schankraum um. Obwohl es sich bei den meisten Gästen zweifellos um Bürger Brundisiums handelte, sah man auch viele andere Männer: Ruderer von den Galeeren im Hafen, Soldaten aus dem Heerlager und Söldner.

In dem Schankraum gab es mehrere Türen, die vermutlich in private Eßräume führten. Eine dieser Türen öffnete sich, und eine sinnliche dunkelhaarige Sklavin trat heraus. Sie eilte zur Theke, um Paga zu holen, trug ihn vorsichtig zurück und schloß die Tür hinter sich.

Das letzte Mal hatte ich diese Schönheit früher an diesem Abend gesehen, auf dem Rückweg von Ephialtes' Wagen. Nackt, die Hände auf dem Rücken gefesselt, am Hals angekettet, war sie neben dem Steigbügel ihres Herrn hergelaufen.

Aber natürlich hatte ich sie schon einmal zuvor gesehen, hilflos in Ketten neben dem Tisch ihres Herrn. Damals war sie nicht einmal eine legale Sklavin gewesen; zu ihrer Verzweiflung hatte ihr Herr ihr dies verweigert. Jetzt war sie eine richtige Sklavin, vor dem Gesetz anerkannt, stolz und sich ihrer selbst bewußt. Einst war ihr Name Lady Cara aus Venna gewesen. Sie war dabei belauscht worden, wie sie abfällige Bemerkungen über eine bestimmte Stadt gemacht hatte. Das war einem Söldnerhauptmann aus der besagten Stadt zu Ohren gekommen, der dafür gesorgt hatte, daß man sie ihm nackt und in Ketten zu Füßen legte. Sie hatte bald gelernt, was es bedeutete, in der Gewalt eines solchen Mannes zu sein. Ich hatte selbst gehört, wie sie ihn um den Kragen anflehte. Ihr jetziger Name war mir unbekannt.

Die Stadt, über die sich die ehemalige Lady Cara abfällig geäußert hatte, bevor man sie zu dem Söldnerhauptmann gebracht hatte, war Tarnburg gewesen.

Sein Name lautete Dietrich von Tarnburg.

Am Abend hatte ich etwa hundert Söldner gesehen, die mit einigen Sklavinnen auf Brundisium zu marschierten. Der auf einem Tharlarion reitende Anführer sowie einige der Männer hatten Halstücher vor dem Gesicht getragen, um sich vor dem Reisestaub zu schützen. Zweifellos dienten die Tücher auch dazu, die Gesichtszüge zu verbergen. Ich hätte mir nichts dabei gedacht, schließlich sah man hier immer Söldner – es herrschte ein ständiges Kommen und Gehen –, hätte ich nicht die Sklavin am Steigbügel des Anführers wiedererkannt. Da ich mit den anderen Fußgängern zurücktrat, um die Marschreihe passieren zu lassen, konnte mich der Anführer nicht sehen. Ich hatte mich in Brundisium nach den Männern erkundigt, um ihren Aufenthaltsort in Erfahrung zu bringen. Zuerst fand ich heraus, in welchem Stadtteil sie sich befanden, dann, welche Tavernen oder Herbergen sie vermutlich besuchten. Das war nicht schwer, da die meisten Söldner nicht in der Stadt untergebracht waren, sondern im cosischen Heerlager.

Ich stand auf, nahm meinen Pokal und trat zur Theke.

»Hast du schon das Neueste gehört?« wandte sich ein eben erst eingetretener Gast, der Kleidung nach ein Kaufmann, aufgeregt an einen Freund.

»Nein.«

Sofort versammelten sich andere Männer um die beiden; ich gesellte mich unauffällig zu ihnen und war zuversichtlich, bereits zu wissen, was jetzt käme. Nur die Einzelheiten kannte ich nicht.

»Dietrich von Tarnburg hat sich aus Torcodino zurückgezogen!«

Sofort sprachen alle durcheinander.

»Unmöglich!«

»Myron hat Torcodino mit Ringen aus Stahl eingeschnürt. Das stärkste Kontingent der cosischen Invasionsstreitmacht liegt vor der Stadt!«

»Wann ist das geschehen?«

»Schon vor Wochen«, meldete sich ein anderer Mann zu Wort.

»Wann hast du das gehört?« fragte der Mann, der so begierig gewesen war, es allen zu erzählen.

»Vor zwei Tagen. Anscheinend hat man die Nachricht unterdrückt.«

Falls das stimmte, war es nicht überraschend. Myron hatte es bestimmt nicht eilig gehabt, die Nachricht zu verbreiten, daß ihm sein angeblich hilflos in der Falle sitzendes Opfer durch die Hände geschlüpft war. Möglicherweise hatte sein Versuch, diese Nachricht zu unterdrücken, sogar Männer das Leben gekostet.

»Ist es gefährlich, darüber zu sprechen?« fragte der Kaufmann.

»Jetzt wohl nicht mehr.«

»Ich habe heute abend auch schon etwas in der Richtung gehört«, meinte ein anderer Mann. »Es ist in der ganzen Stadt herum.«

»Ich komme aus Ven«, sagte ein dritter. »Dort weiß man es auch schon.«

»Für mich ist das neu«, sagte ein Gast. »Bitte erzählt.«

Einige der Männer, die sich versammelt hatten, blickten sich um. Die Gruppe bestand aus Bürgern aus Brundisium, Ruderern, Kaufleuten, Söldnern, cosischen Soldaten und anderen. Alle waren begierig zu erfahren, was geschehen war. Ich entdeckte keine cosischen Offiziere oder sonst jemanden, dem daran gelegen war, gegen diese Gruppe Neugieriger einzuschreiten.

»Wenn niemand etwas dagegen hat, werde ich berichten, was ich gehört habe«, sagte ein gutgekleideter Mann.

»Hier hat keiner etwas dagegen«, erwiderte der Kaufmann, nachdem er sich noch einmal umgeblickt hatte.

»Ich muß vorausschicken, daß meine Neuigkeiten allgemein bekannt sind und von Hunderten berichtet werden. Sollte damit also die Staatssicherheit verletzt werden, bin nicht ich derjenige, der dafür verantwortlich ist. Darüber hinaus breche ich dadurch keinerlei Vertrauen. Außerdem kann ich nicht für die Richtigkeit dessen bürgen, was ich gehört habe, sondern es lediglich wiederholen, und das auch nur, weil mich andere eindringlich darum gebeten haben. Ich sage es auch nur deshalb in aller Öffentlichkeit, damit wir darüber spotten können; keiner von uns wird diesen Bericht ernsthaft für wahr halten. Tatsächlich ist das Ganze so absurd, daß es stimmen kann. Ich berichte also für unser aller Belustigung nur das, was offensichtlich nicht wahr sein kann.«

»Nun fang schon an!«

»Ja!«

»Dietrich ist aus Torcodino entkommen.«

»Mit seinen Männern?«

»Mit seinen Männern und den Sklaven.«

»Das ist unmöglich!«

»Dem stimme ich aus ganzem Herzen zu«, sagte der Sprecher. Es handelte sich meiner Meinung nach um einen Schriftgelehrten der Jurisprudenz. Umständlich genug dazu war er ja.

»Wie soll das möglich gewesen sein?«

»Eine Nachricht erreichte das cosische Lager vor Torcodino, überbracht von einem angeblichen Deserteur, einem Burschen namens Mincon«, sagte der Schriftgelehrte. »Unter der Nordmauer war angeblich ein Geheimtunnel gegraben worden, ein niedriger Tunnel, über elf Pasang lang, der Monate bis zu seiner Fertigstellung gebraucht hatte, ein Tunnel, der sich angeblich hinter den feindlichen Linien öffnen sollte. Selbst der Tag der Flucht stand schon fest. Außerdem sollten Dietrich und einige seiner engsten Vertrauten den Tarndraht in der Nähe des Semniums öffnen und die Stadt in derselben Nacht verlassen.«

»Ich kann mir nicht vorstellen, daß ein paar Männer auf Tarns Schwierigkeiten haben sollten, aus der Stadt zu entkommen«, sagte ein Söldner.

»Aber es gibt Tarnpatrouillen«, entgegnete ein anderer, »und es gibt Kavallerie, die sofort die Verfolgung aufnehmen kann.«

»Der besagte Abend kam«, fuhr der Schriftgelehrte fort, »und genau wie Mincon, Myrons Informant, es vorausgesagt hatte, erhob sich ein Dutzend Tarns vom Dach des Semniums. Cos erwartete sie natürlich bereits; sofort wurde die Verfolgung aufgenommen. Die von dem Dach des Semniums gestarteten Tarns waren prächtige Tiere, wie hätte es auch anders sein können, und sie entgingen den Verfolgern für Ahn. Aber die Verfolger waren darauf vorbereitet und führten eigens frische Ersatzvögel mit, um jede Ahn das Reittier wechseln zu können. In der Zwischenzeit rüstete sich Myron vor Torcodino für die Schlacht und führte die meisten seiner Männer in die Nähe der Stelle, an der sich der Tunnel öffnen sollte. Sie verbargen sich in Schützengräben. Sie wollten die Truppen aus Torcodino an die Oberfläche kommen lassen und sie dann mit ihrer Übermacht auf offenem Gelände vernichten. Einigen Männern würde die Flucht zurück in den Tunnel gelingen, wo sie in ihrer Panik, sich einen Weg durch die Nachfolgenden zu bahnen, gegeneinander kämpfen würden und wo man sie einfach niedermachen könnte. Um den Rest wollte man sie sich später kümmern, da es zu wenige sein würden, um selbst einem bescheidenen Angriff standhalten zu können. Man rechnete sogar damit, daß sich die Flüchtlinge ergeben und der Gnade Cos' unterwerfen würden. Natürlich ließ Myron klugerweise viele Männer vor der Stadt zurück, ein paar verstärkte Regimenter in der Nähe der Stadttore, für den Fall, daß Dietrich ihn überlisten und einen Ausbruchsversuch starten sollte.«

»Myron ist ein guter Polemarkos«, sagte ein Mann.

»Das ist er.«

Ich konnte dem nur zustimmen. Myron hatte sowohl als Offizier wie auch als Mann seine Schwächen, aber er war ein ausgezeichneter Befehlshaber. Aber hier hatte er es mit Dietrich von Tarnburg zu tun.

»Was geschah dann?«

»Gegen Morgen hatte man die flüchtenden Tarns eingeholt, aber in ihren Sätteln saßen gefesselte und geknebelte cosische Gefangene.«

»Was war mit den Truppen in der Stadt?«

»In Torcodino sah man Flammen aufsteigen. Wo es brannte, war unbekannt. Später fand man heraus, daß es sich um die Zerstörung des cosischen Belagerungsgeräts gehandelt hatte, der Kriegsmaschinen, Wagen und Vorräte, die man in Torcodino erbeutet hatte.«

Die Erbeutung dieses Materials in Torcodino, das als Ausrüstungsdepot für die Invasionsstreitmacht gedient hatte, war der Hauptgrund für Dietrichs Eroberung der Stadt gewesen; er hatte gehofft, den cosischen Vormarsch behindern zu können und Ar genügend Zeit zu verschaffen, um sich auf den Krieg vorzubereiten. Wie sich jedoch herausstellte, hatte Ar sein Heer nach Norden geschickt; statt dem belagerten Ar-Station Entsatz zu leisten, verfolgte es allem Anschein nach das Expeditionsheer, das Ar-Station zerstört hatte, um schließlich im Delta vernichtet zu werden. Ohne Verrat in Ar wäre das nicht möglich gewesen. Eine der Verräterinnen, eine sehr hübsche Verräterin, lag jetzt angekettet in einem der Hinterzimmer der Taverne. Dietrich hatte Ar Zeit verschaffen wollen, um sich zu bewaffnen und in Stellung zu gehen, damit es ein Gegengewicht zu den Streitkräften von Cos bildete und auf diese Weise den Aufstieg einer einzigen großen Macht auf dem Kontinent verhinderte, eine Möglichkeit, die Dietrichs Meinung nach die Existenz der freien Kompanien gefährdet hätte, von denen seine Kompanie eine der größten und besten war.

»Aber was war mit dem Tunnel?«

»Was war mit Dietrich und seinen Männern?«

»Myron und seine Soldaten warteten die ganze Nacht, den nächsten Morgen und den ganzen folgenden Tag lang, aber der Tunnel öffnete sich nicht.«

»Warum nicht?« fragte der Söldner.

»Aus einem einleuchtenden Grund«, sagte der Schriftgelehrte. »Es gab keinen Tunnel.«

Die Männer blickten einander an.

»Myron, der fest von seiner Existenz überzeugt war, entschied sich, ihn selbst zu öffnen; seine Ingenieure holten Bergleute und Sappeure. Sie gruben und stocherten zwei Tage lang herum, fanden aber natürlich nichts. In der Zwischenzeit stiegen aus Torcodino die Rauchwolken auf.«

»Zweifellos hat man diesen Mincon, diesen Informanten, in siedendes Öl getaucht.«

»Er war verschwunden«, sagte der Schriftgelehrte.

»Natürlich.«

»Myron ließ Beobachter an dem angeblichen Standort des Tunnels zurück und kehrte wütend in sein Hauptquartier zurück. Dann schickte er Späher aus, die Torcodinos Verteidigungsbereitschaft prüfen sollten. Ohne auf die geringste Gegenwehr zu stoßen, erklommen kleine Gruppen die Mauern. Später begab sich eine größere Streitmacht in die Stadt und öffnete die Tore. Myron trat ein und fand nur Leere vor. Torcodino war verlassen.«

»Und Dietrich und seine Männer?«

»Fort.«

»Unmöglich«, sagte ein Zuhörer.

»Unter Myrons Männern herrschte große Furcht«, sagte der Schriftgelehrte.

»Das kann ich mir vorstellen«, meinte ein Söldner unbehaglich.

»Einige fragten sich, ob der Feind nicht schon seit Monaten fort sei, andere wiederum, ob er jemals dagewesen sei. Es hieß, sie hätten geheimnisvolle Tränke zu sich genommen, die unsichtbar machten, oder die Priesterkönige hätten sie fortgezaubert.«

»Aber jemand muß doch in der Nacht, als die Tarns aufstiegen, die Feuer entzündet haben«, sagte der Söldner. »Die Nacht, als Myron vergeblich im Norden wartete.«

»Natürlich«, stimmte der Schriftgelehrte zu. »Tage später folgten zwei Soldaten, die aus Langeweile mit Knüppeln Jagd auf Urts machten, einem großen Urt in einen Keller, in dem es scheinbar spurlos verschwand. Sie entdeckten ein Loch, untersuchten es und fanden heraus, daß es sich um einen verborgenen Zugang zu einem Tunnel handelte. Er war von innen eingestürzt. Der Tunnel führte nicht in den Norden Torcodinos, sondern in den Süden. Myron schickte Soldaten hinein, und er führte viele Pasang nach Süden, bis sie schließlich das Ende fanden, das ebenfalls eingestürzt und getarnt war, diesmal natürlich von außen. Man grub den Ausgang frei und entdeckte, daß er sich in der Nähe der Aquädukte befand, die einst aus dem

Norden Wasser vom Issus nach Torcodino gebracht hatten.«

»Durch diese Aquädukte hat sich Dietrich doch überhaupt erst Zugang zu der Stadt verschafft«, sagte der Söldner.

»Über den Köpfen der Cosianer!«

»Aber Dietrich hatte ihr nördliches Ende doch selbst zerstört, um andere daran zu hindern, sich auf die gleiche Weise Zugang zu der Stadt zu verschaffen.«

»Und doch hat er sie später wieder benutzt!« staunte ein Mann.

»Ja«, sagte der Schriftgelehrte. »Mit seinen Männern und allen Sklaven ist er durch die Aquädukte gewatet und wie unsichtbar auf den Issus vorgerückt. Wie die Untersuchung ergab, hat er seinen Männern dort anscheinend den Befehl gegeben, sich in alle Winde zu zerstreuen. Es wäre bestimmt nicht leicht gewesen, fünftausend Mann vor den Cosianern zu verbergen.«

»Sie hätten sich ja irgendwo wieder sammeln können.«

»Wenn es sicher gewesen wäre.«

»Dieses Unternehmen war gut geplant«, erklärte der Schriftgelehrte. »So wurden vor langer Zeit Vorbereitungen getroffen, daß am Issus Ausrüstung, Vorräte und Tharlarion bereitstanden.«

»Ist es sicher, daß Dietrich seine Sklaven aus Torcodino mitgenommen hat?«

»Ja. Neben den Fußabdrücken der Männer entdeckte man im Tunnel die zahllosen Abdrücke nackter kleiner Füße.«

»Ich verstehe«, sagte der Fragesteller.

»Die Abdrücke waren allerdings ziemlich tief«, sagte der Schriftgelehrte. »Was sagt euch das?«

»Sie trugen Lasten.«

»Ja, die Beute aus Torcodino.«

»Die meisten von ihnen werden selbst Teil der Beute gewesen sein.«

»Wo sind Dietrich und seine Männer jetzt?«

»In alle Winde zerstreut«, sagte der Schriftgelehrte.

»Sie könnten überall sein«, meinte der Söldner.

»Sogar in Brundisium«, vermutete der Kaufmann.

»Nein, vermutlich ist er mittlerweile schon längst wieder in Tarnburg.«

»Ja, genau.«

»Wurde Myron in Schimpf und Schande nach Telnus zurückbeordert?« fragte jemand.

»Er ist der Vetter von Lurius von Jad!«

»Sonst wäre er in kochendem Öl gelandet.«

»Das ist wahr.«

»Zweifellos erführe er gar zu gern den Aufenthaltsort von Dietrich und seinen Männern.«

»Das glaube ich auch.«

»Paga!« rief der Söldner.

»Paga!« rief der Kaufmann.

Mädchen eilten herbei, um ihre Herren zu bedienen.

Ich löste mich von der Gruppe und begab mich zu der Tür, die zu dem privaten Eßraum führte. Ich klopfte leise.

Die Tür öffnete sich zuerst nur einen Spaltbreit, aber dann schwang sie ganz auf, als man mich einließ.

»Willkommen, Tarl«, sagte Mincon, mein Freund von der Straße des Genesian und aus Torcodino. »Wir haben dich bereits erwartet.«

Marcus fragte: »Siehst du, welcher Kampf in der Gasse stattgefunden hat?«

»Was tust du denn hier?« Ich kam gerade mit Ina aus der Hintertür der Paga-Taverne *Die Juwelenverzierte Peitsche*. »Einen Augenblick!«

Marcus trat in dem grauen Licht zur Seite.

Ich befahl Ina, sich hinzuknien und an die Häuserwand anzulehnen. Dort ließ ich sie zurück und nahm Marcus beiseite, um mit ihm zu sprechen.

»Ich bin dir natürlich gefolgt«, sagte er, »um dir zu helfen, da du ja offensichtlich hofftest, die Männer, die die Frau verfolgen, in eine Schwertfalle locken zu können.«

»Mein Freund, ich hatte eigentlich gehofft, dich aus der Sache herauszuhalten.«

»Mich daran teilhaben zu lassen, wäre ein Beweis gewesen, daß ich tatsächlich dein Freund bin«, erwiderte er gereizt.

»Es tut mir leid«, sagte ich. »Ich wollte dich nicht in Gefahr bringen.«

»Du hast mich über den Vosk gebracht«, sagte er. »Du hast mich bei meinem Spionageauftrag begleitet. Du hast dein Leben riskiert, indem du südlich vom Heerlager der Cosianer auf mich gewartet hast. Allein meinetwegen wurdest du von Saphronicus ergriffen und ins Delta verschleppt. Und doch wolltest du mir nicht erlauben, dir bei deinem Privatkrieg zu helfen, als du in ernster Gefahr schwebtest.«

»Sei mir nicht böse, mein Freund«, sagte ich. »Ich wollte weder deine Ehre noch deine Vertrauenswürdigkeit in Frage stellen. Falls die Ehre eines Mannes befleckt wurde, dann mit Sicherheit meine Ehre und nicht die deine.«

»Was hattest du eigentlich vor?« fragte er.

»In der Dunkelheit kann einer gegen viele kämpfen, denn er weiß, daß derjenige, gegen den er sein Schwert erhebt, der Feind ist, während die vielen ihm seine Arbeit erleichtern, weil sie gegen viele antreten.«

»Und mit wie vielen Gegnern hast du gerechnet?«

»Vier, vielleicht auch fünf Mann«, sagte ich. »Die Kerle, die in unserem Lager herumlungerten.«

»Ich habe im Licht des Morgens fünfundzwanzig Tote gezählt«, sagte Marcus.

»Aii!« stieß ich überrascht aus.

»Und ich halte es für besser, aus dieser Gegend zu verschwinden, bevor die Stadtwächter ihre Runde machen.«

»Du bist mir gefolgt, um mir bei dem Kampf zu helfen?«

»Natürlich, falls es zu einem Kampf gekommen wäre.«

»Wußtest du, daß es so viele waren?«

»Ja. Ich habe beobachtet, wie sie das Lager verließen – wie ein Schwarm Nadelfliegen.«

»Und du bist trotzdem gekommen?«

»Natürlich.«

»Du bist wirklich ein mutiger Mann.«

»Aber mein Schwert verließ doch nicht einmal die Scheide.«

»Aber wie sind die Männer dann gestorben?« fragte ich. Ich sah einige der Leichen. Eine lag kaum einen Meter von uns entfernt, eine andere wiederum beinahe hundert Meter weit fort.

»Lautlos«, sagte er. »Der letzte Mann kam zuerst dran, dann der nächste und immer so weiter; man hat ihnen die Kehle durchgeschnitten.«

»Das erklärt, warum es in der Gasse so wenig Lärm gab.«

»Du sprichst, als hättest du davon gewußt.«

»Ich wußte, daß etwas vor sich ging, aber ich kannte weder Einzelheiten noch das Ausmaß des Ganzen.«

»Offensichtlich hast du noch andere Verbündete als bloß einen einfachen Offizier aus Ar-Station.«

»So stellte es sich heraus.«

Marcus sah mich abwartend an.

»Ich habe gestern jemanden auf der Straße nach Brundisium gesehen«, erklärte ich. »Er hatte das Gesicht verhüllt, aber ich erkannte seine Sklavin. Ich war fest überzeugt, ihn zu kennen. Ich wollte mit ihm sprechen, das war einer der Gründe, warum ich die Stadt Brundisium betrat.«

»Und außerdem wolltest du die Männer in einen Hinterhalt locken, die hinter Ina her sind.«

Ich nickte.

»Erzähl mir von deinen Verbündeten.«

»Ich werde keine Einzelheiten berichten, aber ich war nicht der einzige auf der Straße nach Brundisium, der jemanden erkannte. Derjenige, den ich zu erkennen glaubte, hat mich ebenfalls erkannt, ließ es sich aber nicht anmerken. Er sandte seine Männer aus, um mich aufzuspüren und in seine Unterkunft einzuladen. Sie entdeckten mich auf der Straße und folgten mir. Ihnen wurde bald klar, daß ich auch noch andere Verfolger hatte, zweifellos die Männer, die du dabei beobachtet hast, wie sie das Lager verließen.«

»Auf der Straße herrschte ziemliches Gedränge«, bestätigte Marcus.

»Die Männer meines Freundes bildeten eine Stafette«, sagte ich. »Ein Mann machte da weiter, wo der andere aufgehört hatte. Es ist übrigens ganz lustig; einige der Kerle, die um mich herumschwirrten, habe ich nach der Unterkunft meines Freundes befragt.

Nach mehreren Auskünften, bei denen ich hier und dort etwas Wissenswertes erfuhr, wußte ich schließlich, daß er mit seinem Stab in der *Juwelenverzierten Peitsche* abgestiegen war.«

»Und du hattest nicht den geringsten Verdacht?«

»Ich hatte diese Männer nie zuvor gesehen.«

»Vielleicht hat man sie aus genau diesem Grund ausgesucht«, meinte Marcus.

»Das glaube ich auch.«

»Du hattest wirklich nicht den geringsten Verdacht?«

»Nein«, sagte ich. »Ich hielt sie für Bürger Brundisiums.«

»Kam es dir nicht ungewöhnlich vor, daß du diese Nachrichten so leicht erhieltest?«

»So einfach war das gar nicht. Ein- oder zweimal schickte man mich sogar in die falsche Richtung.«

»Dein Freund muß ein sehr kluger Bursche sein.«

»Der Meinung bin ich auch.«

»Andererseits ist es ja nicht so, als kämst du aus Ar oder Ar-Station.«

»Das ist wahr.«

»Und hast du dich gut mit ihm unterhalten?«

»Ja«, sagte ich. »Wir haben eine Zeitlang miteinander gesprochen.«

»Schön«, sagte Marcus.

»Und was hast du während der Zeit getan?«

»In der Gasse gefroren.«

»Du hättest hereinkommen und etwas trinken sollen.«

»Du scheinst ja ausgezeichnete Laune zu haben.«

»Laß uns nicht streiten«, sagte ich. »Kehren wir doch in unser Lager zurück und gönnen uns etwas Schlaf. Gegen Mittag muß ich dir unbedingt etwas Bemerkenswertes zeigen.«

»Was denn?«

»Du wirst schon sehen.«

»Weiß Ina, daß man eine Belohnung auf sie ausgesetzt hat – die angebliche geheime Belohnung von einhundert Goldstücken?«

»Nein.«

»Das ist vermutlich auch besser so.«

»Der Meinung bin ich auch.«

Marcus schenkte mir einen ziemlich mürrischen Blick. »Du scheinst wirklich bester Laune zu sein.«

»Ich glaube, daß Ina jetzt sicher ist.«

»Schon möglich. Dafür haben deine Freunde gesorgt, die sich so wirksam und skrupellos um deine Verfolger gekümmert haben.«

»Das finde ich auch«, sagte ich. »Davon abgesehen – wie viele Leute könnten das Gesicht einer freien Frau aus Ar wiedererkennen, die für gewöhnlich ständig verschleiert geht?«

»Ich glaube, du hast recht«, sagte Marcus. »Trotzdem, sie ist noch immer frei, und hier gibt es nur wenige freie Frauen aus Ar oder Frauen mit einem solchen Akzent.«

»Aber Frauen in Ketten mit solchem Akzent gibt es viele.«

»Das ist wahr.«

»Du scheinst unruhig zu sein«, meinte ich.

»Wir sollten gehen. Ich will nicht einmal in der Nähe sein, wenn die Stadtwächter hier ihre Runde machen. Sie könnten zumindest wissen wollen, warum wir dieses Massaker nicht gemeldet haben.«

»Du hast recht«, erwiderte ich und holte Ina.

23

»Warum hast du mich hergebracht?« fragte Marcus, während wir vor Ephialtes' Wagen warteten.

»Du wirst schon sehen.«

Wir hatten den Standort unseres kleinen Lagers in der Nähe des behelfsmäßigenen Sklavenlagers verlassen und uns alle Mühe gegeben, daß es so aussah, als sei es verlassen worden. Dann waren wir ein Stück die Straße nach Brundisium entlanggegangen und hatten uns in einem kleinen Wald in die Büsche geschlagen, um wieder zurückzukehren. Wir hofften, daß jedermann nun annähme, daß wir unser Lager abgebrochen hatten und nach Osten gezogen waren, auf eine der Deltastraßen zu. Auf dem Rückweg hatten wir das Sklavenlager durchquert. Es war ziemlich groß und umschloß etwa vier bis fünf Quadratpasang. Noch immer lieferte man auf unterschiedlichste Weise neue Frauen: in Sklavenwagen, Käfigen oder auch zu Fuß.

»Das ist also der Wagen deines Freundes?« fragte Marcus.

»Ja.«

Wir hatten Ina in einem angemieteten Sklavenkäfig in dem Sklavenlager zurückgelassen. Das kostete ein Tarskstück.

»Ich weiß nicht, was ich eigentlich hier soll«, beschwerte sich Marcus. »Wenn ich dich richtig verstanden habe, ist dein Freund, dieser Ephialtes oder wie immer er heißt, ein Cosianer. Ich bin nicht geneigt, mit einem Cosianer ins Gespräch zu kommen.«

»An deiner Stelle würde ich hier nicht so oft den Mund öffnen«, erwiderte ich. »Am Rande des cosischen Heerlagers.«

»Warum hast du mich dann hergebracht«, flüsterte Marcus.

»Das habe ich dir doch heute morgen gesagt«, erwiderte ich. »Ich will dir etwas zeigen.«

»Was?«

»Hab Geduld. Du wirst schon sehen.«

»Wehe, wenn das eine Zeitverschwendung ist.«

»Du hast bloß schlechte Laune, weil ich dich zum Rand des Heerlagers mitgenommen und damit dein Leben grundlos in tödliche Gefahr gebracht habe.«

»Das ist einfach nicht wahr«, zischte er. »Wer könnte so kleinlich sein?«

»Was ist es dann?«

»Ich habe eine sehr unerfreuliche Nacht verlebt«, sagte er, »und der Morgen war bis auf ein paar Ahn Schlaf auch nicht viel besser.«

»Das wird sich bald ändern.«

»Hoffentlich«, knurrte er.

Marcus war von Natur aus ein eher launischer Mensch, der Dinge wie Leben und Tod ernster nahm, als es eigentlich nötig war. An diesem Morgen wirkte er jedoch ausgesprochen schroff, was für ihn doch eher ungewöhnlich war. Zugegeben, er hatte auf seinem einsamen, gefährlichen Posten in der Gasse hinter der Taverne eine ungemütliche Nacht erlebt, während ich es mir drinnen gut gehen ließ. Doch dann rief ich mir ins Gedächtnis zurück, daß man solche Opfer im Verlauf einer wahren Freundschaft durchaus erwarten kann.

»Willkommen im Lager von Ephialtes«, sagte der Marketender und trat um den Wagen herum. Man konnte nicht daruntersehen; ein Stück aufgespanntes Segeltuch versperrte den Blick. Das allein war nicht ungewöhnlich, aber ich vermutete, daß es aus einem dramatischen Grund dort hing, um eine Mauer zu errichten, hinter der man etwas verstecken und dann zeigen konnte.

»Mein Freund Ephialtes«, sagte ich. »Ich glaube, du willst uns etwas zeigen.«

»Ja«, erwiderte er. Dann klatschte er zweimal in die Hände.

Demütig trat eine junge Frau hinter dem Wagen und der Leinwand hervor, demütig und wunderschön, nur mit einem Bauchriemen und einem schmalen gelben Sklavenschurz bekleidet, die Hände auf dem Rücken haltend, vermutlich in Ketten. Liadne ging hinter ihr und hielt ihre Leine. Die junge Frau war schlank, mit einer ungewöhnlich hellen Haut und gleichfalls außerordentlich dunklem Haar und Augen.

»Aii!« rief Marcus überwältigt aus.

Die Frau blickte Marcus an, als wäre er der erste Mann, den sie je zu Gesicht bekommen hätte.

Dann starrte sie mich an.

»Kein Wort!« warnte ich sie.

Sie kniete vor uns nieder. Dann blickte sie zu Marcus hoch, wie voller Ehrfurcht, als könne sie den Blick nicht von ihm wenden.

»Gefällt sie dir?« fragte ich.

»Ich habe noch nie eine solche Frau gesehen!« rief er. »Sie ist das schönste Wesen, das mir in meinem ganzen Leben begegnet ist.«

»Ich dachte mir schon, daß du sie nicht abstoßend fändest.«

»Sie ist eine Frau, für die ein Mann töten würde!« rief er.

»Und angenommen, sie wäre eine Sklavin?«

Dieser Gedanke ließ ihn stocken, er schluchzte auf, krümmte sich zusammen und hieb sich mit den Fäusten auf die Knie.

»Welche Stellung nimmt sie ein?« fragte ich Ephialtes.

»Freie Frau, aber eine Gefangene und vollständige Dienerin«, antwortete der Marketender.

»Dann kann sie also erworben und versklavt werden!« rief Marcus.

Ephialtes nickte.

»Ich muß sie haben!«

Sie sah von den Knien zu ihm hoch, ihre Unterlippe bebte.

»Aber sie ist bestimmt sehr teuer«, sagte ich.

»Ich muß sie haben!«

»Wieviel hast du?«

»Nur ein paar Tarskstücke«, sagte Marcus.

»Das reicht bestimmt nicht«, meinte ich. »Laß uns gehen.«

Er griff nach dem Schwert, aber ich legte ihm die Hand auf die Hand, damit er nicht aus Wut und Enttäuschung die Klinge zog und den armen Ephialtes erschlug.

»Laß uns gehen.«

»Warum hast du mich hergebracht?« rief er aufgebracht. »Nur um mich zu quälen?«

»Überhaupt nicht«, sagte ich. »Ich wußte, daß dir diese Art von Frau gefällt.«

»Diese Art von Frau!« rief er. »Sie ist einzigartig, unvergleichlich! Ich kenne sie aus Tausenden von Träumen!«

»Sie ist ganz nett«, sagte ich. »Danke, Ephialtes. Ich wollte nur, daß er sie einmal sieht. Wie erwartet kann er sie ansehen, ohne zusammenschrecken zu müssen.«

»Das kann man«, bestätigte Ephialtes.

»Ich wünsche dir alles Gute«, sagte ich.

»Ich wünsche dir alles Gute«, erwiderte er.

Marcus stand noch immer wie versteinert da. »Komm schon«, sagte ich.

»Ich will sie! Ich muß sie haben!« rief er.

»Du kannst sie dir nicht leisten. Komm jetzt.« Ich nahm ihn beim Arm und zog ihn mit mir. Wir waren noch keine zehn Schritte gegangen, als er sich von mir losriß.

»Was ist denn jetzt schon wieder?«

»Du begreifst nicht!« rief er. »Ich habe noch nie eine solche Frau gesehen! Sie ist mein Traum!«

»Ja, sie ist ganz nett.«

»Sie muß mein werden!«

»Ja, ja. Und jetzt komm.«

»Nein!«

»Vergiß sie.«

Von meinem Standort aus konnte ich an Marcus vorbei sehen. »Nein, sieh nicht hin«, sagte ich beruhigend zu ihm. »Das ist besser so.« Ich hielt ihn an den Armen fest, um zu verhindern, daß er sich umdrehte. Liadne führte das Mädchen zurück, aber es sträubte sich und starrte Marcus ungläubig hinterher. Aber Liadne setzte sich durch. Marcus befreite sich wütend von mir und drehte sich um. Aber das Mädchen war nicht mehr zu sehen.

»Sie ist weg«, sagte ich und hielt ihn davon ab, zu dem Wagen zurückzustürmen. »Du kannst sie nicht bezahlen. Einige Männer würden möglicherweise in der Nacht zurückkehren und sie stehlen, vielleicht dabei ein paar Hälse durchschneiden, aber für einen Marcelliani, der ein ehrenhafter Bursche ist, ein Offizier und so, käme so etwas natürlich nicht in Frage.«

»Nein!« fluchte Marcus.

»Tja, so spielt das Leben eben manchmal.«

Marcus starrte mich wild an. Einen Augenblick lang fürchtete ich, er könne mich angreifen.

»Komm jetzt.«

Marcus drehte sich um und starrte jetzt mörderisch zu dem unschuldigen Ephialtes hinüber, der etwas an dem Wagen in Ordnung brachte. »Er ist ein Cosianer.«

»Aber er ist auch mein Freund, und das dürfte die Sache erschweren.«

»Ja«, grollte Marcus. Dann stöhnte er auf. »Ich hätte sie niemals sehen dürfen.«

»Unsinn«, sagte ich.

»Mein Leben ist zerstört.«

»Deine Aussichten waren ohnehin nicht besonders vielversprechend.«

Marcus beachtete mich nicht. »Ich wußte nicht, daß es eine solche Frau geben kann.«

»Sie ist ganz nett.«

»Sie ist wunderschön!«

»Ganz hübsch.«

»Eine Göttin!«

»Ich muß Ina holen«, sagte ich. »Warum treffen wir uns nicht in unserem neuen Lager?«

Er blickte mich voller Verzweiflung an. »Nun gut«, murmelte er niedergeschlagen und ging.

Ich war ganz zufrieden mit dem Verlauf des Vormittags, auch wenn es jetzt schon nach Mittag sein mußte. Ich hatte damit gerechnet, daß sich Marcus von Phoebe stark angezogen fühlen würde, denn sie war eine ausgesprochen schöne Vertreterin eines Frauentyps, der ihn fast um den Verstand brachte. Wie die Sklavin Yakube in Port Cos, die er so attraktiv gefunden hatte. Allerdings war hier die Anziehung gegenseitig gewesen. Phoebe hatte den Blick nicht von ihm wenden können. Vielleicht hatte auch sie von einem Mann wie ihm geträumt, der sie eines Tages in Besitz nähme. Das versprach eine innige Beziehung zu werden.

Ich pfiff leise vor mich hin und schlug die Richtung zum Sklavenlager ein.

GOR 24

»Zeig mir das Gesicht der Sklavin!« verlangte der Mann.

Irgendwie kam er mir bekannt vor, er mußte mir einmal kurz begegnet sein.

Es war später an demselben Tag, an dem Marcus seiner Liebe begegnet war.

»Warum?« Soweit ich sehen konnte, war er allein.

»Ihr könnt nicht entkommen«, sagte er. »Ich kann mit hundert Männern zurückkehren.«

Marcus musterte ihn. Seine Hand lag in der Nähe des Schwertgriffs. »Verschwinde«, knurrte er dann.

»Wir wollen doch höflich sein«, beschwichtigte ich ihn.

Der Fremde nickte. »Wie ich sehe, bist du ein vernünftiger Mann.«

»Vielleicht willst du sie mir ja abkaufen«, sagte ich.

»Vielleicht.«

»Sie ist nicht ausgebildet, daher dürfte sie nicht mehr als einen Silbertarsk einbringen.«

»Ich dachte da an eine Summe in der Größenordnung von einhundert Goldstücken«, sagte der Fremde, ohne eine Miene zu verziehen. Ich fragte mich, woher ich ihn kannte.

»Gold?«

»Tarnscheiben aus Ar, das volle Gewicht.«

»Das ist eine große Summe«, sagte ich staunend.

»Denk darüber nach.«

»Hast du sie dabei?«

»Nein.«

»Wer ist bereit, soviel zu zahlen?«

»Ich«, sagte er.

Das glaubte ich ihm nicht. Also erwiderte ich: »Du bist nur ein Mittelsmann! In wessen Diensten stehst du?«

»Ich kann das Geld morgen bringen.«

Ich stand von dem kleinen Feuer auf. »Ich zeige sie dir.«

Ina saß ein Stück abseits. Der Fremde begleitete mich.

»Soll ich dir eine Lampe holen?«

Er schüttelte den Kopf, dann ging er wortlos neben ihr in die Hocke.

»Ein ganz normales Kajira-Brandzeichen«, sagte er.

»Natürlich.«

Diese Feststellung fiel ihm nicht schwer, denn bis auf die Haube war sie nackt. Ich hatte die nötigen Formalitäten am Nachmittag erledigt. Ina war nun eine gesetzmäßige Sklavin.

»Wie nennst du sie?«

»Ina.«

»Bitte entfern die Haube«, bat er mich.

Ich löste die Schnallen und zog sie herunter. Ina blinzelte, dann starrte sie den Fremden mit weit aufgerissenen Augen an. »Octantius!« rief sie entsetzt.

»Sie scheint dich zu kennen«, sagte ich.

»Ich bin Octantius aus Ar«, sagte er. »Ich war im Delta Erster Offizier auf ihrer Barke.«

»Ich verstehe.« Vermutlich hatte ich ihn dort gesehen, hatte einen kurzen Blick auf ihn geworfen, während ich das vollgesogene Renceboot für Plenius und die anderen zog. Er hatte vermutlich an Deck gestanden.

»Wie groß war die Besatzung?«

»Neun Mann, mich eingeschlossen.«

Ich nickte. »Die Rencebauern haben euch in einen Hinterhalt gelockt?«

»Ja.«

»Wie viele von euch sind dem Delta entkommen?«

»Neun Mann«, sagte er. »Es hat den Bauern anscheinend Vergnügen bereitet, uns ziehen zu lassen.«

»Ich verstehe.«

»Sie wollten nur sie haben.«

Das war verständlich.

Er beugte sich vor. »Du warst einmal sehr wichtig, nicht wahr, Ina?« fragte er.

»Schon möglich, Herr.«

»Aber jetzt bist du nicht mehr so wichtig?«

»Nein, Herr.«

»Ich glaube, es hat ihnen Vergnügen bereitet, uns ziehen zu lassen«, sagte er. »Sie machten nicht einmal den Versuch, uns festzuhalten oder uns zu verfolgen. Ich glaube, sie wollten, daß sie allein auf der Barke stand, während sie auf die Jäger wartete, auf die Seile, die ihren Körper fesseln würden.«

»Ich verstehe.«

»Widerstand war zwecklos. Es gab Hunderte von ihnen. Es hatte keinen Sinn, sein Leben für eine Schlampe wie sie herzugeben, für eine zum Scheitern verurteilte Sache.« Plötzlich griff er nach ihrem Kinn und hob es unsanft an. »Wie oft habe ich sie mir so vorgestellt, in Ketten.«

»Von den neun Männern deiner Besatzung – was glaubst du, wie viele außer dir würden sie erkennen?« fragte ich.

»Alle.«

»Aber sie war doch sicherlich verschleiert.«

Er lächelte. »Gelegentlich senkte sie den Schleier, wenn Männer in der Nähe waren, ganz zufällig, als wolle sie ihn ordnen oder ganz kurz senken, um das Gesicht zu kühlen.«

»Ich verstehe.«

»Es hat ihr Vergnügen bereitet, sich uns zu zeigen«, sagte er. »Uns zu quälen, zu erregen, in dem Wissen, daß sie für uns unerreichbar war, daß sie nichts von uns zu befürchten hatte.«

Ich schüttelte den Kopf. Das wunderte mich nicht. »Schon damals warst du eine eitle Sklavin, nicht wahr, Ina?«

»Ja, Herr.«

»Aber jetzt bist du eine gesetzmäßige Sklavin«, sagte Octantius.

»Ja, Herr.«

»Glaubst du, daß du jetzt auch noch unerreichbar bist?«

»Nein, Herr«, sagte sie ängstlich.

»Du kannst ihr wieder die Haube aufsetzen.«

Ich stülpte ihr die Haube über den Kopf.

»Von den neun Männern, die sie erkennen könnte – wie viele sind hier in der Nähe?«

»Alle.«

»Ich verstehe.«

Wir kehrten zum Feuer zurück.

»Da sie nun eine Sklavin ist«, sagte ich, »zieht dein Vorgesetzter sein Angebot vermutlich zurück.«

»Ganz im Gegenteil. Du willst die hundert Goldstücke doch verdienen, oder nicht?«

»Ich hätte nichts dagegen, soviel Gold zu besitzen.«

»Dann brauchst du solche Fragen nicht zu stellen.«

Ich verschränkte die Arme vor der Brust. »Aber ich bin trotzdem neugierig.«

Octantius zuckte mit den Schultern. »Vielleicht will ein Wohltäter sie vor der Sklaverei bewahren.«

»Keiner, der sie im Kragen gesehen hat, zöge auch nur in Erwägung, sie vor der Sklaverei zu bewahren.«

Er lächelte. »Das ist wahr.«

»Warum will man sie mir denn abkaufen?«

»Ich werde morgen mit dem Geld zurückkehren«, sagte Octantius.

»Und wenn ich sie nicht verkaufen will?«

»Ich werde hundert Mann mitbringen.«
»Das hört sich nach einer ganzen Menge an.«
»Unsere Möglichkeiten sind beträchtlich.«
»Anscheinend.«
»Bis morgen.«
»Wie steht's damit, jetzt um sie zu kämpfen, nur du und ich und zwei Schwerter?«
»Mach keine Schwierigkeiten«, sagte Octantius. »Du kannst sie uns morgen geben, oder wir werden sie dir abnehmen.«
»Ach, so ist das.«
»Und in der Zwischenzeit solltest du nicht zu entkommen versuchen. Dein Lager wird von mehreren Männern beobachtet.«
Er wandte sich zum Gehen.
»Wem wirst du sie übergeben?« fragte ich.
Er drehte sich noch einmal um. »Ich werde nur ihren Kopf übergeben.«
»Ich verstehe.«
Octantius verschwand in der Dunkelheit.
»Wirst du sie ihm verkaufen?« fragte Marcus.
»Nein.«
Er blickte mich an.
»Du solltest vor Einbruch der Morgendämmerung gehen«, sagte ich.
»Und du?«
»Ich bleibe.«
Er sah mich wortlos an.
»Du hast unsere Unterhaltung mitbekommen?«
»Natürlich.«
»Geh.«
Marcus schüttelte den Kopf. »Sie ist nur eine Sklavin.«
»Ich wünsche dir alles Gute.«
Er stand auf und verließ das Lager.

GOR 25

Ich stand auf, streckte mich und lachte. Ina, die an meiner Seite geschlafen hatte, sah mich überrascht an. Ich fühlte mich ausgeruht.

»Ihr kettet mich ja los«, sagte sie.

»Bleib in meiner Nähe.«

»Wohin gehen wir?«

»Neugier bekommt einer Kajira nicht.«

Ich wollte zum Sklavenlager. Dort gab es Hunderte von Sklavinnen. Möglicherweise bot sich mir dort die Gelegenheit, Ina zu verstecken oder sie entkommen zu lassen. Allerdings war ich, wenn ich mir gegenüber ehrlich war, nicht besonders zuversichtlich.

Ein Mann stellte sich mir in den Weg. »Bleib stehen!« sagte er. »Du verläßt das Lager nicht.«

»Tritt beiseite«, sagte ich, »oder ich entferne dich aus meinem Weg.«

Er lachte. Und Ina schrie auf.

»Ihr habt ihn getötet!«

Ich wischte die Klinge an seiner Tunika ab. Ich war nicht in scherzhafter Stimmung.

»Was wollte er?« fragte sie. »Warum wollte er uns am Gehen hindern?«

Ich blickte mich um. Die sieben Männer schienen wie aus dem Nichts zwischen den Zelten aufgetaucht zu sein.

»Was wollen sie?« rief Ina.

»Stell dich mir nicht in den Weg«, sagte ich zu dem Mann vor mir.

Er warf einen Blick auf seinen gefallenen Kameraden, auf das Blut im Straßenstaub.

Ich trat bedrohlich einen Schritt auf ihn zu, und er

wich schnell zur Seite, genau wie ein anderer seiner Kameraden, der ebenfalls den Weg verstellt hatte.

Ich ging mit gezogener Klinge an ihnen vorbei. Ina eilte hinter mir her.

Sofort nahmen sie die Verfolgung auf, kamen aber nicht nahe genug, um in einen Kampf verwickelt zu werden.

Ich drehte mich um, drohte ihnen, und sie wichen zurück. Ich ging schnell auf einen zu, und er drehte sich um und lief davon. Da schrie Ina auf. Ich fuhr herum, und ein anderer Mann, der nahe an mich herangekommen war, wich zurück.

»Kommt her, na los!« lud ich sie ein. Meine Stimme muß sich schrecklich bedrohlich angehört haben. Ina wimmerte. Ich glaube, sie hatte Angst, mir zu folgen.

»Geh nicht mit ihm, kleine Vulo!« rief einer der Männer.

»Komm mit uns«, lockte ein anderer.

»Er ist verrückt«, sagte ein dritter. »Sieh dir nur sein Gesicht an, seine Augen.«

»Ich muß mit ihm gehen«, rief Ina. »Er ist mein Herr.«

»Wir werden deine Herren sein.«

»Was wollen sie von Euch«, fragte sie mich. »Was habt Ihr getan?«

»Komm mit«, erwiderte ich nur.

Ich schob das Schwert in die Scheide, scheinbar voller Hochmut, drehte ihnen bewußt den Rücken zu und ging los. Ich zählte bis drei, warf mich ohne Vorwarnung herum und zog die Klinge. Ina sprang beiseite.

Der Verfolger spuckte Blut, taumelte zurück und stürzte in den Staub. Ich drehte mich im Kreis. Keiner der anderen hatte sich mehr als einen Meter genähert; sie waren stehengeblieben. Ich sah mir den Mann, der zu Boden gegangen war, genauer an. Es war derselbe

Bursche, der eben versucht hatte, mich von hinten niederzuschlagen. Ich hatte mir schon gedacht, daß er es war und daß er es auf die gleiche Weise erneut versuchen würde, und er hatte es tatsächlich versucht. Mit einer solchen List kann man einen Gegner manchmal auflaufen lassen.

»Er ist tot«, sagte einer seiner Kameraden, der ihn umdrehte.

Ina schrie auf.

Sie starrte mich entsetzt an.

Ich hatte Angst, sie könnte vor mir davonlaufen, also ergriff ich sie am Arm und schob sie auf das Sklavenlager zu. Keiner der Männer stellte sich mir in den Weg. Allerdings blieben sie so nahe auf den Fersen, wie es ihr Mut zuließ.

Unbeirrt ging ich weiter.

Im Lager drehten sich Köpfe zu uns um.

Ich schritt schneller aus. Ina keuchte. Sie kam kaum mit. »Herr!« schluchzte sie.

»Still, Sklavin!« sagte ich. Ich war wütend. Ich konnte mir nicht mehr vorstellen, Ina im Lager verschwinden zu lassen oder gegen jemanden auszutauschen. Die Verfolger waren zu nahe. Ich kam nie mehr als an einen oder zwei von ihnen heran; das verschaffte den anderen mehr als genug Zeit, sich zurückzuziehen oder – was wahrscheinlicher war – die Gelegenheit zunutze zu machen und die Sklavin zu entführen oder zu töten.

Ich stieß Ina durch das Tor des Sklavenlagers.

Ein Mann, der dort herumlungerte, lachte, als er sah, wie die hübsche Sklavin ins Lager gebracht wurde, aber dann verstummte er, als er die Gruppe bemerkte, die uns verfolgte und die plötzlich von fünf auf ein Dutzend angewachsen war.

Ich ging eine Zeitlang stur geradeaus, zwischen Zelten und überdachten offenen Ständen vorbei, durch

Korridore aus Käfigen, Wagen und Käfigwagen, vorbei an dem Krankenzelt, an Ständen, an denen man Salben, Parfüm, Tuniken, Stricke, Riemen, Peitschen, Handschellen, Ketten und Eisenkragen erwerben konnte. Irgendwo in der Mitte des Lagers blieb ich stehen, auf einem runden Platz, auf dem sich sonst während der Auktionen Großhändler drängten und ihre Gebote machten.

Unsere bedrohlichen Gefährten waren uns nicht von der Seite gewichen; sie begleiteten uns wie Schatten, bewaffnet und stumm. Mittlerweile waren es fünfzehn Mann.

Ich ließ Ina los, und sie sank schluchzend auf die Knie. In ihren Augen flackerte die nackte Angst.

»Warum wollen sie mich töten?« Sie war klug; sie hatte begriffen, worum es hier ging.

»Ich vermute, daß Ar jemanden für die Katastrophe im Delta zur Verantwortung ziehen will. Deine Mitverschwörer haben dich und vielleicht einige andere auserwählt, öffentlich von euch Abstand genommen und die Behauptung in die Welt gesetzt, daß ihr die anderen getäuscht habt und so weiter. Auf diese Weise können die mächtigeren Verschwörer Ars Ruf nach den Verantwortlichen befriedigen und zur gleichen Zeit die Aufmerksamkeit von sich ablenken. Andererseits wollen deine einflußreicheren Freunde das Risiko nicht eingehen, daß deine Aussage bei einer Gerichtsverhandlung zur Sprache kommt.«

»Aber ich bin doch nur eine Sklavin«, sagte sie.

»Aber eine Sklavin, die mehr weiß, als gut für sie ist.«

»Ich könnte doch versprechen, nichts zu sagen.«

»Du würdest sprechen«, sagte ich.

Sie starrte mich ängstlich an.

»Wie du weißt, wird die Aussage einer Sklavin unter der Folter aufgenommen.«

»Gib sie uns, und wir lassen dich gehen!« rief einer der Männer.

Ich musterte ihn.

»Schnappen wir sie uns und teilen die Belohnung allein unter uns«, schlug ein anderer vor.

»Ja, genau«, rief einer eifrig. Er ließ sich wohl zu leicht von seinem Freund beeinflussen, denn er stürzte sich auf mich. Mit einem Tritt löste ich ihn von der Klinge, dann fuhr ich herum, um mich seinem Freund zu stellen, der den Vorschlag gemacht hatte. Der blieb wie angewurzelt stehen, rutschte aus, fiel auf ein Knie und kroch auf allen vieren zurück. Mir blieb nicht genug Zeit, ihm einen Hieb zu verpassen, da ich einen weiteren von Octantius' Männern von Ina verscheuchen mußte, die hinter mir auf dem Boden kniete.

»Überlaß sie uns, wir teilen die Belohnung mit dir!«

»Ja, wir geben dir zehn Goldstücke, Tarnscheiben aus Ar!«

»Das ist mehr, als du sonst für sie bekämst.«

Ich betrachtete Ina. Ja, dachte ich, das ist mehr, als sie mir auf dem Auktionsblock einbrächte.

»Octantius wird bald hier sein«, sagte einer der Verfolger und warf einen Blick über die Schulter. »Dann muß die Belohnung zwischen zu vielen Leuten aufgeteilt werden.«

»Einige dich mit uns.«

»Octantius wird Bogenschützen mitbringen. Dann ist jeder Widerstand zwecklos.«

»Einige dich mit uns«, wiederholte der erste Sprecher.

»Bleibt zurück!« warnte ich die Männer. Dann zerrte ich Ina auf die Beine und ging einfach weiter geradeaus, zwischen den Jägern hindurch, die den Weg freigaben. Aber sobald ich an ihnen vorbei war, nahmen sie die Verfolgung wieder auf, kamen so nahe heran, wie sie es nur wagen konnten. Gelegentlich tat ich einen Schritt auf den einen oder anderen zu, der dann die Flucht ergriff, aber die Meute blieb bei uns wie ein Rudel Sleen, das einen Larl verfolgt und darauf wartet, daß er einen Fehler begeht oder müde wird.

»Wohin willst du eigentlich?« rief mir einer nach.

Ich beachtete ihn nicht.

Es ging weiter in die Richtung, in die der Mann geblickt hatte, der befürchtete, daß Octantius mit seinen Männern zu früh eintreffen und so den Anteil an der versprochenen Beute verkleinern könnte.

Ich hatte zwei Pläne, denen ich ehrlich gesagt allerdings keine großen Erfolgssaussichten zubilligte. Beide Pläne verlangten das Zusammentreffen mit Octantius; falls er das Gold nicht bei sich trug, wollte ich ihn in ein dreistes Täuschungsmanöver verwickeln und ihn davon überzeugen, wie es zweifelhaft war, daß er es überhaupt bekam; hätte er das Gold dabei, wollte ich ihn zu einem Zweikampf verleiten, nach dem ich, falls ich siegreich wäre, mir das Gold schnappen und es an die Männer verteilen könnte, um sie auf diese Weise hoffentlich loszuwerden.

»Da ist Octantius!«

Ich blieb stehen und fand mich in der Mitte eines aus Männern gebildeten großen Kreises wieder, der etwa einhundert Meter durchmaß; wir befanden uns in der Nähe des Haupttores, und es mußten mindestens siebzig oder achtzig Mann sein.

»Tal«, sagte Octantius, erhob sich von dem Stuhl, auf dem er unter einem Baldachin saß, und reichte einem Untergebenen seinen Becher.

»Tal«, erwiderte ich den Gruß.

Er zeigte auf einen Ledersack, den ein Mann an seiner Seite in beiden Händen hielt. »Ich habe nicht damit gerechnet, daß man mir die unversehrte Sklavin liefert«, sagte er. »Ich dachte, ich erhielte nur ihren Kopf, der dann in diesen Sack gesteckt werden sollte.«

Keiner der Männer, die den Ring bildeten, trat vor. Ich vergewisserte mich dessen mit einem Blick in die Runde.

Ina sank auf die Knie. Ich glaube nicht, daß sie noch die Kraft hatte, sich auf den Beinen zu halten. Andererseits war es angemessen, daß sie niederkniete, befand sie sich schließlich in der Gegenwart von freien Männern.

»Erinnerst du dich an mich?« rief Octantius.

»Ja«, sagte sie.

»Ich mußte einst von ihr Befehle entgegennehmen«, sagte er.

Gelächter erscholl.

»Wo sind dein Schleier und deine schönen Gewänder jetzt?« rief er. Sie schwieg.

»Jetzt bist du, was du schon immer hättest sein sollen«, sagte er. »Eine Sklavin.«

Ina antwortete nicht.

»Ist das nicht richtig?«

»Ja«, sagte sie.

Ich warf ihr einen scharfen Blick zu.

»Ja, Herr!« rief sie Octantius zu.

Erneut erscholl Gelächter. Mittlerweile hatten sich weitere Männer dazugesellt, die neugierig sehen wollten, was sich hier abspielte.

»Mir ist berichtet worden, daß du gut gekämpft hast«, wandte sich Octantius an mich.

Ich schwieg.

»Köpf sie!«

»Nein.«

»Übergib sie uns, und du kannst gehen.«

»Nein.«

Octantius zuckte mit den Schultern. »Wie du willst. Es ist deine Entscheidung.« Auf ein Signal hin traten einige seiner Männer vor. Armbrustschützen. Sie zogen Bolzen und legten sie ein.

»Warte!« rief ich.

Er hob die Hand, und die Schützen warteten mit dem Anlegen.

»Das Gold wird niemals für sie bezahlt werden.«

»Warum nicht?« fragte er.

»Saphronicus ist tot!«

Plötzlich schien er nachdenklich zu werden.

Ich war natürlich von der Annahme ausgegangen – eine unter diesen Umständen naheliegende und anscheinend auch gerechtfertigte Annahme –, daß er einer von Spahronicus' Agenten war. Nur Saphronicus, im Norden vermutlich der wichtigste Verschwörer, konnte derjenige sein, der Octantius lenkte und die Belohnung zur Verfügung stellte.

»Saphronicus ist nicht tot!« sagte er.

»Doch, er ist tot«, beharrte ich auf meiner Behauptung.

»Wo willst du das gehört haben?« erkundigte sich Octantius lächelnd.

»Ich habe eben davon gehört.« Natürlich hatte ich nichts dergleichen gehört. Ich hatte gehofft, daß Octantius das Gold nicht bei sich trüge und daß ihm im Fall von Saphronicus' Tod Zweifel kämen, ob es jemals bezahlt werden würde. Auf diese Weise hatte ich Zeit gewinnen wollen. Ich konnte mir nicht vorstellen, daß man Ina ohne den nötigen Anreiz umbringen würde.

Octantius warf den Kopf in den Nacken und lachte.

»Saphronicus ist tot!« beharrte ich, was diesmal aber mehr an die Männer als an Octantius gerichtet war.

Die Männer, ein rauher Haufen, blickten einander unbehaglich an. Mittlerweile waren noch mehr Fremde dazugekommen, die wissen wollten, was hier geschah.

»Octantius?« rief einer der Männer fragend.

»Er lügt.«

Die Männer tauschten Blicke aus.

»Es ist ein Spiel, eine List, um Zeit zu gewinnen«, sagte Octantius. »Merkt ihr das nicht?«

Zu meiner Zufriedenheit sah ich, daß nicht alle Männer davon überzeugt waren. Neuigkeiten verbreiten sich auf Gor nicht auf eine geradlinige, verläßliche Weise. Außerdem reisen sie bei den Entfernungen, den Übertragungsmöglichkeiten und den gelegentlich gefährlichen Reisewegen nicht immer schnell. Zweifellos gab es auf Gor noch immer Städte, die noch nichts vom Fall Ar-Stations gehört hatten. Daher ist es nicht verwunderlich, daß sich in einem solchen Milieu Gerüchte oft verselbständigen. Selbst am Hof eines Ubars fällt es bisweilen schwer, das eigentliche Geschehen zu ergründen, weil die Berichte der untergeordneten Städte und Dörfer verzerrt und von Meinungen entstellt wiedergegeben werden.

»Selbst wenn Saphronicus tot wäre, was er nicht ist«, sagte Octantius wütend, »würde das keine Rolle spielen.« Er zerrte eine Geldbörse unter der Tunika hervor. »Das Gold ist hier!«

Seine Männer jubelten.

Einhundert Goldstücke sind eine Menge Geld, wenn man sie mit sich herumzutrüge, es ist ein Vermögen, vor allem in allgemein gültigen Tarnscheiben. Es wäre durchaus vorstellbar gewesen, daß Octantius das Gold nicht bei sich trüge; ebenso hätte er einen Wechsel über das Geld dabei haben können. In diesem Fall hätte ich versucht, den Wert des Wechsels in Zweifel zu ziehen. Viele der Kerle konnten vermutlich nicht einmal lesen. Sie gehörten zu den Männern, die Papieren wie Wechseln oder Kreditbriefen nicht trauten. Das war etwas anderes als eine Geldmünze in der Hand oder eine Frau im Arm.

»Fordere mich doch heraus!« lud ich Octantius ein.

Er lächelte.

»Wenn du sie haben willst, laß uns das Klingenspiel spielen.«

Er schob das Gold zurück unter die Tunika.

»Laß die Schwertkunst entscheiden.«

»Nein, das will ich nicht.«

»Kämpfe!«

»Warum sollte ich? Sie gehört mir doch schon. Was hätte ich durch einen Kampf zu gewinnen?«

Ich erwiderte: »Feigling!«

»Das kannst du nicht behaupten, und selbst wenn es der Wahrheit entspräche, wüßtest du es nicht.«

»Feigling!« wiederholte ich ärgerlich.

»Ich halte mich für mutig genug, um unter Männern bestehen zu können«, sagte er. »Andererseits ist es nicht meine Auffassung von Mut, in einen Abgrund zu springen oder mich in den Rachen eines Larls zu stürzen.«

»Du gibst deine Feigheit also zu?«

»Du beleidigst eher meine Fähigkeit zu denken als meinen Mut, da du tatsächlich glaubst, du könntest mich auf so billige Weise beeinflussen.«

»Kämpfe!«

»Wie ich gehört habe, hast du bereits einige meiner Männer getötet«, sagte er, »und darunter waren einer oder zwei, die weitaus bessere Schwertkämpfer waren als ich.«

»Wenn du nicht kämpfst, verlierst du vor deinen Männern das Gesicht.«

»Ich bin nicht ihr Hauptmann«, antwortete er. »Ich bin ihr Arbeitgeber.«

»Was ist mit der Ehre?« fragte ich.

»Etwas Lästiges«, sagte er, »ein Hindernis auf dem Weg zur Macht.«

»Dann laß die Männer gegen mich antreten, einer nach dem anderen.«

Die Schläger tauschten beunruhigte Blicke aus.

»Schützen«, sagte Octantius. »Legt an.«

Mittlerweile hatten sich zweihundert oder mehr Männer um uns versammelt. Viele waren durch das Tor gekommen.

»Ich wünsche dir alles Gute, Ina«, sagte ich.

»Ich wünsche Euch alles Gute, Herr«, flüsterte sie.

»Zielt!« befahl Octantius.

Ich war neugierig, wie es wohl wäre, die auf mich zurasenden Bolzen in ihrem Flug zu beobachten. Ich fragte, ob es mir gelänge, ihre Bahn zu verfolgen.

»Schießt!«

Ich weiß nicht, ob ich unwillkürlich die Augen schloß oder nicht. Ina hatte den Kopf gesenkt.

Plötzlich ergriff ein seltsames Gefühl Besitz von mir, so als würde ich verdrängen, daß ich getroffen worden war.

Aber dann sah ich die Schützen, zehn oder mehr, beinahe wie im Traum, wie sie sich umdrehten, taumelten und in den Staub sanken oder fielen. Ich war mir undeutlich der Bolzen bewußt, die sich in den Boden bohrten oder Furchen hineingruben wie Pflüge und Staubwölkchen aufsteigen ließen, während andere wild in den Himmel schossen, zehn, fünfzehn Meter hoch, bis sie aus der Sicht verschwanden. Unwillkürlich kam mir der Gedanke, ob es sich etwa so verhielt, wenn jemand in meiner Lage die Wirklichkeit nicht anerkennen wollte. Aber dann sah ich mehr als einen Schützen im Staub liegen, aus dessen Rücken ein Bolzen ragte oder dessen Hals blutverschmiert war, wo ihm die Kehle durchtrennt worden war.

Ina sah verblüfft auf.

Ich konnte in meinem Körper keinen Eisenbolzen entdecken. Dann erst begriff ich, daß ich unverletzt war. Ich roch die Gerüche des Lagers. Ich sah die Unruhe in der Menge, die Bewegung von Gewändern.

Octantius hatte die Hände gehoben. Seine Leute wurden entwaffnet.

»Wir sind am Leben!« sagte ich zu Ina. »Ich bin mir sicher! Wir leben!«

Aber sie war zu Boden gefallen. Ich drehte sie um. Sie war ohnmächtig geworden.

»Du hast uns ja eine schöne Verfolgungsjagd geliefert«, rief Marcus wütend und blickte über die Schulter. »Warum bist du nicht in unserem Lager geblieben? Wie sollten wir wissen, wo wir dich finden?« Er riß Octantius' Tunika auf und nahm sich die Geldbörse. »Hier!« sagte er und warf das Gold einem großen Burschen zu, dessen Gesicht von einem breiten Halstuch so gut wie unkenntlich gemacht wurde. »Hier ist dein Gold!«

»Marcus!« rief ich.

»Du hättest im Lager bleiben sollen«, sagte Marcus wütend.

»Was hast du getan?«

»Ich habe Söldner angeheuert«, sagte er. »Ich ging gestern nacht zur *Juwelenverzierten Peitsche* und traf die nötigen Vorbereitungen. Es wäre auch alles glatt vonstatten gegangen, wärst du da geblieben, wo du hingehörtest.«

»Du hattest kein Gold, um Söldner zu bezahlen.«

»Der hier besaß genug«, erwiderte Marcus und deutete mit dem Daumen auf Octantius, der noch immer dastand und die Hände auf dem Kopf gefaltet hatte. »Also benutzte ich sein Gold.«

»Mein Freund«, sagte ich.

»Wir hätten dich nie gefunden, hätten die Leute nicht von einem Verrückten erzählt, der durch das Sklavenlager lief und Unschuldige tötete. Mir war sofort klar, daß das nur du das sein konntest.«

»Natürlich.«

»Also eilten wir herbei.«

»Wie viele sind es?«

»Etwas mehr als hundert Mann«, sagte Marcus. »Und ich kann dir versichern, diese Sleen sind wirklich nicht billig.«

Ich sah zu, wie Octantius und seine Leute gefesselt wurden. Man leerte ihre Geldbeutel.

»Wir bringen diese Kerle ein paar Pasang außerhalb von Brundisium«, sagte der Anführer der Söldner, »ziehen sie aus und lassen sie frei.«

»Ich danke dir«, sagte ich zu ihm, und mein Dank kam von Herzen.

»Du brauchst dich nicht bei ihnen zu bedanken«, sagte Marcus. »Sie sind Sleen, die man mieten kann. Es steht alles im Vertrag.«

»Weißt du, mit wem du es da eigentlich zu tun hast?« fragte ich Marcus.

»Er hat mit Edgar von Tarnwald zu tun«, sagte der Anführer der Söldner schnell.

Ich nickte. Unter diesen Umständen war das ein ausreichender Name. »Natürlich.«

»Der Söldnersleen ist nicht billig«, sagte Marcus. Als echter Soldat hatte er nur Verachtung für den Söldner übrig. Er hatte noch nicht gelernt, zwischen Söldner und Söldner zu unterscheiden. Das hatte einigen Kommandanten regulärer Verbände den Untergang beschert.

»Warum hast du mich nicht benachrichtigt, daß du da bist?« fragte ich ihn.

»Wir waren nicht da«, sagte Marcus. »Wir sind gerade erst eingetroffen.«

Ich mußte schlucken.

»Du hättest in unserem Lager bleiben sollen.«

»Offensichtlich.«

Ich ging zu Octantius herüber, dem gerade die Hände auf den Rücken gefesselt wurden. Ein Strick lag um seinen Hals. Er und seine Männer wurden in einer Reihe aufgestellt.

»Ich gehe davon aus«, sagte er, »daß man uns fortbringt und tötet.«

»Du bist ein tapferer Mann«, sagte ich.

»Es ist leicht, mutig zu sein, wenn man keine Hoffnung mehr hat.«

»Es tut mir leid, was ich eben zu dir gesagt habe.«

»Dein Plan war offensichtlich. Du hast mich nicht beleidigt.«

»Sie werden dich nicht töten«, sagte ich. »Ihr werdet fortgebracht und freigelassen.«

Er blickte mich überrascht an. Dann wurde er auch schon in Richtung auf das Tor gestoßen, wo er stehenbleiben mußte, da die nächsten Männer in die Reihe eingegliedert wurden.

Der Söldnerhauptmann wog den Beutel mit dem Gold in der Hand. Er blickte Marcus an. »Du hast uns angeheuert und dabei verschwiegen, daß du kein Gold hattest.«

»Ich hatte Aussichten auf eine größere Summe«, erwiderte Marcus.

»Und wenn du es nicht bekommen hättest?«

»Dann«, sagte Marcus, »hätte ich mein Leben teuer verkauft.«

»Ich verstehe«, sagte Edgar von Tarnwald.

Es freute mich, daß Marcus einen Plan für diese Möglichkeit geschmiedet hatte.

»Nun, jetzt hast du dein Gold«, sagte Marcus. »Du kannst gehen.«

»Marcus«, flüsterte ich. »Bitte.«

Der Söldner ging zu Ina hinüber, die noch immer bewußtlos im Staub lag. »Das ist also die kleine Verräterin und Sklavin«, sagte er. Er drehte sie mit dem Fuß auf den Bauch. »Nicht schlecht.« Er drehte sie wieder auf den Rücken. »Schöner Sklavenkörper«, meinte er.

Ich nickte.

»Wohin gehst du?« fragte er mich dann.

»Nach Ar.«

»Es wäre gefährlich, die Sklavin mit dorthin zu nehmen.«

»Diese Absicht habe ich nicht«, lächelte ich.

»Gut«, sagte er.

»In einer Ahn in meinem Lager?«

»Ich werde Mincon schicken.«

»Gut.«

»Du wirst sie kaufen müssen, wenn du sie haben willst«, mischte sich Marcus ein. Er wußte noch immer nicht, wem er eigentlich gegenüberstand.

»Welch ein mutiger Bursche«, sagte der Hauptmann. Dann warf er Marcus mit einem Lachen das Gold zu.

Marcus fing den Beutel auf und drückte ihn überrascht an die Brust.

»Ich wünsche dir alles Gute«, sagte Edgar von Tarnwald zu mir.

»Ich wünsche dir ebenfalls alles Gute.«

Dann wandte er sich Marcus zu. »Ich wünsche dir ebenfalls alles Gute, mein junger Freund.«

»Ich verstehe nicht«, sagte Marcus.

»Das liegt daran, daß du kein Söldner bist«, erklärte der Hauptmann.

»Ich verstehe noch immer nicht.«

»Wir haben unsere Belohnung bereits erhalten.«

»Aber … das Gold?«

»Gold ist nicht die einzige Münze, mit der bezahlt werden kann.«

»Nochmals danke«, sagte ich.

»Nicht der Rede wert«, antwortete der Hauptmann. Er wandte sich zum Gehen, blieb dann aber noch einmal stehen. »Ich hörte eben, wie ein Zuschauer erzählte, du hättest behauptet, Saphronicus sei tot.«

»Das ist richtig.«

»Woher hast du das gewußt?«

»Ich weiß es nicht. Ich habe es mir einfallen lassen, da ich Zeit gewinnen wollte.«

»Ein bemerkenswerter Einfall.«

»Warum?«

»Weil Saphronicus tot ist.«

Ich konnte es nicht glauben. »Woher willst du das wissen?«

»Ich habe einen Agenten im Heerlager von Ar vor Holmesk«, sagte Edgar von Tarnwald.

»Was ist geschehen?«

»Das ist unklar«, sagte er. »Die Berichte widersprechen sich.« Dann drehte sich der Hauptmann um und verließ mit wehendem Umhang das Lager.

»Ich wünsche dir alles Gute!« rief Marcus ihm verblüfft hinterher.

»Du bist reich«, sagte ich.

»Die dunkelhaarige Sklavin!« rief er. »Jetzt kann ich mir sie leisten.«

Er drehte sich um und rannte davon.

Ich ging neben Ina in die Hocke und schüttelte sie.

»Bin ich am Leben?« fragte sie und kniete sich hin.

»So sieht es wohl aus.«

»Wo sind sie?«

»Man hat sie weggebracht«, sagte ich.

»Werden sie zurückkehren?«

»Ich glaube nicht«, sagte ich. »Das Gold ist weg.«

»Dort, wo es herkommt, gibt es noch mehr.«

»Da bin ich mir nicht so sicher«, sagte ich. »Ich habe gehört, daß Saphronicus tot ist.«

»Er ist tatsächlich tot?«

»Ich glaube schon.«

»Dann droht mir keine Gefahr mehr?«

Ich zuckte mit den Schultern. »Ich weiß es nicht.«

»Und was geschieht mit mir?«

»Während du ohnmächtig warst, fand jemand Gefallen an deinem Sklavenkörper.«

»Mein Sklavenkörper!« Entsetzt preßte sie die Knie zusammen und bedeckte die Brüste mit den Händen.

»Ja«, sagte ich. »Und jetzt spreiz die Knie und leg die Hände auf die Oberschenkel.«

Sie gehorchte.

»Was geschieht mit mir?« fragte sie erneut.

»Komm mit«, sagte ich, und wir kehrten zurück in unser Lager.

26

Mincon wurde von zwei Männern begleitet. »Ist sie bereit?« fragte er.

»Ja«, sagte ich.

Ina senkte den Kopf bis auf den Boden. Ich fesselte ihr die Hände auf den Rücken.

»Das ist die Verräterin?« fragte Mincon.

»Ja.«

Er ging neben ihr in die Hocke und band ihr eine Leine um den Hals. »Wir mögen keine Verräterinnen«, sagte er zu ihr.

»Ja, Herr«, flüsterte sie, ohne den Kopf zu heben.

»Du weißt, welche Schwierigkeiten mit ihr verbunden sind?« fragte ich Mincon.

»Ja. Sie wird nur eine Sklavin unter vielen sein.«

»Ina«, sagte ich, »du weißt, in welcher Gefahr du schweben würdest, wenn man erführe, wer du früher warst?«

»Ja, Herr.«

»Ich gäbe mir Mühe, dies nach Möglichkeit zu verbergen.«

»Ja, Herr.«

»Auf die Füße, Sklavin!« befahl Mincon.

Ina gehorchte schnell.

Ich hob den Sack vom Boden auf, den ich aus dem Sklavenlager mitgenommen hatte. Sie starrte ihn ängstlich an.

»Ich wünsche dir alles Gute, Sklavin«, sagte ich.

»Ich wünsche Euch auch alles Gute, Herr«, erwiderte sie.

Dann küßte ich sie und streifte ihr den Sack über den Kopf; es war derselbe Sack, in dem Octantius ihren

Kopf Saphronicus hatte übergeben wollen. Andererseits unterschied er sich durch nichts von Hunderten anderer Säcke.

»Komm, Sklavin«, sagte Mincon und zog an der Leine. Ich sah zu, wie sie aus meinem Lager geführt wurde, eine nackte, gebundene, mit einer Haube versehene, namenlose Sklavin.

Dann blickte ich zur Seite. Dort kniete eine andere Sklavin, die mit einer Fußkette an einen Pflock gefesselt war. Sie kauerte unter einer Decke. Ich hatte am Vortag die nötigen Vorbereitungen getroffen, damit sie an diesem Nachmittag geliefert wurde. Als ich mit Ina aus dem Sklavenlager zurückgekehrt war, hatte ich sie dort vorgefunden.

Marcus kam. Wie ich zu meinem Vergnügen sah, bot er ein Bild des Jammers und der Verzweiflung.

»Sie ist nicht da«, sagte er.

»Ach?« murmelte ich. Während meines Aufenthaltes bei der Truppe von Boots Tarskstück war ich zu einem achtbaren Schauspieler geworden. Sicher, er hatte mich nie auf die Bühne gelassen; nach einer Probe meines Könnens hatte er mich hauptsächlich für andere Arbeiten wie den Bühnenaufbau oder das Befreien von Wagenrädern eingeteilt, die im Schlamm versunken waren. Vermutlich hütete er eifersüchtig seine Rolle als Hauptdarsteller der Truppe.

»Sie ist weg.«

»Das ist oft der Fall bei Leuten, die nicht da sind«, erwiderte ich. Aber mir entging nicht, daß er nicht in der Stimmung für geistreiche Bemerkungen war.

»Ohne sie kann ich nicht leben.«

»Bis gestern morgen ist dir das aber ganz gut gelungen«, sagte ich, »und mit etwas Mühe wirst du es auch wieder schaffen.«

»Nein«, sagte er. »Nicht, nachdem ich sie gesehen habe.«

»Streich sie einfach aus deinem Gedächtnis, wie es sich für einen vernünftigen Burschen gehört.«

»Nein.«

»Warum ziehst du dein Schwert?« fragte ich ein wenig besorgt.

»Hältst du es bitte für mich?« bat er mich.

»Wofür?«

»Ich habe vor, mich in die Klinge zu stürzen.«

»Das ist auch eine Möglichkeit, sie nach Gebrauch nicht mehr säubern zu müssen«, meinte ich.

Er stieß den Griff in den Boden.

»Und was ist, wenn du zur Seite stürzt?« fragte ich. »Ich könnte mich schneiden.«

»Bitte, Tarl.«

»Ina ist nicht da«, sagte ich. »Ist dir das schon aufgefallen?«

»Nein«, erwiderte er mürrisch.

»Ich habe sie dem Söldner überlassen«, sagte ich. »Sein Mann hat sie abgeholt.«

»Das ist schön«, erwiderte Marcus.

»Ich hoffe, daß sie jetzt in Sicherheit ist.«

»Ich teile deine Hoffnung«, sagte er und versuchte, das Schwert in einem rechten Winkel zum Boden aufzurichten.

»Soll ich dir helfen?«

»Ja«, antwortete er. »Danke.«

»Du willst dich hineinstürzen?«

»Ja, das werde ich tun.«

Als er sich bereitmachte, auf die Klinge zu springen, stieß ich sie beiseite.

»Bist du sicher, daß du das tun willst?«

»Ziemlich sicher.«

»Willst du nicht lieber einen Paga-Ausschank aufsuchen?«

»Im Augenblick nicht.«

»Vielleicht später?«

»Bitte, Tarl.«

Ich stieß die aufgerichtete Klinge erneut beiseite. »Es ist schwer, würdevoll auszusehen, während man sich in sein Schwert stürzt«, sagte ich.

»Schon möglich«, erwiderte er gereizt.

»Das ist mir noch nie zuvor aufgefallen.«

»Bitte halt die Klinge still!« verlangte er.

Ich stieß sie wieder zur Seite.

»Tarl!« rief er erzürnt.

»Du findest also Gefallen an diesem Mädchen.«

»Ich bin dabei, mich seinetwegen umzubringen.«

»Das habe ich begriffen«, sagte ich. »Sie hat dich entflammt.«

»Warum stößt du mir das Schwert nicht einfach ins Herz?« fragte er.

»Das könnte ich wohl tun.«

Er stellte sich aufrecht hin. »Bitte, ich bin bereit.«

»Ja, das scheinst du tatsächlich zu sein.« Marcus, der ein sehr ernster junger Mann war, zeigte einen selbst für ihn ungewöhnlich grimmigen Gesichtsausdruck.

»Bist du sicher, du schaffst das?« fragte er zweifelnd.

»Das denke ich schon«, erwiderte ich. »Für mich ist das bestimmt einfacher als für dich, allgemein gesehen.«

»Bitte, Tarl.«

»Wozu sind Freunde schließlich da?«

»Stoß zu!«

Ich senkte die Klinge.

»Wo kriegen wir bloß weibliche Gesellschaft her, jetzt, da Ina weg ist?«

»Das ist doch wohl eher dein Problem als das meinige«, rief Marcus. »Stoß zu!«

Ich senkte die Klinge erneut.

»Aber ich habe mir darüber bereits Gedanken gemacht«, verkündete ich.

»Wie schön.«

Irgendwie hatte ich die Befürchtung, daß Marcus allmählich ungehalten wurde.

»Ich habe einen Ersatz für sie besorgt.«

»Ich gratuliere dir.«

»Ich dachte mir, daß es dich freut.«

Er schloß die Augen. »Vielleicht habe ich ja noch Gift in meinem Bündel.«

»Möchtest du sie sehen?« fragte ich.

»Nein!«

»Du bist nicht in der richtigen Stimmung dazu?«

»Jetzt nicht«, sagte er. »Ich versuche gerade, mein Leben zu beenden.«

»Ich habe einen besseren Einfall.«

»Einen besseren Einfall?«

»Ja. Du erinnerst dich doch bestimmt an die rauchenden Ruinen von Ar-Station? Und an die Racheschwüre, die du gegen alle Cosianer ausgestoßen hast?«

Plötzlich ging mit Marcus eine Veränderung vor, eine eher beunruhigende, bedrohliche Veränderung.

Ich gab ihm das Schwert zurück.

Er stieß es wütend in die Scheide.

»Danke«, sagte er. »Krieger, ich war schwach. Ich schäme mich. Ich bin dankbar, daß du mich wieder zur Vernunft gebracht hast.«

»Schon gut.«

»Ich habe eine Aufgabe, für die es sich zu leben lohnt«, verkündete er grimmig. »Ich kann für die Rache leben, für eine schreckliche, umfassende, gnadenlose Rache gegen Cos und alle Cosianer!«

»Sicher.« Ich verspürte eine gewisse Besorgnis, daß Marcus, ein Mann der Tat, zum cosischen Heerlager hinüberlaufen und blindlings auf die Soldaten einschlagen könnte, die gerade ihre Wäsche wuschen und ähnliche Tätigkeiten verrichteten.

»Ich danke dir von ganzem Herzen!« sagte Marcus.

»Nicht der Rede wert«, erwiderte ich etwas unbehaglich.

»Und wo ist nun die Frau, die als Ersatz für Ina dienen soll?« fragte er. Er wirkte jetzt sehr stark und wütend. So etwas wie die Hitze der Jagd schien von ihm auszugehen.

»Die ist irgendwo hier in der Nähe.«

»Nun sag schon, wo ist sie?«

»Dort hinten.« Ich führte ihn zu dem Pfahl, an den die Frau unter ihrer Decke festgekettet war.

»Zeig sie mir!«

Ich bückte mich, ergriff einen Zipfel der Decke und riß sie – möglicherweise mit einer gewissen Dramatik – von dem Mädchen.

»Da ist sie ja!« rief Marcus freudig überrascht aus.

Das Mädchen hob den Kopf, soweit die Fesseln das zuließen, und starrte Marcus mit wilder Freude an.

Er fiel neben ihr auf die Knie und fingerte fast außer sich vor Begeisterung an den Knoten.

»Aber wie? Aber wie?« brachte er nur heraus.

Ich legte den Finger an die Lippen, um das Mädchen zu warnen, nichts zu sagen.

Sie schluchzte vor Freude.

»Wie ist das möglich?« rief Marcus und riß an dem Seil, das ihre Knöchel zusammenband.

»Phoebe war vor langer Zeit meine Gefangene und Dienerin«, sagte ich, »im *Krummen Tarn*.«

»Dienerin?« fragte Marcus.

Ich sah, daß er nicht begeistert war, seine Frau teilen zu müssen. Ich glaube, er wollte sie ganz für sich haben.

»Ephialtes hat sie für mich verwahrt«, sagte ich.

»Sie jetzt eine Sklavin!« rief er aus.

»Ja.« Ephialtes hatte auf meinen Wunsch hin am gestrigen Nachmittag die nötigen Formalitäten erledigt.

»Sie heißt also Phoebe! Ich muß sie haben!« Er befreite sie von dem Seil um den Hals und riß sie in die Arme, was sie, schluchzend und lachend zugleich, hilflos geschehen ließ, da ihre Hände auf dem Rücken gefesselt waren. Er zog sie an sich.

»Der Knöchel!« rief ich.

Er hatte sie an sich gedrückt, und ihr linkes Bein war lang ausgestreckt und die Kette zum Zerreißen gespannt.

»Befrei sie! Befrei sie!« rief Marcus und bedeckte sie mit Küssen.

Ich zog den Schlüssel für die Fußschelle hervor, öffnete das Schloß, und Marcus zog sie noch fester an sich.

»Trag sie zurück in unser Lager«, riet ich ihm. »Sie ist eine Sklavin, vergiß das nicht.«

Und er warf sie sich über die Schulter, den Kopf nach hinten, wie sich das für eine Sklavin gehörte, und trug sie die paar Meter in unser Lager. Dort setzte er sie ab. Sie kniete nieder und sah ihn bewundernd an.

»Ich muß sie haben!« rief er.

Phoebe sah mich voller Hoffnung an.

»Sie gehört dir«, sagte ich.

Phoebe stieß einen Freudenschrei aus.

»Ein Geschenk?« rief er.

»Ja«, sagte ich, »ein Geschenk.«

»Nein, das nehme ich nicht an!« Er warf mir die Börse mit dem Gold zu, das er Octantius abgenommen hatte.

»Also gut«, sagte ich und nahm das Gold. Einhundert Goldstücke waren schließlich nicht zu verachten.

»Das hast du getan!« sagte Marcus bewegt zu mir. Er ergriff meine Hand. »Wie kann ich dir jemals danken?«

»Schon gut«, erwiderte ich. Außerdem hatte ich gerade einhundert Goldstücke bekommen. Das mußte doch bestimmt etwas zählen.

»Du gehörst mir!« rief er Phoebe zu.

Sie warf sich vor ihm auf den Bauch und bedeckte seine Füße mit Küssen. Im nächsten Augenblick lag er vor ihr auf den Knien und zog sie hoch, nahm sie in den Arm und küßte sie.

Ich ließ ihn eine Zeitlang gewähren, dann sagte ich: »Es wird gleich dunkel.« Ich hielt es nicht für klug, noch lange hier im Lager zu bleiben. Zwar rechnete ich nicht damit, daß Octantius und seine Männer bald zurückkämen, und auf jeden Fall würde es einige Zeit dauern, bis sie sich organisiert und bewaffnet hätten. Außerdem mußten sie damit rechnen, daß die Söldner noch immer in der Nähe waren; davon abgesehen war das Gold weg. Ich konnte mir nicht vorstellen, daß wir viel zu befürchten hatten. Trotzdem war es vernünftiger, schnell zu verschwinden.

Marcus stand auf, um seine Sachen zusammenzusuchen. In der ersten Zeit würden wir nachts reisen und zumindest in dieser Gegend Straßen, Pfade, Wasserwege, landwirtschaftliche Gebiete und Dörfer meiden. Wir würden mit der Verstohlenheit reisen, die wir im Delta an den Tag gelegt hatten. Später, in zivilisierten Gegenden, könnte man sich vermutlich gefahrlos sehen lassen.

Es würde nicht lange dauern, bis wir ungestraft wie Vagabunden nach Ar reisen könnten, möglicherweise sogar auf der Viktel Aria und im hellen Licht des Tages.

Schließlich waren wir soweit. Mit dem Fuß trat ich Erde auf das Feuer und löschte es. Dann verließen Marcus und ich das Lager, und die Sklavin folgte uns.

27

Vom Hügelkamm aus sieht man die Mauern von Ar. Es ist lange her, seit ich sie zuletzt sah. Sie sind wunderschön. Marcus ist ganz in der Nähe. Phoebe auch, sie geht ihren Pflichten im Lager nach.

Es gibt noch zwei Dinge, die ich dem vorangegangenen Manuskript anfügen möchte.

Soweit ich in Erfahrung bringen konnte, wird die Frau, die einst unter dem Namen Ina bekannt war, nicht länger von den Männern aus Ar gesucht. Auch wenn sie nun das Eigentum ihres neuen Herrn ist, ist sie für ihre Sicherheit jetzt selbst verantwortlich. Sie muß nur atemberaubend schön und gehorsam sein und ihren Herrn zufriedenstellen; dann ist alles in Ordnung.

Mittlerweile ist es eine allgemein bestätigte Tatsache, daß Saphronicus, der Heerführer von Ar, tot ist. Er starb in dem Heerlager vor oder in der Nähe von Holmesk. Wie er nun gestorben ist, bleibt ein Geheimnis, und es kursieren viele Gerüchte darüber. So habe ich zum Beispiel gehört, er sei von einem Tarn zerfetzt oder von einem Larl weitab von dessen gewöhnlichem Jagdrevier angegriffen worden, oder aber hundert Wahnsinnige mit Berserkerkräften hätten ihm den Kopf von den Schultern gerissen. Vielleicht kennen nur diejenigen, die ihm wirklich nahestanden, die ganze Wahrheit. Ich hingegen bin der festen Überzeugung, daß Labienus, der Kommandant der Vorhut, ihm Bericht erstattet hat.